ERSTER TEIL

Das Netz

1

Unverschämtes Glück

Es genügt eine Kleinigkeit, um reich zu werden. Eine winzige Kleinigkeit. Ein Staubkorn in der Mechanik, ein Zögern der Kugel, bevor sie auf der Fünfunddreißig liegen bleibt.

Oder ganz einfach: der richtige Zeitpunkt, den man erkennen muss.

Ich dagegen, dachte Lina Salviati, während sie an dem Hebel des Einarmigen Banditen zog, ich habe nie auch nur irgendwas erkannt. Ringsum breiteten sich die Geräusche des Kasinos aus. Geflüsterte Worte, um das Glück nicht zu stören, Lachen, Geschrei beim mechanischen Pferderennen.

Man sollte nicht spielen, um zu gewinnen. Lina merkte, dass sie nicht bei der Sache gewesen war. Aber zu spät. Am Ende kam es ohnehin nur auf die Ausdauer an. Eine Frage der Wahrscheinlichkeit. Früher oder später gewinnt jeder mal. Es genügt eine Kleinigkeit.

»Scheiße!«, rief eine Frau neben ihr. »Irgendwas funktioniert heute Abend nicht!«

Sie hatte einen starken schweizerdeutschen Akzent. Ihr Haar war mit einem geblümten Tuch zusammengebunden und auch sonst überall Blumen: gelbe Rosen auf der Bluse und dem Rock, gläserne Margariten an den Ohren und Augen so kalt wie zwei Chrysanthemen.

Lina sah sie an. Normalerweise sprechen Spieler an den

Automaten nicht miteinander. Aber vielleicht zählte im Kasino von Lugano die gute Erziehung mehr als der Aberglaube. Lina rang sich zu einem schwachen Lächeln durch:

»Ja, stimmt … heute Abend sieht's nicht gut aus!«

»Was sagst du?«, platzte die Frau auf Deutsch heraus, um gleich darauf in fehlerhaftem Italienisch und mit hartem, fast metallischem Akzent fortzufahren. »Unterbrich nicht dein Spiel! Sind schon andere da, die Unglück bringen, oder?«

Lina folgte ihrem Blick und sah zwei, drei Automaten weiter einen jungen Mann in Abendgarderobe. Um die dreißig, tiefliegende Augen, blondes, kurzes Haar. Er spielte nicht, sondern sah zu ihnen herüber. Lina schauderte. Und wenn er wegen mir hier ist?

»Ins Kasino kommt man, um zu spielen!«, bemerkte die geblümte Frau, und sah zuerst den jungen Mann, dann Lina an. »Man kommt nicht, um Liebe zu machen.«

Dann zog sie mit einem Ruck den Hebel hinunter. Die Symbole bewegten sich vor ihren Augen wie die Farben eines Kaleidoskops. Die Aufmerksamkeit der Frau war wieder ganz auf den Automaten gerichtet. Jedes Mal ein billiger Hoffnungsschimmer. Ein Franken, du ziehst den Hebel, und alles ist möglich … Lina wandte den Blick ab. Weder in den großen Kasinos noch in den kleinen darf man jemals einen anderen Spieler anstarren.

»Nie auch nur ein bisschen Glück«, murmelte die geblümte Frau, »nie kann man mal mit ein bisschen Ruhe spielen!«

Lina drehte den Spielautomaten den Rücken zu. Die Unterbrechung hatte sie aus dem Rhythmus gebracht, und der Blick des Blonden ging ihr auf die Nerven.

Sie war längere Zeit nicht in der Schweiz gewesen. In den letzten Monaten hatte sie mal hier, mal dort gespielt: von den großen Metropolen bis zu den kleinen Ferienortkasinos und den halblegalen Spielclubs, wo hoch gesetzt wird und die Profis auf Beutejagd gehen. Am Ende hatte sie beschlossen zurückzukehren, um ihr Glück in der Heimat zu versuchen.

Aber man braucht nur ans Glück zu denken, um es zu vertreiben. Momentan hatte Lina eine Wohnung in Lugano, ein paar hundert Franken und einen Schuldenberg, so hoch, dass er sich von selbst vermehrte: Die Schulden brachten neue hervor, die sich ihrerseits vervielfachten und so weiter. Bis der Berg über dir zusammenbricht und du aufhörst zu spielen.

Sie setzte sich in die Bar, ans Fenster, von wo aus man auf die Stadt blickt, und bestellte ein Mineralwasser. Das Schlimme war, dass sie sich nicht unglücklich fühlte. So dicht vor dem Abgrund war es erstaunlich, wie gut es ihr gelang, nicht daran zu denken. Sie saß dort, in ihrem flammendroten Abendkleid, geschminkt, gut frisiert, jung und selbstsicher. Nur einen Schritt vom Reichtum entfernt.

Es kommt darauf an, wie man die Dinge betrachtet, dachte sie.

»Woran denken Sie?«, fragte eine männliche Stimme.

Lina fuhr zusammen. Der junge Blonde war ihr in die Bar nachgekommen. Also hatte sie richtig gelegen. Es waren ihre Schwierigkeiten, die sie verfolgten, in Abendgarderobe und dazu bereit, jede Spur von Traum auszulöschen.

»Was wollen Sie?«

»Ich heiße Matteo. Gestatten Sie?«

Ohne eine Antwort abzuwarten, nahm er ihr gegenüber Platz. Sein Glas war mit einer dunklen Flüssigkeit gefüllt.

»Ich kenne Sie nicht«, sagte Lina und versuchte, Ruhe zu bewahren.

»Wie das? Ich habe mich doch soeben vorgestellt. Es gibt nichts mehr zu verbergen.«

»Hören Sie …«

»Ich weiß, dass Sie Lina Salviati heißen, und dass Sie gewinnen müssen.«

Der junge Mann legte eine Pause ein und nahm einen Schluck von der dunklen Flüssigkeit. Whisky, vermutete Lina.

»Sehen Sie«, fuhr Matteo fort, »ich kenne Ihr Problem, denn ich habe eine Menge Freunde. Aber ich bin eher Ihr Freund als der der andern, Sie brauchen sich also keine Sorgen zu machen.«

Lina hatte sich bei zweifelhaften Leuten verschuldet. Sie wusste, dass sie früher oder später dafür geradestehen musste: Sie hatte bereits einige unangenehme Begegnungen hinter sich. Aber dieser blonde junge Kerl schien anders zu sein als die üblichen Geldeintreiber, die sich meistens darauf beschränkten, auf ihren Busen zu schielen und finstere Drohungen auszustoßen.

»Ich kenne Signor Forster«, sagte Matteo. »Ich weiß, dass Sie ihm unter besonderen, dem Beruf Ihres Vaters zu verdankenden Umständen begegnet sind.«

»Aber was …«

»Sagen Sie nichts! Ich weiß außerdem, dass Sie dem alten Forster in den letzten Jahren eine schöne Stange Geld abgeknöpft haben. Und dass er es zurückhaben will. Spüren Sie nicht seinen Atem im Nacken?«

»Ich … ich …«

Matteo beugte sich zu ihr und berührte ihr Knie.

»Ich bin ihnen bis ins Kasino gefolgt und habe zugeschaut, wie Sie zuerst fünfhundert Franken beim Roulette und dann ich weiß nicht wie viel bei den Automaten verloren haben. Was würde Forster dazu sagen?«

Matteo wartete die Antwort nicht ab. Er lehnte sich zurück und schloss:

»Forster könnte Sie beschatten lassen. Er ist nicht dumm, verstehen Sie? Er weiß, dass Sie in Lugano sind und sein letztes Geld durchbringen.«

»Was erlauben Sie sich?« Lina wählte die unbeugsame Tour. »Wer gibt Ihnen das Recht …«

Matteo sah ihr starr in die Augen.

»Ich bin jemand, der Ideen hat. Seit Monaten tüftel ich schon daran. Und auch für Sie habe ich einen Plan.«

Lina wusste nicht, was er von ihr wollte. Dieser Typ war mindestens vier oder fünf Jahre jünger als sie, und dennoch sprach er in väterlichem Ton mit ihr, verzog keine Miene. Sie warf ihm einen durchdringenden Blick zu und erhob sich, in der Absicht, ihm eine Szene zu liefern. Matteo kam ihr zuvor:

»Ich muss jetzt gehen.« Er erhob sich ebenfalls. »Aber ich lasse wieder von mir hören. Ich rate Ihnen, spielen Sie nicht länger!«

Bevor Lina antworten konnte, eilte er bereits dem Ausgang zu.

Rings um die Bar hatte sich nichts verändert. Ein Kasino ist ein ewig gleichbleibender Ort. Der trübe Blick der Kellner, Pärchen, die händchenhaltend die Würfel werfen, eine Gruppe Jugendlicher, die sich wie Erwachsene geben. Und dieses Hintergrundgemurmel, das durch die stets wiederkehrenden, monotonen Stimmen der Croupiers seinen eigenen Rhythmus bekommt. Lina mochte die dunkelroten Vorhänge, den Teppichboden, der die Schritte dämpfte, die goldfarbenen Spieltische.

Ich darf nicht lockerlassen, dachte sie. Das ist mein Kampf, nur hier kann ich alles lösen. All das hatte angefangen, als … Sie wusste es nicht mehr. Eines Tages hatte sie begonnen zu spielen, an der Côte d'Azur, um die Langeweile zu besiegen und um dem Vater zu entkommen. Und dann hatte sie nicht mehr aufgehört: die Nächte, die Nachmittage, die Mahlzeiten, die Ferien, das Meer und die Arbeit, alles aufgesaugt von diesem Augenblick des Innehaltens kurz vor der Entscheidung. Dieser Moment des Rausches, solange noch alles möglich ist.

Sie beschloss, es noch einmal am Roulettetisch zu probieren. Sie hatte ein besonderes Verhältnis zur Fünfunddreißig. Früher oder später wird es klappen, dachte sie, während sie weitere *Jetons* eintauschte. Wer über diese Dinge lacht, hat nichts vom Leben begriffen. Sie spielte ohne Unterbrechung, nahm sich nicht einmal Zeit, um auf die Toilette zu gehen. Aus ihrem Bewusstsein verschwand jegliche Erinnerung.

Auch an diesem Abend hatte sie kein Glück. Vielleicht, weil es ihr nicht gelungen war, zu vergessen, dass sie Geld brauchte. Vielleicht hatte die Begegnung mit dem blonden jungen Kerl sie zerstreut. Am Ende ließ sie weitere zweihundert Franken im Kasino und trat hinaus auf die Uferpromenade.

Die Straße, die am Ceresio entlangführte, war für den Verkehr gesperrt. Lina lief, ohne an irgendetwas zu denken. Rings um sie der rege Trubel eines Sommerabends. Familien beim Spaziergang, junge Männer mit gierigen Augen und Mädchen, die sich gewollt naiv gaben.

Die Voralpen bekommen im Sommer einen mediterranen Anstrich. Lina kam an der Tropical Lounge vorbei, sah weiße Hemden und Tattoos aufblitzen. Im Hintergrund das dunkle Profil der Berge. Salsa- und Merenge-Rhythmen verloren sich auf dem See. Lina blieb, um einen Mojito zu trinken, setzte sich auf einen Holzstuhl. Nebenan befand sich ein Kiosk, der Eis und Getränke verkaufte. Etwas weiter ein Holzpodest für südamerikanische Tänze.

Lina versuchte, in die Normalität zurückzukehren. An diesem Abend hatte sie alles verspielt. Jetzt blieben ihr nur noch die gewohnten Handlungen: nach Hause gehen, duschen, schlafen und dabei gegen die Schwüle ankämpfen, um am nächsten Morgen weiter nach einer Arbeit zu suchen. Neben der Tanzfläche stand eine Statue. Ein Mann mit einem Finger, der in den Himmel zeigte. Lina fragte sich, wer das war.

Mit einem Mal gingen ihr die Leute und die Musik auf die Nerven. Und die Handydisplays, die im Schatten aufblitzten wie die Leuchtkäfer auf dem Land. Sie bemerkte, dass ihr die Männer von der Tanzfläche aus neugierige Blicke zuwarfen. Ihr Abendkleid war tatsächlich etwas unpassend.

Sie lief die Seepromenade hinunter bis zur Piazza della Riforma. Dann schlug sie den Weg ins Zentrum und zum Parkhaus ein, wo sie den Wagen gelassen hatte.

Die Straßen um die Piazza San Carlo waren nicht sehr belebt. Die massiven Wände der Häuser und Geschäfte ließen ein Leben ohne Unwägbarkeiten vermuten. Ein Bankgebäude, klobig und sicher hinter einer Umfassungsmauer gelegen, löste ein Gefühl der Traurigkeit in ihr aus. Ich jage einem Irrlicht hinterher, einem Gebilde, das meiner Fantasie entsprungen ist. Der wahre Reichtum liegt hier, dachte sie, das wahre Ansehen hinter diesen Mauern. Und dennoch wusste sie, dass es zu spät war, um eine andere Richtung einzuschlagen.

Es war nicht nur eine Frage des Geldes. In Zeiten der Krise fehlt allen das Geld. Aber Lina hatte es sich von den falschen Leuten geliehen. Während sie sich dem Parkhaus näherte, wurde ihr die eigene Situation immer klarer. Forster und seine Freunde waren Profis, Leute, die sich keine Ausnahme erlauben konnten. Vielleicht würden sie ihr etwas antun: Sie waren zu allem fähig.

Jemanden um Hilfe bitten? Aber wen? Lina dachte an

ihren Vater, verscheuchte den Gedanken jedoch gleich wieder. Er hatte sich vom Leben abgewandt, er war praktisch tot. Und dennoch … auf einmal erkannte Lina ihre eigene Situation. Sie war in Gefahr, und sie war allein. Sie zahlte den Parkschein. Während sie im Dunkeln nach ihrem Wagen suchte, wurde ihr – vermutlich zum ersten Mal – klar, dass es, um da herauszukommen, nicht genügte, wie gewohnt eine forsche Miene aufzusetzen. Diesmal war eine besondere Maßnahme erforderlich. Unverschämtes Glück. Etwas, das die Vergangenheit wegwischen würde, das stärker war als die Worte des Croupiers. *Rien ne va plus.*

2

Der Gärtner

Die alte Madame Augustine ließ sich in das Rückenpolster sinken. Sie blinzelte in die Sonne, die sich allmählich dem Horizont zuneigte, strich sich den Rocksaum glatt und lauschte – ohne sich etwas anmerken zu lassen – dem Geräusch der Zikaden. Madame Augustine liebte Zikaden.

Der Hausdiener brachte ein Tablett und stellte es auf dem schmiedeeisernen Tischchen ab. Die Dame bedankte sich mit einem Kopfnicken und sagte:

»Danke, Georges, nehmen Sie auch etwas.«

Georges bedankte sich seinerseits und schenkte zwei Gläschen Pastis ein. Dann nahm er Platz und sah in den Garten. Die Gewitter der vergangenen Woche hatten Wunder bewirkt. Der Hibiskus war endlich aufgeblüht, und neben dem Eingangsweg zeugten zwei Eisenkrautbüsche davon, dass auch der provenzalische Sommer leuchtende Farben hervorbringen kann.

»Heute ist kein Wind«, stellte Madame Augustine fest.

»Stimmt«, nickte Georges, »das bedeutet, dass es nicht mehr regnen wird.«

Gewitter zu Beginn des Sommers waren selten, aber gern gesehen, da sie einen Wasservorrat brachten, der bis Ende August reichte. Die Dame fragte Georges, ob er in diesem Jahr auf die Jagd gehen würde.

»Hm«, machte Georges und zog eine Grimasse, »ich werd's versuchen. Letztes Jahr haben sich die Rebhühner nicht blicken lassen. Aber ich habe ein paar Hasen erlegt.«

»Ah, schön!«

»Ich habe sie verkauft, aber die nächsten sind für Sie.«

»Oh, das ist nicht nötig …«

»Aber sicher doch, ich hab's auch Jean versprochen … da ist er ja, immer noch bei der Arbeit!«

Georges begrüßte den Gärtner, der gerade ein mit Rosmarin, Thymian und Majoran bepflanztes Beet wässerte. Madame Augustine forderte Georges auf, auch Jean ein Glas anzubieten. Der nahm die Einladung an, wobei er sich für seine mit Erde beschmutzten Hände entschuldigte.

»Zum Ausgleich dafür schenken Sie mir Rosmarinduft«, lächelte Madame Augustine.

Alle nippten an ihrem Pastis, während die Zikaden im Garten ihr Konzert fortsetzten. Die Villa stammte aus dem frühen 20. Jahrhundert. Ein großes, gelb gestrichenes Gebäude mit grünen Jalousien und Gipsstuck über den Fenstern. Hier und dort fehlte ein wenig Farbe, und auch das Holz am Geländer des Portikus schien täglich morscher zu werden. Aber, so Madame Augustine, es war besser, sich ans Morschwerden zu gewöhnen.

Als er ausgetrunken hatte, verabschiedete sich der Gärtner: Er habe noch einige Arbeiten zu erledigen und müsse wegen einer Bestellung runter ins Dorf. Madame Augustine ermahnte ihn, keine Zeit zu verlieren.

Bevor er ging, wässerte er noch zwei Kornelkirschen und einige besonders empfindliche Schneeballbüsche. Dann begab er sich in den östlichen Teil des Gartens, wo er ein paar Tage zuvor einen jungen Olivenbaum gesetzt hatte. Die ersten Tage waren entscheidend dafür, ob er anwuchs oder nicht.

Es war ein klassisch angelegter Garten, ohne allzu strenge Geometrien, aber mit einer klaren Einteilung durch Wege, Baumgruppen, Büsche und Blumenrabatten. Der Hauptweg lief mitten durch eine leicht abschüssige Wiese und verzweigte sich dann: auf der einen Seite die Gemüsebeete, auf der anderen der Obstgarten. Der Gärtner nahm einen Spaten aus einem Schuppen neben den Gemüsebeeten und durchquerte den Obstgarten.

Der Baum kam allmählich zu Kräften. Der Gärtner hatte rings um den Stamm Erde gehäufelt und eine Art Wall geschaffen, damit das Wasser in der Mulde blieb und ja kein Tropfen verloren ging. Er grub den Boden ein weiteres Mal um, erneuerte den Erdwall. Schließlich nahm er eine Gießkanne und wässerte den Olivenbaum.

Dann wusch er sich, zog sich um und beeilte sich ins Dorf zu kommen, bevor Bank und Post schlossen. So konnte er noch ein paar Formalitäten erledigen: zwei Rechnungen begleichen, das Gehalt einzahlen, drei Bestellungen für Saatgut und einige Rosenpflanzen aufgeben.

Er blieb auf ein Gläschen bei Marcel. Vor dem Restaurant, im Schatten dreier riesiger Platanen, lag ein offener Platz mit ein paar Tischen und einer Bahn für die *Pétanque*-Spieler. Marcels Kundschaft war gemischt: Touristen, die nach einer *Spécialité* verlangten, Alteingesessene, die auf einen Aperitif vorbeischauten, Jäger, die sich nach einem wenig erfolgreichen Tag mit einem Halben trösteten.

Der Gärtner ließ sich auf eine Partie ein. Er war ein ganz guter Spieler: präzise beim Wurf und vor allem ein guter *Pointeur.* Meistens spielte er mit Georges, dem Hausdiener, in einer Mannschaft, der ein sehr guter *Frappeur* war (fünf von sechs Kugeln im Schnitt), und mit einem Mechaniker aus dem Dorf als *Milieu.*

An diesem Abend beließ er es allerdings bei einigen wenigen Würfen, um nicht aus der Übung zu kommen. Der Platz begann sich allmählich zu füllen, während die Sonne hinter dem Kirchturm verschwand. Drei Jugendliche mit Mofas hielten unter einer Platane. Die ganz Alten saßen nebendran und musterten die Vorübergehenden.

Es gab auch ein paar Touristen. Einer fotografierte die *Pétanque*-Spieler, obwohl das dem Gärtner nicht behagte. Er liebte das geregelte Leben: den Garten, einen Aperitif, die Angeltouren, die Markttage und den sonntäglichen Kirchgang. Das war nicht immer so gewesen, aber nun hatte er einen Weg eingeschlagen, der ihm guttat. Er hatte einige Freunde unter den Urlaubsgästen; aber die lauten Touristen mochte er nicht, und fotografiert werden mochte er schon gar nicht.

Gerade in dem Augenblick, als er zum Wurf durch den *Rond* ansetzte, rief Marcel nach ihm.

»Hey, Jean, ein Anruf für dich!«

»Für mich?«, wunderte sich der Gärtner. »Wer ruft mich denn hier an?«

Sie gingen hinein.

»Vermutlich eine Verwandte von dir«, meinte Marcel. »Sie wollte wissen, ob ich Jean Salviati kenne und sagte: Fragen Sie ihn, ob er Lina Salviati sprechen möchte.«

Marcel sprach den Nachnamen mit der Betonung auf dem letzten i aus.

»Lina Salviati?«, fragte der Gärtner.

»Genau. Ist sie mit dir verwandt?«

Jean Salviati nickte und nahm den Hörer ans Ohr, sagte jedoch nichts. Er wollte abwarten, bis Marcel sich entfernt hatte. Dann sprach er mit leiser Stimme:

»Hallo?«

»Hallo«, antwortete ein Mann auf Italienisch. »Spreche ich mit Herrn Salviati?«

Diesmal lag die Betonung auf dem zweiten a.

»Ja, das tun Sie«, erwiderte der Gärtner.

»Ich bin der Inhaber der Bar La Pergola, hier in Lugano«, fuhr die männliche Stimme fort. »Ihre Tochter hat Sie angerufen, aber dann musste sie weg. Sie hat mich gebeten, Sie zu benachrichtigen. Wenn Sie mich nun …«

»Aber wie kann ich sie erreichen?«, fragte Salviati.

»Was weiß denn ich? Ich kenne sie überhaupt nicht!«

»Ach so, natürlich … tut mir leid. Aber was hat sie denn gesagt …?«

»Sie hat nur diese Nummer gewählt, dann ist sie gegangen und hat mich gebeten, sie zu entschuldigen. Aber Sie werden doch wissen, wo Sie Ihre Tochter erreichen, oder?«

»Natürlich«, murmelte Salviati, während er den Hörer auflegte, »natürlich.«

Er lehnte an der Mauer, ohne sich zu rühren. Für ein paar Sekunden lauschte er auf die Geräusche, die vom Platz kamen, und dachte an seine Tochter. Wie lange hatte er nichts von ihr gehört? Sechs Monate, mindestens.

Auf einmal bekam Jean Salviati es mit der Angst zu tun. Er hatte noch immer ein gewisses Gespür für diese Dinge. Er sah die Flammen, lange bevor es verbrannt roch. Seine Tochter war schon oft in Schwierigkeiten geraten, ohne jemals seine Hilfe in Anspruch zu nehmen. Hatte sie es sich diesmal anders überlegt? Aber weshalb? Was war geschehen … oder was geschah gerade?

3

Vor allem braucht man Mut

Bisweilen tut man etwas aus dem vielleicht banalen, aber deshalb nicht minder zwingenden Grund, nichts Besseres zu tun zu haben. Welche Möglichkeiten Lina auch erwog, welche Alternativen sie sich überlegte, es blieb doch ein Samstagabend ohne Geld.

Sie konnte nicht ins Kasino, hatte keine Jobs in Aussicht… was blieb ihr also? Eine Einladung zum Abendessen, die sie im Briefkasten gefunden hatte. Zuerst hatte sie nicht gewusst von wem, vielleicht wegen des Nachnamens. Aber dann war ihr der junge Blonde aus der Spielbank eingefallen.

Ich bin Matteo, erinnern Sie sich? Der Freund, der mit Ihnen den Kummer eines Kasinoabends geteilt hat. Wenn Ihre Situation immer noch dieselbe ist und Sie sich nichts Besseres überlegt haben, würde ich Ihnen gerne eine Idee unterbreiten. Was halten Sie davon, wenn wir uns um acht in der Bar am Lido von Lugano treffen? Falls Sie nichts dagegen haben, würde ich Sie gerne zum Essen einladen.
Ich erwarte Sie heute Abend!
Matteo Marelli

Durfte man jemandem trauen, der so schrieb? Aber immerhin, dachte Lina, während sie die passende Garderobe auswählte, lohnte es sich vielleicht zu schauen, welches Spiel er spielte. Sie hatte zwar einen Versuch unternommen, ihren Vater um Hilfe zu bitten, es dann aber doch nicht fertiggebracht. Seitdem er sich zurückgezogen hatte, war ihr Verhältnis nicht mehr besonders gut. Lina konnte seine Entscheidung, in diesem Kaff zu leben und eine stumpfsinnige Tätigkeit als Gärtner anzunehmen, nicht verstehen.

Letztlich stand es noch gar nicht so schlimm um sie. Wenn sie eine Arbeit finden und es schaffen würde, sich eine Weile zusammenzunehmen. Vielleicht war ja auch an diesem ominösen Plan des Blonden was dran …

Sie beschloss, nicht zu übertreiben. Keine dekolletierten Kleider oder allzu kurzen Röcke. Jeans, hochhackige Schuhe und ein schwarzer Seidenpulli. Sie ließ das Haar offen und schminkte sich nur leicht. Schließlich hatte er sie nicht in ein Luxusrestaurant eingeladen.

Der Lido von Lugano ist ein Ort mit zwei Gesichtern. Tagsüber drängen sich am Seeufer und um die Schwimmbecken haufenweise Jugendliche, Mütter mit ihren Kindern, Großeltern, die sich unter riesigen Strohhüten verstecken. Am Abend aber gehen in der Bar die Lichter an, hautenge Oberteile, violett lackierte Fingernägel tauchen auf, Musik und Gin-Tonic erobern das Feld.

Matteo, ebenfalls in Jeans und T-Shirt, hatte zwei Plätze in einer Ecke ergattert.

»Schön, Sie zu sehen«, begann er, und lud sie ein, Platz zu nehmen. »Wollen wir uns nicht duzen?«

»Du hast von einer Idee gesprochen«, erwiderte Lina.

»Ich erklär's dir gleich. Willst du was trinken?«

Sie bestellten zwei Martini und sahen sich erneut in die Augen. Vorsichtig. Lina wurde aus diesem Kerl immer noch nicht schlau. Sein Verhalten hatte etwas Aggressives, aber sein Interesse schien nicht geheuchelt. Lina dachte: Und wenn er nur mit mir ins Bett will?

»Ich seh schon, du entspannst dich allmählich«, bemerkte Matteo.

»Ziemlich viele Leute hier«, lenkte sie ab.

»Ja, das ist gar nicht schlecht. Musik, Blick auf den See ... so kann man in Ruhe reden, oder?«

»Schon.«

Jeder nahm einen Schluck Martini.

Die Musik und die Stimmen machten eine Unterhaltung zwar nicht unmöglich, aber um zu reden, musste man zusammenrücken. Beide hatten die Ellenbogen aufgestützt. Andererseits bildete der Lärm einen Schutzwall, schuf eine Art Vertraulichkeit.

»Ich weiß, wer du bist«, sagte Matteo, »ich habe Informationen über dich gesammelt.«

»Ich nicht. Könnte ich erfahren ...?«

»Du kannst alles wissen. Aber eins nach dem andern. Du steckst in Schwierigkeiten, und zwar tiefer als du ahnst. Forster wird in den nächsten Tagen anfangen, nach dir zu suchen, und zwar mit allen Mitteln.«

»Hast du mich kommen lassen, um mir das zu erzählen ...?«

»Zehntausende von Franken. Oder Hunderttausende? Wieviel schuldest du ihm?«

Lina machte Anstalten zu gehen.

»Es reicht. Ich ...«

»Warte!«, hielt er sie zurück. »Ich kann dir helfen. Außerdem solltest du nichts überstürzen ... schau mal dahinten!«

Weiter hinten, fernab von der Atmosphäre des Lido und scheinbar fernab von allem entdeckte Lina den Mann, auf den Matteo gezeigt hatte. Er wirkte etwas deplaziert, war groß, muskulös, aber ohne das schwarze T-Shirt der Wachleute vom Lido. Stattdessen trug er einen unpassenden Nadelstreifenanzug und ein Baseballcap.

»Wer ist das? Was willst du …?«

»Warte, ich werde euch bekannt machen!«

Der Koloss kam auf sie zu, und Lina fragte sich, ob sie am Ende nicht einen Fehler begangen hatte. Erst der Blonde mit seinen vielsagenden Blicken und jetzt dieser Gorilla, der ohne ein Lächeln auf sie zutrat, ihr die Hand gab und sich an den Tisch setzte.

»Er heißt Elton«, erklärte Matteo. »Ein Freund von Forster. Wenn du findest, dass Elton ein seltsamer Name ist, sind wir ganz einer Meinung.«

»Was wollt ihr?«, fragte Lina. Zum Glück befanden sie sich unter Leuten. Beim kleinsten Warnsignal war sie zur Flucht bereit.

»Entspann dich«, meinte Matteo, »keiner will dir was Böses. Ich habe für dich vermittelt. Stimmt's, Elton?«

»Signor Forster sagt, dass er im Großen und Ganzen keine Einwände hat«, erklärte Elton. Dieser Gorilla hatte eine gepflegte Aussprache und eine sanfte Stimme.

»Keine Einwände gegen was?«, fragte Lina, der die Situation allmählich immer absurder schien. Aber sie wusste, dass sie weder den einen noch den anderen ihrer Gesprächspartner unterschätzen durfte.

»Gegen einen Vergleich«, erwiderte Elton. »Zumal Signor Forster über Ihre schwierige finanzielle Situation im Bilde ist.«

»Sprich darüber, dass du keinen einzigen Franken mehr hast«, ergänzte Matteo, und Elton fuhr fort:

»Bisher hat Signor Forster abgewartet, auch aus Achtung vor Ihrem Vater. Aber nun, wo sich Ihr Vater aus dem Metier zurückgezogen hat, bleibt als einzige Lösung jene, die uns Herr Marelli vorschlägt.«

»Also ich!« Matteo lächelte. »Elton liebt große Worte. Allerdings liegen die Dinge tatsächlich so. Du brauchst Geld, Forster will seins wiederhaben. Und dein Vater war ein Profi, noch dazu einer der fähigsten.«

»Aber ...«

»Banken, Geschäfte, Postämter, auch Villen und Privathäuser. Alles ohne Gewalt, mit dem nötigen Wissen und ...«

»Es reicht«, unterbrach ihn Lina. »Mein Vater führt jetzt ein anderes Leben.«

»Aber er hat noch Beziehungen. Abgesehen von seiner Erfahrung, verstehst du?«

»Ich bin sicher, dass sie versteht«, sagte Elton, der sich unterdessen eine Flasche Bier beschafft hatte. »Matteos Idee gründet sich auf eine Information bezüglich einiger ziemlich heikler Banktransfers.«

Ein misslungener Abend im Kasino, dachte Lina, und schon lande ich hier. Elton beugte sich zu ihr vor und bewegte kaum merklich die Lippen, als würde er etwas auswendig lernen. Lina überlegte, was sie falsch gemacht hatte. An den andern Tischen flirteten die Mädchen und betranken sich. Weshalb war sie hier, um über Geld zu sprechen?

»Es wäre eine gute Gelegenheit für uns alle, aber leider fehlen uns einige Kontakte, von denen wir jedoch sicher sind, dass Ihr Vater sie hat.«

»Entschuldigt«, sagte Lina, »aber Forster hat alle Kontakte, die er braucht, oder? Zu was ...«

»Signor Forster ist es nicht gewohnt ...«

»... wollt ihr mich da überreden?«

»… auf diesem speziellen Gebiet zu arbeiten. Wir…«

»Leute!« Matteo lächelte. »Eins nach dem andern! Im Grunde geht es bloß darum, eine Bank auszurauben, oder?«

An dieses Gespräch sollte Lina später noch oft denken. Der Gorilla, der sich geschliffen wie ein Professor ausdrückte, Matteos glänzende Augen, Alkohol- und Schweißgeruch, Dance Music aus den Lautsprechern. Eine Bank ausrauben! Die Worte schienen wie aus einem Film.

Obwohl… obwohl Matteos Idee vielleicht gar nicht so übel war. Wie oft hatte Lina ihren Vater gebeten, ihr von seinen Aktivitäten zu erzählen? Aber er hatte sich immer geweigert, immer. Bis er sich in die Provence zurückgezogen hatte, um Salat anzubauen. Und reich war er garantiert nicht geworden.

Matteo wollte dagegen mit ihr zusammenarbeiten.

Und er wollte sie entführen.

»Überleg es dir gut, Lina, es ist der einzige Weg, um deinen Vater rumzukriegen. Ohne ihn können wir uns keinen Zugang ins Computersystem verschaffen. Außerdem brauchen wir jemanden, der in der Lage ist, alles zu organisieren.«

»Aber könnte ich ihn nicht einfach fragen, ob er uns behilflich ist?«

»Und was meinst du, würde er wohl antworten?«

In der Tat hätte sich Jean Salviati nie darauf eingelassen, wieder zu seinem alten Leben zurückzukehren. Aber wenn Forster ihm steckte, dass er seine hochverschuldete Tochter in der Gewalt hatte… und ihn dann nach Informationen für einen Raubüberfall fragen würde…

»Um ehrlich zu sein«, stellte Elton klar, »geht es nicht nur um Informationen, sondern um die Ausführung des Überfalls selbst.«

Inmitten des Lärms und der Farben des Lido wirkten Eltons und Matteos Worte fehl am Platz. Aber Lina war sofort klar, dass sie es ernst meinten. Sie schob das Martiniglas weit von sich, wandte sich um und sah auf den See hinaus, um in der Dunkelheit Trost zu suchen. Sie wollten eine Entführung inszenieren, damit ihr Vater Geld beschaffte. Die Beute würden sie teilen. Und sie? Sie wäre endlich schuldenfrei.

»Und vielleicht«, meinte Matteo mit einem Augenzwinkern, »verdienst du auch was dabei!«

»Vielleicht?«

»Na ja, hängt davon ab, wie viel dabei rumkommt...«

»Und natürlich hängt es auch von der Tatsache ab«, Elton hüstelte kurz, »dass Signor Forster eine rasche Begleichung der Schulden wünscht.«

Lina wusste, dass sich ihr Vater ein Bein für sie ausreißen würde. Aber er würde sich nicht auf einen Überfall einlassen, niemals. Nicht mehr.

Wenn also nichts übrig blieb als ihn zu täuschen...

»Natürlich«, fügte Elton hinzu, »muss die Entscheidung mit einer gewissen Eile gefällt werden.«

Zum Schluss würde sie ihm alles gestehen. Sie könnten zusammen darüber lachen. Vielleicht würde das Täuschungsmanöver sogar dazu beitragen, dass sie sich wieder näherkamen. Wie ein Spiel. Eine außergewöhnliche Idee, ein Trick, um aus ihren Schwierigkeiten herauszukommen.

Aber wenn ihr Vater es mit der Angst bekäme? Wenn er zur Polizei ginge? Ach was, nein, zumindest das war ausgeschlossen.

Lina versuchte, in aller Eile das Für und Wider abzuwägen.

»Aber auch für meinen Vater muss etwas rausspringen!«

»Sehen Sie, Fräulein Salviati«, sagte Elton, »für Ihren Vater springt dabei heraus, dass die Schulden seiner Tochter beglichen werden. Wenn die geraubte Summe natürlich beträchtlich ist, könnte eventuell noch ein Anteil hinzugefügt werden.«

»Aber wie kann ich mich darauf verlassen?«

»Man muss sich vertrauen«, sagte Matteo, »wir müssen uns alle gegenseitig vertrauen. Wir können auch einen Vertrag aufsetzen, wenn du magst, aber was hätte das für einen Wert?«

»Keinen«, erwiderte Elton.

»Man muss sich vertrauen«, wiederholte Matteo, »sonst funktioniert die ganze Sache nicht.«

Lina zog die Augenbrauen hoch.

»Und sollten wir das Risiko eingehen?«

»Vor allem braucht man Mut«, rief Matteo. »Und Vertrauen. Wenn wir zusammenhalten, können wir es schaffen … und glaub mir, Lina, ich rede von einem echten Coup, von einem, den sie im Fernsehen bringen!«

Lina glaubte ihm. Sie hatte ohnehin keine andere Wahl. Aber sie würde wachsam bleiben. Mut und Vertrauen waren bloße Worte, und Lina wusste, dass Worte, sobald Geld ins Spiel kam, rasch verflogen.

Elton verabschiedete sich betont höflich und verschwand.

Lina fragte Matteo nach weiteren Einzelheiten zu seinen Bankinformationen, aber er wollte das Thema wechseln. Mit einem Schlag war er ein ganz normaler junger Mann im Taumel eines Samstagabends. Schnell brachte er sie dazu, über andere Dinge zu reden.

»Wir haben genug gearbeitet heute Abend!«

»Gearbeitet? Aber wenn …«

»Ich habe Hunger. Du auch?«

Sie aßen in einem Restaurant am See, in Castagnola, und Lina merkte, dass sie tatsächlich ruhiger war. Die Aussicht, ihren Vater zu belügen, bereitete ihr Sorgen, aber dafür hatte sie keine Angst mehr vor Forster. Sie war nicht mehr in Gefahr. Fürs Erste.

»Lass uns vorläufig nicht dran denken«, sagte Matteo. »Weißt du was? Wir könnten irgendwo tanzen gehen. Hast du das Kasino nicht satt?«

»Hier ...«

»Ach komm, hier sind nur Alte! Lass uns unter junge Leute gehen!«

Lina lächelte. Und wenn ich ihm tatsächlich gefalle? Nicht, dass der Bankraub am Ende ein Vorwand ist, das wäre ziemlich dumm. Aber im Grunde, so ein bisschen, vielleicht, so zum Spaß ...

»Und nun?«, drängte Matteo. »Ich würde vorschlagen, wir gehen ins Vera Cruz, das ist was Besonderes, und außerdem kenne ich den Besitzer. Was meinst du?«

Sie saßen an einem Holztisch, in der Ecke einer Terrasse, abseits der übrigen Gäste. Der See war ein dunkles Auge, in dem hier und da ein paar goldene Halme leuchteten: Touristenboote oder heimliche Angler.

»Warum nicht«, sagte Lina, die Hände unter dem Kinn, während sie den Blonden aufmerksam musterte.

Er lächelte breit.

»Also gehen wir! Die Nacht gehört uns! Oder hast du morgen was vor?«

»Nichts Wichtiges. Ach doch, ich muss einen Bankraub organisieren ...«

»Ach wirklich? Vielleicht kann ich Ihnen behilflich sein, mein Fräulein. Darf es 'ne große Tasche sein, oder genügt das kleinere Modell?«

Sie brachen in Gelächter aus.

Lina gelang es nicht, ihre Zweifel ganz wegzuwischen, aber sie fühlte sich so leicht wie schon lange nicht mehr. Ohne

Angst, ohne das Gewicht der Vergangenheit. Jahrelang hatte sie die Reue für ihr Handeln erdrückt: Die Zeit der Leichtigkeit wurde immer abgelöst durch die Zeit der zu begleichenden Schuld, der zerbrochenen Freundschaften, wie ein Teufelskreis. Aber jetzt lächelten alle, waren alle auf ihrer Seite.

Zumindest für diese Nacht.

Und wenn sie ihre Karten gut ausspielte, würde ihr das Glück am Ende vielleicht beistehen.

4

Wein und Geplauder

In jener Gegend der Provence verliert sich während der Ferienmonate bisweilen die Zeit. Die Sonne steht still am Nachmittagshimmel und du siehst deine alten Sommer wieder, die sich durch die Jalousien zwängen oder im Staub eines schattigen Wohnzimmers kreisen. Du hörst sie beinahe summen, zusammen mit dem Geräusch eines Mofas auf der Straße.

Jean Salviati achtete auf die Zeichen verschütteter Sommer. Schon deshalb, weil er nicht viele erlebt hatte. Das Jahr über war er in der Schweiz geblieben, während der Ferien nach Frankreich zu den Großeltern gegangen. Dort hatte er viele Dinge gelernt, Dinge, von denen man gar nicht weiß, dass man sie gelernt hat, bis man sie vergisst.

»Hier lässt es sich aushalten, stimmt's?«, sagte Filippo Corti.

»O ja!«, rief seine Frau Anna. »Am liebsten würde ich gar nicht mehr zurück nach Hause!«

Salviati nickte nur. Etwas an dieser langsam hereinbrechenden Dämmerung erinnerte ihn an seinen Vater. An dessen bedächtige Gebärden, die Präzision, mit der er seine Coups vorbereitete. Als er ihn zum ersten Mal beim Ausräumen einer Wohnung begleitet hatte, waren die Großeltern bereits seit einigen Jahren tot. So hatte Jean Salviati ohne Konflikte der Kindheit den Rücken gekehrt.

»Hast du eigentlich deine Kiefer wieder hinbekommen, Jean?«, erkundigte sich Filippo.

»Na ja«, antwortete der Gärtner, »sagen wir, ich habe das Problem gefunden.«

»Und das wäre?«

»Es war eine … *chenille,* wie heißt es gleich auf Italienisch? Ein Prozessionsspinner, glaub ich.«

»Ein Schädling?«, fragte Anna.

»So was Ähnliches. Später werden Falter draus, aber erst mal hocken sie tagsüber in ihrem Gespinst. Und jede Nacht kommen sie der Reihe nach raus, um die frischen Kiefernnadeln abzufressen.«

»Was du nicht sagst!«

Sie saßen bei einem Glas Rotwein auf der Terrasse des Ehepaars Corti. Weit unten, hinter den Bergen, schimmerte die Küste. Im Hintergrund das Meer. Um diese Tageszeit war es jedoch kaum noch zu erkennen, die Dinge verloren allmählich ihre Umrisse.

»Später werden Falter draus, dunkel mit gelben Flecken«, sagte Salviati und zog bedächtig an seiner Pfeife. »Sie anzufassen ist übrigens gefährlich, sie brennen wie Quallen im Meer.«

»Und zuerst fressen sie die Nadeln der Strandkiefern?«, fragte Anna.

»Es ist eine *Pin d'Alep,* allerdings macht das für sie, glaub ich, keinen Unterschied. Ich habe jedenfalls ein Insektenmittel genommen.«

»Schon interessant diese Sache, dass sie nachts zum Fressen rauskommen«, bemerkte Filippo. »Wie die Raubtiere.«

»Oder wie die Diebe«, sagte Anna lachend.

Salviati blieb ungerührt. Er verspürte nicht einmal mehr

Anspannung. Früher hätten diese Worte ihn innerlich in Alarmbereitschaft versetzt. Aber jetzt lebte er ein anderes Leben. Er nahm die Pfeife aus dem Mund und sagte:

»Ja, stimmt … wie die Diebe … tagsüber schlafen sie, und nachts schlagen sie zu.«

Die Cortis kamen aus dem Tessin. Er war Lehrer für Naturwissenschaften, sie arbeitete halbtags in einer Bibliothek. Seit Jahren verbrachten sie ihren Urlaub in der Provence. Sie mieteten immer dasselbe Haus, das unweit des Dorfes, aber bereits in den Bergen lag. Salviati kam nicht zuletzt deshalb so gern zum Essen bei ihnen vorbei, weil man das Gefühl hatte, fernab von der Welt zu sein.

»Wenn ich's mir recht überlege«, begann Filippo erneut, wobei er sein Weinglas zwischen den Händen schwenkte, »wäre ein Leben als Juwelendieb gar nicht so schlecht. Wie Cary Grant in *Über den Dächern von Nizza*. Eine hübsche Villa an der Côte d'Azur, schöne Frauen, Sportwagen …«

»Das Haus in der Provence haben wir schon«, bemerkte seine Frau. »Sag bloß, dir fehlen schöne Frauen!«

Filippo lächelte. Er war mager, um die vierzig mit dichtem, gelocktem Haar und Bart.

»Vielleicht fehlt mir ein Überfall. Es muss Spaß machen, einen Coup zu organisieren, die Zeiten zu studieren, die Flucht zu planen …«

Salviati kannte dieses Gedankenspiel recht gut. Hin und wieder kam es dazu: ein Sommerabend, ein wenig Zeitvertreib, ein Ausflug der Fantasie. Stell dir vor, du würdest eine Bank ausrauben! Und ohne zu viele oder allzu wenige Worte ging er auf das Spiel ein.

»Warum nicht?« Er deutete ein Lächeln an. »Wenn ihr wollt, können wir's probieren.«

»Ich bin dabei!«, rief Filippo.

»Wir landen einen echten Coup, und dann könnt ihr das ganze Jahr über hierbleiben …«

»Aber heutzutage schafft das keiner mehr«, widersprach Anna. »Am Ende werden alle geschnappt, selbst die, denen es gelingt, mit dem Geld zu entkommen.«

»Ach was, nicht alle«, sagte Filippo. »Ich hab neulich in der Zeitung die Geschichte von diesem Ronnie Biggs gelesen, der in den Sechzigerjahren einen Postzug überfallen hat und … ich glaube, mit beinahe vier Millionen Pfund Sterling abgehauen ist! Das war damals übrigens eine unglaubliche Summe.«

»Und haben sie ihn nie gefasst?«, fragte Anna.

»Nicht so richtig.«

Filippo liebte es, Geschichten zu erzählen, die er in der Zeitung gelesen hatte. Er streckte sich auf seinem Stuhl aus und wartete auf die Frage. Salviati reagierte prompt:

»Nicht so richtig?«, fragte er. »Wie meinst du das?«

»Es waren sechzehn Mann«, erklärte Filippo, »und die Vorbereitungen haben über ein Jahr gedauert. Der Anführer war Reynolds. Er und Biggs hatten sich im Gefängnis kennengelernt und dabei eine Menge Gemeinsamkeiten entdeckt: ihre Leidenschaft für Jazz, für Hemingway und für Steinbeck.«

Salviati lächelte in die Dunkelheit. Wie oft hatte er schon die Geschichte vom *Großen Postraub* gehört.

»… und indem sie das Signal manipulierten, gelang es ihnen, den Zug zu stoppen«, erzählte Filippo. »Eine Gruppe hielt den Lokführer und den Heizer in Schach, eine zweite koppelte die hinteren Wagen ab. Die Lok setzte ihren Weg mit dem Geldwaggon fort. Rund einen Kilometer weiter wartete eine dritte Gruppe auf das Zugstück. Das Spiel war bereits gelaufen: Sie haben das Geld genommen und sind geflohen.«

»Wohin?«, fragte Salviati.

»Sie haben sich in einem Gehöft versteckt, das sie vor dem Coup gekauft hatten. Nachdem die Beute aufgeteilt war, rund zweihunderttausend Pfund Sterling pro Kopf, sind alle abgehauen und in London untergetaucht.«

Filippo schwieg, alle schwiegen. Zufrieden atmeten sie die laue provenzalische Nachtluft ein und gaben sich dem Traum eines Millionenraubs hin. Aber Salviati beschloss, den Zauber zu durchbrechen.

»Und weiter?«, fragte er.

»Sie haben einen Fehler begangen.« Filippo seufzte. »Das Bandenmitglied, das den Hof in Brand stecken sollte, hat seinen Teil eingesackt, sich aus dem Staub gemacht und alles so hinterlassen wie es war, inklusive Fingerabdrücken. Die von Biggs haben sie auf einem Monopoly-Spiel gefunden.«

»Also werden am Ende doch alle geschnappt«, meinte Anna.

»Scheint so …«, bemerkte Salviati.

»Nein, Moment mal!«, warf Filippo ein. »Einige Bandenmitglieder sind nie identifiziert worden. Sie haben sich mit ihrem Geld ein schönes Leben gemacht. Biggs ist allerdings gefasst worden, aber er hat es geschafft, aus dem Hochsicherheitsgefängnis zu entkommen, mit einer Strickleiter, stellt euch das vor, und dann ist er nach Südamerika geflohen.«

»Und hat ihn die englische Polizei nicht aufgespürt?«

»Natürlich hat sie ihn aufgespürt! Er hat einen Haufen Werbung gemacht, bei Rockgruppen mitgesungen, er war auf Reisen, hat Kinder gezeugt. Aber es gab kein Auslieferungsabkommen mit Brasilien, und so haben sie ihn nie gekriegt.«

»Und jetzt?«, fragte Salviati leise.

»Jetzt sitzt er im Gefängnis.«

»Ah.«

»Er ist aus gesundheitlichen Gründen nach Großbritannien zurück. Er ist fast achtzig und in einem ziemlich schlechten Zustand. Wenn man bedenkt, dass er vierzig Jahre lang auf der Flucht war!«

»Aber sie haben ihn geschnappt«, wandte Salviati ein.

»Sagen wir, er hat sich schnappen lassen. Und er hat seine Story an die Boulevardpresse verkauft. Aber wer weiß, wie viele Diebe es schaffen, ihr Ding zu drehen und unterzutauchen ...«

»Wir werden es schaffen«, rief Anna. »Wir legen uns einen perfekten Plan zurecht. Man muss nur gründlich genug die Zugfahrpläne studieren ...«

»Schon, aber wie wollen wir den Zug stoppen?«

»Wir stoppen ihn nicht, wir schmeißen die Geldsäcke aus dem Fenster!«

»Und einer steht bereit, um sie aufzusammeln.«

»Aber die Wachleute?«

»Man müsste die Säcke einfach vorher austauschen, während sie in den Zug geladen werden.«

»Wenn wir eine Schaffneruniform hätten ...«

»Und wieso keine Polizeiuniform? So kämen wir in den Waggon mit dem Geld.«

»Und du, Jean, hast du keine Idee?«, fragte Anna.

Salviati lächelte. Die Augen der Frau glänzten im Dunkeln. Es genügt so wenig, dachte er, so wenig ...

»Oh, ich verstehe von diesen Dingen nicht besonders viel«, sagte er und führte ein Streichholz an die Pfeife. »Ich weiß nicht, ob ich euch helfen könnte.«

»Wir werden schon eine Rolle für dich finden«, meinte Filippo.

»Ich bin das Gehirn der Bande!«, rief Anna. »Du, Filippo, wirst dich um die Fahrpläne und die Koordination der Zeiten kümmern, du weißt, dass ich nicht pünktlich bin. Und du, Jean, könntest Informationen sammeln. Weißt du, als Bahnbeamter die Schichtwechsel herausfinden und so weiter.«

»Perfekt«, murmelte Salviati.

»Man muss einen kühlen Kopf bewahren und zu allem bereit sein«, warf Filippo ein.

»Weiß nicht!«, Salviati schüttelte den Kopf. »Ich bin nicht besonders geeignet für Überfälle ...«

»Wir werden's dir schon beibringen!« Anna lächelte. »Wir sind wie Bonnie und Clyde.«

»Hör sie dir an!«, rief ihr Mann. »Sie spricht, als hätte sie ihre gesamte Jugend damit verbracht, Banken auszurauben!«

Sie lachten alle drei, auch Salviatis Lachen war aufrichtig. Das Lachen eines Gärtners in einer alten provenzalischen Villa. Das Lachen eines Mannes, der nie das Gesetz übertreten hat. Und weit weg, über dem Meer, färbte der Mond die dunkle, von Zikadenklängen und Düften erfüllte Nacht. Hin und wieder bewegte ein leichter Wind die Zweige im Garten und verlor sich auf der Terrasse.

»Hier lässt es sich aushalten, stimmt's?«, wiederholte Anna.

Ihr Mann nickte. Salviati blies ein wenig Rauch aus und sagte:

»Wirklich ein schöner Abend.«

Später, als er mit seinem alten Motorroller auf dem Heimweg war, ging Salviati das Geplauder auf der Terrasse erneut durch den Kopf. Das Gedankenspiel endete immer mit der Rückkehr zur Ruhe, zum Rhythmus der Ferien.

Zum Glück. Wenn alle, die davon träumen, einen Coup zu landen, es tatsächlich täten, würden die Gefängnisse aus allen Nähten platzen. Salviati war draußen, und er war froh darüber. Er hatte alles in allem fast zehn Jahre gesessen. Das Geld war schnell weg gewesen, ebenso wie die Bereitschaft zum Risiko. Und auch die Abenteuerlust, die einem Überfall vorangeht, und jene träge Befriedigung, die danach kommt, waren verflogen.

Salviati durchquerte die warme, von Zauber und Gerüchen erfüllte Nacht, fuhr zügig über die kaum beleuchteten Straßen. An einem bestimmten Punkt, als er den Hügel hinabkam, dachte er an seine Tochter. Später fragte er sich, ob es vielleicht eine Art Vorahnung gewesen war. Trug er nicht letztlich Schuld daran, dass seine Tochter so leidenschaftlich gern spielte? Hatte er ihr nicht die Freude am Wagnis, am Überraschungscoup nahegebracht?

Er gab sich nie eine Antwort darauf, denn kaum zu Hause angelangt, kam die Zeit des Handelns.

Salviati wohnte in einem Gebäude am Parkrand. Ein stabiler Bau mit dicken Mauern, klein, aber hübsch gelegen: Nebenan befand sich eine Quelle, die das gesamte Jahr über für frisches Wasser sorgte. Nachdem er seinen Motorroller abgestellt hatte, zündete er die Laterne unter dem Vordach an und trat in den Flur. Der Brief lag auf dem Boden, unter der Tür. Salviati vermutete, dass Gilbert, der Laufbursche, der ihm hin und wieder zur Hand hing, ihn gebracht hatte.

Er ging in die Küche. Er hatte noch Appetit, aß ein Stück Brot und etwas Käse. Dann nahm er einen Schluck Wasser und öffnete schließlich den Brief. In diesem Augenblick verschwamm alles miteinander: die Zeit der Überfälle, die Reue, der provenzalische Himmel, der Gedanke an seine Tochter und die Tatsache, dass das Spiel noch nicht zu Ende war. Noch konnte er sich nicht zurückziehen.

Jean Salviati,
ich habe ein Projekt, das dich interessieren wird. Ich weiß, dass du gerne Nein sagen würdest. Aber da Lina auf unbestimmte Zeit mein Gast sein wird, glaube ich, du solltest die Sache noch einmal überdenken.
Schreibe mir an das Postfach 4980, 6900 Lugano.
Und füge deiner Antwort dieses Schreiben bei.
Herzliche Grüße,
Luca

Luca Forster. Wenige Worte, keine Details. Aber Salviati brauchte nicht mehr. Das Spiel war noch nicht zu Ende, soviel war sicher. Und er musste Madame Augustine um Beurlaubung bitten.

5

Rückkehr nach Lugano

Manche sagen, dass Orte ihre eigenen Erinnerungen bergen.

Salviati fand das nicht. Die Erinnerungen sind in den Menschen, in ihren Blicken. Oder in ihren Sachen. Linas Wohnung war klein und roch ungelüftet. Das Bett ungemacht, eine Milchpackung auf dem Küchentisch, eine rot-gelb karierte Decke auf dem Sofa. Schmutzige Gläser auf dem Glastischchen im Wohnzimmer.

Auf dem Teppich vor dem Fernseher lagen eine Platte von John Coltrane, ein Buch über Meditation und eine DVD mit Hugh Grant. Salviatis Blick schweifte langsam durch die Räume, auf der Suche nach etwas Auffälligem, nach etwas, das nicht hierhergehörte.

Aber es herrschte einfach nur Unordnung. Nichts Besonderes.

Eine Menge Papiere auf dem Schreibtisch. Belege, offene Rechnungen, Eintritts-, Kino- und Konzertkarten. Nirgendwo Geld, außer zwanzig Franken in der Nachttischschublade.

Salviati setzte sich an den Küchentisch. In der Wohnung gab es weder Zeichen eines Kampfes noch Zeichen eines freiwilligen Aufbruchs. Allerdings war die Milch abgelaufen. Und die Geranien auf dem Balkon waren verwelkt. Lina hatte nicht damit gerechnet fortzubleiben.

Hatte Luca Forster ihr etwas angetan?

Keine voreiligen Schlüsse, dachte Salviati, während er die Wohnung verließ. Er hatte Werkzeug dabei, um sich Zugang zu verschaffen, aber die Tür war nicht abgeschlossen gewesen. Er verließ die Wohnung wie er sie vorgefunden hatte und trat auf die Straße. Die Haustür war vollkommen unbewacht. Um hineinzukommen, hatte sich Salviati einer mit Einkaufstüten bepackten Bewohnerin angeschlossen, die er gegrüßt und der er in den Aufzug geholfen hatte.

Er lief die Straße am Cassarate hinunter. Seit Jahren war er nicht mehr in der italienischen Schweiz gewesen. Aber unterwegs erkannte er die Straßen, den Geruch der Stadt wieder. Es gab mehr Autos, mehr fremde Stimmen und Gesichter. Einschließlich meinem eigenen, dachte er. Er blieb stehen und sah auf den Fluss. Ein roter Ball war ins Wasser gefallen, unterhalb eines kleinen Wasserfalls. Strömung und Gegenströmung hielten ihn an einem Punkt fest.

Salviati ließ sich in den Bann ziehen. Reglos fixierte er den Ball, bis alle Gedanken aus seinem Kopf verschwunden waren.

Dann trank er auf der Terrasse eines Restaurants, wenige Meter vom Cassarate entfernt, ein Bier. Mittlerweile war alles ziemlich klar: Forster saß am längeren Hebel. Und solange Salviati nicht herausfand, wo Lina war, musste er nach dessen Pfeife tanzen.

Es war ein warmer Tag, Schwüle lastete auf dem Asphalt. Die Sonne brachte die Autodächer auf dem Parkplatz des Padiglione Conza zum Glühen.

Salviati überquerte die Kreuzung am Ende der Via Cassarate und ging zu Fuß in Richtung Innenstadt. Er hatte auf Forsters Brief schlicht mit: »Ich bin in Lugano« geantwortet. Und Forster hatte ihm für denselben Abend gegen sechs Uhr ein Treffen in einer Wohnung in Paradiso vorgeschlagen.

Als er das Stadtzentrum erreichte, war es vier. Er bemerkte, dass die Busstation neu war. Eine moderne Angelegenheit, Plastik und geometrische Formen. Er studierte den Fahrplan, suchte eine Linie heraus, die gegen fünf nach Paradiso fahren würde. Dann vertrieb er sich die Wartezeit und schlenderte ein wenig durch die verkehrsfreie Innenstadt. Er versuchte sich zu beruhigen. Die Straßen waren nicht übermäßig belebt. Ein paar blonde Touristen, einige Pärchen mit einem Eis in der Hand. Flip-Flops. Bermudas. Sonnenbrille. Kleine Jungs auf Rollern. Verschwitzte Angestellte, Krawatten, die wie Hundeleinen wirkten.

Später, als Salviati das Haus erreichte, das Forster angegeben hatte, war er noch immer ruhig, frei von Gedanken. Er hatte den passenden inneren Zustand gefunden, die Sinne angespannt, die Gefühle unter Kontrolle.

Das Haus lag auf einem Hügel zum See hin. Salviati überquerte eine Fußgängerbrücke, die über einen mit Johanniskraut und Polyantha-Rosen bepflanzten Garten führte. Die Wohnungstür wurde sofort geöffnet. Salviati erkannte Eltons affenartiges Gesicht. Er begrüßte ihn herzlich. In einem anderen Leben hätten sie gemeinsam Hehlereigeschäfte abgewickelt.

»Salviati, sehr erfreut, Sie wiederzusehen«, sagte Elton. »Ich sehe, Sie sind zu früh.«

»Ja.«

»Ich werde nachschauen, ob Signor Forster bereit ist…«

»Sag ihm, er soll kommen!«, tönte Forsters Stimme von innen.

Das Arbeitszimmer hatte drei vollkommen weiße Wände. Die vierte war eine Glasfront zum See. Die Sonne blendete in den Augen, sie wirkte beinahe unwirklich in der von der Klimaanlage eiskalten Wohnung.

»Salviati«, sagte Forster. »Wir haben uns eine Weile nicht gesehen.«

Er war eine stattliche Erscheinung, mit tiefschwarzem Haar und einem Schnauzbart, der ihm ein vornehmes Äußeres verlieh. Salviati hatte ihn schlanker in Erinnerung.

»Du hast abgenommen«, stellte Forster fest, als sie sich die Hand gaben.

Obwohl sie ungefähr das gleiche Alter hatten, wirkte Salviati mit seinen bereits leicht ergrauten Schläfen einige Jahre älter.

»Was ist das für eine Geschichte mit meiner Tochter?«

»Setz dich, damit wir darüber reden können.« Forster deutete ein verkniffenes Lächeln an. Seine Stimme war angenehm, ohne jeglichen Akzent.

In dem Zimmer befanden sich lediglich ein Schreibtisch und zwei Stühle. Keine weiteren Gegenstände, kein Nippes. Auf dem Schreibtisch ein Packen weißes Papier, ein Bleistift, ein Füller.

Salviati nahm Platz und wiederholte:

»Was ist das für eine Geschichte mit meiner Tochter?«

»Ich weiß, dass du dich aus dem Geschäft zurückgezogen hast …«, sagte Forster.

Salviati sah ihn an.

»Dir ist bekannt, dass deine Tochter Schulden bei mir hat, und zwar in Höhe von … Elton?«

Elton war an der Tür stehen geblieben. Bevor er zu sprechen begann, trat er einen Schritt näher, um in Salviatis Blickfeld zu gelangen.

»Zweihundertdreiundzwanzigtausend Franken, soweit ich weiß, ohne Zinsen.«

»Reisen«, kommentierte Forster, »Glücksspiele, Hotels, Kasinos und …«

»Forster«, sagte Salviati.

Forster hob die Hand.

»Ich komme zur Sache. Du brauchst nicht zu glauben, dass du sie einfach so zurückbekommst. Aber schließlich haben wir schon einige gemeinsame Geschäfte gemacht. Erinnerst du dich?«

Salviati erwiderte nichts. Die Lider halbgeschlossen, sah er aus, als würde er gleich einschlafen. Aber Forster kannte ihn gut und fuhr eilig fort:

»Ich habe einen Hinweis auf eine ganz lukrative Sache, aber mir fehlen die Mittel, das Ganze zu organisieren. Dir dagegen nicht. Du erledigst also für uns die Arbeit und wir streichen deiner Tochter die Schulden. Okay?«

»Wo ist meine Tochter?«

»Das kann ich dir nicht sagen.«

»Was habt ihr mit ihr gemacht?«

»Nichts. Sagen wir, sie ist mein Gast, solange bis wir unser Geschäft abgewickelt haben.«

»Und wenn ich zur Polizei gehe?«

Diesmal war es Forster, der keine Antwort gab. Nach einiger Zeit meinte Salviati: »Du bist ein Bastard.«

»Ich weiß. Aber ich will das Geld.«

»Welche Garantie habe ich?«

»Wir sind Geschäftsleute. Ich will bloß das Geld.«

»Und wenn Lina dich anzeigt, sobald sie frei ist?«

»Wir wissen beide, dass sie das nicht tun wird.«

»Du kannst nicht sicher sein, dass mir gelingt, was du von mir verlangst.«

»Nein. Aber du kannst es probieren. Sieh mal, Salviati, ich will dich nicht übers Ohr hauen. Im Gegenteil wird am Ende, angesichts der Summe, auch für dich etwas herausspringen, zusätzlich zu …«

»Leck mich am Arsch«, murmelte Salviati, in einem Ton, als ließe er eine Bemerkung über das Wetter fallen.

Forster senkte den Kopf, wie zur Entschuldigung. Dann griff er nach dem Füller auf dem Schreibtisch und betrachtete ihn eingehend.

»Jedenfalls ist es ein sehr guter Plan«, sagte er schließlich. »Elton kümmert sich um die ganze Angelegenheit, er steht in Kontakt mit der Person, die die Idee hatte. Der alte Salviati hätte nicht gezögert.«

»Der alte Salviati hat nicht nach anderer Leute Plänen gearbeitet. Und sich schon gar nicht erpressen lassen.«

»Den Plan kannst du selbst ausarbeiten. Wir geben dir die Informationen.«

»Und was soll ich für euch tun?«

»Du sollst die Junker-Bank um zehn Millionen Franken erleichtern.«

Schweigen. Forster hob den Blick, ließ den Füller los. Salviati starrte ihn an, schloss die Augenlider.

»Zehn Millionen Franken ...«, flüsterte er. »Zehn. Millionen. Die Junker-Bank. Das ist also deine Idee. Deshalb hast du meine Tochter entführt.«

»Hör zu, Salviati, das Ganze ist machbar. Mein Informant ...«

»Tu mir den Gefallen«, Salviati hob die Hände, »tu mir den Gefallen, und sage nichts mehr.«

»Aber ...«

»Es reicht!«

Schweigen. Salviati schloss die Augen. In seinem Inneren wuchs von Minute zu Minute die Gewissheit, dass es keinen Ausweg gab.

6

Den Blicken der Welt entzogen

Er arbeitete für einen Hersteller von Sicherungssystemen für Banken und Registrierkassen. Matteo erinnerte sich gut an ihn. An seine feuchtglänzenden, klugen Augen, an seinen Tick, sich jedes Mal, wenn er sich in einer Scheibe spiegelte, zu kämmen.

»Ich denke, wir werden uns heute mit einem neuen Gedanken vertraut machen«, sagte er immer, »und zwar mit der Bank als Erfahrungsbereich.«

Die Bank als Erfahrungsbereich? Warum nicht? Es kommt auf den Blickwinkel an …

Dieses Ausbildungsseminar für Sicherheitskräfte hatte sich am Ende als nützlicher erwiesen, als gedacht. Zunächst hatte Matteo erkannt, dass die Wachschutz- und *Security*-Branche nichts für ihn war. Darüber hinaus hatte er einige wertvolle Freundschaften geschlossen.

Matteo Marelli hätte sich niemals träumen lassen, eine Bank auszunehmen, normalerweise gab er sich mit kleinen Betrügereien ab. Aber er hatte nichts dagegen, einen Coup im größeren Stil zu wagen. Deshalb saß er im Clayton Pub von Viganello bei einem Bier mit Jean Salviati zusammen.

»Ich kann Ihnen nicht helfen«, sagte Salviati, »ich kenne niemanden mehr.«

»Aber Sie müssen mir helfen«, wiederholte Matteo.

Salviati warf ihm einen durchdringenden Blick zu.

»Sie werden es am Ende nicht bereuen«, fuhr Matteo fort. »Wie dem auch sei …«

»Es reicht. Sagen Sie mir, was Sie von mir wollen.«

Matteo war voller Bewunderung. Der Alte saß da, sonnengegerbt und unbeweglich wie eine Eiche, ohne jemals der Versuchung nachzugeben, ihn zu beschimpfen oder zu ohrfeigen. Und dennoch schien er eher ein hitziges Gemüt zu haben. Aber ein guter Dieb muss so sein, oder nicht?

»Es ist ganz einfach, Herr Salviati. Ich habe viele Freunde in dem Umfeld und kann eine Menge Informationen sammeln. Aber ich kann sie nicht nutzen, Sie dagegen schon.«

»Ich bin Gärtner.«

»Herr Salviati …«

Schweigen. Salviati holte seine Pfeife hervor und fing an, sie zu stopfen.

»Sagen Sie, was Sie vorhaben.«

»Sie wissen, dass man in öffentlichen Lokalen nicht mehr rauchen darf.«

»Ich rauche nicht. Ich stopfe meine Pfeife.«

»Verstehe.«

Besser dem Alten nicht widersprechen, dachte Matteo. Er zog sein Bierglas heran, beugte sich über die Tischkante und senkte die Stimme.

»Wir wollen keine große Junker-Filiale in Zürich oder Lugano überfallen. Das wäre unmöglich, oder zumindest ziemlich riskant.«

Er schwieg einen Augenblick und wartete auf eine Reaktion. Aber Salviati stopfte bloß weiter Tabak in den Pfeifenkopf. Das Clayton war ein dunkles und lautes Lokal. Sie saßen neben dem Billardtisch, vor einem zur Straße gelegenen Fenster.

»Wenn wir eine Nebenfiliale wählen, hätte das den Vorteil … wie sagten Sie?«

»Zehn Millionen«, murmelte Salviati. »Sie wollen einer Nebenfiliale zehn Millionen Franken abknöpfen?«

»Genau das ist der Punkt! Ich habe herausgefunden, dass ein Transfer stattfinden soll. Die Junker-Bank hat vor Kurzem einen wichtigen Berater übernommen, einen Privatbankier, der seine eigenen Kunden mitbringt. Dabei handelt es sich natürlich um die Sorte von Kunden, die eine Menge Bargeld in Umlauf bringen. Es gibt da einen Industriellen aus Norditalien …«

»Einen Industriellen?«

»Sagen wir, einen Geschäftsmann, was immer man unter ›Geschäft‹ verstehen mag. Um bei dem Berater seines Vertrauens zu bleiben, hat dieser Industrielle die Bank, bei der er zuvor war, verlassen und wird nun Wertpapiere und Geld an die Junker-Bank überführen.«

Am Billardtisch, einem von denen, die noch mit Münzeinwurf funktionieren, war eine Partie im Gange. Einer der Spieler hatte ein durchdringendes Lachen, das alle Stimmen übertönte und hin und wieder zu ihnen an den Tisch drang.

»Die Herkunft des Geldes ist ungewiss. Normalerweise kann es eine Bank so nicht einziehen. Aber Sie wissen ja, bei der Junker-Bank verlangen sie nicht immer genaue Kontrollen. Sie wollen sich schnell vergrößern und sind zu Risiken bereit. Außerdem, mein lieber Salviati, werden wir es sein, die den Ort der Überführung wählen!«

Salviati hatte die ganze Zeit mit düsterer Miene auf seine Pfeife gestarrt. Doch bei diesen Worten hob er erstaunt den Blick.

»Wir werden wählen? Was soll das heißen?«

»Es wird eine ganze Reihe von Transfers geben, ein Kunde,

bei dem es insgesamt um über hundert Millionen geht. Das meiste in bar, Euros oder Franken, die in verschiedene Junker-Filialen gebracht werden: jedes Mal eine Summe im Wert zwischen fünf und zehn Millionen Franken. Wir müssen nur den richtigen Ort aussuchen, uns das Geld schnappen und abhauen. Ganz einfach.«

Schweigen. Salviati legte die Pfeife auf den Tisch.

»Ganz einfach, was?«

»Natürlich! Wir können alles vorbereiten, sodass …«

»Genial, stimmt's?«

»Ja. Die Sache ist …«

Matteo spürte, wie ihm die Worte im Mund erstarben. Die Stille wurde von einem Lachen übertönt, das vom Billardtisch herüberkam.

»Hören Sie, Marelli. Ich bin gezwungen, Geduld zu üben, was nie meine Stärke war. Ich gehe auf die Erpressung ein, das wissen Sie. Aber die Entscheidungen fälle ich, ist das klar?«

»Ich … ja natürlich. Ich wollte nur …«

»Sie geben mir alle Informationen, die Sie haben. Ich werde die Sache unter die Lupe nehmen. Danach werd ich mich mit diesem Bastard von Forster in Verbindung setzen, und dann sehen wir weiter …«

»Einverstanden. Aber …«

»Aber jetzt, bevor ich irgendetwas unternehme, will ich mit meiner Tochter sprechen.«

»Jetzt?«

»Ganz richtig gehört.«

»Das geht nicht! Ich weiß nicht, wo sie sie versteckt haben. Ich weiß gar nichts!«

Salviati erhob sich langsam. Er stützte sich auf den Tisch und beugte sich zu Matteo vor.

»Glauben Sie wirklich, dass ich zehn Millionen Franken für Sie raube, ohne vorher mit meiner Tochter gesprochen zu haben?«

»Natürlich nicht! Ich verspreche Ihnen, die Sache in die Hand zu nehmen! Morgen früh wird sie sich bei Ihnen melden. Haben Sie ein Natel?

»Ein was?«

»Ein Mobiltelefon, ein Handy.«

»Ich hab mir eins gekauft.« Salviati wühlte erst in einer, dann in der anderen Tasche, tastete dann sein Hemd ab. »Wo ist denn …?«

Schließlich fand er es im Tabakbeutel. Ein rot-weißes Modell.

»Ich habe auch einen Vertrag mit der Nummer bekommen«, sagte Salviati. »Aber ich will keine Anrufe von einer Nummer empfangen, die nicht sauber ist.«

»Auch ich verstehe was von meinem Handwerk, Herr Salviati.«

Fast heimlich, wie zwei Schuljungen, tauschten sie ihre Telefonnummern aus und Matteo zahlte die Rechnung. Dann sagte er:

»Ich gehe jetzt. Haben Sie zufällig die Absicht, mir zu folgen? Ich sage Ihnen gleich, dass es zwecklos ist. Ich habe dafür gesorgt …«

»Gehen Sie zum Teufel und lassen Sie mich in Ruhe!«

Salviati bestellte noch ein Bier und blieb im Dämmerlicht des Clayton sitzen, rings um ihn Stimmengewirr, kurze Billardstöße. Matteo stieß dagegen einen Seufzer der Erleichterung aus, als er die Straße erreichte.

Viganello besteht aus wenigen steilen Straßen, wenigen Straßenlaternen und einigen Eckkneipen. Die meisten Lokale hatten Tische auf den Gehweg gestellt. Matteo lief zügig. Hin und wieder sah er sich um, um sich zu vergewissern, dass niemand ihm folgte.

Würde Salviati Ruhe bewahren? Vor einem Schnellimbiss tat Matteo so, als binde er sich die Schuhe zu. Wenn es Salviati gelingt mir zu folgen, dachte er, geht alles in die Hose. Aber die Straße war leer. Matteo bog nach rechts ab und begab sich in den höher gelegenen Teil Viganellos, wo er den Wagen geparkt hatte.

Während der Fahrt dachte er an die zehn Millionen der Junker-Bank. Eine gewaltige Summe! Selbst mit Forster geteilt, selbst abzüglich aller Kosten. Er nahm die Autobahn in Richtung Norden. Man musste aufpassen, durfte sich keine Fehler leisten. Salviati war zu seiner Zeit einer der Fähigsten gewesen, aber wie würde er mit all dem technischen Fortschritt zurechtkommen?

Es war halb elf Uhr abends. Matteo hatte eine lange Reise vor sich: von den Lichtern Luganos bis zu den dunklen Pfaden des Bavonatals. Bei Bellinzona fuhr er von der Autobahn ab, nahm die Kantonsstraße nach Locarno und fuhr weiter ins Maggiatal. Als er Sonlerto erreichte, war es beinahe Mitternacht. Noch immer in Gedanken versunken, schlug er einen Pfad durchs Gebüsch ein. Weiter oben sah er ein Licht in den Bergen.

Gut, dachte er, Lina ist noch wach.

Oberhalb der Sennhütte gab es nichts mehr. Sie war der höchste bewohnte Punkt in einem der wildesten Täler des Tessins. Mithilfe einer Taschenlampe folgte Matteo der schwachen Spur eines Pfades. Dann verlor sich die Spur. Matteo musste sich durch einen Wald schlagen.

Die Corói-Alm war seit Jahren verlassen. Die Natur eroberte das Terrain zurück, und die Sennhütte war von allen Seiten umwuchert. Wenn man die Gaslampe vor der Tür ausschaltete, war sie von unten praktisch nicht zu sehen. Um sie zu erreichen, musste man genau wissen, wo sie lag.

Die Idee, dass Lina sich dort oben versteckt hielt, stammte von Forster, der die Hütte für alle Eventualitäten ausgestattet hatte. Matteo wollte lieber nicht darüber nachdenken, für welche Zwecke sie bereits verwendet worden war. Forster hatte Angst, Lina könne es sich anders überlegen: Er hatte Matteo befohlen, sie nicht aus den Augen zu lassen. Am Anfang wollte er ihm sogar einen zweiten Wächter an die Seite stellen. Zum Glück war es Matteo gelungen, ihn unter dem Vorwand, dass es Lina damit nicht gut gehen würde, davon abzubringen.

»Wo warst du?«

»Ich habe Jean Salviati getroffen.«

Lina saß mit einem Buch am Feuer. Sie trug einen Pulli und Jeans. Das kastanienfarbene Haar fiel ihr auf die Schultern und glänzte im Licht. Als sie von ihrem Vater sprechen hörte, hob sie abrupt den Kopf. Matteo berichtete ihr in allen Einzelheiten von dem Treffen.

»Aber wie hat er reagiert«, wollte sie am Ende wissen, »hat er nicht nach mir gefragt?«

»Ich habe ihm gesagt, dass es dir gut geht.«

Lina sah sich um.

»Wenn du meinst …«

Die Sennhütte hatte nicht gerade viel Komfort zu bieten. Steinfußboden, ein Holztisch, ein paar Stühle, zwei Feldbetten und eine Feuerstelle. In einem mit Rigipswänden abgetrennten Raum befanden sich ein Waschtisch und eine Toilette.

»Aber was hat er dir gesagt? Wann machen wir diesen Überfall?«

»Läuft alles gut.« Matteo zog sich die Windjacke aus,

trat an den Kamin und rieb sich die Hände. »Alles in Ordnung.«

»Was soll das heißen, läuft alles gut? Müssen wir noch lange hierbleiben?«

»Na ja, wir sollten's als eine Art Urlaub auffassen.« Matteo grinste. »Hast du was gegen ein bisschen Urlaub?«

»Nenn es von mir aus Urlaub! Aber hat mein Vater gar nicht von mir gesprochen?«

»Er will mit dir telefonieren.«

»Telefonieren? Und was soll ich ihm sagen?«

»Ganz ruhig.« Matteo legte ihr eine Hand aufs Knie. »Kein Grund zur Sorge. Du rufst ihn in den nächsten Tagen an und sagst ihm, dass es dir gut geht.«

»Aber wie soll ich das machen? Ich müsste ihm einen Haufen Lügen auftischen!«

»Du brauchst nicht …«

»Mein Vater ist nicht dumm, verstehst du?«

»Du brauchst nicht lange mit ihm zu sprechen. Zwei Sätze, mehr nicht.«

»Das schaff ich nicht! Er wird sofort merken, dass …«

»Lina«, Matteo sah ihr in die Augen, »glaubst du an unseren Plan?«

Die Flammen im Kamin waren das einzige Geräusch, die einzige Bewegung in dem düsteren Raum, der nach Holz roch. Bis Lina den Kopf senkte.

»Ich habe Angst.«

»Das ist natürlich.«

»Wir sind hier allein, vollkommen abgeschnitten …«

»Wir sind den Blicken der Welt entzogen. Allein mit unseren Träumen.«

»Das ist nicht zum Lachen.«

»Aber ich meine es ernst.«

»Es steht viel auf dem Spiel, Matteo, hier geht's darum, eine Bank auszurauben! Und das Ganze, indem mein Vater hinters Licht geführt wird …«

»Ich weiß, Lina, es ist nicht einfach. Aber weißt du was? Das ist unsere Chance, wir müssen sie nutzen.«

»Und derweil sind wir hier in Forsters Hütte eingesperrt.«

»Wie kommt es eigentlich, dass du soviel Schulden bei ihm hast?«

Matteo wandte sich mit leiser, beinahe monotoner Stimme an sie. Linas Antworten wirkten wie ein innerer Monolog, als wäre sie ganz allein, vor dem Kamin, mit sich selbst im Gespräch.

» Darüber gibt es nicht viel zu sagen.« Sie ordnete ihr Haar auf dem Rücken und starrte unentwegt in die Flammen. »Ich wusste nicht, was ich anfangen sollte. Ich hatte ein Sekretärinnen-Diplom und hab in einer Anwaltskanzlei in Nizza gearbeitet, aber ich fand es langweilig.«

»Was hat dein Vater gemacht?«

»Anfangs gehörte er noch dazu. Ich habe Jahre gebraucht, ehe ich es entdeckt habe. Er war immer unterwegs, ein ständiges Kommen und Gehen.«

»Hat er dir nichts erzählt?«

»Als ich erfuhr, dass er ein Dieb war, fand ich es unglaublich. Für mich war es eine schöne Sache, ich dachte nicht an die Gefahren oder ans Gesetz. Es … es war etwas, das mir das Gefühl gab, anders zu sein.«

»Wie anders?«

»Ich weiß nicht … so eine Art Freiheitsgefühl, wie ein geheimes Spiel, eine Sache nur zwischen uns. Natürlich habe ich ihn gebeten mich mitzunehmen, mich zu unterweisen. Aber er hat sich immer geweigert.«

»Bis er alles an den Nagel gehängt hat …«

»Um Gärtner zu werden! Kaum zu glauben. Mit fünfzig Jahren! Er hat sich in dieses Kaff auf dem Land zurückgezogen …«

»Aber du nicht.«

»Nein. Ich bin in Nizza geblieben und habe Kontakt zu seinen alten Freunden gesucht. Dann die Männer, die Spielabende. Ich habe zu viel ausgegeben. Forster macht eine Menge Geschäfte in Südfrankreich. Ich habe ihn kennengelernt. Als Tochter meines Vaters. Und dann …«

Schweigen.

»Und dann?«, murmelte Matteo.

»Das ist eine langweilige Geschichte.«

Schweigen. Matteo sagte:

»So wie meine. Deshalb müssen wir durchhalten, verstehst du?«

»Ja. Ich … ich gehöre nicht zu denen, die sich drücken.«

»Ich weiß.«

Er strich ihr langsam, mit beruhigender Geste übers Haar. Sie schaute weiter ins Feuer, und er lächelte ihr zu. Schließlich sah Lina auf und erwiderte sein Lächeln. Die Schatten spielten auf ihren Gesichtern. Hin und wieder kam ein Windstoß durch den Kamin, wirbelte ein paar Funken, ein wenig Asche auf, und legte sich dann wieder.

7

Der Detektiv

Elia Contini war ein Mann, der, wenn er dir einen Begrüßungskuss gab, aussah, als würde er an etwas ganz anderes denken.

Vielleicht war das auch so.

Francesca hätte längst daran gewöhnt sein müssen. Aber ihre Freundinnen gaben ihr immer wieder zu verstehen, dass ein Leben an Continis Seite absurd war. Nichtsdestoweniger erwiderte Francesca den Kuss und die Umarmung. Er klopfte ihr auf die Schulter, bevor er sich von ihr löste.

»Ist die Reise gut gelaufen?«, erkundigte er sich.

»Absolut problemlos.«

Es war typisch Contini, selbst eine Fahrt von Mailand in die italienische Schweiz als »Reise« zu bezeichnen. Francesca lächelte und griff nach ihrer Tasche.

»Ich geh duschen.«

Contini nickte. Sie standen unter dem Vordach des Hauses in Corvesco. Die Luft war von Gerüchen und Geräuschen erfüllt, die aus dem Wald kamen. Im Dorf brannten ungewöhnlich viele Lichter, wie das an Sommerabenden zuweilen vorkam.

Der Detektiv nahm wieder auf dem Korbsessel Platz und schlug sein Buch auf. Das Licht unter dem Vordach war schwach, aber Contini las niemals lange. Immer dasselbe

Buch, eine Art Tribut an die Vergangenheit. *O eitle Schatten, nur dem Auge wirklich! Dreimal umschlang ich ihn mit meinen Armen und dreimal schloss ich sie auf meiner Brust.* Die Verse des Fegefeuers aus Dantes *Göttlicher Komödie* riefen Contini ins Gedächtnis, wie schwierig es war, zum Wesen der Dinge vorzudringen. *Vor Staunen, glaub ich, ward mein Antlitz blass, weshalb der Schatten lächelnd sich zurückzog, und ich, ihm folgend, immer vorwärtsdrang.*

Die Leere umarmen und dann einem Schatten folgen.

Manchmal fragte sich Contini, ob seine Arbeit nicht so ähnlich war. Wann kam es mal vor, dass er wirklich eine Frage beantwortete? Immer öfter war er in letzter Zeit von seiner Tätigkeit als Privatdetektiv enttäuscht. Aber was hätte er sonst tun sollen, und außerdem, so sagte er sich immer wieder, gab es Schlimmeres. Im Grunde war es eine Möglichkeit von vielen, sich durchzuschlagen und seine Hobbys zu finanzieren. Füchse zu fotografieren war zum Glück kein kostspieliger Zeitvertreib.

Später an diesem Abend würde er Francesca mit in den Wald nehmen. Er wollte ihr zeigen, welche Fortschritte die beiden im Frühjahr geborenen Fuchsjungen gemacht hatten. Sie wurden allmählich groß und selbstständig. Die Mutter ließ sie gewähren, aber die beiden suchten nach wie vor die gegenseitige Nähe.

Er lehnte sich zurück, klappte das Buch zu und beschloss, sich die letzte Zigarette für diesen Tag zu genehmigen.

Manchmal vergehen Jahre, und es geschieht nichts, bis dir durch irgendeine Sache klar wird, dass sich alles verändert hat. Ohne dass du es gemerkt hättest. In jüngster Zeit hatte Contini den Spross einer wohlhabenden Luganer Familie überwacht, der sich der Kontrolle seiner Eltern zu entziehen versuchte. Der Detektiv hatte ihn auf seiner Höllentour durch die Nachtlokale verfolgt, bis die Eltern zu dem Schluss gekommen waren, dass es genügte. Dann hatte er Nachforschungen über den Background einiger Beschäftigter bei einer Versicherungsgesellschaft angestellt. Und jetzt wartete er auf die nächste Gelegenheit.

Er nahm einen tiefen Zug. Der graue Kater sprang aus dem Gebüsch und drückte sich, bevor er ins Haus lief, gegen die Beine des Sessels. Du siehst verbittert aus, Contini. Was willst du, Kater, mir fällt einfach nichts mehr ein.

Nicht darüber nachdenken … das war nicht einfach. Im vergangenen Winter hatte er angefangen, mit der eigenen Vergangenheit abzurechnen. Am Ende war ihm sein Leben wie ein nunmehr offenkundiges Versteck erschienen. Contini war beinahe vierzig Jahre alt, und er wusste, dass lange Sommerabende zu gefährlichen Überlegungen führen können. Er hatte gelernt, ein wenig Wein darauf zu trinken, die Gedanken im Rauch einer Zigarette zu zerstreuen.

Aber meistens braucht man nur an die Vergangenheit zu denken, und schon sind die Probleme da.

Der Gast kündigte sich weder durch Klingeln, noch durch Rufen an. Er tauchte zwei Schritte vom Vordach entfernt auf, und brachte das graue Fell des Katers dazu, sich zu sträuben. Contini blinzelte und legte die Zigarette ab.

»Suchen Sie jemanden?«

»Elia.«

Schweigen. Wer nannte ihn denn Elia? Der Detektiv erhob sich und sah dem Mann forschend ins Gesicht. Selbst Francesca nannte ihn Contini. Dieser Name, Elia, diese Stimme waren ein Zeichen aus der Vergangenheit. Und ein Zeichen dafür, dass etwas nicht stimmte.

»Wer bist du?«

»Erinnerst du dich nicht? Jean Salviati.«

Contini antwortete nicht. Er setzte sich wieder und nahm seine Zigarette. Er blies eine Rauchwolke aus, als wolle er seine Antwort dahinter verbergen.

»Jean«, murmelte er. »Du lebst noch …«

»Scheint so. Darf ich?«

Salviati schob einen Korbsessel neben den von Contini und setzte sich, die Hände auf die Knie gestützt.

»Ich bin in Schwierigkeiten, Elia. Ich war fort, aber jetzt musste ich zurückkehren.«

»Du lebst in Frankreich?«

»Ja.«

»Und was …«

»Ich bin Gärtner.«

»Ah.«

Bevor Salviati zu sprechen begann, atmete er tief durch.

»Hör zu, Elia, ich weiß, dass es vielleicht ein Fehler war, zu dir zu kommen. Ich weiß, dass wir uns seit Jahren nicht gesehen haben und dass ich hier einfach hereinplatze … dass du Polizist bist und ich …«

»Privatpolizist. Mit Diebstählen habe ich nichts zu tun.«

»Ich auch nicht. Ich habe auch nichts mehr damit zu tun …«

Die letzten Worte blieben Salviati im Hals stecken, und die beiden Männer verharrten in Schweigen. Bis sich Salviati räusperte, seine Pfeife und den Tabak hervorholte.

»Magst du was trinken?«, fragte Contini.

»Hast du Wein da?«

Contini brachte eine halbe Flasche Merlot, und Salviati erzählte ihm, während er seine Pfeife stopfte, von Linas Entführung und Forsters Erpressung.

»Erinnerst du dich an meine Tochter? Ich weiß nicht, ob ihr euch je begegnet seid …«

»Flüchtig.«

»Sie ist bereits über dreißig. Aber das Problem ist nicht Lina, sondern die Tatsache, dass Forster mich in die Zange nimmt.«

»Weshalb macht er diesen Bankraub nicht selbst?«

»Er will, dass ich für ihn die Kastanien aus dem Feuer hole. Außerdem schuldet Lina ihm einen Haufen Geld.«

»Vor allem hat er auf diese Weise jemanden, dem er die Schuld in die Schuhe schieben kann.«

»Meinst du, er will mich übers Ohr hauen?«

Contini nahm einen Schluck Wein. Dann sagte er:

»Er hat deine Tochter entführt.«

»Aber wenn der Bankraub klappt … Forster ist nicht blöd. Er weiß, dass es das Beste ist, sich den Kuchen zu teilen und sich dann aus dem Weg zu gehen.«

»Hat er keine Angst, dass du dich rächst?«

»Von wegen rächen. Forster weiß, dass es mir nur um das Wohl meiner Tochter geht. Er weiß, dass ich jetzt Gärtner bin.«

Contini und Salviati sahen sich in die Augen. Im Licht der Lampe konnte man kaum die Pupillen erkennen.

»Mal sehen, was sich machen lässt«, sagte Contini.

Salviati berichtete ihm von seinem Treffen mit Matteo Marelli.

»Er ist kein Profi. Aber er hat die Informationen für den Überfall.«

»Hat er irgendwas von deiner Tochter erzählt?«

»Nichts. Aber morgen lassen sie mich Kontakt mit ihr aufnehmen.«

Salviati erklärte Contini den Plan Marellis. Einen Bargeldtransfer abzuwarten und sich für den Coup die Tatsache zunutze zu machen, dass das Ganze unter Wahrung größtmöglicher Diskretion abgewickelt werden sollte.

»Diskretion schön und gut«, meinte Contini, »aber scheint es dir nicht ein bisschen riskant? Bei zehn Millionen werden sie schon aufpassen.«

»Sieht so aus, als könnte Marelli alle Informationen über die Zeiten und Sicherheitsvorkehrungen beschaffen. Es gibt insgesamt rund zehn Übergaben, jedes Mal eine Summe, die ein paar Millionen Franken entspricht, Euro oder Franken in bar, immer eine andere Filiale. Man braucht nur die richtige zu wählen.«

»Eine Art Bankraub à la carte ...«

»So ungefähr.«

Contini leerte sein Glas und stellte es auf das Tischchen. Dann sah er Salviati fest in die Augen.

»Und bist du bereit, auf die Erpressung einzugehen?«

»Beinahe«, antwortete der alte Dieb.

Contini sah ihn mit fragender Miene an.

»Also, ich würde gern herausfinden, wo meine Tochter ist, und sie befreien. Wenn es mir nicht gelingt ... was soll ich dann machen?«

Schweigen. Contini wusste bereits, was Salviati ihn fragen würde, und nahm deshalb die Antwort vorweg.

»Ich kann dir helfen, deine Tochter zu suchen.«

Salviati nickte bedächtig. Dann murmelte er:

»Und wenn es nicht gelingt ...«

»Und wenn es nicht gelingt, werden wir sehen. Ich bin kein Polizist, das hab ich dir schon gesagt. Aber es ist riskant, Jean ... sehr riskant.«

»Wenn du nicht willst ...«

»Sag das nicht.«

»Hm.«

Mit dem Gemurmel Salviatis endete das Gespräch. Jeder war in seine Gedanken versunken. Obwohl sie nicht miteinander sprachen, kam es zu einem Austausch. In gewisser Weise erzählten sich die beiden Männer die letzten zehn Jahre ihres Lebens.

So fand sie schließlich Francesca. Zwei unbewegliche Gestalten unter dem Vordach, die sich im Widerschein der Lampe abzeichneten. Sie blieb auf der Schwelle stehen und hüstelte. Keiner der beiden fuhr zusammen. Als hätten sie mir einer Unterbrechung gerechnet.

»Francesca«, sagte Contini, »das ist Jean Salviati. Ein alter Freund.«

Salviati erhob sich.

»Angenehm.« Er deutete eine leichte Verbeugung an. »Elia hat mir gar nicht erzählt … Verzeihen Sie, dass ich um diese Uhrzeit noch störe.«

Elia.

Francesca erwiderte nichts, aber sie wunderte sich, ebenso wie über die Worte »ein alter Freund«. Contini hatte wenige Freunde, und Francesca glaubte, alle zu kennen. Er spürte ihre Verwunderung und sagte:

»Wir haben uns seit rund zehn Jahren nicht gesehen.«

»Tja«, Salviati lächelte, »eine lange Zeit …«

Francesca merkte, dass die beiden Männer ähnlich gestrickt waren. Sie hatten sich jahrelang nicht gesehen und saßen dort wie zwei Kollegen in der Kaffeepause. Francesca war sicher, dass sie sich nicht einmal umarmt hatten. Sie lächelte still und sagte:

»Ihr seid bestimmt froh, euch wiederzusehen. Wie kommt's, nach so vielen Jahren?«

»Das ist eine lange Geschichte …«, murmelte Salviati.

»Weißt du, Francesca«, Contini trat auf sie zu und berührte sie an der Schulter, »in nächster Zeit werde ich Jean bei einer wichtigen Sache helfen müssen.«

Jean. Francesca wunderte sich immer mehr.

»Eine wichtige Sache?«, fragte sie und legte einen Arm um Continis Hüfte. »Und welche?«

Contini drehte sich um und sah ihr in die Augen. Francesca begriff, dass er es ernst meinte. Er sprach langsam und mit leiser Stimme.

»Seine Tochter ist entführt worden. Wenn wir sie nicht finden, muss Jean Geld stehlen.«

8

Ausflug auf dem See

Luca Forster war weder Schweizer noch Amerikaner, noch Engländer oder Italiener. Er besaß tatsächlich mehrere Pässe. Nur jemand, der wirklich etwas davon verstand, konnte erkennen, welcher der echte war. Und es war zu vermuten, dass nicht einmal Forster selbst noch wusste, welche Muttersprache seine Mutter sprach.

Er lebte hauptsächlich von Hehlerei. Während Contini die Serpentinen von Corvesco hinabfuhr, versuchte er, sich ein Bild von dieser Person zu machen. Ein Mann mit zahlreichen Kontakten in verschiedene Länder, der sich dennoch damit zufriedengab, im Schatten mächtigerer Strukturen zu gedeihen.

Contini schloss das Autofenster, bevor er auf die Autobahn fuhr. Er lebte in Corvesco, im Sopraceneri, aber er fuhr jeden Tag zur Arbeit nach Paradiso, in jene kleine, an Lugano angegliederte Gemeinde. Nicht weit von dort, auf einem Hügel, befand sich Forsters Büro.

Forster. Er hätte lieber nichts mit ihm zu tun gehabt. Aber er konnte keinen Rückzieher machen. Er hatte Salviati vor fünfzehn, vielleicht auch zwanzig Jahren kennengelernt. In einem anderen Leben, wie es schien. Salviati war noch nicht im Gefängnis gewesen: Er verdingte sich als Dieb und Gauner. Contini arbeitete bei einer Zeitung und nahm nebenbei den einen oder anderen Auftrag als Detektiv an, um sein Gehalt aufzubessern. Bis er schließlich, bei der Überwachung einer Villa in Ascona, in ziemliche Schwierigkeiten geraten war. So zur Abwechslung. Aber diesmal wäre es für Contini, ohne das Eingreifen Salviatis, übel ausgegangen …

Genug Erinnerungen. Contini legte eine Kassette von Jacques Brel ein und versuchte, an die Gegenwart zu denken. Aber die alten französischen Chansons sind wie Schwämme. *Ni ces départs, ni ces navires, ni ces voyages qui nous chavirent …* Contini sah ein, dass es nichts nutzte, die Erinnerungen wegzuwischen. Man vergisst nichts. *On n 'oublie rien de rien, on s'habitue, c'est tout.*

Er parkte am Seeufer in Paradiso, neben seinem Büro, einem ehemaligen Fischerhaus. Davor befand sich eine kleine Anlegestelle mit einem Ruderboot, das sich nach Jahren harter Arbeit seinen Ruhestand verdient hatte. Der Detektiv zog eine Sportjacke über und setzte sich einen Strohhut auf den Kopf. In einen Rucksack stopfte er eine Flasche Bier, eine Salami und etwas Brot. Dann schob er das Boot weiter ins Wasser und begann seine Jagd.

Es war gegen ein Uhr mittags, die Sonne schien, der Wind fegte ein paar Wolkenfetzen vom Himmel. Contini krempelte die Ärmel hoch und fuhr zwischen Segel- und Motorbooten hindurch. Er wagte sich einige hundert Meter hinaus auf den See, dann ließ er sich auf den kleinen, schaumbekrönten Wellen treiben. Nach einigen Minuten zog er ein kleines Fernglas hervor und betrachtete den Himmel. Er ließ den Blick in alle Richtungen schweifen. Zum Gipfel des Monte Brè, dann zu den Landungsstegen von Paradiso und weiter nach oben, bis zu den glänzenden Fensterscheiben des Hotel Splendide und der am Hang gelegenen Häuser.

Luca Forster. Als er den Raum betrat, erkannte Contini ihn

am dunklen Schnauzbart. Forster setzte sich an den Schreibtisch, den Rücken zum Fenster. Vor ihm nahm ein Klient Platz – ein Araber, dem Aussehen nach zu urteilen. Der Klient trug eine Sonnenbrille.

Contini sah sie diskutieren, sich erheben und wieder setzen und Schriftstücke unterzeichnen. Jemand brachte ein Tablett mit Tee. Am Ende schüttelten sich Forster und der Araber die Hände und verabschiedeten sich überschwänglich. Dann kamen andere Geschäftsleute, weiterer Tee, weitere herzliche Verabschiedungen.

Der Detektiv merkte sich das Aussehen von Forsters beiden Gehilfen. Einer groß und kräftig, Salviati hatte ihm gesagt, dass er Elton hieß. Der andere älter und mit krummem Rücken. Er behielt auch die verschiedenen Klienten im Kopf: Aussehen, geschätztes Alter, Verhalten.

Kurz darauf erhob sich Forster und baute sich vor der Glasfront auf. Contini spürte den Impuls, sich zurückzuziehen: Es sah tatsächlich so aus, als würde er zu ihm hinsehen. Aber Forster bewegte nur die Lippen. Sofort kam jemand und ließ die Jalousien herunter, während Forster den Raum verließ. Contini nahm nun mit dem Fernglas die Kreuzung ins Visier, die in die Innenstadt führte. Zwanzig Minuten lang beobachtete er alle vorbeifahrenden Autos, und am Ende war er ziemlich sicher, dass Forster in Richtung Autobahn gefahren war.

Am nächsten Tag, gegen sieben Uhr abends, als Forster aufbrach, wartete Contini an der Auffahrt Lugano Süd auf ihn. Er folgte ihm bis zur Abfahrt Lugano Nord und dann auf der Kantonsstraße nach Tesserete.

An diesem Abend telefonierte Contini mit Salviati.

»Das ist wenig«, sagte der alte Dieb, »wir wissen zu wenig. Wir müssen mehr in Erfahrung bringen.«

»Langsam«, erwiderte Contini. »Denk dran, dass er deine Tochter hat.«

»Ja«, Salviati seufzte, »du hast recht. Aber es ist nicht leicht, hier in Linas Wohnung zu sitzen und nichts zu tun. Kann ich morgen nicht mitkommen?«

»Forster kennt dich.«

»Aber ich pass auf. Lina ist in seiner Gewalt, bisher habe ich nicht mal mit ihr telefoniert … Ich will Genaueres wissen!«

Contini versuchte, ihn zu beruhigen.

»Wir müssen Geduld haben. Eins nach dem andern.«

»Ich weiß, ich weiß, tut mir leid. Es ist wie wenn man einen Coup vorbereitet.«

»Ganz genau.«

»Hör zu, Elia, du wirst mich für einen Idioten halten, aber …«

»Jean.«

»Ja?«

»Kein Problem, Jean. Ich ruf dich morgen an.«

»In Ordnung. Danke.«

»Ciao.«

Salviati legte den Hörer auf und lächelte gezwungen.

Wenige Tage zuvor war er noch Gärtner in einer provenzalischen Villa gewesen, mit Problemen wie Milben und Schildläusen. Jetzt arbeitete er stattdessen mit einem Privatdetektiv zusammen, um seine Tochter aus den Händen eines Mafioso zu befreien.

Salviati hatte in den letzten Jahren nicht mehr an Contini gedacht. Aber nach seinem Treffen mit Marelli und der Rückkehr in Linas Wohnung hatte er begriffen, dass er es allein nicht schaffen würde. Hier, zwischen all ihren Sachen, die Lebensmittel, die sie gekauft hatte, noch im Kühlschrank.

Und als einziger Halt dieses Versprechen, ein Anruf, der niemals kam.

Das überstieg seine Kräfte. Zum Glück war ihm Elia wieder eingefallen. Die beiden hatten stets an der Grenze zweier voneinander entfernter Welten gelebt. Aber Salviati hatte sofort, gleich bei ihrer ersten Begegnung, begriffen, dass ihre Schicksale in irgendeiner Form verbunden sein würden. Er hatte diesen schroffen jungen Mann gesehen und sich gesagt: Der wird irgendeine Überraschung für mich bereithalten.

Stattdessen war er selbst es, der ihm die Überraschung präsentierte: ein verzweifeltes Aufbegehren gegen Luca Forster, einen der übelsten Schurken der italienischen Schweiz.

Salviati trat auf den Balkon, um Pfeife zu rauchen, und sah auf die Lichter der Stadt, die dunkle Fläche des Sees. Er wusste, dass er in dieser Nacht keinen Schlaf finden würde. Da war dieses Schuldgefühl, weil er Contini in die Sache hineingezogen hatte. Und noch tiefer das andere Schuldgefühl: es zugelassen zu haben, dass Lina fortging, sie im Fahrwasser von Wetten und Schulden verloren zu haben.

Bis Forster sie, wie eine Spinne, gefangen genommen hatte.

Salviati blieb lange Zeit unbewegt, hob nur ab und zu die Hand, um den Tabak festzudrücken. Unbewusst und ohne es wirklich steuern zu können, reifte in ihm bereits ein Plan, die Junker-Bank um eine stattliche Summe zu erleichtern.

9

Dunkle Vorahnungen

Die Schweiz hat Angst vor ihrer Schönheit. All die saubergefegten Gehwege, all die wohlgepflegten Gärten und Hecken. Bis dich eines Sonntags, während du dein Auto putzt, Beklemmung überfällt. Und wenn uns jemand übers Ohr hauen will?

Aber auch der Betrug tritt diskret in Erscheinung. Ohne Geschrei, ohne Gewalt. Schritte, die über den Teppich einer Bank gleiten, Millionen von Franken, die man, wie einen guten Wein, der Reifung überlässt. Und Forster mit seinem Tee und seinem Lächeln, Forster, der Dealerei und Hehlerei zur Alltagsroutine eines Angestellten werden lässt.

Es ist ein schwer zu begreifendes Land. Contini liebte es genau deswegen: Er bewunderte die Klarheit und Besonnenheit der Schweiz, aber auch ihre zahlreichen Geheimnisse. Hinter jeder Sache verbirgt sich eine andere, wie bei jenem Mercedes mit den getönten Scheiben. Contini erkannte gerade noch rechtzeitig Forster neben dem Fahrer. Der Wagen hatte das Kennzeichen des Kantons Appenzell. Am Steuer saß dieser Kerl, der am Tag zuvor Tee serviert und die Jalousien heruntergelassen hatte.

Der Detektiv ließ den Motor an. Dann sah er zu Salviati und sagte:

»Ich verlass mich drauf…«

Salviati nickte:

»Du gibst die Befehle.«

Sie folgten dem Mercedes bis Tesserete, wo er auf einem Hof unterhalb der Kirche hielt. Forster steuerte zu Fuß auf ein altes, dreistöckiges Haus zu, das an die übrigen Gebäude des Komplexes angrenzte.

Kaum hatte Forster die Eingangstür geöffnet, entfernte sich der Mercedes. Contini und Salviati nahmen seinen Platz ein. Sie warteten ein paar Minuten, dann stiegen sie aus und drehten eine lange Runde, ehe sie sich Forsters Haus näherten, wobei sie achtgaben, nie von den Fenstern aus gesehen werden zu können. Contini bemerkte, dass auf den Straßen reger Verkehr herrschte.

Flötenmusik, von Tamburinen begleitet, zog die Aufmerksamkeit der beiden Männer auf sich. Sie kam von oben, aus der Nähe der Kirche. Contini und Salviati näherten sich, und als sie um die Ecke bogen, fanden sie sich inmitten eines kleinen irischen Festivals wieder.

Junge Männer in grünen T-Shirts, Frauen mit im Nacken geflochtenen Zöpfen. Whiskey-Verkostungen und Postkarten aus Dublin. Auf einer improvisierten Bühne spielte ein Mädchen in folkloristischer Tracht Flöte, während sich ein kräftig gebauter Typ mit Schnauzbart um die Percussion kümmerte. Contini und Salviati liefen durch die Menge wie zwei Müßiggänger. Salviati sah sich um, die Hände in den Hosentaschen. Contini probierte ein Glas Guinness Dry Stout, das angeblich beste Dunkelbier Irlands, zumindest nach Aussage desjenigen, der es verkaufte. Trotz des irischen Ambientes sah er überall die gewohnten Flip-Flops, hörte den gewohnten Tessiner Tonfall, die gewohnten Gespräche. »Das neue Auto von Soundso, ist dein Urlaub schon vorbei, oder, dieses Jahr beginnt die Fußballmeisterschaft eher …«

Contini gab Salviati ein Zeichen, das dieser ohne weitere Worte verstand. Von einer Ecke des Platzes aus ließ sich Forsters Haus perfekt beobachten.

Salviati hatte eine vage Idee. Während Contini etwas zu essen besorgte, behielt er die Fenster im Blick, das Hinein und Hinaus an der Eingangstür. Leider hatte er nicht viel Zeit. Er musste rasch handeln, solange sie noch nicht damit rechneten.

Ein Dieb in der Nacht, nach alter Tradition.

An diesem Abend wechselten sie sich ab, merkten sich jede Bewegung um das Haus herum. Gegen zwei waren alle Lichter erloschen; und soweit sie beobachtet hatten, lebten drei Personen in dem Haus: Forster, einer seiner Mitarbeiter und eine Frau, die kochte. Salviati hatte auch herausgefunden, welches die jeweiligen Zimmer waren. Zum großen Glück schlief Forster mit angelehntem Fenster.

Das irische Fest ging dem Ende entgegen.

Salviati sagte zu Contini:

»Warte hier auf mich.«

Dann näherte er sich dem Eingang, wobei er die verschiedenen Hausfassaden betrachtete, wie jemand, der nach einer ganz bestimmten sucht. Die Straßen im Dorf waren nahezu menschenleer. Ab und zu fuhr eilig ein Auto vorbei. Auch ein Kleintransporter war zu sehen, mit Holztischen und Schildern von alten irischen Pubs beladen: Old Trapper, The Red Lion, Gardner And His Friends.

Salviati warf einen Blick auf die Klingel an der Eingangstür. Die vage Idee, die er im Kopf hatte, nahm immer konkretere Formen an.

»Was hast du vor?«, fragte ihn Contini auf der Rückfahrt nach Lugano.

»Nichts.«

»Hör mal, ich habe gesehen, wie du das Haus unter die Lupe genommen hast …«

»Vorläufig heißt es abwarten, hast du gesagt, oder? Also warte ich ab!«

»Ich kenne dich, Jean. Du machst dir Sorgen um deine Tochter und hast es eilig. Was hast du vor? Zu Forster gehen und ihn bedrohen?«

»Nein, sei unbesorgt. Ich werde niemanden bedrohen.«

»Sicher?«

»Sicher.«

»Dann will ich dir mal glauben«, sagte Contini.

Er schob eine Kassette von Aznavour in den Rekorder, und sie fuhren schweigend weiter, in dem von alten französischen Chansons erfüllten Wagen.

10

Süße Träume

Am nächsten Tag mietete Salviati sich eine Wohnung.

Er hatte es satt, noch länger in Linas Wohnung zu bleiben; die Nachbarn hätten Verdacht schöpfen können. Außerdem hatte er seine Coups immer in Ruhe vorbereitet, weit weg von den Städten und vom Geld.

Lina hatte den Wagen in der Garage zurückgelassen, die Autoschlüssel hingen neben der Tür. So konnte sich Salviati frei vom einen Ende des Tessins ins andere bewegen. Beim Durchblättern einer Ausgabe des *Cerca & Trova* hatte er ein Wohnungsangebot oberhalb von Rivera auf dem Monte Ceneri entdeckt. Es war ein modernes Gebäude, von einem Erlen- und Nussbaumwäldchen umgeben, so als wolle man dessen Anblick verbergen. Nichts deutete auf das Werk eines Architekten hin, und wer es errichtet hatte, hatte sich offenbar an keinerlei Bebauungsplan gehalten.

Salviati besah sich nicht einmal die Möbel, sondern bedauerte lediglich den Zustand des Gartens. Der Immobilienmakler erklärte ihm, dass die Wohnung bis Ende Juni vermietet gewesen sei. Danach stand sie leer. Salviati zahlte für drei Monate im Voraus. Kaum hatte er sich von dem Makler verabschiedet, setzte er sich vor die Tür und rief – wie er es seit nunmehr vier Tagen tat – bei Matteo Marelli an. Er verlangte sofort mit Lina zu sprechen.

»Ich weiß nicht«, antwortete Marelli, »ich weiß nicht. Sie sollten nicht mich fragen!«

»Wen dann? Ich will wissen, wie es Lina geht. Sonst…«

»Es geht ihr gut, es geht ihr gut«, unterbrach ihn Marelli, »… also, ich verspreche Ihnen, dass Sie morgen mit ihr reden können, in Ordnung?«

»Hör zu, Marelli, das ist die letzte Gelegenheit!«

»Ja, natürlich! Und was unser Geschäft betrifft…«

«Willst du etwa am Telefon darüber sprechen?«

»Nein, natürlich nicht.« Marelli hüstelte, »aber ich habe Ihnen eine Liste mit allen Filialen der Gesellschaft zusammengestellt, um die sich unser Geschäft dreht. Das wird sicherlich hilfreich sein, um…«

»Zuerst will ich meine Tochter sprechen.«

Salviati beendete das Telefonat. Seine Sorge wuchs. Obwohl, das musste er zugeben, die Gelegenheit günstig schien. Vor allem der Umstand, dass man eine Nebenfiliale ins Visier nehmen und trotzdem sicher sein konnte, dort zehn Millionen zu finden. Allerdings musste zuvor eine Reihe von Punkten geklärt werden…

Aber was tue ich da? Er merkte, dass er sich innerlich bereits mit der Idee des Überfalls anfreundete. Das war das Übelste an Forsters Niederträchtigkeit. Salviati hatte Jahre gebraucht, um sich aus dem Umfeld zurückzuziehen und sich einen Broterwerb zu suchen. Und nun? Auch wenn alles gut ging, wusste er nicht, ob er am Ende den Mut finden würde, zur alten Madame Augustine zurückzukehren.

»Ich bin sicher«, erklärte Renzo Malaspina, »dass Marelli ein Einzelgänger ist.«

»Auf jeden Fall ist er kein Profi«, meinte Contini.

»Das denke ich auch. Sagen wir, er ist jemand, der zupackt.«

Sie saßen in Continis Büro, das Fenster zum See weit geöffnet. Der Detektiv hatte seinem Mitarbeiter ein Glas Weißwein gebracht und ein wenig Platz auf dem mit Krimskrams beladenen Schreibtisch geschaffen. Malaspina war offiziell arbeitslos, aber er erledigte tausend kleine Arbeiten. So half er gelegentlich auch Contini. Er leerte sein Glas und sagte:

»Ich habe mich auch unter den Hehlern umgehört, aber ich glaube, dass Marelli kein Dieb ist. Ein paar Gaunereien, versuchter Bankbetrug. Kleinigkeiten.«

Malaspina und Contini, einer dem andern gegenüber, boten einen Anblick, der einem in den Augen wehtat. Der Detektiv trug Jacke und Hose aus weißem Leinen, Malaspina dagegen eine kurze violette Hose und ein enganliegendes orangefarbenes T-Shirt, das seine Muskelpracht kaum verbarg.

»Jedenfalls scheint mir der schwache Punkt an der ganzen Geschichte gerade dieser Marelli zu sein«, sagte Contini. »Forster direkt anzugreifen, ist schwierig.«

»Was hat eigentlich dein Freund Salviati vor?«

»Ich weiß nicht. Ich hoffe, dass er solange stillhält, bis ich Marelli zu fassen bekomme. Ich glaube, dass er uns zu Jeans Tochter bringen kann.«

»Ich habe rausgefunden, wo er wohnt, in Massagno«, erklärte Malaspina, während er vorsichtig sein Glas auf dem Schreibtisch, zwischen einer Kaktuspflanze und einem Schnappmesser, abstellte. »Aber er ist in dem Viertel lange nicht mehr gesehen worden. Es heißt, er habe irgendeine größere Sache am Laufen.«

»Das glaube ich gern! Noch etwas Wein?«

»Danke.« Malaspina hielt sein Glas hin. » Ich halte weiter nach ihm Ausschau. Ich bin sicher, er wird früher oder später auftauchen. Er kann schließlich nicht vollkommen von der Bildfläche verschwinden, oder?«

»Nein«, Contini schüttelte den Kopf. »Aber diese Entführung ist merkwürdig…«

»Wie meinst du das?«

»Marelli besitzt die Informationen über die Banktransfers, schön und gut. Aber warum überlässt man ihm die Organisation von Linas Entführung? Weshalb hat sich Forster nicht jemanden ausgesucht, der geeigneter ist?«

Hinter dem Fenster zerfiel der See in unzählige glitzernde Punkte. Die Mittagssonne entfachte die Funken. Contini kniff die Augen zusammen und ging weiter seinen Gedanken nach.

»Marelli ist ein Betrüger. Aber kein Entführer. Warum also diese Geschichte? Warum scheint es, als wisse Marelli, wo Lina versteckt ist und als liege es in seiner Macht, Telefongespräche zu versprechen?«

»Hm«, Malaspina kratzte sich am Kopf. »Bisher gab es jedenfalls noch keinen Anruf.«

»Auch das ist merkwürdig. Jean verliert allmählich die Geduld. Wieso lassen sie ihn nicht mit seiner Tochter sprechen?«

Malaspina antwortete nicht. Ein grausiger Gedanke ging den beiden Männern durch den Kopf, als habe eine Wolke den See verdunkelt.

»Hoffentlich geht es Lina gut«, sagte Contini und erhob sich. »Gehen wir was essen?«

Malaspina nickte. Er war ein wortkarger Mensch, genau wie Contini, und vielleicht war er gerade deshalb in der Lage, in zwielichtige Tessiner Kreise einzudringen und Informationen zu sammeln. Sicher trug auch die Tatsache, dass er zwei Meter groß war und über hundert Kilo wog, dazu bei.

Sie aßen bei Piero, einem schlichten Restaurant im Stadtzentrum von Lugano. Contini mochte die beinahe ländliche

Atmosphäre, die karierten Tischdecken und den Hauswein, der in Karaffen serviert wurde. Sie aßen das Tagesgericht. Pasta mit einer Soße aus Paprika und Zwiebeln, die mit etwas Tofu und Pesto verfeinert war. Piero versicherte, dass es eine leichte Mahlzeit sei.

»Leicht?«, fragte Contini und strich die Serviette glatt. »Na, wenn du es sagst…«

Malaspina goss sich ein großes Glas Merlot ein und sah mürrisch auf den Teller. Er sagte kein Wort. Bevor er sich mit Luca Forster anlegte, würde er auf jeden Fall mindestens noch ein Rindersteak verdrücken. Malaspina verkehrte bereits seit einigen Jahren in dem Milieu und kannte sich aus. Forster war kein ganz dicker Fisch, aber genau das war das Problem. Die kleinen Haie sind die schlimmsten.

Kein Anruf.

Lina schien sich in nichts aufgelöst zu haben.

Salviati durfte nicht länger warten. An diesem Abend würde er, in Tesserete, zum Angriff übergehen.

Am Nachmittag suchte er einen seiner alten Kontakte auf. Er hieß Giovanni, nannte sich Gengio und besaß ein Lager in der Gegend von Molino Nuovo. Er war ein schmächtiger, flinker Typ, der den Eindruck erweckte, als könne er an zwei verschiedenen Orten gleichzeitig sein und dabei jeweils drei verschiedene Gespräche führen.

»Zum alten Leben zurückgekehrt!«, rief er, als Salviati ihm sein Anliegen erklärt hatte. »Und mit ganz neuen Seiten! Das war früher nicht dein Stil, oder?«

»Nein«, Salviati sah sich um. »Aber ich muss meinen Stil ändern.«

»Also werd ich dir ein paar Dinge erklären, die dir nützen könnten!«

In dem schwachen Licht des Lagers wirkte der Raum noch tiefer. In langen Regalreihen drängten sich allerlei Behältnisse und mit Tüchern abgedeckte Gerätschaften.

»Es gibt verschiedene Möglichkeiten«, sagte Gengio, »aber ich vermute, du willst auf Nummer sicher gehen. Außerdem muss man schauen, wie man sich Zutritt verschaffen kann, ob ein zusätzlicher Bruch nötig ist, oder ...«

»Gengio.«

»Was denn?«

»Der Reihe nach. Vor allem will ich kein Risiko eingehen. Das heißt, ich will nicht, dass beim Opfer irgendwelche Nebenwirkungen auftreten.«

»Glaubst du etwa, ich bin ein Pfuscher? Die einzige Gefahr besteht bei Überdosierung und ... na ja, es können natürlich auch allergische Reaktionen auftreten, aber das würdest du merken.«

»Was ist das für Gas, Lachgas?«

»Hab ich auch da, wenn du willst, aber heutzutage gibt es Besseres. Um eine narkotische Wirkung zu erzielen, braucht man eine zu hohe Konzentration im Verhältnis zur Luft, beinahe siebzig Prozent. Nein, in der Regel empfehle ich Chlormethan, Cyclopropan, Halothan, Enfluran oder Isofluran.«

Während Gengio die Betäubungsmittel aufzählte, war er in eine Ecke des Lagers getreten. Dort stand ein Holzregal, das mit einem alten Tuch verhangen war. Gengio schob es beiseite, und Salviati sah eine Reihe weißer Gefäße neben kleinen Stahlflaschen und einigen batteriebetriebenen Zerstäubern, wie sie Asthmatiker verwenden.

»Ich kann dir Flasche und Zerstäuber zusammen verkaufen«, erklärte Gengio. »Zuerst verteilst du das Gas mithilfe des Zerstäubers im Raum. Das Opfer wird dadurch nicht ganz einschlafen, aber zumindest leicht betäubt sein. Nachdem du dir Zugang verschafft hast, halte ihm einen Mullbausch vors Gesicht und beende dein Werk. Du musst nur daran denken zu lüften, sonst läufst du Gefahr, selbst einzuschlafen. Ich kann mich an einen erinnern, den sie mal am Morgen, am Fußende eines Bettes gefunden haben …«

»Gengio.«

»Was denn?«

»Der Reihe nach. Woher weiß ich, welche Konzentration die richtige ist?«

»Das ist ja das Gute!« Gengio hüpfte beinahe vor Vergnügen. »Bei diesen flüssigen Betäubungsmitteln genügt eine Konzentration von 0,5 bis 1,5 Prozent. Du kannst nicht nur sicher sein, dass es wirkt, sondern auch, dass das Opfer nichts merkt. Und was die Verteilung angeht … ich geh jetzt mal systematisch vor, oder?«

Gengio zwinkerte Salviati zu, der nickte und ein Lächeln andeutete.

»Was die Verteilung angeht, solltest du nicht den Zerstäuber benutzen, sondern eine von diesen Stahlflaschen. Es sind dieselben, wie sie Taucher verwenden, schau, für kurze Tauchgänge.« Gengio griff nach einer etwa zwanzig Zentimeter hohen Stahlflasche. »Normalerweise nimmt ein Taucher die komprimierte Luft direkt durch das Mundstück auf, aber es gibt einen Knopf, der das Gas so entströmen lässt, ganz einfach …«

Salviati versuchte, sich die Informationen zu merken. Coups, die mithilfe von Anästhetika durchgeführt wurden, hatten nie zu seinem Repertoire gezählt. Zu plump, zu aggressiv. Aber nun befand er sich im Krieg und musste mit allen Mitteln kämpfen. Er kaufte eine Stahlflasche, die bereits mit einem Betäubungsmittel gefüllt war, sowie eine Ersatzflasche. Im letzten Augenblick nahm er noch eine Ausziehleiter mit: Er hatte beinahe vergessen, dass das Fenster im zweiten Stock lag.

»Gut, dann bleibt mir nichts weiter, als dich nochmals zu ermahnen«, sagte Gengio, während er ihn zum Ausgang begleitete. »Denk dran. Wenn ein Gitter vor dem Fenster ist, musst du es aufbrechen, sobald du das Gas versprüht hast. Denn es wirkt sofort. Wenn du drin bist, legst du den Atemregler an den Mund des Opfers und …«

»Gengio.«

»Hab verstanden. Hab schon verstanden! Ich wette, es gibt gar kein Gitter vor dem Fenster.«

Salviati lächelte.

»Weißt du was, Gengio?«

»Was denn?«

»Ich muss gestehen, dass du mir all die Jahre gefehlt hast.«

Contini überquerte die Via San Gottardo, stieg ein paar Stufen hinauf und befand sich in der Via Motta. Er schlenderte sie entlang wie ein Tourist, der sich zufällig nach Massagno verirrt hat. Er kam immer mehr zu der Überzeugung, dass der Schlüssel zu der Entführung bei Matteo Marelli lag, und er hatte es eilig, mit ihm zu sprechen.

Ihm schien, dass Salviati zunehmend unruhiger wurde. Aber zehn Millionen zu rauben, um Lina zurückzubekommen, war der reine Wahnsinn, das wusste Contini. Die italienische Schweiz ist kein Ort, an dem sich die Idee, eine Bank auszunehmen, einfach so von einem Traum in Wirklichkeit verwandeln lässt.

Massagno klammert sich so eng an das große Lugano, dass man den Übergang von der einen Gemeinde in die andere nicht bemerkt. Dennoch ist Massagno nicht Lugano. Und im Grunde ist es stolz darauf. Abschüssige Straßen, gepflegte

Gärten und eine Gemeindeverwaltung, die wie eine Glucke über die sechstausend Einwohner wacht… und dennoch, dachte Contini, während er in die Via Foletti einbog, dennoch lebt Matteo Marelli hier. Ein Betrüger mit räuberischen Ambitionen. Ein Frauenentführer. Was hat er inmitten von Zweifamilienhäuschen und blitzblanken Sportanlagen zu suchen?

Irgendetwas stimmte da nicht. Er hielt an und betrachtete die Gebäude einer Mittelschule, in denen sich nichts rührte mitten in den großen Ferien. In einer Ecke versuchten zwei Jungen auf ein Mäuerchen zu springen, ohne die Füße vom Skateboard zu nehmen. Manchmal fühlte Contini sich von der Normalität erdrückt. Die Sonne auf dem Beton, die Rufe der Jungen, die grüne Wiese. Wie war es möglich, zwei Seiten einer Medaille zu leben? Was hatten diese Skateboards zwischen dem Geflüster der Hehler verloren, inmitten der Schakale, die sich auf die Abfälle des *Private Banking* stürzten?

Vielleicht lag die Antwort hinter der Fassade eines namenlosen zweigeschossigen Gebäudes in der Via dei Sindacatori.

»Oh, ich Ärmste… heute mache ich sauber, entschuldigen Sie«, sagte die Nachbarin von gegenüber, eine Siebzigjährige in Kittelschürze und Hausschlappen. »Sie suchen Matteo?«

»Ja. Contini mein Name.«

»Angenehm. Anita Pedrini. Matteo hat sich schon seit einer Weile nicht mehr blicken lassen…«

»Wie lange genau?«

»Wenn Sie möchten, können Sie eine Nachricht bei mir hinterlassen.«

»Nein, nein, nicht so wichtig. Wir haben nur seit ein paar Tagen nichts von ihm gehört und machen uns ein bisschen Sorgen in der Familie… wissen Sie, ich bin sein Schwager.«

»Schwager?« Die Alte riss die Augen auf. »Ich Ärmste, ich wusste gar nicht, dass Matteo verheiratet ist!«

Contini seufzte.

»Geschieden, leider. Seine Exfrau ist meine Schwester.«

»Ah.«

»Er ist ein guter Freund. Wir haben ein sehr enges Verhältnis. Sagen Sie, da Sie ihn gut kennen, steckt er etwa in irgendwelchen Schwierigkeiten?«

»Aber nein doch! Matteo! Normalerweise geht er nie aus dem Haus, außer wenn er mit so einem Mädchen zusammen ist … oh, ich Ärmste, verzeihen Sie mir!«

»Ich bitte Sie! Schließlich sind sie geschieden.«

»Matteo ist jedenfalls ein guter Junge. Immer freundlich, immer hilfsbereit. Ich dachte, er sei im Urlaub.«

Das war es, was nicht stimmte. Ein junger Mann, der in dieser ruhigen Gegend wohnte, ein beflissener Typ, häuslich … Schon möglich, dass er ein zweitklassiger Verbrecher war, aber Contini konnte sich nur schwer vorstellen, dass sich so jemand mit Forster verbündete, um eine Entführung zu organisieren. Und dennoch …

»Hat er Ihnen, wo Sie zur Familie gehören, nicht gesagt, dass er Urlaub macht?«, fragte die Alte mit einem Anflug von Argwohn in der Stimme.

»Nein, er lebt sein eigenes Leben. Allerdings machen wir uns ein bisschen Sorgen. Er ist ein Einzelgänger, aber vielleicht sollte er öfter mal unter Leute kommen …«

Die Alte kicherte.

»Hm … ich Ärmste, wissen Sie, Matteo hat diese Probleme gar nicht! Kurz bevor er abreiste, war er immer mit einer zusammen. Ich weiß das, weil die Wände dünn sind. Auch wenn man nicht möchte, kann man gar nicht anders als zuhören, verstehen Sie …«

»Natürlich!« Contini versuchte nachzuhaken. »Vielleicht weiß seine Freundin, wo er hin ist. Haben Sie zufällig gehört, wie sie heißt?«

Die Alte wurde misstrauisch.

»Ich bin schließlich nicht indiskret! Außerdem ist sie nicht seine Freundin! Vielleicht eine Bekannte, oder so …«

»Ach so, natürlich …«

Contini bedankte sich bei der Nachbarin und schickte sich an, die Treppe hinunterzugehen. Aber die Alte konnte die Sache offenbar schlecht für sich behalten. Bevor sie die Tür schloss, rief sie ihn noch einmal zurück.

»Also«, sagte sie mit einem herausfordernden Funkeln in den Augen, »also, dieses Mädchen, mit dem er telefoniert hat, heißt Lina. Ich habe es einmal zufällig gehört, ich Ärmste, Sie wissen ja, dass die Wände …«

»Lina?«

»… dünn sind und … was haben Sie gesagt?«

»Das Mädchen heißt Lina?«

»Lina«, wiederholte die Alte. »Habe ich Ihnen doch gesagt, oder?«

»Natürlich. Ich danke Ihnen. Einen schönen Tag noch!«

Die Alte verabschiedete sich mit einem Kopfnicken und zog die Tür zu.

Seltsam, dachte Contini später, während er die Via San Gottardo hinauflief, um den Bus zu nehmen. Wirklich seltsam.

Ein Entführer der mit dem entführten Mädchen telefoniert.

In was für eine Geschichte bin ich da hineingeraten?

11

Ein Dieb in der Nacht

Im Lauf seiner Karriere als Dieb und Betrüger hatte Jean Salviati gelernt, Ruhe zu bewahren. Aber an diesem Nachmittag spürte er, wie seine innere Anspannung wuchs.

Er überprüfte das Material und testete mehrmals, ob Gengios Stahlflaschen funktionierten. Dann widmete er sich dem Garten seiner neuen Wohnung, zupfte Unkraut und stutzte die Zweige der Nussbäume. Schließlich setzte er sich vor die Eingangstür, um eine Pfeife zu rauchen und auf einen Anruf von Lina zu warten. Aber das Telefon blieb stumm.

Nach dem Abendessen fuhr er nach Tesserete, darauf gefasst, lange warten zu müssen. Er sah Forster heimkehren, sah das irische Fest in Schwung kommen. Er ging spazieren, trank etwas in der einen oder anderen Bar und setzte sich schließlich wie ein müder Tourist auf eine Bank, um die Piazza Motta zu betrachten.

Er trug dunkle Kleidung mit einem leicht eleganten Touch, für den Fall, dass es etwas vorzuspielen galt: grauer Anzug, schwarzes Hemd und schwarze Schuhe. Er wartete bis drei Uhr morgens. Um diese Uhrzeit war Tesserete wie ausgestorben: keine Iren, kein Lärm, keine Autos. Natürlich gibt es immer jemanden, der zu früher Morgenstunde nach Hause kommt. Aber Salviati musste es riskieren. Er parkte den Wagen in der Nähe des Hauses. Dann holte er ein Schild mit der

Aufschrift: BAUSTELLE – STRASSENSPERRUNG aus dem Kofferraum. Er stellte es am Ende der Straße auf, dort wo die Autos einbiegen, die aus Lugano kommen.

Nachdem er ein paar Minuten gewartet hatte, nahm er die Ausziehleiter, die er bei Gengio gekauft hatte. Zusammengeschoben war sie kaum länger als einen Meter, aber sie konnte bis zu drei Metern erreichen. Er zog sie aus und lehnte sie an Forsters Haus. Dann befestigte er die gasgefüllte Stahlflasche am Gürtel und stieg hinauf, ohne Eile. Bis zum Fenster fehlte beinahe ein Meter, aber Salviati schaffte es, sich auf das Fensterbrett hinaufzuziehen.

Wie in der Nacht zuvor war das Fenster nur angelehnt. Mit ruhigen Bewegungen löste Salviati die Stahlflasche vom Gürtel und stellte sie aufs Fensterbrett, dann führte er den Schlauch ins Innere und versprühte das Gas.

Eine Gefahr waren mögliche Alarmanlagen. Von der an der Eingangstür wusste Salviati und auch, dass sie ihm keine Probleme bereiten würde. Bewegungsmelder innerhalb der Wohnung konnten ihn allerdings in ziemliche Bedrängnis bringen. Im Schlafzimmer vermutete er zwar keine, doch gab es nur einen Weg, das herauszufinden. Salviati kletterte über das Fensterbrett hinein, hielt sich dabei ein Taschentuch vor die Nase. Kein Bewegungsmelder. Vorsichtig stieß er das Fenster weiter auf, um das Gas entweichen zu lassen. Dann trat er im Halbdunkel ans Bett, drückte Forster das Mundstück ans Gesicht und ließ ihn das Anästhetikum einatmen.

Er hatte schnell zum Gebaren eines Verbrechers zurückgefunden. Er bewegte sich langsam und sicher, kontrollierte den Herzschlag. Die Routine von Jahren. Er zog die Leiter durchs Fenster, vergewisserte sich, dass Forster schlief, trat in den Flur und schloss die Tür hinter sich.

Auf keinen Fall durfte er die Haushälterin wecken, oder

noch schlimmer, Forsters Gehilfen. Am Abend zuvor hatte er sich die Lage der Zimmer eingeprägt: Sie befanden sich nicht im selben Stock, er konnte sich frei bewegen. Das Büro lag nebenForsters Zimmer.

Er machte sich sofort ans Werk. Nicht, dass er darauf hoffte, einen Zettel mit Namen und Adresse des Ortes zu finden, wo sie Lina gefangen hielten. Er würde sich mit viel weniger zufriedengeben: vage Hinweise, Briefe, Belege. Oder irgendwelche Papiere, mit denen sich Forster unter Druck setzen ließ.

Das Büro war geräumig und mit Papieren vollgestopft. An den Wänden große Gemälde und mehrere Bücherschränke mit Nippes, Krimskrams, Statuetten. Es sah aus wie das Zimmer eines Professors.

Die Bibliothek bestand hauptsächlich aus juristischen Abhandlungen, Bildbänden, ein paar englischen Romanen, Kunstkatalogen und zahlreichen Wörterbüchern. Auf dem Schreibtisch offene Rechnungen, Antiquariatskataloge und alles in allem nichts Kompromittierendes. In den Schubladen, genauer gesagt in einer von denen, die abgeschlossen waren, entdeckte Salviati interessanteres Material.

Sehr geehrter Herr Forster,
ich erlaube mir, Sie daran zu erinnern, dass ein weiterer Zahlungsaufschub für die von Ihnen am 6.März dieses Jahres entgegengenommene Ware leider nicht möglich ist. Mein Klient wünscht eine Bezahlung noch vor seiner Rückkehr in die Vereinigten Staaten. Ich bitte Sie daher um die Überweisung des Betrages bis zum Ende des Monats. Mit bestem Dank für Ihr Verständnis verbleibe ich hochachtungsvoll,
M. Patani
Anw. Maurizio Pantani

Der Anwalt Pantani forderte Geld im Namen mehrerer Mandanten, und das in ungehaltenem Ton. Salviati wurde hellhörig. Wie es schien, hatte Forster Liquiditätsprobleme. Deshalb bestand er darauf, dass Lina ihre Schulden bezahlte. Aber wenn …

Salvati wurde jäh aus seinen Überlegungen gerissen.

Eine Berührung am Nacken, ganz sanft, ließ ihn erstarren. Etwas Metallenes, Hartes. Kein Zweifel über die Natur dieses Gegenstandes. Salviati ließ die Briefe zu Boden fallen und die Arme sinken.

Jemand hielt ihm eine Pistole an den Kopf.

12

Die Augen der Füchse

Manchmal stellte sich Lina vor, das Ende der Welt sei gekommen.

Sie und Matteo lebten hier, zurückgezogen in einer Sennhütte, und unterdessen war die Menschheit von der Erdoberfläche verschwunden. Alle tot: Männer, Frauen, Alte und Kinder. Sie und Matteo waren die einzigen Überlebenden, sie wussten es nur noch nicht.

Es könnte wahr sein. Das Ende der Welt käme, ohne dass sie es merkten. Die Tage vergingen mit zermürbender Langsamkeit. Ringsum blühte der Sommer des Bavonatals. Hinter der Hütte, hoch oben, lag der weiße Gipfel des Basodino. Weiter unten nur Wald und riesige Felsblöcke, auf denen Gras wuchs.

Nachts war es noch schlimmer. Lina wachte plötzlich auf, ohne zu wissen, wo sie war. Dann riefen ihr das schmale Bett und die schweren Decken die letzten Tage ins Gedächtnis. Ich bin in den Bergen. Abgeschnitten von der Welt. Ich bereite einen Bankraub vor. Ich führe meinen Vater hinters Licht. Ich bin gefangen.

Gefangen?

Von wem, von was? Und vor allem, weshalb? Lina tastete sich aus dem Zimmer. In der Herdstelle schimmerte die letzte Glut. Sie trat an die Tür und öffnete sie einen Spalt. Die kalte Luft schlich herein wie eine schlechte Erinnerung. Ich bin in den Bergen. Abgeschnitten von der Welt.

»Was suchst du?«

Matteos Stimme. Lina fuhr zusammen.

»Nichts.«

»Willst du fliehen?«

Die kalte Luft schob sich unter ihren Schlafanzug. Gefangen?

»Was soll die Frage?« Lina riss die Tür auf. »Vor wem denn fliehen?«

»Lina, sag…«

»Außerdem, wieso sollte ich?«

Matteo antwortete nicht, ging nur einen Schritt auf sie zu. Lina trat durch die Tür hinaus in die Dunkelheit. Im Mondschein waren die Umrisse der Sennhütte kaum zu erkennen. Matteo blieb auf der Schwelle stehen. In Boxershorts und T-Shirt, seine Gestalt wirkte gespenstisch.

»Lina, was ist mit dir?«

»Ich weiß nicht.«

»Es ist drei Uhr nachts. Es ist kalt.«

»Ja, natürlich, ja!« Sie drehte sich mit einem Ruck zu ihm um. »Aber merkst du nicht, dass die Tage hier oben vergehen, ohne dass irgendetwas geschieht? Ist mein Vater einverstanden oder nicht?«

»Du weißt, dass…«

»Ich weiß gar nichts, hörst du! Ich weiß, dass wir seit einer Woche hier sind, ohne jemanden zu Gesicht bekommen zu haben, und mittlerweile… mittlerweile fang ich an zu glauben, dass Forster uns beide reingelegt hat!«

Lina schrie, ihr Gesicht nur wenige Zentimeter von Matteos entfernt. Er legte ihr die Hände auf die Schultern. Sie schwieg. Die Nacht ringsum war still. Hin und wieder hörte man das Plätschern eines Baches, irgendwo zwischen den Bäumen.

»Ich habe dir gesagt, dass wir Geduld haben müssen, Lina. Wenn du morgen deinen Vater anrufst, wird er uns helfen und …«

»Aber ich kann nicht, ich kann nicht! Begreifst du nicht, dass ich es nicht schaffe?«

Lina begann zu weinen. Sie entzog sich seiner Berührung und entfernte sich von der Hütte.

»Hör auf zu weinen, Lina, komm … der Plan ist perfekt, du wirst sehen, er funktioniert. Dein Vater ist ein Profi und …«

»Ich habe ihn hinters Licht geführt! Jetzt kann ich nicht mehr einfach abhauen … und du auch nicht! Begreifst du nicht, dass wir Forster ausgeliefert sind, Mann? Wir sind abgeschnitten von der Welt, verstehst du das nicht?«

Matteo öffnete den Mund, um etwas zu sagen, schloss ihn dann wieder. Lina sah ihn an und spürte, dass er die Lage erfasst hatte.

Sie hätte ihn am liebsten beschimpft, sich auf ihn gestürzt, aber sie konnte nicht aufhören zu weinen.

»Begreifst du nicht«, wiederholte sie mit leiser Stimme, »begreifst du nicht, dass der uns umbringt, der bringt uns um … der hat uns reingelegt, der …«

Linas letzte Worte verloren sich in einem Murmeln. Matteo stand da und sah sie an, während die Kälte ihm in die Knochen drang. Nicht einmal den Bach im Wald hörte er mehr.

Als sei in einem Augenblick die Welt verschwunden.

Salviati schätzte in aller Eile die Lage ab.

Sie hatten ihn auf frischer Tat ertappt. Er hatte keine Möglichkeit zu fliehen. Sie waren im Vorteil. Selbst ohne Waffe, da sich Lina in ihrer Gewalt befand.

Aber in diesem Fall hatten sie außerdem noch eine Pistole.

Hinter der Pistole erkannte er jetzt Eltons Gesicht im Halbdunkel. Dann nahm Elton ihm die Taschenlampe ab und leuchtete ihm ins Gesicht, und Salviati sah nichts mehr.

»Ich sehe, du willst dich nicht an die Spielregeln halten«, bemerkte Elton.

Er sprach in ruhigem Ton, wie ein Vater, der seinen Sohn beim Mogeln erwischt.

Salviati antwortete nicht. Es gab nichts zu sagen.

»Was hast du gesucht?«

Keine Antwort. Elton stieß ihn aus dem Büro.

»Gehen wir Signor Forster wecken. Ich bin sicher, er wird ein paar Fragen an dich haben.«

»Ich hab ihm ein Schlafmittel verabreicht«, flüsterte Salviati.

»Ah, sieh an! Welch Glück, dass ich über Nacht geblieben bin. Hier entlang, bitte.«

Salviati sah, dass er ihn in ein Badezimmer führte. Ein paar Sekunden lang überlegte er, was er vorhaben könnte. Dann spürte er Eltons Faust knapp oberhalb des Wangenknochens. Salviati stieß gegen das Waschbecken und fiel zu Boden.

»Was hast du gesucht?«, wiederholte Elton. Und ohne eine Antwort abzuwarten, noch bevor Salviati zu Atem kam, schlug er erneut auf ihn ein. Dieselbe Stelle.

Die Wange schien vor Schmerz zu zerspringen, während der Nacken auf den Rand der Badewanne prallte und der Rücken auf den Fliesen aufschlug. Salviati landete auf allen vieren. Er keuchte. Dann richtete er sich auf, ganz langsam, und sagte:

»Nichts Bestimmtes.«

Elton versetzte ihm einen Schlag in den Magen. Salviati

hatte das Gefühl, als sauge ihm jemand die Luft aus den Lungen. Er beugte sich vornüber und spürte einen Tritt in die Rippen. Auf dem Boden flüchtete er in eine Ecke und rollte sich zusammen wie ein Igel. Vielleicht war er zu alt für das Handwerk.

»Vielleicht bin ich zu alt für … au!«

Er bekam einen weiteren Tritt gegen die Schulter. Der Kopf schlug an die Wand. Elton beugte sich drohend über ihn. Salviati war noch bei Bewusstsein, er hatte schon immer gut einstecken können. Aber an diesem Punkt schien es ihm ratsam, ein paar Worte zu verlieren, um weitere Schläge zu vermeiden.

»Hör auf!«

»Was hast du gesucht?«

»Ich habe schon gesagt, nichts Besonderes. Ich habe was über Lina gesucht.«

»Und was wolltest du damit?«

»Hm …« Salviati richtete sich auf, wobei er sich mit einer Hand am Badewannenrand abstützte. »Ich wollte meine Tochter befreien.«

»Du bist ein Idiot, Alter.« Elton packte ihn unsanft am Kragen. »Jetzt werd ich dir das Ganze mal mit der Methode Elton verklickern.«

Salviati war sich sicher, dass die »Methode Elton« ziemlich schmerzhaft sein würde.

»Wie soll ich Geld rauben, wenn du mich umbringst?«

»Oh, ich habe nicht die Absicht, dich umzubringen!« Elton lächelte wie ein Angestellter, der ängstlich um einen Kunden bemüht ist. »Sagen wir, ich werde dafür sorgen, dass du ein paar Tage Erholung brauchst.«

Salviati bemühte sich, mitgenommener zu wirken, als er tatsächlich war. Aber er machte sich nicht allzu viele Hoffnungen. Elton hielt ihn noch immer am Kragen gepackt und zog ihn hinaus auf den Flur.

»Erst mal gehen wir zu Signor Forster. Sobald er aufwacht, wird er sicher gerne ein paar Worte mit dir wechseln.«

Matteo legte ihr einen Arm um die Schultern und führte sie ins Haus zurück. Er sprach kein Wort. Das Schluchzen war vorbei. Lina versuchte, die Fassung zurückzugewinnen: Sie zog die Nase hoch und warf einen flüchtigen Blick auf Matteo. Er war verändert, dessen war sie sich sicher. Er wusste jetzt, dass er ebenfalls gefangen war, er hatte nicht mehr das Gesicht von einem, der nur spielt.

»Ich brauche keine Hilfe.«

»Lina, es tut mir leid. Ich …«

»Schon gut, ich hab eine Szene geliefert.«

»Alles wieder in Ordnung?«

Eine dümmere Frage hätte er ihr nicht stellen können. Aber er war ernsthaft besorgt, deshalb vermied Lina eine bissige Antwort. Er wirkte wie ein kleiner Junge, mit seinem unförmigen T-Shirt und dem blonden, zerzausten Haar über den Augen.

»Wirklich, Matteo. Tut mir leid wegen der Szene. Ich weiß, dass wir Partner sind bei diesem Geschäft. Ich verspreche dir, dass …«

»Darum geht es doch gar nicht!«

»Ich verspreche dir, dass ich mein Wort halte. Jetzt würde ich gern schlafen gehen.«

»Natürlich, ich … natürlich!«

»Wir reden morgen weiter, okay?«

»Natürlich.«

Ein paar Minuten später, im Bett, machte sich Lina auf eine schlaflose Nacht gefasst.

Die Stille war erdrückend, umso mehr, wenn sie an die kilometerweiten Wälder ringsum dachte. Sie wusste, dass sie, um sich aus diesen Bergen zu befreien, um in die Welt zurückzukehren, eine Entscheidung fällen musste. Diese an die Felsen gedrängten Hütten machten ihr Angst, genauso wie die schmalen Pfade zwischen den Schluchten. Aber die bedrohliche Landschaft hatte ihr geholfen, Klarheit in ihre Gedanken zu bringen.

Lina wälzte sich unter der Decke hin und her. Es gab nur einen Weg. Fliehen und sich mit ihrem Vater in Verbindung setzen. Sie beschloss, mit Matteo darüber zu sprechen. Wir müssen Forster eins auswischen, bevor er uns eins auswischt. Die Federn des Bettgestells quietschten bei jeder ihrer Bewegungen. Warte, Lina, hab Geduld. Noch kannst du alles wiedergutmachen, noch ist Zeit. Noch ist Zeit.

Luca Forster schlief.

Salviati stand am Fußende des Bettes und war sich nicht sicher, ob all seine Knochen noch heil waren. Hinter ihm Elton, die Pistole griffbereit im Hosengürtel.

»Wann wacht er auf?«, fragte Elton.

»Dauert noch ein bisschen«, antwortete Salviati. »Aber es war kein starkes Betäubungsmittel.«

»Kann man ihn nicht sofort wecken?«

»Er wird benommen sein.«

Elton schüttelte seinen Chef und rief mehrmals laut seinen Namen, bis Forster die Augen verdrehte und sagte:

»Was? Was zum Teufel … Wer sind Sie?«

»Ich bin's, Elton.«

»Elton, Elton. Was …«

»Und das hier ist Jean Salviati.«

Elton zog ihn am Kragen und stieß ihn vors Bett. Forster

brauchte noch ein paar Minuten, ehe er begriff, was vorgefallen war. Elton bemühte sich, die passenden Worte zu finden, und schaffte es schließlich, die Lage zu skizzieren. Forster näherte sich Salviati und schüttelte den Kopf.

»Dann bist du also ein echtes Arschloch …«

Salviati antwortete nicht, senkte nicht den Blick.

»Was soll das? Was glaubst du, wer du bist? Der große Dieb mit dem Narkotikum! Meinst du, wir haben Lust auf so ein Spielchen? Deine Tochter schuldet mir einen Haufen Geld, ist das klar?«

Salviati nickte und hielt die Hand an die Schläfe, dort wo Elton ihn geschlagen hatte. Es fühlte sich an, als habe er einen Presslufthammer im Kopf.

»Ich will es haben, dieses Geld. Und da weder sie noch du es haben, musst du diesen verdammten Überfall machen! Klar?«

Forster versetzte Salviati einen Schlag mit dem Handrücken.

»Ist das klar?«

»Wenn ich meine Tochter nicht sehe …«, begann Salviati, aber er brachte den Satz nicht rechtzeitig zu Ende. Forster schlug ihn zwei Mal und stieß ihn dann zu Elton. Salviatis Kopf dröhnte, und er musste sich an Elton klammern, um nicht zu stürzen.

»Sieh dir dieses Arschloch an!«, rief Forster. »Hör mal, Elton, wenn er es nicht begreifen will, dann mach du es ihm begreiflich, abgemacht? Abgemacht?«

Elton nickte eilig.

»Schlag ihn windelweich, bis er begreift, dass … aber, was …«

Elton und Salviati folgten Forsters Blick, um zu erkennen, was ihn vom Weiterreden abhielt. Auf dem Fensterbrett, hinter dem Vorhang, zeichnete sich eine dunkle Masse ab. Eine Stimme sagte:

»Gut, Jungs, rührt euch nicht vom Fleck. Vor allem du mit der Pistole.«

Gerade in dem Augenblick, als Elton die Hand an den Gürtel legte, wurde der Vorhang beiseitegeschoben.

»Hey … keine Bewegung, hab ich gesagt. Keine Bewegung!«

Auf dem Teppich vor dem Fenster stand ein riesiger Mann in unglaublichen kurzen, roten Hosen und einem hautengen grasgrünen T-Shirt. In der Hand hielt er eine Sig-Sauer P220, wie sie zur Ausstattung der Schweizer Armee gehören.

»Herr Salviati«, sagte der Mann, »Sie kennen mich nicht, ich bin ein Freund einer Ihrer Freunde. Wir werden dieses Haus jetzt verlassen.«

Salviati spürte noch ein Brummen im Schädel, und der Brustkorb schmerzte bei jedem Atemzug. Aber er passte sich in aller Eile der neuen Situation an. Auch der Mann mit dem grünen T-Shirt war mit einer Ausziehleiter an das Fenster gelangt. Nun benutzten sie diese, um wieder hinunterzusteigen, nachdem sie Elton und seinen Chef im Badezimmer eingesperrt hatten. Der Mann begleitete Salviati zu seinem Wagen.

»Die werden ein paar Minuten brauchen, um aus dem Bad zu kommen. Sind Sie in der Lage zu fahren?«

»Ja.« Salviati holte tief Luft. »Geht schon besser.«

»Ich heiße Renzo Malaspina, ich arbeite für Contini. Er hat mich gebeten, Sie im Auge zu behalten. Entschuldigen Sie die Verspätung.«

»Ich bitte Sie … ich wusste nicht, dass Elia …«

»Besser, wir sprechen mit ihm darüber. Haben Sie im Kopf, wo er wohnt?«

Salviati nickte.

»Dann sehen wir uns also in Corvesco.«

Contini rieb sich die Augen und sagte:

»Ich denke, ein Kaffee wär jetzt nicht schlecht.«

»Ich kümmere mich drum«, erbot sich Malaspina. »Wollt ihr auch was essen?«

Contini nickte.

»Bring ein bisschen Brot mit. Im Kühlschrank hat's Schinken.«

Trotz der Schmerzen verspürte Salviati Hunger. Schließlich hatte er das Abendessen ausfallen lassen. Er entschuldigte sich für die Scherereien, die er bereitet hatte.

»Ich weiß, ich hätte dir Bescheid sagen sollen«, sagte er zu Contini, der sich sein Hemd überzog.

»Es ist ziemlich spät.«

»Die Sache ist schiefgegangen.«

»Ja.«

»Zum Glück hast du mir deinen Mann hinterhergeschickt.«

»Hm.«

Schweigen.

»Und jetzt?«, fragte Salviati.

Schweigen.

Malaspina kam mit Kaffee und Schinken. Contini war durch die nächtliche Störung verwirrt. Er hatte damit gerechnet, dass Salviati eine Kurzschlusshandlung begehen würde. Aber als er ihn in der Tür gesehen hatte, mit zerschundenem Gesicht, war ihm klar geworden, dass die Zeit der Plänkeleien vorbei war. Sie befanden sich im Krieg … und Contini wollte keinen Rückzieher machen. In der Vergangenheit war Jean bereit gewesen, für ihn aufs Ganze zu gehen.

»Forster hat Geldprobleme«, erklärte Salviati. »Deshalb beharrt er auf dem Überfall. Er will diese zehn Millionen. Aber ich weiß nicht. Selbst wenn dieser Marelli die richtigen Kontakte hat, ich … ich weiß nicht. Mir ist mulmig dabei.«

»Es gibt keinen anderen Ausweg«, meinte Contini, nachdem er seine Kaffeetasse geleert hatte. »Wir müssen diese zehn Millionen beschaffen.«

Salviati fuhr zusammen.

»*Wir* müssen?« Er sah Contini in die Augen. »Du bist kein Dieb, Elia.«

Contini wiegte den Kopf hin und her. Jean hatte recht. Rechtsempfinden ist eine tiefverwurzelte Angelegenheit, auch wenn man nicht darüber nachdenkt. Es ist nicht einfach, die Hand nach einem Sparschwein auszustrecken und dann mit dem Geld zu flüchten.

»Nein, ich bin kein Dieb.«

Das ganze System ist auf Selbstverteidigung ausgerichtet. Privateigentum, der Schutz des Bürgers. Die Struktur der Gesellschaft, des Staates, der Eidgenossenschaft und der ganzen Welt.

»Aber du auch nicht, Jean, du bist auch kein Dieb, nicht mehr.«

»Von wegen. Ich habe versucht, was zu verändern, aber du siehst ja, wo ich gelandet bin.«

»Das ist nicht deine Schuld.«

»Wir haben Forster in Tesserete überrascht. Wenn wir ihn, anstatt zu fliehen …«

»Was hättest du tun wollen, ihn foltern? Ihn entführen?«

»Vielleicht ein Austausch.«

»Entführung ist schlimmer als Raub. Und Forster hat eine Menge Freunde.«

»Du hast recht.« Salviati nickte. »Bleibt die Tatsache, dass du kein Dieb bist.«

Malaspina hielt die Kaffeetasse in den Händen, sah die beiden Männer an und sagte kein Wort. Er sah aus wie eine rot und grasgrün angemalte Sphinx.

»Das macht nichts.« Contini goss sich Kaffee nach. »Das macht nichts.«

Ein paar Sekunden schwiegen alle. Contini sah in den Wald hinaus und lauschte den Geräuschen nach, den unmerklichen nächtlichen Existenzen. Er dachte an die Füchse, an seine Füchse im schützenden Dickicht des Sommers. An ihre Augen. Die lauernd in die Dunkelheit starrten. Vor dem Angriff oder vor der Flucht.

»Das macht nichts«, wiederholte Contini. »Ich bin kein Dieb, aber ich kann stehlen.«

Salviati musterte ihn aufmerksam.

»Willst du damit sagen, dass …«

»Ich will damit sagen, lass uns diese Bank überfallen! Du wirst schon wissen, wie, oder?«

Salviati stellte die Kaffeetasse ab. Hinter den blauen Flecken und Wunden, zwischen den Falten seines Gesichts, zeichnete sich langsam ein Lächeln ab.

13

Wenn die Freiheit endet

Contini ließ die Flöße in den Bach gleiten. Eines nach dem anderen wurde von der Strömung, den Strudeln des Tresalti, erfasst, prallte gegen die Steine und begann schließlich seinen Weg ins Tal.

Weiter unten, neben Continis Haus, bildete der Bach ein kleines Becken. Nicht alle Flöße würden heil dort unten ankommen. Einige würden unterwegs verloren gehen, an einer seichten Stelle im Grund stecken bleiben oder sich zwischen den Steinen verkeilen. Contini fertigte die Flöße aus Holz, Nägeln und Schnur. Dann warf er eine bestimmte Anzahl in den Tresalti und zählte, wie viele das Sammelbecken erreichten. Aus all dem zog er Voraussagen und Vorwarnungen.

Eine Marotte, Aberglauben? Contini dachte nicht darüber nach. Für ihn war es ein Zeitvertreib. Nicht alberner als Golfspielen, nicht nutzloser als Briefmarkensammeln.

An diesem Tag ließ er fünf Flöße zu Wasser, während er darüber nachdachte, dass es Zeit war, Francesca die ganze Angelegenheit mit dem Bankraub zu erklären. Sie hatten sich in den letzten Tagen wenig gesehen. Francesca war ein paar Tage in Mailand gewesen: Sie hatte erst vor Kurzem ihr Philologiestudium abgeschlossen und die kleine Wohnung in der Nähe der Uni noch nicht aufgegeben. Aber im Herbst wollte sie zurück ins Tessin. Sie würde sich eine Stelle als Lehrerin suchen.

Nachdem er seine Flöße gestartet hatte, ging er nach Hause. Es war noch früh am Morgen, aber gen Süden stieg bereits schwüler Dunst aus dem Tal empor.

Contini und Francesca waren seit einigen Jahren zusammen und hatten schon einige Höhen und Tiefen durchlebt. Vielleicht, weil der Detektivberuf einer Gefühlsbindung nicht dienlich ist. Und auch ein Bankraub ist es nicht, dachte er, während er den Napf des grauen Katers füllte.

Aber du steckst mittendrin, Contini, du musst da durch. Der Detektiv sah zu dem Kater hinunter. Hör zu, spar dir deine klugen Sprüche. Was willst du, für einen Kater gehört Raub zum Leben … du kommst einen Schritt voran, Detektiv. Der Kater fing an zu fressen und zu schnurren.

Einen Schritt voran? Contini bezweifelte das. Für manche war Bankraub ein Angriff auf das System. Oder auch Ausdruck von Lebenskraft, Freiheitsdrang. Aber nicht für ihn. Für ihn bedeutete Freiheit nicht Flucht oder das Überschreiten von Grenzen, sondern die Möglichkeit, zu suchen und zu finden.

Das Wohnzimmer war vollgestopft mit Gegenständen. Um ans Telefon zu gelangen, musste Contini einen violetten Fahrradrahmen, eine große Weltkarte und einen Keramik-Orang-Utan beiseiteschieben. Dann nahm er den Hörer und legte sich in die Hängematte vor dem Fenster. Francesca hob nach dem ersten Klingeln ab.

»Ja bitte!?«

»Contini am Apparat.«

»Ach, Contini, hallo!«, rief Francesca. »Was machst du heute, bist du zu Hause?«

»Ich arbeite für meinen Freund, du hast ihn neulich Abend kennengelernt.«

»Ach so.«

Contini musste lächeln. Francesca hatte gelernt, am Telefon nicht zu viel zu sagen. Aber er würde ihr später alles erklären. Für diesen Tag hatte er ein Treffen in Locarno geplant: mit jemandem, der jemand anderen kannte, der Marelli in den letzten Tagen gesehen hatte. Nun gut, dieser verdammte Banküberfall musste sein. Aber Marelli im Auge zu behalten war keine schlechte Sache, fand Contini.

»Bist du in Locarno?«, fragte er Francesca.

»Ja, ich schaffe ein wenig Ordnung.«

»Vielleicht schau ich vorbei.«

»Willst du nicht zum Essen kommen?«

Francesca lebte in Locarno. Manchmal blieb sie bei Contini, aber hin und wieder ließ sie ihn auch in seinem eigenen Saft schmoren.

Contini nahm die Einladung an: Sie verabredeten sich für halb eins an der Piazza Grande.

Als das Gespräch beendet war, blickte sich Francesca um. Die Wohnung sah aus wie ein Schlachtfeld. Überall übereinandergestapelte Bücherkartons. Auf dem Tisch türmten sich Geschirr und Gläser. Das ist immer so, wenn die Dinge aus zwei Wohnungen in einer zusammenkommen.

In der Küche lagen mehrere Nudelpäckchen, Tomaten, ein Blumenkohl, Karotten, Salat und ein bisschen Käse. Sie würde schon irgendwie eine Mahlzeit zustandebringen. Die Tatsache, ein bisschen in Mailand, ein bisschen in Locarno und ein bisschen in Corvesco zu leben, gab ihr manchmal das Gefühl, eine Nomadin zu sein. Dabei waren es immer nur ein paar Kilometer.

Aber mit Mailand habe ich abgeschlossen, dachte sie, während sie das Geschirr aufeinanderstapelte, um es in der Anrichte zu verstauen. Sie wischte sich den Schweiß von der

Stirn. Obwohl sie nur eine kurze Hose und ein T-Shirt trug, schwitzte sie. Ende August war die schlimmste Hitze zwar schon vorbei, aber nach dem Filmfestival und der Touristenschwemme sonnte sich Locarno noch genüsslich in einer Reihe warmer Tage.

Nachdem sie die Tischplatte freigelegt hatte, kramte sie ganz unten aus dem Schrank ein Tischtuch hervor. Sie deckte für zwei. Dann schob sie die Kartons in eine Ecke des Wohnzimmers. Zuletzt sah der Raum wieder halbwegs wohnlich aus. Francesca duschte und zog ein hellgelbes Kleid mit kurzen Ärmeln und knielangem Rock an.

Die Palmen am Seeufer wirkten ein wenig mitgenommen, als würden sie bereits den nahenden Herbst erahnen. Aber die Touristen wuselten noch immer in Scharen durch die Straßen der Innenstadt. Vom Largo Zorzi kommend, bog Francesca in die Via delle Panelle und von dort in die Via della Gallinazza. Sie liebte es, von oben auf den Platz zu gelangen, durch das Gewirr der Gässchen, die sie an das aufgeregte Treiben hinter den Kulissen eines großen Theaters erinnerten.

Offene Eingangstore und stille Innenhöfe, die nur durch den Strahl eines Brunnens belebt wurden. Läden, die Kuriositäten und afrikanisches oder lateinamerikanisches Kunsthandwerk anboten, Restaurants, die ihre Tische sogar unter der Regenrinne platzierten. Ecken, die eigens hergerichtet waren, um Touristen in den Bann zu ziehen, und Schmuckverkäufer unter den Arkaden. Francesca liebte es herumzustöbern, Gesprächsfetzen aufzuschnappen und Ausschnitte aus dem Alltagsleben zu erhaschen. Vielleicht war auch sie eine Schnüfflerin, wie Contini. Vielleicht verstanden sie sich deshalb so gut.

Sie lief die Via Marcacci hinunter. Contini wartete in einer

Bar gegenüber des Rathauses auf sie. Oder besser gesagt, er war dort mit jemandem ins Gespräch vertieft, den sie nicht kannte. Francesca wartete, bis sie ihre Unterhaltung beendet hatten, und trat dann von hinten an Contini heran.

»Ist hier frei?«

»Vielleicht«, antwortete er, bevor er sich umdrehte. »Sind Sie auch frei?«

Francesca lächelte und bückte sich, um ihm einen Kuss zu geben, bevor sie Platz nahm. Contini winkte den Kellner heran.

»Mit wem hast du gerade gesprochen?«, erkundigte sie sich.

»Ein Freund von Matteo Marelli«, antwortete Contini. »Was magst du trinken?«

Sie bestellten einen Viertelliter Merlot Rosé. Vor ihnen strahlte die Piazza Grande in der Sonne. Eigentlich war es weniger ein Platz als vielmehr ein Strand, ein riesiger, klaffender Spalt im Herzen der Stadt. Und die Bewohner Locarnos, unentschlossen, was sie mit ihm anfangen sollten, nutzten ihn mal als Parkplatz, mal als Kinosaal und mal als Rollschuhbahn. Während sie auf ihren Wein warteten, fragte Francesca:

»Hast du ihn gefunden, diesen Marelli?«

»Noch nicht. Aber der, mit dem ich gesprochen habe, hat mit ihm zusammengearbeitet und kennt ihn gut.«

»Weiß er, wo er ist?«

»Nein, aber er hat mir erzählt, er habe ihn zwei Mal in Locarno gesehen. Daraufhin sei er stutzig geworden und habe sich umgehört. Er dachte, er müsse irgendein krummes Ding laufen haben. Aber niemand weiß etwas …«

»Versteckt er sich hier in Locarno?«

»In der Gegend. Offenbar ist er im Maggiatal gesehen worden.«

»Und du meinst, die Tochter deines Freundes ist auch dort?«

»Wer weiß.«

Der Kellner brachte den Wein. Normalerweise erzählte Contini ihr nie etwas von seiner Arbeit. Aber diesmal machte er eine Ausnahme. Am Anfang hatte sie sich gefragt, weshalb. Vielleicht, weil es nicht um die Arbeit ging, sondern darum, die Tochter eines Freundes zu suchen.

Außerdem war da noch diese Geschichte mit dem Bankraub. Francesca konnte es einfach nicht glauben.

Aber Contini beharrte: »Ich meine es ernst, Francesca.«

»Unmöglich!«

»Ich kann Jean nicht im Stich lassen, verstehst du? Das kann ich nicht.«

»Aber er will Geld stehlen. Stehlen!«

»Ich kann's nicht verhindern …«

»Aber … aber du bist kein Dieb!«

»Nein.« Sie hatte den Eindruck, als lächle Contini, obwohl er keine Miene verzog. »Nein, ich bin kein Dieb. Ich muss Jean helfen.«

»Wie habt ihr euch kennengelernt?«

So, jetzt hatte sie ihn direkt gefragt. In den vergangenen Tagen hatte sie höchstens ab und zu mal eine Frage angedeutet, und Contini verstand sich bestens darauf, angedeuteten Fragen auszuweichen.

»Das ist verdammt lange her. Weißt du, was ich merkwürdig finde?«

Er verstand es, direkten Fragen auszuweichen.

»Marelli scheint mir nicht der Typ zu sein, der Frauen entführt. Kann schon sein, dass er die Idee mit dem Coup hatte, aber warum bloß hat Forster ihn beauftragt, mit Salviati in Kontakt zu bleiben?«

»Vielleicht, weil er ihm vertraut.«

»Vertrauen? Das ist nicht Forsters Sache. Diese Frau neulich hat mir erzählt, dass Marelli mit einem Mädchen namens Lina telefoniert hat. Und wenn es Salviatis Tochter war?«

»Was würde das bedeuten?«

»Dass Lina nicht entführt wurde. Dass zwischen Lina und Matteo Marelli ein Verhältnis besteht, das ich gerne ergründen würde …«

Francesca seufzte. Die Geschichte wurde kompliziert. Offenbar hatte Contini die komplizierten Geschichten für sich gepachtet.

»Und was hast du vor?«, fragte sie ihn.

»Dummerweise wird die Zeit knapp.« Contini leerte sein Glas und überprüfte den Rechnungsbetrag. »Forster ist nervös, und er besteht auf seinem Banküberfall.«

»Das kann ich nicht glauben! Wie will man hier in der Schweiz eine Bank überfallen?«

Contini legte das Geld auf den Tisch. Sie zwängten sich zwischen den Tischen durch und liefen unter den Arkaden entlang.

»Ich weiß auch nicht, wie das gehen soll«, bestätigte Contini wenig später. »Aber Jean wird einen Weg finden.«

»Und wir wollen uns da reinziehen lassen?«

»Jean hat mich gebeten … äh, was heißt hier ›wir‹?«

Francesca wandte sich um und sah ihm fest in die Augen.

»Contini, glaub ja nicht, dass ich einen Rückzieher mache.«

»Francesca …«

»Ich will doch nicht die sein, die dir später die Orangen ins Gefängnis bringt!«

»Aber es ist eine riskante Sache und …«

Francesca küsste ihn auf die Wange und blieb ernst.

»Wenn du eine Bank überfällst, bin ich dabei. Klar?«

Contini nickte. Keiner der beiden sagte etwas. Dann lächelte Francesca.

»Gehen wir nach Hause, ich koche dir was zu essen!«

Männer und Frauen hatten hier gelebt. Lina konnte es kaum glauben. Zwischen diesen Schluchten und Felsen, den Bergmassiven, die den Blick auf den Himmel versperren. Auf engstem Raum, in aneinandergedrängten Steinhütten, hatten die Bewohner des Bavonatals Heu geerntet, Kastanien gegessen und jahrelang mehr schlecht als recht ihr Leben gefristet.

Jetzt wirkte das Tal verlassen. Lina wusste, dass dem nicht so war, dass sich weiter unten, entlang der Straße, Scharen von Touristen tummelten. Aber hier oben waren sie und Matteo allein mit ihren Ängsten.

Als sie hinter sich im Wald Schritte hörte, war ihre erste Reaktion ein Anflug von Panik. Das konnte nicht Matteo sein, sie hatte ihn gerade eben in der Hütte zurückgelassen, wo er damit beschäftigt war, Feuer zu machen. Lina tat so, als habe sie etwas vergessen, und kehrte um.

Die Angst beherrschte jede Geste, jedes Wort. Nicht einmal einen Spaziergang konnte sie sich herausnehmen. Aber weshalb ließ sie sich so in die Irre führen? Ein knackender Zweig, und sie drehte durch! Was sollte erst werden, wenn wirklich einer im Wald war, dachte sie, und… wenn nun wirklich einer da war?

Sie verlangsamte ihre Schritte und versuchte, sich zu beruhigen. Aber in diesem Augenblick legte ihr jemand die Hand auf die Schulter. Lina erstarrte.

»Wo willst du hin?«

Sie erkannte die Stimme nicht, aber sie war sich sicher, sie schon einmal gehört zu haben.

»Du hast nicht damit gerechnet, mich hier oben zu treffen, stimmt's?«

Mehr noch als die Stimme, war es diese seltsame Art zu sprechen. Lina drehte sich um, sie wusste, wen sie zu Gesicht bekommen würde: Elton, Luca Forsters Bodyguard. Die Angst wich der Wut.

»Was machst du hier?«

»Ich komme im Auftrag von Signor Forster.« Elton lächelte. »Mach einen Ausflug in die Berge, hat er zu mir gesagt, und sieh nach, ob es den beiden gut geht.«

Elton wählte seine Worte mit Sorgfalt und achtete genau darauf, was er sagte. Aber Lina ließ sich nicht täuschen. Hinter dem sanften Tonfall verbarg sich eine Drohung. Forster wollte ihnen ins Gedächtnis rufen, wer der Chef war. Er hielt einen Goldesel am Strick und hatte nicht die Absicht, ihn entkommen zu lassen.

Während sie den schmalen Pfad zur Sennhütte hinaufliefen, plauderte Elton freundlich über dies und das. Lina schwieg. Zum einen, weil sie außer Atem war, zum andern, weil sie über die vergangenen Tage nachdachte. Wie hatte sie nur so dumm sein können?

Matteo empfing Elton mit einem verkniffenen Lächeln.

»Du hättest dich nicht zu bemühen brauchen.«

»Ich bitte dich!« Der Gorilla grinste über das ganze Gesicht. »Ein paar Schritte in höheren Lagen sind gut für den Kreislauf!«

Lina und Matteo hatten noch nicht gegessen. Nun waren sie genötigt, ihr Mittagessen mit Elton zu teilen. Ein düsteres Mahl: verkochte Spaghetti und Bemerkungen über die gesunde Luft der Gebirgstäler. Bis Elton verkündete, dass er, wie immer nach dem Essen, ein Schläfchen halten werde.

»Gibt es einen freien Schlafplatz?«, fragte er, während er sich vom Tisch erhob.

Warum, zum Teufel, muss er »Schlafplatz« sagen? Lina war zu wütend, um zu antworten. Matteo erklärte ihm, dass es nur zwei Feldbetten gäbe, in den Zimmerecken, von einem Paravent verdeckt.

»Ich bitte dich, mir vorläufig dein Lager zu überlassen«, sagte Elton. »Für die Zukunft werden wir uns um ein weiteres kümmern.«

»Für die Zukunft?«, fragte Matteo.

»Signor Forster hat mich gebeten, ein paar Tage hier oben bei euch zu bleiben. Ich hoffe, ihr habt nichts dagegen.«

Weder Matteo noch Lina hatten die Kraft, zu antworten. Während Elton schlief, traten sie vor die Tür. Der Duft nach sonnenbeschienenem Gras weckte in Lina vage Erinnerungen an Kindheitssommer.

»Wir müssen fliehen«, flüsterte sie Matteo zu.

Er nickte mit düsterer Miene. Lina kam näher an ihn heran und suchte seinen Blick.

»Zweifelst du noch? Glaubst du, Forster wird das erbeutete Geld mit uns teilen?«

»Du zahlst ihm zuerst deine Schulden, und was dann übrig bleibt, wird fair geteilt: eine Hälfte er, eine Hälfte wir.«

»Und du glaubst daran?«

Matteo schloss sie in die Arme.

»Lina, ich …«

»Worauf haben wir uns da bloß eingelassen, jetzt sieht man, was dabei rauskommt!«

Sie umarmten sich und blieben dicht aneinandergedrängt, an die Hüttenwand gelehnt, stehen. Lina kam es vor, als würde sie Matteo schon ein ganzes Leben lang kennen. Dabei waren es erst wenige Tage. Als sie sich das erste Mal begegnet waren, hatte er auf sie wie ein junger Dandy gewirkt, der bei Frauen gern Eindruck schindet. Aber er war nur ein verängstigter Junge. Wer hätte das gedacht. Und sie beide waren gezwungen, einen wenige Quadratmeter großen Raum mit diesem Elton zu teilen. Sie, er und eine Art höflicher Killer im Maßanzug.

»Matteo, warum fliehen wir nicht?«

»Das ist zu gefährlich. Wenn er uns entdeckt, macht er uns kalt.«

»Und was sollen wir sonst tun?«

»Abwarten, bis dein Vater diesen Überfall durchzieht.«

»Und wenn er's nicht schafft?«

»Wenn er's nicht schafft, wird Forster wahrscheinlich ziemlich ungemütlich werden.«

Lina schauderte.

»Und glaubst du ...«

»Ich bin sicher, dass Salviati es schafft.«

14

Banktätigkeit

Reto Koller liebte Routine. Und er liebte sie, obwohl er nie einer reinen Routinearbeit nachgegangen war. Er hatte im Personalwesen begonnen, bei der Auswahl der Mitarbeiter. Am Anfang hatte er es noch darauf angelegt, seine Kollegen aus ihren Jobs zu schmeißen und dann aber schnell begriffen, wie sich Langeweile vertreiben lässt: indem man den Wettbewerb erhöht.

Wer in der Personalabteilung arbeitet, sollte darauf achten, dass die, die man selbst eingestellt hat, mindestens ein Jahr lang bleiben und nicht bereits nach der Einarbeitung von einer anderen Firma weggeschnappt werden. Wichtig ist auch, dass sie nicht zu schnell Karriere machen und nicht zu oft die Abteilung wechseln. Um mit Kollers Vorgesetztem zu sprechen, heißt das knapp: Treue, Bescheidenheit, Geradlinigkeit.

Auf diese Triade gestützt, hatte Koller Karriere gemacht. Eine langsame Karriere, versteht sich, aber eine stetige. Sein Anteil an neu übernommenen »geeigneten« Mitarbeitern, wie sein Chef sie nannte, war kontinuierlich gestiegen; bis er in die Führungsebene gewechselt hatte. Zuerst hatte er im Hintergrund agiert und seinen Vorgesetzten geholfen, Investitionsmodelle an einige institutionelle Kunden zu verkaufen. Auch hier war er darum bemüht gewesen, den geringen Handlungsspielraum durch Wissbegierde wettzumachen. Dank seiner

Arbeit mit weniger riskanten Investitionspaketen hatte er gelernt, Anzeichen von Gefahr zu erkennen, die nach guter helvetischer Tradition nie allzu offenkundig waren. Das Schweizer *Private Banking* spielt auf hohem Niveau und wird durch ständige Kontrollen reguliert: Die Grenzen der Legalität zu streifen, ohne sich zu verstricken, ist schwierig.

Koller hatte sich nicht verstrickt. Er hatte Stil und Besonnenheit an den Tag gelegt, zwei entscheidende Voraussetzungen. So war er allmählich zum Verkauf von Privatfonds mit hohem Risikofaktor übergegangen. Also zu solchen mit einer potentiell hohen Rendite für den Kunden und, was die Provision betrifft, einer sicheren Marge für die Bank. Auf diesem Gebiet hatte er seine besondere Stärke bewiesen.

Am Ende hatte Koller die Bank gewechselt. An einem bestimmten Punkt kann man sich das erlauben: Treue und Bescheidenheit müssen hinter den klaren Vorstellungen zurückstehen. Nun saß Koller in einem Eckbüro im dritten Stock des Hauptsitzes der Junker-Bank in der Züricher Poststrasse, in der Nähe des Paradeplatzes. Seine Arbeit bestand nunmehr hauptsächlich aus der Pflege von Kundenkontakten, da sich um die Ausarbeitung der Investitionspläne ein Team junger Haie kümmerte. Zurzeit war Koller damit beschäftigt, seine besten Kunden davon zu überzeugen, mit ihm zur Junker-Bank zu wechseln. Er hatte beträchtliche Anteile, sein Chef konnte ihn dazu nur beglückwünschen. Natürlich ließ sich immer noch mehr rausholen, aber …

Seine Gedanken wurden durch die Haussprechanlage unterbrochen. Die Sekretärin kündigte einen Anruf von Signor Belloni an.

»Buongiorno!«, rief Koller, darum bemüht, mit seinem Italienisch Eindruck zu schinden. »Wie steht's im sonnigen Tessin?«

Belloni leitete die Junker-Filiale in Bellinzona, eine der beiden Niederlassungen im Tessin. Koller plante eine Einzahlung in Bellinzona und einige Monate später eine weitere in der Luganer Filiale.

»... na ja, zum Glück gibt es Klimaanlagen«, sagte Belloni, »denn es ist wirklich heiß hier!«

Koller wusste, dass das die Standardantwort war. Die im Tessin tätigen Mitarbeiter der Junker-Bank ließen oft und gern Bemerkungen über die hohen Temperaturen fallen. Der Hinweis auf die Klimaanlage verdeutlichte die Lage: Wir sind zwar im Süden, aber das heißt nicht, dass wir nicht arbeiten.

»Signor Fröhlich, der Direktor hat mich angerufen«, sagte Belloni, »und er hat mir die Bedeutung dieses ... Transfers erläutert.«

Belloni wählte die Worte. Es kam nicht oft vor, dass der oberste Chef, Georg Fröhlich höchstpersönlich, die Direktoren der kleineren Filialen anrief.

»Gewiss, Herr Belloni.« Koller sprach jetzt Deutsch, um anzudeuten, dass er zum Kern der Unterredung kam. »Es ist eine besondere Situation, etwas heikel ... Bargeld. Ein wichtiger Kunde, verstehen Sie? UHNW.«

Koller bemerkte, dass Belloni den Atem anhielt. UHNW: Ultra High Net Worth. Eine Bezeichnung, die für Kunden ab fünfzig Millionen aufwärts stand.

»Das übersteigt den in Ihrer Filiale üblichen Rahmen, können Sie mir folgen?«

»Ja, gewiss.«

»Es ist unbedingt erforderlich, dass alles vertraulich läuft. Aus diesem Grund haben wir einen bestimmten Tag gewählt, der Ihnen zu gegebener Zeit mitgeteilt wird. Es wird ein Sonntag sein, sodass bei der Abwicklung nur zwei Personen anwesend sind: Sie und eine Sicherheitskraft. Ich ersuche

Sie, Herr Belloni, sich darum zu bemühen, unseren Kunden in jeder Weise zufriedenzustellen.«

»Selbstverständlich. Wird er persönlich kommen, oder …«

»Nein er schickt einen Emissär seines Vertrauens mit dem Geld. Sie nehmen es entgegen, unterzeichnen die Empfangsbestätigung und legen es in den Safe. Dann muss noch eine Einzahlung erfolgen. Das dürfte nicht schwer sein, oder?«

»Nein, gewiss nicht. Seien Sie unbesorgt, Herr Koller.«

Koller war nicht besorgt. Er war ein Spezialist für solche Angelegenheiten. Er verabschiedete sich von Direktor Belloni und lehnte sich zurück. Mit seinem kräftigen Körper, dem runden, sorgfältig rasierten Gesicht, wirkte Koller wie eine schlichte Person: Er hätte der Hausmeister eines Kindergartens sein können.

Er schaltete den Laptop an, gab Benutzernamen und Passwort ein. Er öffnete den Ordner mit den persönlichen Unterlagen. Von dort hatte er mit einem weiteren Passwort Zugriff auf eine externe Festplatte, auf der die Details zu den Konten einiger Kunden gespeichert waren. Der Server, auf den seine engsten Mitarbeiter zugreifen konnten, hatte tatsächlich eine Menge Grauzonen.

Das Konto von Enea Dufaux war an keiner Stelle als das Konto von Enea Dufaux erkennbar. Auch in dem zugangsbeschränkten Bereich war es schlicht das Konto 522.776.FK. Koller, der oberste Chef und wenige weitere Personen wussten, dass sich hinter diesen Zahlen Dufaux verbarg, ein italienisch-schweizerischer Geschäftsmann, der in der Lombardei lebte und seine Tentakel in ganz Europa ausstreckte.

Koller studierte die Details des Kontos. Zahlungseingänge, Zahlungsausgänge, größere Bewegungen. Dufaux hatte mittlerweile fast alle wichtigen Operationen der Junker-Bank übertragen. Er hatte weiteres Geld bei anderen Banken – man sollte nie alles auf eine Karte setzen –, aber dafür plante er jetzt eine Einzahlung von ziemlicher Größenordnung. Bargeld, schön gebündelt in geeigneten sportlichen schwarzen Taschen und unter tausend Sicherheitsvorkehrungen persönlich übergeben. »Kritisches Geld«, wie man in den einschlägigen Kreisen zu sagen pflegte, dessen Annahme in der Führungsebene der Junker-Bank einige Diskussionen ausgelöst hatte.

Dufaux' Zahlungen waren riskant: Die Schweiz kämpfte in vorderster Reihe gegen die Geldwäscherei. Nach der Krise und dem Einbruch im Finanzwesen waren die Kontrollen noch schärfer geworden. Aber die Junker-Bank war skrupellos und Koller ein Spezialist im Spurenverwischen. Im Gegenzug hatte sich Dufaux für die Unterstützung einiger Risikofonds eingesetzt, die genau in den Aufgabenbereich von Koller und seinem Team fielen. Letztlich bringt Geld immer neues Geld hervor, und die Schuld des Erzeugergeldes fällt nie auf das erzeugte Geld zurück.

In der Kontodatei 522.776.FK gab es einen absolut vertraulichen Sektor, auf den man nur mit einem weiteren Passwort Zugriff hatte. Manchmal trauerte Koller den alten Zeiten vor Beginn des digitalen Zeitalters nach. Jeden Monat wechselten die Passwörter, und er konnte sie immer erst nach drei Wochen auswendig. Jedes Mal musste er aufstehen, nachsehen und an den Computer zurückkehren. Ein verdammter Aufwand. Die einzigen Orte, an denen es erlaubt war, Passwörter aufzubewahren, waren sein Privatsafe zu Hause und sein Sicherheitsschließfach in der Bank.

An diesem Tag jedoch, ein Mittwoch gegen Ende August, die vierte Woche im Monat, wusste Koller das Passwort auswendig. Er aktualisierte die Datei, indem er den Verweis auf Bellinzona hinzufügte. Dann schaltete er den Computer aus und erhob sich.

Es war zwanzig nach zwölf. Er musste sich beeilen. Um halb eins war er zum Essen mit Fischer verabredet, einem Kollegen von der Sicherheitsabteilung. Koller wusste aus Erfahrung, dass man sich mit denen von der Sicherheit gut stellen musste: Fühlten sie sich provoziert, konnten sie innerhalb kürzester Zeit ganze Bereiche lahmlegen.

Der Paradeplatz war von Sonnenschein und Trams überflutet. Koller hätte sich beinahe von einem dieser neuen Modelle überfahren lassen, die irgendein kreativer Angestellter mal »Cobra-Tram« getauft hatte. Modern und lautlos wie sie waren, behelligten diese Wagen die Bürger der Stadt nicht mit Lärm, dafür kamen aber im Schnitt pro Monat drei Rentner unter die Räder.

Gleichzeitig mit Koller ergoss sich ein Strom von Angestellten in Hemdsärmeln auf die Bahnhofstrasse, die gefaltete Jacke über dem Arm. Viele hatten Sporttaschen dabei, um die Mittagspause im Fitnesscenter zu verbringen. Bars und Restaurants hatten Tische auf die Straße gestellt, aber wer in der Gegend arbeitete, suchte sich lieber ein ruhigeres Plätzchen in einer Seitenstraße.

Koller nahm die Neun bis zur Haltestelle Bellevue. Auch hier herrschte reges Treiben. Neben Angestellten stiegen Mütter mit Kindern und Jugendliche aus, die zum Seeufer wollten. Koller hob den Blick. Hinter den Bäumen, jenseits der Kaibrücke, schimmerte hell das Wasser.

Er schlug die entgegengesetzte Richtung ein, überquerte die Theaterstrasse. Thomas Fischer wartete neben einer Imbissbude auf ihn. Vor einem Stand mit Bratwürstchen, Cervelat und halben Hähnchen hatte sich eine Schlange gebildet. Fischer war ein Banktier: klein, fast kahl, zwei kleine, wache Augen, die sich in einem blassen Gesicht verloren. Er begrüßte Koller mit einem Händedruck und fragte:

»Woll'n wir hier was essen?«

Koller nickte, und sie stellten sich in die Schlange. Als sie an der Reihe waren, nahm jeder eine Bratwurst, die mit einem Stück Brot und einem Schälchen Senf in eine Serviette gewickelt war. Rings um den Imbiss-Stand waren ein paar Tische mit Sonnenschirmen verteilt. Koller und Fischer fanden zwei freie Plätze neben einer Dame um die sechzig, die in ein Schultertuch gehüllt damit beschäftigt war, ein halbes Hähnchen mit den Händen zu essen.

Fischer ging zwei Bier holen. Koller sah sich um. An den Tischen saßen hauptsächlich Angestellte wie sie, junge Pärchen und Rentner. Ein Fastfood-Imbiss nach Schweizer Art, mit diesen Würstchen und diesem Senf, bei denen dir schon vom Hinschauen der Hals brennt.

»Nun, wie läuft's mit euren Millionären?«, erkundigte sich Fischer, nachdem er einen kräftigen Schluck Bier genommen hatte.

»Die kommen und gehen«, erwiderte Koller, »aber wir bleiben.«

Auch das war eine Standardantwort.

»Weißt du was?« Fischer wischte sich mit der Serviette über den Mund. »Ich bin froh, dass du bei der Junker-Bank bist. Wir brauchen Leute mit Mumm.«

»Ich bin auch froh.« Koller tunkte die Bratwurst in den Senf. »In einer großen Bank sind einem die Hände gebunden. Hier ist es anders.«

»Bei uns gibt es auch strenge Kontrollen.«

»Selbstverständlich.« Koller würdigte die Arbeit des Kollegen mit einer höflichen Geste. »Aber da wo ich vorher gearbeitet habe, war's die Hölle. Außer den üblichen Kontrollen hatten die noch Blitztests eingeführt, um die Mitarbeiter auf ihre Kompetenzen zu prüfen …«

»Ja, es gibt Firmen, die das machen. So können sie sich rausreden, wenn sich hinterher einer als unfähig erweist.«

»Zum Glück ist bei der Junker-Bank niemand unfähig...«

»Nein.« Fischer nahm einen Schluck Bier und wischte sich den Mund ab. »Wir stellen Leute ein, die kein Risiko scheuen.«

Fischer schlug vor, nach dem Essen einen kurzen Spaziergang am Seeufer zu machen. Koller willigte ein, denn er war neugierig, den wahren Grund für diese Einladung zum Mittagessen zu erfahren. Kurz hinter dem Bellevueplatz floss die Limmat aus dem Zürichsee. Fischer und Koller nahmen einen Fußweg, der am See entlangführte.

»Weißt du was?«, sagte Fischer. »Als du zu uns gekommen bist, haben wir eine genaue Prüfung vorgenommen.«

»Das hab ich mir gedacht.«

»Du bist sauber, kein Problem. Außerdem waren schließlich wir es, die nach dir Ausschau gehalten haben, oder?«

Koller nickte nur. Der Weg lag im Schatten einer Reihe von Linden. Kleine Kinder auf Rollern und Fahrrädern flitzten um sie herum. Sie wurden von einem Kerl überholt, der beim Joggen seinen Hund an der Leine führte.

»Aus diesem Grund wollte ich mit dir sprechen.« Fischer senkte die Stimme. »Du bist einer, dem man vertrauen kann.«

Koller spürte, dass sie beinahe zum Punkt gekommen waren. Aber er wartete geduldig ab: Er wusste, dass Stil in Zürich nach wie vor etwas zählte. Sie waren schließlich nicht in Amerika, wo man eine Nachricht überbrachte und das war's. Nein, in der Schweiz war die Kunst der wortreichen Umschreibung noch nicht verloren gegangen.

»Ich habe es immer als meine Pflicht erachtet«, sagte Fischer, »die pensionierten Mitarbeiter, oder jene die fortgehen, zu überprüfen. Zumindest die erste Zeit. Wie heißt es doch gleich: Informationen verlieren nicht ihren Wert, nur weil man entlassen wurde.«

»Zweifellos«, murmelte Koller.

»Und bisweilen«, fuhr Fischer fort, während sie an einer Wiese vorbeikamen, »scheint es mir sogar ratsam, Gerüchte ernst zu nehmen. Man sollte nichts außer Acht lassen.«

»Das stimmt.«

Die Wiese war mit blässlichen Körpern übersät, die in der Sonne schmorten. Einige Leute lasen und verdeckten die Augen vor dem Licht, andere schliefen oder spielten Karten. Zwei junge Männer warfen sich eine Frisbeescheibe zu. Koller dachte: Sind die nicht seit den Siebzigerjahren verschwunden?

»... und deshalb wollte ich mit dir darüber sprechen«, endete Fischer.

»Ganz recht«, sagte Koller, obwohl er einige Sätze nicht mitbekommen hatte. »Um was geht es denn?«

»Nun ja«, Fischer hüstelte, »ich bin, wie gesagt, nicht sicher ... aber es hat scheinbar mit einem der neuen Kunden zu tun, die du zur Junker mitgebracht hast.«

»Ah.«

»Mir ist zu Ohren gekommen, dass ein ehemaliger Angestellter Zugriff auf Informationen über eine Reihe von Transfers gehabt hat. Natürlich sind das Gerüchte, aber ...«

Fischer beendete den Satz nicht. Koller zog die Stirn in Falten. Das hatte gerade noch gefehlt, eine undichte Stelle zu diesem Zeitpunkt konnte in einer Katastrophe enden. Schon gar, wenn es sich um einen Transfer von kritischen Geldern handelte.

»Weißt du Genaueres?«

»Ich arbeite dran.« Fischer trat nach einem Stein auf dem Weg. »Aber bisher habe ich noch keine Namen. Ich wollte dir jedoch sagen, dass du vorsichtig sein musst, und zwar … wie heißt's, bei jedem Schritt deiner Transaktion.«

Koller hatte verstanden. Er musste sich vor den Gefahren schützen, die von außen drohten, aber vor allem auch vor Angriffen aus dem Hinterhalt.

»Glaubst du, dass jemand Informationen verkauft?«

»Möglich ist es. Wir wissen es nicht genau.«

Koller brauchte keine weiteren Details. Es kommt nicht allzu oft vor, dass in der Schweiz jemand versucht, eine Bank übers Ohr zu hauen. Aber gerade aus diesem Grund ist es nicht ausgeschlossen, dass einer, wenn er die richtigen Informationen hat, Schaden anrichten kann.

Diesmal war das ganze jedoch zu früh aufgeflogen.

»Keine Sorge«, Koller sah Fischer an und deutete ein Lächeln an. »Du hast gut daran getan, mich zu warnen. Ich werde auf der Hut sein, und wenn irgendein Bastard ein falsches Spiel treibt, werde ich es ans Licht bringen.«

15

Der Informatiker

Als Giotto Raspelli an der Technischen Hochschule Zürich studierte, wurde er von seinen Tessiner Freunden »Testina«, das Köpfchen, genannt, eine Anspielung auf seinen Hang zur Logik. Aber vielleicht war er einfach nur jemand, der gern studierte und sich nichts aus Festen machte.

Raspelli selbst sah sich, obwohl er Informatiker war, in erster Linie als schöpferischen Geist. Beinahe als einen Dichter. Beinahe, denn Dichter lieben, ebenso wie Mathematiker, die nutzlosen Dinge. Raspelli liebte es dagegen, sich konkreten Zielen zu widmen. Eine gefährliche Leidenschaft, die ihn bereits drei Mal den Arbeitsplatz gekostet hatte, wegen Betruges, Wirtschaftsspionage und der Nutzung von Betriebsmitteln zu unlauteren Zwecken.

In allen Fällen hatten es die Firmen vorgezogen, ihn strafrechtlich nicht zu verfolgen. Das hätte nämlich ans Licht gebracht, dass ihre Computersysteme voller Schlupflöcher waren. Im letzten Fall hatte es sich um eine Bank gehandelt. Sie hätten ihn lieber nicht einstellen sollen. Raspelli war fähig, aber eine Bank war zu viel. Als seine Machenschaften aufflogen, wurde er auf der Stelle entlassen.

Raspelli hatte jedoch noch rechtzeitig ein paar kleine Tricks gelernt. Und natürlich auch, wie man ein paar Franken verdient.

So war er nun glücklicher Inhaber des Info 3000, eines Computergeschäfts mit Sitz in der Züricher Langstrasse 32, das von einer gemischten Kundschaft frequentiert wurde. Boshafte Zungen munkelten, dass dort Hehlerware an den Mann gebracht wurde, aber Raspelli scherte sich nicht darum; er war stolz, frei zu sein, nicht vorbestraft und (beinahe) wie ein Dichter.

»Hör mal, Karl«, sagte er zu einem Alten mit einem Gesicht wie ein aufgeschreckter Maulwurf, »das Problem ist nicht, ob ich alles löschen kann, was auf dem Computer ist …«

»Das is doch kein Problem, oder?«, murmelte der Alte in schönstem Schwyzerdütsch.

»Es gibt keine Probleme, Karl, es gibt nur Lösungen. Ich wollte dich bloß fragen: Bist du sicher, dass alles gelöscht werden soll? Das ist gutes Zeug, weißt du?«

»Gutes Zeug? Wirklich? Als mein Cousin mir den Computer geschenkt hat, hat er mir nicht gesagt, dass …«

»Pass auf, wir machen es so. Ich lösche die persönlichen Dateien und die Festplatte von … von deinem Cousin, aber ich lass die Anwendungsprogramme drauf. Das macht einen kleinen Aufpreis, aber dafür kannst du ihn weiterverkaufen und …«

»Weiterverkaufen? Und wer hat dir gesagt, dass ..?

»Du kannst ihn weiterverkaufen, hab ich gesagt, und einen höheren Preis verlangen. Okay?«

Der alte Maulwurf nickte ergeben.

»Und wann wird er fertig sein?«

»Och, sagen wir, ich ruf dich an. Ein Tag, eine Woche, kommt drauf an.«

»Ach so, natürlich, dank dir Giotto, bis dann.«

Der Maulwurf schlurfte hinaus und verschwand gleich

darauf im Gewühl der Langstrasse. Raspelli stand auf der Schwelle und sah hinaus auf die Straße, wo ein feiner Regen fiel. Frauen mit bunten Windjacken kamen vorbei und Männer auf dem Fahrrad, eine gefaltete Zeitung zum Schutz gegen den Regen. Ein paar Meter weiter bremste abrupt eine Tram. Raspelli wandte sich um, und bemerkte einen Mann, der in einen Mantel gehüllt war und aussah, als käme er nach einem Herbstgewitter von den Feldern.

Überrascht stellte er fest, dass dieser Mann Jean Salviati war.

»Habt ihr hier in Zürich überhaupt einen Sommer?«, murmelte der in den Mantel gehüllte Mann vor der Ladentür, als wolle er sich an niemand Spezielles wenden.

»Also du bist Salviati«, sagte Raspelli auf Deutsch.

»Ja, der, der kein Deutsch spricht.«

»Und der, der sich eine Villa in der Provence zugelegt hat.«

»So könnte man sagen. Kann ich reinkommen, oder stehst du gern im Regen rum?«

Raspelli kochte Tee, wozu er sich eines ziemlich altersschwachen Wasserkochers bediente, der auf unerklärliche Weise zwischen einem Drucker und einem Modem gelandet war. Salviati umfasste die warme Tasse mit den Händen und sagte:

»Ich bin gekommen, weil ich deine Hilfe brauche.«

»Bist du wieder im Geschäft?«

»Nicht wirklich. Wie spät ist es übrigens?«

»Viertel vor zwölf. Ich wollt gerade schließen. Wenn …«

In diesem Augenblick erscholl eine Melodie im Computerladen. Raspelli zog die Augenbrauen hoch, und selbst ein paar alte Macintoshs schienen zusammenzufahren.

»Mein Telefon«, erklärte Salviati, derweil er seine Taschen

nach dem Handy durchwühlte. »Ich hab's nicht geschafft, den Klingelton zu ändern.«

Er nahm den Anruf entgegen und verdeckte das Mikrofon mit der Hand.

»Kann ich?«

»Natürlich«, antwortete Raspelli, noch immer mit hochgezogenen Augenbrauen, »fühl dich ganz wie zu Hause.«

»Hallo?«, sagte Salviati, während sich Raspelli höflich zurückzog.

»Hallo.«

»Wer … Lina, bist du's?«

Schweigen.

»Ja, ich bin's.«

»Lina! Wie geht es dir, wo bist du?«

»Sie behandeln mich gut.«

»Wer?«

»Ich kann nicht. Das Telefon ist lautgestellt, sie wollen nicht, dass …«

»Wo bist du?«

»Ich kann nicht.«

»Verstehe. Geht es dir gut?«

»Ja. Du … es tut mir leid …«

»Es tut dir leid?«

»Ich …«

»Es ist doch nicht deine Schuld.«

»Was?«

»Es braucht dir nicht leidzutun, du kannst nichts dafür.«

»Aber die Schulden …«

»Lass gut sein. Wenn ich geahnt hätte, dass du Probleme mit diesem Idioten von Forster hast … Aber sei unbesorgt. Du wirst bald freikommen.«

»Aber Papa, sie verlangen, dass du …«

»Ich weiß.«

»Das ganze Geld, ein Riesending …«

»Ich weiß, mach dir keine Sorgen. Das ist mein Job.«

»Und wenn es schiefgeht? Wenn diesmal …«

»Lina? Ich hab dir gesagt, dass ich es schaffe. Hör zu, bist du sicher, dass sie dich gut behandeln? Warum haben sie dich nicht eher telefonieren lassen?«

»Ich … ich weiß es nicht, aber mir hat hier keiner was Böses getan.«

»Wer ist bei dir? Marelli?«

»Ich kann nicht.« Schweigen.

»Ja, natürlich«, sagte Salviati nach ein paar Sekunden. »Du kannst nicht. Aber ich will, dass du mich morgen wieder anrufst. Das ist meine Bedingung dafür, dass ich mache, was sie von mir wollen. Sag ihnen das!«

»Ja.«

»Und versuche, ruhig zu bleiben.«

»Ja. Ich muss jetzt Schluss machen.«

»Ciao. Mach's gut!«

»Ciao.«

Salviati verharrte einen Augenblick in Schweigen. Nichts. Keine Hinweise. Keine Anhaltspunkte. Lina war weit weg, an einem von Forster ausgewählten Ort. Und er musste nach seiner Pfeife tanzen. Aber wenigstens ging es ihr gut, sie war am Leben. Vielleicht würden sie aus der ganzen Sache unbeschadet herauskommen.

»Raspelli!«

»Bin schon da.« Der Informatiker kam mit der Teetasse in der Hand zurück. »Ich war nur in der Werkstatt.«

»Hör mal, das Problem …«

»Eigentlich ist es nur ein Hinterzimmer, aber findest du nicht auch, dass Werkstatt schicker klingt?«

»Raspelli, sie haben meine Tochter entführt, und ich muss zehn Millionen Franken rauben.«

Raspelli schluckte.

»Zehn Millionen … Wer hat wen, was?«

Salviati seufzte noch einmal tief und erklärte Raspelli, in was für eine Falle er getappt war.

»Zehn Millionen in bar!«, rief Raspelli. »Aber … aber wie transportieren sie die? In einem Koffer?«

»Du hast keine Ahnung, wie viel Geld man in einen Koffer reinkriegt. Ein Bündel mit tausend Scheinen sind zwölf Zentimeter. Heute Morgen habe ich jedenfalls eine Nachricht von Marelli erhalten und bin sofort nach Zürich gekommen. Denn jetzt hängt alles von dir ab, Raspelli.«

Raspelli hatte noch etwas Speichel zum Schlucken.

»Wie meinst du das?«

»Gehen wir was essen, dann erklär ich's dir.«

Das Mamma Mia Pasta & Pizza war ein italienisches Restaurant, dessen Name seine Züricher Herkunft verriet. Alles in allem aß man ganz gut, wenn man bereit war, beim Mozzarella ein Auge zuzudrücken. Der Eingang lag zur Straße. Nach hinten raus, in einem Innenhof, standen zwei große rote Schirme und drei Tischchen neben einem kleinen, sprudelnden Brunnen, den vor allem die Spatzen mochten, den jedoch die Tauben in Beschlag genommen hatten.

»Es gibt zwei Transfers ins Tessin«, erklärte Salviati. »Der interessantere wird vermutlich der nach Bellinzona sein, da die Filiale dort kleiner ist. Aber ich weiß nicht, wann und wie das Ganze genau abläuft.«

»Ah. Und was weißt du?«

»Ich weiß, dass die Sache vertraulich erfolgen soll. Dabei sein werden nur der Direktor der Filiale, eine Sicherheitskraft und der Typ, der das Geld bringt. Sie wollen alles unter der

Hand regeln. Es dürfte daher nicht allzu schwer sein, saubere Arbeit zu leisten. Man braucht nur einen guten Plan.«

Raspelli kratzte sich am Kopf. Er hatte eine Menge Haare und jedes stand in eine andere Richtung ab. Ein ehemaliger Kommilitone hatte sich einmal einen Spaß daraus gemacht, das Phänomen durch eine Gleichung zu beschreiben.

»Aber ich verstehe nicht, was ich damit zu tun habe«, sagte der Informatiker. »Ich hab keine Ahnung von solchen Sachen.«

»Um den Überfall im Tessin kümmere ich mich«, versicherte Salviati. »Aber mir fehlen noch Informationen. Und diese Informationen befinden sich auf den Computern der Junker-Bank.«

»Ich kenne jemanden bei der Junker-Bank«, meinte Raspelli. »Kommt ganz drauf an, wer die ganze Sache überwacht. Ohne die Passwörter und die Zugangscodes können wir nichts ausrichten, soviel ist klar. Aber…«

»Aber?«

»Aber wenn du mir hilfst, könnten wir es mit dem menschlichen Faktor versuchen.«

Salviati aß in aller Ruhe. Er hatte eine Pasta Aglio Olio mit Chili bestellt, wobei merkwürdigerweise die Petersilie die Oberhand hatte. Raspelli aß eine Pizza Primavera: Zucchini, Aubergine, Grana Padano, Schinken und Rucola.

»Der menschliche Faktor, natürlich«, sagte Salviati. »Aber ich muss schon wissen, wer und was genau.«

Im Slang waren mit dem »menschlichen Faktor« die Männer und Frauen gemeint, die sich hinter den Passwörtern verbargen. Wenn sich schon das System nicht bezwingen ließ, so gab es doch immer besondere Spezialisten im Bezwingen von Leuten.

»Genaueres werde ich dir in ein, zwei Wochen sagen können.« Raspelli schnitt seine Pizza in gleichgroße Stücke und befreite sich von den Mozzarellafäden. »Wann soll der Überfall stattfinden?«

»Das ist eines der Dinge, die ich von dir erfahren will.«

»Du bist lustig.« Raspelli grinste. »Kaum bist du zurück, schon soll ich Wunder vollbringen …«

Später, als er auf die Tram wartete, dachte Salviati: Es kommt ins Rollen. Er hatte ein sonderbares Gefühl. Die Provence und der Garten von Madame Augustine schienen weit weg, während die letzten Coups, die er vor seinem Rückzug gelandet hatte, wieder deutlicher Gestalt annahmen. Salviati erinnerte sich an die Gesichter, die Worte, die ständige Sorge, ob alles an seinem Platz war, ob alle dasselbe Ziel hatten und auf dieselbe Weise vorgingen.

Bevor er den Zug ins Tessin nahm, ging er noch ein wenig in den Straßen rings um den Bahnhof spazieren. Die selbstbewussten Frauen und die Männer mit ihren pastellfarbenen Krawatten in der Bahnhofstrasse bildeten einen starken Gegensatz zu Raspellis Wohnviertel. Er kam sich vor wie in einer anderen Stadt, einer anderen Welt.

Erst als er auf den Paradeplatz kam, spürte Salviati, dass diese Welt nicht allzu weit von Raspellis flinken Augen entfernt lag. Er sah die Leuchtschriften an den Gebäuden, wie Standarten auf einem mittelalterlichen Schlachtfeld. UBP, VP Bank, Züricher Kantonalbank, UBS, Crédit Suisse, Clariden Leu, Julius Baer. Geschichtsträchtige Mauern – stabile, schmucklose Gebäude, auf die sich die Schweiz gründete und die sie am Laufen hielt.

Aber jede große Hymne hat ihren kleinen Missklang. Und auf diesen glänzenden Fluren, zwischen immergrünen Pflanzen und zeitgenössischen Kunstwerken, strichen auch diverse Giotto Raspellis herum. Vor allem in Zeiten der Krise. Es gibt immer jemanden, der im Hinterhalt lauert, bereit, sich auf die Beute zu stürzen, sobald sie am Abend zur Wasserstelle kommt.

Und Salviati? Er suchte nach den Männern und Frauen, er konnte sie erkennen hinter den Computern, den Synergien, den Grafiken und Brainstormings. Er erkannte die Zeichen von Schwäche. Und im richtigen Augenblick konnte er zuschlagen. Gerade in diesem Augenblick, als er die Trams beobachtete und die Leute, die ein- und ausstiegen, kam ihm eine vage Idee. Das erste Mal seit vielen Tagen verspürte er Erleichterung. Vielleicht würde es ihm gelingen. Vielleicht gab es einen Weg, um Lina zu befreien und sich sauber aus der Affäre zu ziehen.

16

Ein nächtlicher Angriff der Blackfoot

»Lina hat mich angerufen.«

Contini sah ihn an.

»Wann?«

»Gestern«, erwiderte Salviati, »in Zürich. Ich habe einen meiner alten Kontakte aufgesucht, als ich bei ihm war, hat das Telefon geklingelt.«

»Wie geht es ihr?«

»Sie hat nicht viel gesagt.«

»Hat sie Matteo Marelli erwähnt?«

»Nein. Aber ich glaube, er ist bei ihr.«

»Hm.«

Contini nahm einen Schluck Rotwein. Sie saßen im Grotto Pepito, in Corvesco, an einem Steintisch. Das Lokal lag am Waldrand, unterhalb eines Felsens, in dem sich zahlreiche Kellergewölbe befanden. Hier herrschte immer ein leichter Luftzug, selbst an den ganz heißen Tagen, man aß Salami und Käse und trank dazu einen Becher Wein aus der Gegend.

»Ich finde Marelli merkwürdig«, sagte Contini. »Irgendetwas stimmt nicht mit dieser Entführung.«

»Und was? Lina hat gesagt, dass man sie gut behandelt!«

»Ich glaube, Forster hat Marelli reingelegt oder er erpresst ihn mit irgendwas. Meiner Meinung nach sind er und deine Tochter in derselben Situation.«

»Also Gefangene?«

»Wer weiß. Es ist nur so ein Gefühl. Ich hab's jedenfalls nicht aufgegeben, nach ihnen zu suchen. Alle Gerüchte, die mir zu Ohren gekommen sind, führen ins Bavonatal.«

»Das Bavonatal ist zwar nicht gerade groß ... aber du kannst es nicht vollständig durchkämmen!«

In diesem Augenblick kam der Wirt. Er hieß Giocondo Bottecchi und war der Enkel von Pepito, dem Gründer des Grotto.

»Bitte sehr«, sagte er, und stellte einen Teller mit gemischtem Aufschnitt und Salami auf den Tisch. »Wollt ihr noch etwas Wein?«

Hinter seinem schwarzen Schnauzbart musterte Giocondo die beiden Männer und versuchte, sich einen Reim darauf zu machen. Contini war eher ein Einzelgänger: Er verstand sich gut mit den Leuten aus dem Dorf, suchte aber keine allzu große Nähe. Diesen Kerl mit dem faltigen Gesicht behandelte er dagegen wie einen aus der Familie. Ob sie verwandt waren?

In Corvesco sind die Leute neugierig, aber nicht aufdringlich. Giocondo fragte nicht nach, und Contini bestellte einen weiteren Viertelliter.

»Ein schönes Plätzchen«, meinte Salviati.

»Ja«, antwortete Contini, während er Wein einschenkte. »Ich komm oft hierher.«

»Weißt du, was ich denke, Elia ... dass wir uns ohne diese Geschichte nie wiedergesehen hätten.«

»Schon möglich.«

»Abgesehen davon find ich's schon seltsam, dass wir uns vor Jahren in dieser Villa begegnet sind. Wir haben damals einiges riskiert ...«

»Tun wir diesmal auch«, sagte Contini.

Salviati breitete die Arme aus, als wolle er sagen: Was sollen wir machen?

Sie hatten in all den Jahren nur sporadisch Kontakt gehabt. Hin und wieder waren sie sich begegnet, hin und wieder hatten sie voneinander hören lassen. Aber es gab da etwas zwischen ihnen, das nie abgerissen war. Es war keine Ähnlichkeit und auch kein gegenseitiges Einverständnis. Es war vielmehr so, als ob beide in dieselbe Richtung schauen würden.

»Ich versuche, diesen Marelli zu fassen zu kriegen«, sagte Contini. »Und wer weiß, ob es mir nicht doch noch gelingt.«

»Hoffen wir's.« Salviati schnitt die Salami sorgfältig in Scheiben. »Aber lass uns lieber an den Überfall denken.«

Contini sah ihn fragend an.

»Wir haben die Informationen von Marelli und auch die, die uns mein Freund in Zürich beschaffen wird. Das bringt uns einen Vorteil: Sie rechnen nicht damit, dass wir was wissen.«

Im Grotto ringsum herrschte Stille. Es war gegen sechs Uhr an einem Abend im August: Zwei, drei Stammgäste nahmen einen Aperitif, ein paar andere tranken Limonade. Aber die meisten würden erst später kommen. Unter dem Laubdach der Bäume, umgeben von nacktem Fels, hatte man das Gefühl, in der Zeit zurückversetzt zu sein. Als könne jeden Augenblick Pepito Bottecchi persönlich, mit seinem Akzent des aus Amerika ins Tessin heimgekehrten Emigranten, aus einem der Kellergewölbe auftauchen. Es war nicht der passende Ort, um über Banken, Geld und Überfälle zu sprechen … Contini fühlte sich in einer Welt gefangen, die nicht die seine war. Er sagte:

»Sie rechnen mit nichts, aber das Geld werden sie trotzdem bewachen.«

»Das ist das Problem«, bestätigte Salviati. »Man muss

einen Trick finden, einen Weg, bei dem man keine Waffen braucht. Juristisch gesprochen ist es eigentlich kein Raub, sondern Diebstahl. Ich will kein Risiko eingehen.«

Contini nickte. Salviati war immer ein unbewaffneter Dieb gewesen. Teils, weil er seine Coups mit List und nicht mit Gewalt plante, teils, weil man in viel größere Schwierigkeiten gerät, wenn man mit Waffe erwischt wird. Vor allem aber, vermutete Contini, weil Salviati überhaupt nicht mit einer Waffe umgehen konnte.

»Was wir brauchen«, schloss der alte Dieb, »ist eine auf die Sekunde genau durchdachte Planung. Wir dürfen keinerlei Spuren hinterlassen. Ich habe Jahre gebraucht, um mich aus dem Umfeld zurückzuziehen, und ich will auch weiterhin nichts mehr damit zu tun haben.«

Contini wunderte sich über sich selbst. Er war Polizist, wenn auch Privatpolizist, er war ein Ordnungshüter. Wie konnte er hier herumsitzen und über Diebstahl und Raub sprechen? Sicher, es ging darum, Geld von zweifelhafter Herkunft zu stehlen, noch dazu auf Grund von höherer Gewalt. Aber warum nach Ausreden suchen? Vielleicht war der Grat wirklich schmal, vielleicht genügte ganz wenig, um alle Mauern niederzureißen: Vorsicht, Gesetzestreue, Gewohnheiten … Er verscheuchte diese Gedanken und fragte Salviati:

»Und sollen wir das Ganze alleine machen? Brauchen wir nicht Hilfe?«

»Ich habe diesbezüglich schon eine vage Idee, etwas, das meinen Exkollegen einen ziemlichen Schlag versetzen würde …«

Salviati sah aus wie ein Pokerspieler, der im Begriff ist, einen Bluff aufzudecken. Contini hatte beinahe Angst, die Karten zu sehen. Er ließ ein paar Sekunden verstreichen, aß etwas Speck und ein Stück Brot. Dann sagte er:

»Schieß los.«

»Ganz einfach«, Salviati senkte die Stimme. »Für die technischen Dinge werden wir notgedrungen auf einige meiner Kontakte zurückgreifen müssen, Händler, Informatiker und so weiter. Aber außer diesen will ich niemanden mit einbeziehen.«

»Und wie wollen wir das machen?«

»Wir müssen uns Amateure suchen.«

»Amateure?«

»Ganz normale Leute. Bürger, wie wir sagen. So können wir handeln, ohne in bestimmten Kreisen Spuren zu hinterlassen.«

»Bürger?«

»Leute, die bisher nur davon geträumt haben, eine Bank auszurauben. So wie du.«

»Aber ich habe nie …«

»Alle träumen irgendwann mal davon, eine Bank auszurauben.«

Später ging Contini seine Flöße zählen. Bevor sie das Grotto verlassen hatten, war erneut ein Anruf von Lina für ihren Vater gekommen. Salviati hatte ihn nur zögernd entgegengenommen, als fürchtete er schlechte Nachrichten. Aber Lina hatte lediglich gesagt, dass es ihr gut ging, ohne weitere Details. Contini hatte jedoch die Angst gespürt, die sich hinter dem ruhigen Tonfall von Jeans Fragen verbarg.

Und wenn ihm der Coup nicht gelingen würde? Schließlich war er seit Jahren aus allem draußen. Er war nur noch ein Gärtner und Raubüberfälle und Adrenalinschübe nicht mehr gewohnt.

Contini durchkämmte den Uferrand des Sammelbeckens. Aber er fand nur zwei Flöße. Zwei von fünf. Ein schlechtes

Zeichen? Nicht unbedingt. Zwei Flöße hatten die Schnellen und Untiefen überwunden, waren zwischen den Felsen im Bachbett hindurchgeglitten und lagen nun hier zu seinen Füßen. Zwei Flöße. Letztlich konnte das auch ein gutes Omen sein.

Er ging nach Hause und stillte den Hunger des grauen Katers. Dann trat er hinaus unter das Vordach, um im letzten Abendlicht eine Zigarette zu rauchen. Er rauchte rund zehn Zigaretten am Tag. Er drehte sie am Morgen mit einem speziellen Tabak vor, und teilte sie bis zum Abend ein. Der Korbsessel knarrte, als sich der Detektiv erhob, um kurz darauf mit seinem Buch und einem kühlen Bier zurückzukehren.

So gingen durch das stille Land wir hin; gleich Wandrern, die den rechten Weg gefunden und denen sinnlos scheint der alte Pfad. Contini schloss die Augen und stellte sich die weite Ebene im Licht der Morgendämmerung vor, mit zwei Männern, die endlich den Weg gefunden haben und nun in Eile sind. Er hatte das Gefühl, in dem Bild zu treiben, selbst dort zu sein, sich in dem Meer aus Gras zu verlieren und sich vom Glanz des Taus verzaubern zu lassen.

Dann kam er wieder zu sich. Er schloss das Buch und ging, als es dunkel wurde, ins Haus. Ein paar Minuten lang widmete er sich seinen Kakteen. Er hatte ein kleines Gewächshaus, in dem rund zwanzig verschiedene Arten gediehen. Es war ausgerechnet Salviati gewesen, der vor Jahren die Vorliebe für Kakteen in ihm geweckt hatte. Momentan war er damit beschäftigt, ein Astrophytum auf eine junge Opuntie zu pfropfen. Er hatte die Stecklinge eine Woche lang im Dunkeln aufbewahrt, jetzt waren die Pflanzen reif für die Erde. Die Opuntie sah etwas mitgenommen aus, aber Contini war sicher, dass sie sich erholen und innerhalb von vier Monaten Blüten treiben würde.

Etwas nagte in ihm. Einerseits spürte er, dass er das Richtige tat. Jean steckte in Schwierigkeiten, und er half ihm. Andererseits spürte er das Nahen einer Katastrophe. Für solche Dinge hatte Contini ein ziemlich gutes Gespür. Was sollte er tun?

Er konnte so gut es ging versuchen, den Bankraub zu verhindern. Aber egal wie das Ganze ausgehen würde, musste er am Ende Jean zur Seite stehen. Die Lage stimmte ihn nicht gerade zuversichtlich. Keine Ideen, keine Hilfe, außer die Unterstützung von Francesca und diesen beiden anderen Freunden von Jean. Keiner, der jemals irgendetwas gestohlen hatte. Amateure. Wie hatte Jean gesagt? Bürger.

Contini überließ die Opuntie sich selbst und zog sich die Handschuhe aus. Er konnte sich nicht konzentrieren, die ungewohnte Situation brachte ihn ganz durcheinander. Als Detektiv spürte er normalerweise einer Reihe von Fakten oder Personen nach, um Zusammenhänge aufzudecken, irgendetwas, das den Sinn des Netzwerks erhellte.

In diesem Fall war er es dagegen, der das Netz spinnen musste.

Er beschloss, in der Nacht in den Wald zu gehen, um nach seinen Füchsen zu sehen. Er hatte sie in den letzten Tagen, über die Suche nach Informationen zu Marelli, vernachlässigt. Die Jungen standen auf der Schwelle zur Selbstständigkeit: eine Zeit der Entdeckungen und normalerweise, für ihn, der großartigen Fotografien.

Aber erst einmal wollte er etwas essen. Trotz der Wurst im Grotto Pepito hatte er noch Hunger. Der Kühlschrank quoll nicht gerade über, aber immerhin stöberte er vier Eier und etwas Milch auf. Er verquirlte die Eier, schmeckte alles mit ein paar Kräutern und gehackter Zwiebel ab und briet sich ein Omelette. Er aß es am Küchentisch und trank ein Bier dazu.

Nach dem Essen war seine Unruhe noch immer nicht verflogen. Während er auf die Stunde der Füchse wartete, kam ihm der Gedanke, einen Film zu gucken. Etwas, das er nur tat, wenn er sehr unruhig war. Er legte eine Videokassette mit einem Western aus den Fünfzigerjahren ein. Wieder einmal ließ er sich von den Bildern in den Bann ziehen. »Ein gewaltiges Gebiet«, sagte Kirk Douglas angesichts des Missouri-Plateaus. »Das Einzige, was noch größer ist, ist der Himmel.«

Contini kannte diese grenzenlosen Weiten nicht, die Region der Großen Seen mit ihren endlos befahrbaren Flüssen. Er war sein zwischen Bergen eingekeiltes Land gewohnt, seine in der Tiefe verborgenen Geschichten. Aber manchmal sehnte er sich nach einem Leben, in dem man Gefahr lief, nachts von den Blackfoot überfallen zu werden.

Das Bavonatal hat zwei verschiedene Stimmen. Eine spricht die Sprache der Menschen: Wege am Rand der Steilhänge, Sennhütten auf den Kämmen, Almwiesen wie Seufzer im Gebirge. Die andere ist eine Stimme, die schon immer da war: das Rauschen eines Wasserfalls oder Gewitterblitze in finsterer Nacht.

Lina schreckte aus dem Schlaf. Laut trommelte der Regen auf das Dach der Hütte. Das Feuer war erloschen. Sie wickelte sich fester in die Decke und lauschte. Sie versuchte, den Atem der beiden Männer im Raum zu unterscheiden, aber der Regen übertönte jedes Geräusch.

So erhob sie sich von ihrer Liege und schlich langsam um den Paravent herum. Ein paar Sekunden hielt sie inne, um sich an die Dunkelheit zu gewöhnen. Sie hatte sich keinen Plan zurechtgelegt, aber es kam auf einen Versuch an. Manchmal musste man die Gelegenheit einfach beim Schopf greifen, ohne über die Risiken nachzudenken.

Elton hatte die Handys von Lina und Matteo beschlagnahmt. Um sie sicher aufzubewahren, wie er mit seinem Backpfeifengesicht erklärte. Abgesehen davon hatte man sowieso nur weiter unten im Tal Empfang. Elton selbst benutzte jedoch ein Satellitentelefon: Er blieb zum Telefonieren sogar in der Hütte.

Und wenn er es konnte…

Lina näherte sich der Eingangstür. Daneben, zwischen Herdstelle und Küchentisch, stand ein kleiner Schrank, in dem Elton seine Sachen aufbewahrte. Der Regen übertönte ihre Schritte. Durch die Fenster drang ab und zu der Widerschein eines Blitzes, gefolgt vom Grummeln des Donners. Lina hielt vor jeder ihrer Bewegungen inne und lauschte. Wenn es mir gelingt zu telefonieren, sind wir gerettet. Wenn ich von hier fliehen kann, hat Forster nichts mehr in der Hand. Wenn ich zurückkann, zurück zu dem Punkt, an dem ich nur ein Schuldenproblem hatte, wenn ich freikomme, frei und…

Genug! Lina zwang sich, einen kühlen Kopf zu bewahren. Sie hockte sich vor den Schrank, streckte die Hand zur Tür und zog vorsichtig. Nichts. Sie zog fester. Abgeschlossen. Mist. Lina hielt inne, atmete tief durch. Nur keine Panik. Der Schrank ist abgeschlossen, aber er ist kein Safe. Bei dem Regen, der jedes Geräusch übertönt, kannst du es schaffen.

Lina war nicht umsonst durch die Kasinos ganz Europas gezogen. Sie war in der Lage, in Augenblicken höchster Anspannung Ruhe zu bewahren.

Sie ging in den Küchenbereich, nahm ein Messer und kehrte zurück zum Schrank. Sie steckte das Messer in den Spalt und tastete nach dem Riegel des Schlosses. Ihre Bewegungen waren so langsam, dass sie kaum hörte, wie das Metall auf Metall schlug.

Ein Donner dröhnte durch die Hütte. Lina hielt inne. Sie wartete ein paar Sekunden, dann versuchte sie, das Messer leicht zu drehen, um den Spalt zu vergrößern. Endlich bekam sie den Riegel zu fassen und hob ihn an. Er löste sich aus der Schließleiste. Lina hörte das Schnappen des Schlosses. Langsam öffnete sie die Schranktüren, vermied ein Knarren. Dort lagen Kleiderstapel, ein Beutel mit dem Nötigsten, um sich zu rasieren und die Zähne zu putzen, ein leeres Pistolenhalfter und … na bitte, das Telefon! Lina ergriff es. Sie würde die Handynummer ihres Vaters wählen. Sie konnte sie auswendig und war sicher, dass er sein Handy nie abschaltete, für den Fall, dass …

»Was suchst du da?«

Lina hatte schlagartig das Gefühl zu stürzen. Als habe sich im Fußboden ein Loch aufgetan.

»Schicksal, dass wir beide uns immer auf diese Weise begegnen müssen«, sagte Elton, »mitten im Wald oder in einem dunklen Zimmer.«

»Ich hab …«

»Du hast mein Telefon gesucht. Weshalb?«

Lina schüttelte den Kopf und schluckte. Sie versuchte, eine Antwort herauszustammeln.

»Nein, es ist nur … eigentlich wollte ich …«

Elton verpasste ihr eine Ohrfeige.

»Ich hab dich gefragt, weshalb du mein Telefon gesucht hast. Willst du nicht antworten?«

Eine zweite Ohrfeige.

»Willst du abhauen? Gefällt dir die Vereinbarung nicht, die du mit Signor Forster getroffen hast?«

Lina schmeckte Blut im Mund. Die beiden Ohrfeigen hatten ihr beinahe die Besinnung geraubt. Sie hockte auf allen vieren.

»Passt dir unser Plan etwa nicht mehr?«, fragte Elton mit drohender Stimme. Aus dem Augenwinkel sah Lina eine Bewegung. Matteo. Elton war von dem Verhör in Anspruch genommen und hatte Matteo vergessen. Sie musste ihn ablenken.

»Nein, du hast recht, ich … es stimmt, ich hab dein Telefon gesucht, aber weißt du wieso?«

»Sag's mir.«

Matteo war bis auf wenige Schritte herangekommen. Lina erkannte, dass er ein Stück Holz in der Hand hielt. Sie redete weiter:

»Ich wollte ganz sichergehen, dass du dein Satellitentelefon hast, dass ich im Zweifelsfall …«

Lina brach ab, denn Elton hörte ihr nicht mehr zu. Er hatte sich genau in dem Augenblick umgedreht, als Matteo einen Satz nach vorn machen wollte. Elton wehrte ihn mit einem Tritt gegen die Knie ab. Matteo verlor das Gleichgewicht, versuchte aber, auf den Beinen zu bleiben, und fuchtelte mit den Armen in der Luft herum. Elton blieb ruhig, rammte ihm ein Knie in den Magen und versetzte ihm mit der Faust einen Schlag auf die Wange. Matteo taumelte drei Schritte zurück, ohne Luft zu bekommen. Mit einer Hand hielt er noch immer das Holzstück umklammert.

In diesem Augenblick ging Lina von hinten auf Elton los. Sie trat ihm in die Wade und zog an seinen Schultern. Elton beugte sich vor und fluchte. Er drehte sich um die eigene Achse, stellte Lina ein Bein, packte sie mit einem Judogriff und schleuderte sie quer durch den Raum. Kurz darauf wehrte er einen erneuten Angriff Matteos ab, schlug ihn zweimal kurz hintereinander ins Gesicht.

»Es reicht, meine Herrschaften«, sagte er, während er die beiden vor ihm ausgestreckten Körper betrachtete. »Machen wir Schluss mit dieser albernen Szene.«

»Du bist irre«, sagte Matteo, »du bist vollkommen …«

»Ganz ruhig!«, unterbrach ihn Elton. »Ich fasse die Lage zusammen: Ich bin stärker und außerdem im Besitz einer Pistole. Bisher hat sich unser Zusammenleben auf freundschaftliche Regeln gestützt, ab jetzt ist das anders.«

Matteo hatte sich bis zum Küchentisch geschleppt, während Lina in der dunkelsten Ecke an der Wand kauerte. Elton musterte sie streng.

»Ab jetzt«, schloss er, »dürft ihr euch als meine Gefangenen betrachten.«

Contini fragte sich, wie es Marelli geschafft hatte, die Entführung zu bewerkstelligen. Es ist nicht leicht, in der italienischen Schweiz einen erwachsenen Menschen verschwinden zu lassen. Die Straßen sind kurz, die Ortschaften dicht beieinander, die Familien groß. Und vor allem sind schnell Gerüchte im Umlauf.

Tatsächlich hatte er Spuren von Marelli gefunden, die ins Bavonatal führten.

Doch nun, nachdem er in Roseto geparkt hatte, fragte er sich zum x-ten Mal, wie ein Betrüger ohne Format im Nichts verschwinden und gleichzeitig einen Bankraub organisieren konnte. Forster hatte ihm seine Hilfe zugesichert; aber die ursprüngliche Idee kam, ebenso wie alle Informationen und Kontakte, von Marelli.

Contini vermutete, dass es um die große Herausforderung ging. Um den Coup seines Lebens. Und um ihn auszuführen, hatte er sich in Forsters Hände begeben. Aber wenn Forster tatsächlich Geldprobleme hatte, wie aus den Briefen hervorging, die Jean gefunden hatte, würde er sicherlich versuchen, Marelli übers Ohr zu hauen.

Roseto lag zwischen der Straße weiter unten und dem

Weg, der oberhalb des Dorfes entlangführte. Eine Handvoll Häuser, eins dicht ans andere gebaut. Contini begab sich in das Labyrinth aus Gässchen und schmalen Durchgängen, kam an der kleinen Kirche vorbei und erreichte den oberen Teil des Dorfes.

Auf den Rasenflächen vor den Häusern spielten Kinder. Eine Alte beobachtete hinter dem Vorhang die Ankunft des Fremden. Ein großer, in weißes Leinen gekleideter Mann. Er wird mit jemandem verwandt sein, überlegte die Alte und ließ den Blick zu den Bergen schweifen. Die Zeiten, in denen man alles über jeden wusste, waren vorbei.

Contini, der nichts von den auf ihn gerichteten Blicken ahnte, spürte dennoch, dass man im Bavonatal Geduld brauchte. Er fing an, Informationen über Marelli zu sammeln, ging von Haus zu Haus und zeigte sein Foto. So würde er es in allen Dörfern des Tals machen. Während er zwischen Brennnesselgestrüpp und Steinmäuerchen den Pfad hinaufstieg, zählte er in Gedanken ihre Namen auf, wie eine Litanei. Cavergno Mondada Fontana Alnedo Sabbione Ritorto Foroglio Roseto Fontanellata Faedo Bolla Sonlerto Gannariente San Carlo. Irgendwo in einem dieser grauen Häuser versteckten sich Matteo Marelli und Lina Salviati.

17

Ein Überfall für Amateure

Der Mechanismus hatte nicht ausgelöst, also gingen Contini und Francesca durch den Haupteingang hinein. Der Detektiv hatte eine Vorrichtung angebracht, die von außen anzeigte, ob jemand das Wartezimmer seines Büros in Paradiso betreten hatte.

Als sie Jean Salviati sahen, der in einer Zeitschrift blätterte, konnten sie daher eine gewisse Überraschung nicht verbergen. Francesca fuhr zusammen, während Contini ein verunglücktes Lächeln aufsetzte und sagte:

»Ich sehe, du hältst dich in Form.«

Salviati saß auf einem der Korbsessel, die Beine übereinandergeschlagen. Er klappte die Zeitschrift zu und erhob sich, um sie zu begrüßen.

»Ich gebe mir alle Mühe, nicht einzurosten.« Er schüttelte Francesca die Hand und zwinkerte Contini zu.

Der Detektiv seufzte, während er voran in sein Büro ging. Er befreite drei oder vier Stühle von den Gegenständen, die sich darauf angesammelt hatten, und zog eine alte Espressomaschine hervor.

»Ich habe einen Gaskocher«, erklärte er, während er nach den Tassen suchte. »Und ich würde sagen, ein bisschen Kaffee ist genau das Richtige vor dem Schlachtplan. Wann kommen deine Freunde?«

»Sie müssten eigentlich schon hier sein«, antwortete Salviati.

Contini setzte Kaffee auf. Ein paar Sekunden später klingelte es. Salviati öffnete und kam mit einem Pärchen zurück. Er war um die vierzig, mit Bart und gelocktem Haar. Sie, ein wenig jünger, war klein und zierlich, mit einem Gesicht, das aussah, wie von einem Miniaturbildhauer geschaffen.

»Darf ich euch Anna und Filippo Corti vorstellen«, sagte Salviati. »Sie werden bei der Operation Junker-Bank mit uns zusammenarbeiten.«

Anfangs herrschte ein wenig Verlegenheit. Es kommt nicht oft vor, dass ein Lehrer, eine Bibliothekarin, eine frischgebackene Literaturwissenschaftlerin, ein Detektiv und ein ehemaliger Berufsdieb, der zum Gärtnerhandwerk gewechselt hat, in einem Raum zusammen sind. Nach zwei Sätzen über das Wetter sind in der Regel alle Gesprächsthemen ausgeschöpft.

Zum Glück stellt die Planung eines Bankraubs einen wichtigen Faktor für soziale Kohäsion dar. Die Eheleute Corti berichteten, wie Jean Salviati ohne Vorankündigung bei ihnen zu Hause aufgetaucht war.

»Wir treffen ihn für gewöhnlich in der Provence«, sagte Anna, »und als er dann so vor uns stand, bei uns zu Hause …«

»Wir dachten, er macht Urlaub!«, rief ihr Mann.

»Von wegen Urlaub«, murmelte Francesca.

Anna und Filippo Corti lachten. Die Idee mit dem Bankraub schien sie zu amüsieren, als handle es sich um einen gelungenen Zeitvertreib an einem Augustnachmittag. Aber Salviati hatte die Situation genau erklärt. Er hatte sie um Hilfe gebeten, weil sie sich seit Jahren kannten und weil die beiden zu den wenigen Leuten gehörten, die er als seine Freunde betrachten konnte.

»Als er uns erzählt hat, dass er ein Dieb ist, haben wir

ihm nicht geglaubt«, berichtete Filippo. »Er musste erst einmal unser Türschloss knacken und uns ein paar alte Zeitungsausschnitte zeigen … sieht er für euch etwa aus wie ein Dieb?«

»Nein«, Salviati schüttelte den Kopf, »genau das ist der Grund, weshalb ich einer sein konnte.«

Die Cortis hatten nicht gezögert. Salviatis Schmerz und die Wut angesichts von Linas Entführung hatten sie getroffen. Außerdem hatten die schmutzigen Geldgeschäfte zwischen Italien und dem Tessin bei Anna, die für soziale Themen sehr empfänglich war, Empörung ausgelöst.

Während die beiden ihre Sichtweise schilderten, fragte sich Contini, ob sie die Lage wirklich überschauten.

»Letztlich ist es etwas ganz anderes«, sagte Anna und nippte an ihrem Kaffee, »als jemandem sein ehrlich verdientes Geld zu stehlen.«

»Wir streuen vielmehr Sand ins Getriebe«, fügte Filippo hinzu, »und vielleicht bringen wir damit dieses perverse System zum Stocken!«

Contini sagte:

»Ich will euch nicht eure Illusionen nehmen, aber wir stehlen Geld und damit basta.«

»Trotzdem …«, begann Filippo.

»Okay«, unterbrach ihn Salviati. »Elia hat recht. Das Geld ist da, und wir nehmen es uns. Wir sind gezwungen, es zu tun. Mir ist egal, wie das System ist und ob der Kerl, dem das Geld gehört, arbeiten geht oder nicht. Worauf es ankommt ist, saubere Arbeit zu leisten.«

Als Salviati geendet hatte, herrschte einen Moment lang Schweigen. Dann sagte Filippo:

»Du hast recht. Wir sind in jedem Fall bereit, dir zu helfen, Jean.«

»Danke.«

»Im Rahmen unserer Möglichkeiten«, ergänzte Anna, »wir sind schließlich nicht vom Fach.«

»Natürlich«, versicherte Salviati. »Außerdem wohnt ihr in der Nähe der Bank, ich möchte euch daher nicht zu sehr mit reinziehen. Ihr werdet vor allem eine Stütze sein.«

»Entscheidend ist, dass Lina freikommt«, rief Filippo. »Das Verhalten dieses Hehlers ist eine Schande! Aber ich muss dich nochmals fragen: Bist du sicher, dass wir, wenn wir die Polizei benachrichtigen …«

Salviati sah ihn nur an. Filippo hob die Hände.

»Schon gut, schon gut, hab verstanden … keine Polizei! Und wie geht es nun weiter?«

»Ich habe Kaffee, Brötchen und Schinken«, sagte Contini. »Ich habe Papier, Stift und einen Stadtplan von Bellinzona. Jetzt brauchen wir eine Idee …«

Alle schauten zu Salviati. Als erwarteten sie, eine Geschichte erzählt zu bekommen. Er ließ den Blick wandern, sah einem nach dem andern ins Gesicht.

»Es wird eine schwierige Operation«, begann er. »Unser Vorteil ist, dass wir wissen, wer wo wie und wann. Nun brauchen wir eine Idee, um die Karten neu zu mischen und an das Geld zu kommen.«

»Ist das machbar?«, fragte Francesca.

»Ich hoffe schon. Aber um gute Arbeit zu leisten, müssen wir vor allem über möglichst viele Informationen verfügen.«

»Und haben wir die nicht?«, wollte Anna wissen.

»Noch nicht, ich arbeite daran. Elia und ich werden auf einen kurzen Sprung nach Zürich fahren.«

Salviati sah zu Contini, der bloß nickte. Francesca mischte sich ein:

»Und weshalb nach Zürich? Was hat Zürich damit zu tun?«

»Dort stehen die Computer«, erklärte Salviati. »Und wenn man heutzutage eine Bank ausrauben will, muss man sich erst mal in ihr Computersystem hacken.«

18

Die Prostituierte

Contini saß allein an einem Ecktisch. Über ihm sandte eine Neonleuchte alle drei Sekunden einen violetten Lichtstrahl aus. Neben ihm, an der Wand, hing ein Poster mit dem Gesicht von Elvis Presley. Contini nahm einen Schluck Whiskey und beobachtete, wie Elvis' Augen violett wurden, dann in der Dunkelheit verschwanden, dann wieder violett wurden.

Er hoffte, nicht allzu lange warten zu müssen.

Der Hot Rock Club war ein Lokal im Niederdorf, dem Fußgängerviertel in der Zürcher Innenstadt. Von außen wirkte es wie eine unbedeutende Kneipe, wer tagsüber vorbeikam, fand es immer geschlossen vor. Es gab kein Fenster, durch das man einen Blick ins Innere hätte werfen können, kein einziges Schild, außer die Aufschrift: LIVE MUSIC – 22.30–04.00. Tatsächlich griff gegen zwei Uhr morgens ein Fettkloß mit wässrigen Augen in die Tasten, neben der Bühne, auf der sich die Mädchen darboten.

Die Gäste waren hier und dort verteilt, nie mehr als zwei an einem Tisch. Vor der Bühne befand sich, umrahmt von einer blau schimmernden Neonröhre, eine Freifläche für die, die tanzen wollten. Auf der Bühne brachte etwa alle halbe Stunde eines der Mädchen eine Nummer: meistens ein Striptease, aber nicht zu übertrieben, eine Kostprobe, sozusagen.

»Willst du mir nicht ein bisschen Champagner spendieren?«, fragte das Mädchen auf Deutsch.

Contini verstand die Frage, denn er hörte sie bereits zum siebten Mal. Sie war eine ganz Dünne, mit hellblondem, fast weißem Haar. Contini schüttelte den Kopf und machte ein Zeichen, wie um zu sagen: später. Aber er wusste, dass er bald Position beziehen musste. Einer vom Wachpersonal, der versteckt im Schatten stand, hatte ihn bereits seit einigen Minuten im Visier.

Summertime. Contini erkannte das Stück, das der Fettkloß spielte. Aber zwischen einem Ton und dem nächsten klafften weite Lücken, waren spontan irgendwelche Schnörkel eingefügt, einzig zu dem Zweck, das Süppchen zu strecken.

Beim nächsten Song, den Contini nicht kannte, setzte sich eine andere Frau zu ihm an den Tisch. Diesmal schien es jedoch die richtige zu sein. Sie hatte schwarzes, schulterlanges, offenes Haar, zwei dunkle Augen und einen dunklen, mediterranen Teint. Sie legte ihm eine Hand auf die Schulter und flüsterte etwas auf Deutsch. Contini schüttelte den Kopf. Die Frau fragte:

»Do you want to dance?«

»Wie heißt du?«, fragte Contini auf Italienisch.

»Ich heiße Viola«, antwortete die Frau ebenfalls auf Italienisch.

Der Detektiv musterte sie ein paar Sekunden, dann murmelte er:

»Wieso nicht?«

Auf der Tanzfläche waren zwei weitere Paare. Eines bestand aus einem sehr braungebrannten Mann um die vierzig und einer Blondine mit spitzen Brüsten und atemberaubenden Beinen. Er schob sie vorsichtig über die Tanzfläche, wie ein Butler, der die Teekanne des guten Services in der Hand hält. Das andere Pärchen war klassischer: er um die sechzig, mit buntem Hemd, sie eine Mulattin, die aussah, als würde sie jeden Augenblick in Gelächter ausbrechen.

Viola schmiegte sich an Contini. Sie trug ein hautenges, glänzendes Kleid, das die Schultern frei ließ und weit oberhalb der Knie endete. Er, in seinem zerknitterten Leinenanzug mit der schmalen schwarzen Krawatte, wirkte wie ein Bandoneon-Spieler, der sich im Lokal geirrt hatte. Viola sprach mit leiser Stimme direkt in sein Ohr:

»Gefällt's dir hier?«

Contini verstand das geschickte Manöver. Violas Hände auf dem Rücken, ihr Mund am Hals, ihr Becken, mit dem sie sich an ihn drückte. Er versuchte, sie an den Rand der Tanzfläche zu schieben und fragte:

»Bist du die Bekannte von Jean Salviati?«

Wer in der Schweiz lebt, kennt den Reichtum. Auch wer kein Geld hat. Das Geld ist überall, sieht einem aus den Schaufenstern entgegen, flattert mit den Kreditkarten aus den Geldautomaten. Für jemand, der in der Schweiz lebt, ist es unmöglich, an einer Bank vorbeizukommen und nicht zu denken, dass dort drinnen Beute wartet. Die Leute begnügen sich mit einem Traum: im Lotto zu gewinnen oder eine Million Franken zu rauben. Hin und wieder hat einer sechs Richtige. Und hin und wieder raubt einer eine Bank aus.

Anna legte ihre Theorie mit Feuereifer dar. Ihr Mann sah sie an und sagte:

»Du bist verrückt.«

»Aber es stimmt«, erwiderte sie, »ich hab's mir schließlich nicht ausgedacht.«

An diesem Morgen waren sie zeitig aufgestanden. Es war Ende August und ein neues Schuljahr stand bevor. Filippo hatte beinahe täglich eine Lehrerkonferenz, während Anna sich mit dem Katalog der jüngsten Neuerwerbungen der Öffentlichen Bibliothek herumplagte. Aber beim Frühstück, während sie in ihrer Ovomaltine herumrührte, ließ Anna ihrer Fantasie freien Lauf.

»Das ist ein Überfall!«, hatte sie gerufen, während ihr Mann eine Orange auspresste. Er, noch im Schlafanzug, hatte sich umgedreht und gefragt:

»Findest du das lustig?«

»Es ist ein illokutionärer Akt«, erklärte Anna, während sie ein Stück Schwarzbrot mit Butter bestrich.

Filippo seufzte nur.

»Es ist eine bestimmte Form der Aussage, die die Sprachwissenschaftler ›illokutionär‹ nennen«, sagte Anna. »Also ein sprachlicher Ausdruck, durch den eine Handlung vollzogen wird, ganz einfach indem dieser Ausdruck zur Anwendung kommt.«

Filippo sah sie an, als habe sie gerade ein Gedicht auf Swahili aufgesagt.

»Das ist doch ganz einfach!«, beharrte Anna. »Wie wenn der Pfarrer oder Standesbeamte sagt: Ihr seid Mann und Frau, und dann sind die beiden verheiratet.«

»Quäl mich nicht …«, murmelte Filippo.

»Du hast keinen Sinn für Humor! In den Sechzigerjahren hat der berühmte Bankräuber Horst Fantazzini einen Haufen Banken ausgeraubt, ohne eine einzige Waffe zu gebrauchen. Er musste sich nur an den Auszahlungsschalter lehnen, die Bankangestellte anschauen und freundlich sagen: Das ist ein Überfall. Sie händigte ihm das Geld aus und er machte sich in aller Ruhe aus dem Staub.«

Filippo sah von seinem Teller auf und sagte:

»Davon hab ich noch nie gehört. Wo hast du das gelesen?«

»Ich habe ein bisschen über Banküberfälle recherchiert. Weißt du, ich kann es kaum glauben, dass wir im Begriff sind, etwas Unrechtmäßiges zu tun.«

»Ja,« Filippos Miene verfinsterte sich, »auch ich kann es kaum glauben.«

»Sag bloß, du bereust es. Wir tun es schließlich für Jean.«

»Ich weiß, ich weiß ... aber du wirst zugeben, dass so was nicht alle Tage passiert. Ein Typ, den wir aus dem Urlaub kennen, klingelt an der Tür und sagt: Ich bin ein Dieb, man hat meine Tochter entführt, wir müssen eine Bank ausrauben.«

»Hm, schon ... aber du glaubst ihm doch, oder?«

»Natürlich. Ich will keinen Rückzieher machen. Aber weißt du, Anna, die machen ernst! Das ist kein Spiel, und wenn was schiefgeht ...«

»O je, wie kann man nur immer so pessimistisch sein. Außerdem meinte Jean, dass wir eine Rolle hinter den Kulissen spielen werden. Letztlich will er im Moment nur, dass wir ein paar Fotos schießen.«

»Das stimmt.« Filippo wischte sich den Mund ab und rutschte mit dem Stuhl nach hinten. »Wann wollen wir das eigentlich machen?«

»Ich dachte am Nachmittag. Wir sollen den Eingang der Bank und alle angrenzenden Straßen fotografieren.«

Anna redete schnell und räumte dabei das Frühstücksgeschirr ab. Sie erinnerte Filippo an ein Kind, das ein Picknick vorbereitet. Er griff nach dem Brotkorb und fragte:

»Und wie willst du es machen? Es kommt schließlich nicht alle Tage vor, dass einer hingeht, um die Junker-Bank zu fotografieren.«

»Ich habe schon über alles nachgedacht«, erklärte Anna, »und mir einen Plan zurechtgelegt.«

Filippo ließ sich auf seinen Stuhl zurücksinken und stellte den Brotkorb ab. Er öffnete den Mund und schloss ihn wieder. Dann gab er sich einen Ruck und fragte:

»Du hast dir … einen Plan zurechtgelegt?«

»Ja, ich hab deine Schwester gefragt, ob sie mir Gigi für ein paar Stunden überlässt. Wenn ich so tue, als würde ich das Baby fotografieren, wird niemandem etwas auffallen.«

»Hm …« Filippo spielte mit dem Brotmesser. »Wollen wir's hoffen.«

»Der Plan ist perfekt!«

»Perfekt?«

»Ja, ganz bestimmt. Ich habe auch eine Tabelle mit den Zeiten vorbereitet. Willst du sie sehen?«

Filippo verdrehte nur die Augen.

Wenn man von der Tramstation Central kommend die Brücke über die Limmat überquert, kann man eine schmale Straße nehmen, die am Fluss entlangführt. Unter Touristen ist es ein bevorzugter Ort für Erinnerungsfotos. Ab einem bestimmten Punkt beginnt die Straße zu steigen, bis sie auf einem Platz, dem sogenannten Lindenhof, endet.

Von dort sieht man auf den Fluss und die Zürcher Altstadt. Man kann auf den Schachbrettern, die auf die Erde gemalt sind, Schach spielen, oder sich auf die Steinmauer setzen und die Aussicht genießen.

Genau das taten Contini und Viola. Nur, dass sie nicht die Aussicht genossen, sondern über Geld redeten.

»Das wird teuer für euch«, sagte Viola.

»Wir können zahlen«, erwiderte Contini »wichtig ist nur, dass keine Fehler unterlaufen. Wir haben nur eine Chance.«

»Wenn euer Mann bereit ist, werd ich mich an ihn ranmachen.«

»Und wenn er sich nicht drauf einlässt?«

»Wer es gewohnt ist zu zahlen, sagt bei einer, die er umsonst haben kann, nicht nein.«

»Wichtig ist, dass ihr zu ihm nach Hause geht. Du darfst dich auf nichts anderes einlassen.«

»Hey, ganz ruhig! Ist schließlich nicht das erste Mal, dass ich so was mach!«

Contini nickte. Er fragte sich, ob sie sein Unwohlsein bemerkte. In der Nacht zuvor hatte er Viola die Idee in groben Zügen unterbreitet und ihr jetzt die näheren Details geliefert. Laut Salviati war sie eine sehr fähige und zuverlässige Person. Auch auf Contini machte sie einen guten Eindruck. Was ihm nicht gefiel, war die Sache selbst.

»Du weißt, dass wir eine Menge riskieren, oder?«, fragte er Viola.

»Was glaubst du denn«, antwortete sie, »aber es sind nur scheinbare Risiken. Dein Freund Salviati hat schon weitaus Schlimmeres organisiert, in den alten Zeiten.«

»Das kann ich mir vorstellen ...«

»So ein Auftrag kommt mir übrigens ganz gelegen ... jetzt, wo ich bereits an die Rente denken und jedes Räppli beiseitelegen muss!«

Contini wandte sich um und sah auf den Platz. Er lag im Schatten großer Linden, die nach Sommer und erfrischenden Nachmittagen auf dem Land dufteten. Auf den Bänken saßen junge Leute mit einem Buch, einige Pärchen und Alte. Ein Hund scharwenzelte um die Schachspieler herum.

»Was wirst du dann machen?«, fragte Contini.

»Hm, weiß nicht!« Viola fing an zu lachen. »Ich denk, ich werd zurück ins Dorf... Meine Cousine hat einen Schönheitssalon in Apulien, vielleicht kann ich ihr ein bisschen zur Hand gehen. Irgendwas wird sich schon finden.«

Contini zündete sich eine Zigarette an. Sie hatten bereits alle Punkte geklärt, aber er fühlte sich träge. Er hätte noch Stunden auf diesem Platz bleiben, dem Rauschen der Linden lauschen und auf den Fluss schauen können.

»Und du«, fragte sie, »was machst du? Du scheinst mir nicht in die Szene zu gehören.«

»Nein, das tu ich nicht. Ich helfe Salviati.«

»Es ist sein letzter Coup, stimmt's?«

»Ja«, Contini schnitt eine Grimasse, »so könnte man sagen.«

»Oh, ich will kein Unglück heraufbeschwören. Alles wird bestens laufen! Wir stehen beide vor unserem letzten Coup, was für ein Zufall. Und für dich ist es der erste.«

Contini deutete ein Lächeln an. Dann erhob er sich und setzte den Strohhut auf, den er auf die Mauer gelegt hatte.

»Ich muss gehen«, erklärte er.

»Ich bleib noch ein bisschen«, meinte Viola. »Wir sehen uns!«

Contini kehrte zurück zum Central. Er nahm die Drei bis Stauffacher und die Acht bis Helvetiaplatz. Dann ging er zu Fuß die Langstrasse hinunter. Er lief bis zur Nummer 32, ohne darauf zu achten, was rings um ihn geschah. Eigentlich war er ein guter Beobachter, er behielt die Leute und die Umgebung gern im Auge. Aber in den letzten Tagen war er ganz von seinen Gedanken in Beschlag genommen.

Er drückte auf die Ladenklingel des Info 3000, und Salviatis Freund, der Informatiker mit den in alle Richtungen abstehenden Haaren, öffnete ihm.

»Oh, wer kommt denn da!«, begrüßte er Contini. »Unser Detektiv! Wie ist es gelaufen?«

»Gut. Wo ist Salviati?«

»Hier lang, hier lang.« Giotto Raspelli führte den Detektiv

ins Hinterzimmer. »Wir sind grad dabei, uns verschiedene Videokameras anzusehen.«

Salviati war über eine Art PDA gebeugt. Er hob die Augen und lächelte:

»Elia! Alles klar? Seid ihr einig geworden?«

Contini nickte.

»Wir setzen uns hier grad mit Technik auseinander. Dieses Modell gab es zu meiner Zeit noch nicht. Die Videokamera lässt sich überall verstecken, sie ist so klein wie eine Münze, siehst du? 30x28x18 Millimeter, aber die Aufnahmen sind gestochen scharf. Sieh mal die Bilder, es ist ein hochauflösender TFT-Bildschirm ...«

»Aha.« Contini sah nur flüchtig hin. »Dir ist klar, Jean, welcher Vergehen wir uns da schuldig machen?«

Salviati sah zur Decke. Raspelli ließ aus seiner Ecke ein kurzes Lachen vernehmen. Contini sprach mit leiser Stimme:

»Kriminelle Vereinigung, Anstiftung, Einbruch, Eindringen in die Privatsphäre, Firmenspionage, Diebstahl ...«

»Ich weiß«, unterbrach ihn Salviati und wurde mit einem Schlag ernst. »Glaubst du, ich wüsste das nicht? Glaubst du, mir macht es Spaß, Viola in die Geschichte reinzuziehen?«

»Es ist ... eine ...«, Contini fand das Wort nicht.

»Es ist eine Schweinerei!«, rief Salviati erregt. »Eine Schweinerei, sprich's ruhig aus! Aber wir haben keine andere Wahl, das weißt du! Ich hab es versucht, du hast es versucht, besser gesagt, du versuchst es noch immer! Aber Lina taucht nicht auf, Marelli ist verschwunden! Meine Tochter ist in Forsters Gewalt, Elia, und wenn er die Geduld verliert ...«

Contini schwieg einen Moment lang. Dann sagte er:

»Zeig mir mal diese Videokamera.«

19

Das Gespür der Anwälte

Luca Forster hasste Anwälte. Die redlichen und noch mehr die unredlichen. Dennoch war die zweite Kategorie immer bereit, ihm eine helfende Hand zu reichen und über seine Tätigkeit als Dieb, Hehler, Wucherer, Zuhälter und Erpresser hinwegzusehen. Aber wenn es schlecht läuft, ist der unredliche Anwalt der Erste, der es bemerkt. Und wenn er dir dann die Hand reicht, spürst du, dass du eine Klinge zu fassen bekommst.

Dank Klimaanlage war es im Büro recht angenehm. Von hier sah man hinter der Glasfront, durch die Spalten der Jalousie, den blauen Mantel des Sees und des Himmels. Drinnen hatte man es schön frisch, konnte kalten Tee trinken und über Geschäfte reden.

»Wissen Sie, Herr Advokat, man kann nicht verlangen, dass einer, der eine derartige Vielzahl von Geschäften betreibt wie ich, bestimmte Zahlungen in bar leistet.«

»Entscheidend ist, dass sie geleistet werden, Signor Forster«, sagte Rechtsanwalt Berti. »Ich darf Sie jedoch daran erinnern, dass Ihre Gläubiger eine gewisse Dringlichkeit geboten sehen.«

»Ich habe Ihnen doch gesagt, dass ich in Kürze achthunderttausend Franken zur Verfügung haben werde. Auf die Hand, absolut problemlos.«

»Schon, aber diese Zahlung… mit welchen Garantien kommt sie?«

Forster strich sich mit der Hand über den Schnauzbart. Er musste den Satz wiederholen, um die Worte zu verstehen. Zahlung. Garantien. Diese Kanalratte unterstellte ihm, dass es sich um schmutziges Geld handelte.

Und das stimmte. Das Geld von der Junker-Bank durfte nicht sofort ausgegeben werden. Erst einmal musste man es ins System einspeisen, es waschen. Nichts, was für Forster nicht machbar wäre. Er hatte eine kleine Restaurantkette, eigens zu diesem Zweck. Man musste nur den Gewinn aufblähen, ein wenig tricksen und nach und nach das Geld abzwacken. Aber das brauchte seine Zeit.

»Ich werde über sämtliche Garantien verfügen, seien Sie unbesorgt. Entscheidend ist, nicht immer alles zu überstürzen. Ich muss verschiedene Tätigkeitsbereiche koordinieren und…«

»Signor Forster.«

Die schwarzen Äuglein des Anwalts glänzten hinter der Goldrandbrille. Forster zog die Augenbrauen zusammen.

»Was ist?«

»Signor Forster, reden wir Klartext. Ich vermittle zwischen Ihren Interessen und denen der K-Investment AG. Aber die K-Investment hat nicht vor, auf Ihren Beitrag zu verzichten. Ich kann nicht viel machen, verstehen Sie?«

Anwälte haben ein Gespür. Und je unredlicher sie sind, desto stärker ist es ausgeprägt. Sie sind wie die Ratten, die wissen, wann das Schiff zu sinken beginnt. Ein paar Jahre zuvor hätte sich Berti nie herausgenommen, ihn so zu behandeln.

»Können Sie nicht ein Treffen mit den Verantwortlichen vereinbaren?«, schlug Forster vor, der gelernt hatte, Ruhe zu bewahren. »Wir könnten unsere Meinungsverschiedenheiten aus dem Weg räumen, ich könnte einige meiner Investitionsideen vorstellen, die ...«

»Signor Forster.«

Wieder dieser kriecherische Ton. Forster hasste ihn.

»Bitte.«

»Ich habe gesehen, dass Sie der Kasse für gemeinsame Projekte in letzter Zeit Geld entnommen haben. Kleinere Summen für wenig konkrete Vorhaben. Nun, angesichts von achthunderttausend Franken Schulden erscheint mir das ein recht gewagtes Vorgehen ...«

»Ich bin mit einem vertraulichen Projekt beschäftigt, Herr Advokat.«

»Aha.«

»Ich stehe in Verhandlungen mit einem polnischen Unternehmer, der rund ein Dutzend Verkaufsstellen im Osten zusichern könnte. Aber um das Ganze ins Laufen zu bringen und einen Anreiz zu bieten, musste ich ihm einige Boni zahlen.«

»Ich würde die Finger davon lassen.«

Das glaub ich, du Bastard. Du hättest nicht den Mut dazu. Forster war ein waschechter Gangster. Und er hatte, verdammt noch mal, keine Angst davor, sich die Hände schmutzig zu machen! Aber diese Rechtsanwälte mit Kindern und Großraumlimousine, diese Familienväter, die vom Dreck leben, den andere am Stecken haben, ihn aber nur mit Handschuhen berühren, diese Schlangen, diese ... widerwärtig waren sie, ein ekelerregendes Pack!

»Ich habe Sie immer sehr geschätzt, Advokat Berti, deshalb spreche ich ganz offen mit Ihnen.«

»Ich habe nichts anderes erwartet.«

»Wenn Sie mir behilflich sind und die von der K-Investment ein wenig hinhalten, kann ich Sie an einem Geschäft beteiligen. Ohne namentliche Erwähnung, versteht sich, aber mit einer beachtlichen Aufwandsentschädigung.«

»Signor Forster …«

»Ich versichere Ihnen, Advokat Berti, ich werde diese achthunderttausend zurückzahlen. Und auch die Auslagen für den Kontakt nach Polen. Wenn wir es schaffen, gemeinsam ins Geschäft zu kommen, haben wir ein größeres vertragliches Gewicht. Aber ich brauche ein wenig Zeit.«

Rechtsanwalt Berti senkte die Augenlider und hob sie wieder. Dann warf er einen flüchtigen Blick auf seine Rolex.

»Hören Sie, ich muss jetzt wirklich gehen, tut mir leid.«

Forster erhob sich. Schweißperlen benetzten seinen Bart, trotz der Klimaanlage.

»Aber das mit unserem Geschäft, was halten Sie davon? Ist es machbar?«

»Es ist auf jeden Fall eine Überlegung wert. Ich muss mit der K-Investment sprechen. Was die achthunderttausend betrifft …«

»Ja?«

»Man könnte Ihnen einen Aufschub gewähren.« Rechtsanwalt Berti rückte seine Brille zurecht. »Aber übertreiben Sie es nicht. An diesem Punkt würde ich übrigens nicht mehr von achthunderttausend sprechen. Ein wenig mehr wäre als Anreiz ganz gut, Sie verstehen?«

»Natürlich.« Forster begleitete ihn zur Tür. »Natürlich verstehe ich.«

Bastard. Ich als Wucherer und du als Anwalt! Zum Teufel mit dir!

»Ich danke Ihnen für Ihre Zusammenarbeit, Herr Advokat Berti.«

»Keine Ursache. Auf Wiedersehen.«

Forster schloss langsam die Tür hinter Berti.

Er kehrte zum Schreibtisch zurück, atmete tief durch und wischte sich die Handflächen an der Hose ab. Während er die Lichtstreifen betrachtete, die durchs Fenster fielen, wiederholte er mit leiser Stimme:

»Keine Ursache. Auf Wiedersehen.«

Ein paar Sekunden lang rührte er sich nicht. Dann schnellte sein Arm nach hinten und die Faust schlug gegen das Glas. Einmal, zweimal. Beim dritten Schlag zersplitterte die Scheibe, aber Forster hieb weiter auf den Fensterrahmen ein.

»Ich bring dich um«, schrie er, ohne auf die Verletzung zu achten, »ich bring dich um, dich und all diese verdammten Blutsauger … ich bring dich um, hörst du? Ich bring dich um!«

20

Geld mögen alle

»Wie lange willst du uns hier noch festhalten?«

Elton antwortete nicht.

»Ist dir eigentlich klar, dass das Menschenraub ist?«

Elton lief hinter ihm. Matteo Marelli hatte den Schritt verlangsamt, um Atem zu schöpfen und um mit Forsters Mann verhandeln zu können. Aber er musste sich mit einem Monolog begnügen.

»Anfangs sah der Plan anders aus. Wir waren alle einer Meinung. Ich, Lina, Forster … es war eine Möglichkeit, Salviati in die Zange zu nehmen. Aber wie wollt ihr uns jetzt alle unter Kontrolle halten? Du weißt, dass Salviati, wenn ich ihm sagen würde, wo wir sind …«

Plötzlich fing Elton an zu sprechen:

»Ja, aber du wirst es ihm nicht sagen.«

Elton hatte sich Lebensmittel und Wechselkleidung beschafft und Matteo als Geisel mitgenommen. Die Situation war nunmehr klar. Matteo hatte die zündende Idee gehabt, aber jetzt brauchte ihn niemand mehr.

»Ich werd es ihm nicht sagen?«, wandte Matteo ein. »Woher willst du das wissen?«

»Ganz einfach, weil du keine Gelegenheit mehr haben wirst, mit ihm zu sprechen.« Sie stiegen den Pfad hinauf, der von Sonlerto zur Coròi-Alm führte. Der Weg war von

Gestrüpp überwuchert und an manchen Stellen kaum zu erkennen. Sie kamen an einer kahlen Felswand vorbei. Die Feuchtigkeit ließ den Atem schwerer werden. Matteo lief schweigend weiter. Im Wald schimmerten hier und dort die roten Sprenkel der Ebereschen, und es schien, als sei hier in den letzten tausend Jahren kein Mensch vorbeigekommen.

»Irgendjemand wird uns finden, garantiert«, sagte Matteo nach einiger Zeit.

»Wieso?«, erkundigte sich Elton.

»Weil wir seit zwei Wochen verschwunden sind und …«

»Niemand wird euch suchen. Salviatis Tochter ist eine Vagabundin, einen Tag hier, am nächsten Tag dort. Und du bist lediglich ein drittklassiger Gauner, glaubst du, dass irgendjemand merkt, ob du da bist oder nicht?«

»Aber … aber ihr könnt nicht! Wie lange wollt ihr uns hier oben festhalten?«

»Bis Salviati uns das Geld beschafft hat.«

»Und dann?«

»Und dann nichts weiter.«

»Und wenn ich fliehe?«

Elton seufzte.

»Das wirst du nicht tun. Erstens, weil das unangenehme Folgen für deine Unversehrtheit und die der Frau haben würde.«

»Meinst du Lina? Lina hat damit nichts zu tun, sie …«

»Zweitens«, fuhr Elton fort, »weil es technisch unmöglich ist. Ich werd dich nicht aus den Augen lassen.«

»Aber schließlich war ich es, der euch die ersten Informationen geliefert hat, ich war es, der … der …«

»Der was?«, fragte Elton mit barscher Stimme. »Hör zu, Marelli. Du hast getan, was du tun solltest. Wir haben verhandelt, du hast für uns den Kontakt zu Salviati hergestellt. Jetzt bist du aus dem Spiel.«

»Aus dem Spiel? Aber …«

»Jetzt kehren wir zurück in unsere Almhütte und warten die Entwicklungen ab. Es gibt nur eins, was du im Moment zu tun hast: laufen und den Mund halten. Haben wir uns verstanden?«

»Ich bin nicht …«

»Haben wir uns verstanden?«

Matteo beschleunigte seine Schritte und bahnte sich einen Weg zwischen Erlen und Nussbäumen hindurch. In diesem Augenblick fasste er den Beschluss, sich zu wehren. Vor wenigen Tagen hatte er die Situation noch unter Kontrolle gehabt, und nun … nun war er eine Geißel! Aber er und Lina würden fliehen. Und zwar in dieser Nacht. Um jeden Preis.

»Da gibt's so eine deutsche Zeitung, die vor Jahren mal einen ziemlich bekannten Bankräuber interviewt hat und von ihm wissen wollte: ›Sind Sie anders als die anderen Menschen?‹ Und wisst ihr, was er geantwortet hat?«

Anna und Francesca schüttelten die Köpfe. Filippo strich sich mit der Hand über den Bart und setzte eine feierliche Miene auf:

»Er hat geantwortet: ›Ich glaube nicht. Geld mögen alle.‹ Einfach genial, versteht ihr? Das bringt die Sache auf den Punkt! Unsere Gesellschaft treibt den Konsum und das Wunschdenken voran, lässt alle maßlos werden. Wer kein Geld hat, will welches haben, und zwar sofort. Eine Erbschaft oder ein Lottogewinn lassen sich nicht planen … ein Bankraub dagegen schon!«

Francesca hatte die Cortis aus Neugier zur Junker-Bank-Filiale von Bellinzona begleitet. Sie musste keine Fotos schießen, aber sie wollte die Bank sehen. Um sich klarzumachen, dass nicht alles nur ein Traum war.

»Wenn es so wäre, wie du behauptest«, sagte Anna zu ihrem Mann, »müssten wir alle Bankräuber sein.«

»Wir haben Angst. Aber das Trugbild des Reichtums beherrscht uns. Genauso funktioniert ein Bankraub: Wenn man Geld braucht, geht man zur Bank, oder?«

Sie saßen in einem Restaurant im Viale della Stazione, unweit der Bank. Sie warteten auf Salviati, der einen Blick auf die Anordnung der Straßen werfen wollte.

»Was meint ihr, wann er kommt?«, fragte Anna. »Ich hab nachher nämlich noch eine Bibliotheksversammlung.«

»Wenn er so ist wie Contini, kommt er zu spät«, sagte Francesca.

Anna sah sie interessiert an. Francesca war ähnlich wie sie, eine junge Frau mit abgeschlossenem Philologiestudium, weit entfernt von Kriminalität und Abenteuern. Und gleichzeitig war sie die Frau des Detektivs. Noch dazu die Frau, die den Detektiv nicht im Stich ließ, wenn dieser in einen Bankraub verwickelt wurde!

»Hör mal, Francesca, darf ich dir eine Frage stellen?«

»Natürlich.« Francesca lächelte. »Wir sitzen schließlich alle in einem Boot, oder?«

Auch Anna lächelte.

»Ich will nicht aufdringlich sein, aber … wie hast du Elia Contini kennengelernt?«

Francesca zögerte ein wenig. Sie nahm einen Schluck kalten Tee und ließ den Blick über die Restauranttische schweifen, die sich zwischen großen Schirmen drängten. Es war ein träger Nachmittag. Nur ein paar verschwitzte Touristen schlenderten die Straße in Richtung Bahnhof entlang. Francesca sah erneut zu Anna und sagte:

»Es ist eine sehr persönliche Geschichte.«

»Oh, tut mir leid, wenn ich …«

»Kein Problem. Contini war mit Nachforschungen zu einer Familienangelegenheit beschäftigt, und ich bin zufällig mit reingerutscht, weil ich entdeckt hatte, dass ich mit Leuten verwandt bin, von denen ich nichts gewusst hatte. So eine Geschichte halt, nichts Besonderes. Aber es war eine schwierige Zeit für mich, und Contini hat mir viel geholfen.«

»Er ist ein schwer zu durchschauender Mensch«, sagte Anna, »aber er scheint jemand zu sein, auf den man sich verlassen kann.«

»Das stimmt.« Francesca nahm noch einen Schluck Tee. »So ist er.«

Anna spürte, dass es besser war, das Gespräch auf weniger gewichtige Dinge zu lenken:

»Was übrigens Diebstähle und Überfälle betrifft, Filippo, erzähl Francesca doch mal die Geschichte mit der Zürcher Post …«

Filippos Augen fingen an zu glänzen. Anna musste lachen:

»Filippo tut so, als ginge ihm diese Geschichte auf die Nerven«, erklärte Anna, »aber in Wirklichkeit hat er angefangen, nach allen großen Bankrauben der Vergangenheit zu suchen …«

»Der hier hat übrigens in der Schweiz stattgefunden«, erklärte Filippo, »und es war ein ganz außergewöhnlicher Coup! 1997 sind fünf Männer, alle mit Maschinenpistolen, in das Postamt beim Zürcher Frauenmünster eingedrungen. Sie hatten genaue Informationen, aber einen zu kleinen Lastwagen. So haben sie, wie es so schön heißt, nur vierundfünfzig Millionen Franken erbeutet, die restlichen siebzehn Millionen mussten sie dalassen.«

»Vierundfünfzig Millionen!«, murmelte Francesca. »Und dann?«

»Und dann waren die Leute wie verrückt! Die Zeitungen sprachen vom größten Bankraub aller Zeiten, selbst der Mann, dem sie seinen Wagen gestohlen hatten, meinte, dass er sich für die Bankräuber freuen würde. Es gab sogar ein Autohaus, das damit Werbung machte: Mit dem neuen Soundso, liebe Diebe, hättet ihr die ganze Beute mitnehmen können!«

»Das gibt's nicht!«, sagte Anna. »Das hast du mir noch gar nicht erzählt!«

»Ja, ein interessanter Fall«, Filippo strich sich über den Bart. »Die Leute riefen auf dem Postamt an und sagten: Gebt uns die anderen siebzehn Millionen! Die Bankräuber wurden zu Volkshelden …«

»Bis man sie erwischt hat«, ertönte Jean Salviatis Stimme.

Alle wandten sich schlagartig um. Salviati war ohne Vorwarnung hinter ihrem Schirm aufgetaucht. Sein Gesicht wirkte müde. Er trug eine Jeansjacke und ein Baseballcap.

»Das läuft immer so«, erklärte er, während er neben Francesca Platz nahm. »Die Diebe halten dem Druck des Reichtums nicht stand und begehen irgendeinen Fehler. Dann ist Schluss mit Volksheld …«

»Schon«, räumte Filippo ein, »aber das war erst später.«

»Und was hätte vorher passieren können?«, entgegnete Salviati. »Die fünf hatten Maschinengewehre! Haben die Zeitungen nicht gefragt, was passiert wäre, wenn einer der Angestellten sich gewehrt hätte?«

Schweigen.

Salviati erhob sich.

»Je eher wir hier verschwinden, desto besser. Habt ihr die Fotos gemacht?«

»Ja.«, antwortete Anna. »Wir haben nur was getrunken, während wir …«

»Ihr hättet nicht in diese Bar gehen sollen.«

»Oh«, auch Anna erhob sich, »aber wir wohnen doch gleich um die Ecke! Meinst du, es besteht die Gefahr …?«

»Mach dir keine Sorgen«, unterbrach sie Salviati. »Du hast recht, ihr wohnt hier. Ich fahre jetzt nach Zürich, aber morgen oder übermorgen komme ich vorbei, um die Fotos zu sehen.«

»Okay«, sagte Felippo. »Du, Jean, entschuldige bitte, dass wir …«

»Entschuldigt bitte ihr, dass ich ein bisschen ruppig bin. Ich habe heute Nacht nicht geschlafen.«

»Das tut mir leid. Können wir irgendwas für dich tun?«

»Nein, ihr tut schon mehr als genug für mich. Lasst uns jetzt gehen, die Straßen habe ich gesehen. In einer Viertelstunde geht mein Zug nach Zürich.«

Salviati verabschiedete sich von den noch immer ein wenig erstaunten Eheleuten Corti. Dann machte er sich gemeinsam mit Francesca, die mit dem Zug nach Locarno wollte, auf den Weg zum Bahnhof. Ringsum döste Bellinzona in der Nachmittagssonne. Natursteinpflaster, Linden, Boutiquenschaufenster. Mit seinen zart abgestuften Farben wirkte Bellinzona wie der Hintergrund einer Postkarte.

»Es sind anständige Leute«, sagte Salviati.

Francesca nickte. Ihr war klar, dass er Anna und Filippo Corti meinte.

»Du hast sie ein bisschen verschreckt …«

»Ein Bankraub ist kein Kinderspiel.«

»Das stimmt … aber wieso arbeitest du überhaupt mit Amateuren zusammen?«

»Das hier ist ein Spezialfall.« Salviati zog seine Pfeife heraus und begann sie zu stopfen. »Ihr müsst praktisch nichts tun, außer ein bisschen Wache halten.«

»Hast du schon einen Plan?«

»Noch nicht.« Salviati drehte sich um und sah sie an. »Machst du dir Sorgen?«

Francesca überquerte die Straße und trat unter das Vordach des Bahnhofsgebäudes.

»Ich weiß nicht«, antwortete sie. »Ich versuche, das Ganze zu verstehen …«

»Tut mir leid, dass ich Elia mit reingezogen habe.«

»Sie haben deine Tochter entführt. Was hättest du tun sollen?«

»Das frage ich mich auch immer wieder.« Salviati verschloss den Tabakbeutel und sah auf den Fahrplan. »Was hätte ich tun sollen?«

Francesca wich ein Stück zur Seite, um eine Gruppe Jugendlicher vorbeizulassen. Trägertop, Bikini und Flipflops an den Füßen. Offenbar waren sie auf dem Weg zum städtischen Freibad oder ins Tessin. Sie lachten und schlugen sich mit ihren Handtüchern. Francesca beobachtete die Szene wie eine Gefangene, die eine Baumgruppe hinter den Gefängnismauern erspäht. Alles war wie immer. Die Stadt, der Sommer, das Getümmel im Schwimmbad. Während sie ihre Zeit mit einem Berufsdieb verbrachte. Mit einem, der nach Zürich fuhr, um in das Computersystem einer Bank einzudringen.

Francesca schüttelte den Kopf und sah ebenfalls auf den Fahrplan.

»In zwei Minuten kommt dein Zug«, sagte sie zu Salviati. »Der Cisalpino auf Gleis eins. Ist in Zürich alles klar?«

»Ja. Elia hat gute Arbeit geleistet und alles organisiert. Auch wenn …«

Francesca sah ihn an.

»Auch wenn es ihm etwas schwerfällt. Er ist solche Dinge nicht gewohnt.«

»Ja, das stimmt.«

»Du musst versuchen, ihm beizustehen!«

»Ja, das tue ich.«

Francesca war diejenige, die den Leuten beistand. Das konnte sie gut. Sie hatte ihrer Mutter beigestanden, bevor sie gestorben war. Dann Lorenzo, ihrem Freund vor Contini. Und schließlich Contini, wenn er mal wieder in Schwierigkeiten steckte. Ausgerechnet sie, die keine Abenteuer mochte! Francesca war anders als die Cortis. Sie liebte nichts mehr, als mit einem guten Buch und einer Tasse Schokolade zu Hause zu sitzen. Sie gab Salviati die Hand und sagte:

»Mach dir keine Sorgen. Wir werden durchhalten.«

Salviati nahm die Pfeife aus dem Mund und lächelte ihr zu.

»Davon bin ich überzeugt. Danke.«

Dann begab er sich, ohne ein weiteres Wort, zum Gleis eins. Francesca sah ihm hinterher. Ein leicht gebeugter Mann, der mit schnellen Schritten voranlief und Rauchwölkchen aus seiner Pfeife aufsteigen ließ. Und dieser Mann würde eine Schweizer Bank um zehn Millionen Franken erleichtern.

Besser nicht dran denken.

Francesca wandte Salviati den Rücken zu und suchte den nächsten Zug nach Locarno heraus.

Banks are going, banking is coming.

Reto Koller kannte alle Slogans. So ist das heutzutage, dachte er, während er durch das Fenster auf das graue Wasser der Limmat sah. Heutzutage ist Reichtum nicht mehr in einem Safe verschlossen.

Die Banken haben sich verändert. Zum Glück.

Koller hatte seine Karriere auf der Flüchtigkeit des Geldes aufgebaut. Einmal draußen aus der Schatzkammer, verteilt sich der Reichtum. Geldwerte fließen durch das Internet, werden umgetauscht und virtuell in eine Handvoll Bytes verwandelt. Eine Bank ist nicht mehr ein konkreter Ort, sondern ein Netz aus Kontakten und Transaktionen.

Die Bank ist überall.

Es begann zu regnen. Koller trat vom Fenster zurück. Was für ein Wetter. Was für eine Stadt. Wie immer Anfang September war der Sommer in Zürich mit einem Schlag vorbei. Als wenn irgendwo jemand einen Knopf drücken würde. Erster September. Klick. Und Zürich wechselt in den Herbstmodus.

Von Kollers Büro führte eine Tür in den Open Space. Auch das war eine Neuerung. Früher arbeiteten die Leute alle in ihrem eigenen Bereich, mit dem eigenen Schreibtisch und den eigenen Akten. Koller betrat das Großraumbüro. Es war kurz vor sechs, die meisten Schreibtische waren nicht besetzt. Heutzutage hat jeder seinen Computer-Account, und es ist egal, wo du de facto bist.

»Guten Abend, Herr Koller!«, grüßte ihn eine Sekretärin. »Noch hier?«

»Guten Abend, Frau Meier. Um ehrlich zu sein, ich wollte grade gehen. Aber dann hab ich gesehen, dass es regnet…«

»Möchten Sie einen Schirm?«

»Ich habe selbst einen, vielen Dank!«

Die Experten sagen, das Geld verwandle sich von Hardware in Software. Was immer das heißen mag. Und sie errichten riesige Areale, mit Glas und lichtdurchfluteten Räumen. Um die Kunden zufriedenzustellen.

Koller lief den Flur entlang. *Banking is coming.* Aber im Hintergrund ist alles unverändert geblieben. Die Banken schützen sich durch Überwachung: Überall hängen Videokameras, Sensoren und Metalldetektoren. Um jeden Computer ist ein unsichtbarer Stacheldraht gezogen. In jedem Flur verbirgt sich ein elektronisches Auge. Koller klopfte an die Bürotür von Ueli Sutter, seinem Stellvertreter.

»Ich geh jetzt, und du?«

Sutter seufzte. Er war zwanzig Jahre jünger als Koller, und er befand sich in jener Phase, in der man arbeiten muss, ohne zeigen zu dürfen, dass es einem schwerfällt.

»Ich muss noch ein paar Kleinigkeiten erledigen«, antwortete er hinter seinem Bildschirm, »dann geh ich auch.«

»Sind die so dringend? Es ist Freitagabend ...«

»Nein, nein, nur noch zwei, drei E-Mails. Aber sie sollen noch vor dem Wochenende raus.«

»Verstehe. Hör mal, ich geh heut Abend auf diese Party ...«

»Ins Kaufleuten?«

»Nein, ich wollt mal in dieses neue Lokal schauen, das Fiesta, da läuft eine Specialparty und wir haben Einladungen bekommen. Du etwa nicht?«

»Ach so. Weiß nicht. Gehst du ganz sicher hin?«

»Schon. Ich will sehen, wie's da ist.«

»Vielleicht komme ich auf einen Sprung vorbei, wenn ich hier fertig bin.«

Koller verabschiedete sich von seinem Stellvertreter und ging zum Fahrstuhl. Er hatte keine Familie, und obwohl er nicht mehr ganz mit dem schnellen Rhythmus seiner jüngeren Kollegen Schritt halten konnte, ging er Freitag- und Samstagabend doch gerne aus.

Und sei es nur, um auf der Höhe der Zeit zu bleiben.

Koller verstand es, das System zu nutzen, aber er stand auch unter dessen Einfluss. Dieses Ambiente, dieses gedämpfte Licht in den immateriellen Räumen ... am Ende vergisst man, dass Geld eigentlich etwas ist, das man anfassen muss. Ganz genau. Das sollte man nicht vergessen.

Und man sollte nicht vergessen, dass es draußen Musik gibt und Mädchen, die sich gern einen Daiquiri ausgeben lassen, und erleuchtete Tanzflächen, auf denen man ein paar Salsaschritte wagen kann. Hin und wieder musste sich Reto Koller ins Gedächtnis rufen, dass das Leben aus konkreten Dingen besteht. Er musste ein verrauchtes Lokal betreten und gegen zwei, vielleicht gar ein bisschen angetrunken, nach Hause kommen.

21

Der menschliche Faktor

Matteo brauchte fünfundzwanzig Minuten, um zu Linas Bett zu gelangen. Fünfundzwanzig Minuten, die ihm so lange wie ein Leben erschienen; die er Zentimeter um Zentimeter über den Boden robbte, mit gespitzten Ohren, die auch das leiseste Warnzeichen wahrnahmen. Endlich war er bei ihr und flüsterte ihr zu:

»Ich bin's.«

»Hab schon auf dich gewartet …«

Matteo spürte, dass sie lächelte.

»War nicht so einfach, du, wenn der aufwacht …«

»Ganz ruhig«, wisperte Lina, noch immer mit einem Lächeln in der Stimme. »Er kann schließlich nicht ahnen, dass wir, dass wir fliehen wollen.«

»Ach nein? Und weshalb sollte ich sonst mitten in der Nacht hier sein?«

»Deshalb.«

Lina beugte sich, von einem beängstigenden Quietschen der Federung begleitet, über den Rand der Liege und küsste Matteo auf den Mund. Er war derart verblüfft, dass er zwei Sekunden verstreichen ließ, bevor er reagierte. Für kurze Zeit herrschte nahezu absolute Stille in der Hütte. Wenn Elton erwacht wäre, hätte er vielleicht keuchenden Atem gehört, aber er hätte geglaubt, dass eine der Geiseln einen Alptraum hat.

»Wir sind verrückt«, sagte Matteo. »Ich hätte nie gedacht, dass …«

»Du redest zu viel.«

Lina glitt vom Bett, umarmte ihn und küsste ihn erneut.

»Psst«, zischte Matteo, »wenn Elton uns …«

Aber er brachte den Satz nicht zu Ende. Sie war vollkommen angezogen, wie er. Es sollte die Nacht ihrer Flucht werden. Und sie standen hier, am Fußende der Liege, eng aneinandergedrückt. Matteo nahm Linas Geruch wahr, spürte die Wärme ihrer Lippen. Er versuchte ruhig zu bleiben. So wird das nichts, dachte er, so werden wir erwischt. Er ließ sie los, atmete durch … dann strich er mit den Händen über ihr Haar, zog sie an sich und küsste sie erneut.

Koller traute seinen Augen nicht. Der graue Züricher Abend war in einer Farbwolke explodiert. Das neue Lokal, eine ehemalige Fabrik in der Nähe des Escher-Wyss-Platzes, war frisch renoviert und ein bisschen wie eine Scheune eingerichtet. Mit Holzgeländern, Wagenrädern und Heugabeln an den Wänden, in einer Ecke lag sogar ein Strohballen. Natürlich fehlte auch Diskobeleuchtung nicht sowie Neonschriften an der Decke und ein riesiges Porträt von Jimi Hendrix.

Der ideale Ort, um sich gehen zu lassen und die Vernunft zu vergessen. Die Musik reichte von lateinamerikanischen Songs bis zu Nu Jazz. Es gab einen DJ, der für Stimmung sorgte, und einen Haufen hübscher Frauen.

Vor allem eine, die direkt vor ihm stand. Wie hieß sie gleich?

Rosa.

Koller kostete die Perfektion dieses Namens, seinen mediterranen Beigeschmack aus. Die durfte er sich nicht entgehen lassen. Es kam nicht allzu oft vor, dass es Koller gelang, in Begleitung heimzukehren. Jedenfalls hatte er garantiert keine Chancen bei jungen Frauen. Es sei denn, natürlich, er bezahlte sie. Aber an diesem Abend sollte alles perfekt sein.

»Nett hier, oder?«, sagte er zwischen zwei Musikstücken zu ihr.

Sie lächelte nur. Sie war nicht mehr ganz jung. Besser so. Koller fand sie aufregend, mit ihrem dunklen Haar und diesen südländischen Augen.

»Der geeignete Ort, um einen besonderen Abend zu verbringen«, fuhr Koller fort, der allmählich in Fahrt kam. »Ohne immer in die gewohnten Lokale zu gehen, meine ich.«

Rosa lächelte. Ein Lächeln, so zart wie ein Mondstrahl, dachte Koller. Gab es nicht ein Lied, das so ähnlich ging? Sie sah zu ihm auf und sagte:

»Du hast recht! Wenn ich bedenke, dass ich heute Abend eigentlich daheimbleiben wollte …«

»Das wäre zu schade gewesen.«

»Stimmt …«

»Man kann nie wissen, was so ein Freitagabend zu bieten hat, man sollte es immer probieren.« Koller fühlte sich beflügelt. »Wer nicht wagt, der nicht gewinnt.«

Rosa lachte laut, aus voller Kehle, und warf den Kopf zurück. Koller bewunderte ihre Brüste, die sich unter der Bluse abzeichneten. Im Hintergrund kündigte der DJ ein Stück von Gerardo Frisina an: *The gods of Yoruba.* Rosa ordnete ihr Haar mit der Hand. Koller beugte sich zu ihr vor und fragte:

»Magst du noch was trinken?«

Matteo schob seine Hände unter ihr T-Shirt und ließ sie den Rücken hinaufgleiten. Sie begann zu zittern, und er schloss sie fester in die Arme, küsste ihr Gesicht, ihren Hals. Lina atmete schneller. Matteo legte ihr einen Finger auf den Mund. Sie küsste ihn, und er sagte noch einmal:

»Psst…«

Lina kniete auf dem Boden. Sie ließ sich nach hinten gleiten und zog Matteo mit sich. Er streichelte sie mit einer Hand, mit der anderen stützte er sich auf dem Fußboden ab. Wir sind verrückt, dachte er unaufhörlich, warum hauen wir nicht ab? Lina hatte kleine, spitze Brüste. Matteo spürte ihre Wärme, spürte, wie sie sich unter seiner kalten Hand zusammenzogen. Sie lagen beinahe vollständig ausgestreckt auf dem Boden übereinander. Lina legte einen Arm um seinen Hals und zog ihn langsam zu sich hinunter, um ihn auf die Schläfe, die Augen, den Mund zu küssen.

»Lina«, brachte Matteo heraus.

»Sag nichts«, erwiderte sie, »bitte, sag nichts.«

»Wir müssen fort, Lina…«

Lina küsste ihn und umschloss seine Schultern. Matteo lag praktisch auf ihr. Er rechnete jeden Augenblick damit, dass Eltons Pranke ihn packte und nach oben zog. Er glitt auf die Seite und drehte Lina mit herum, so dass sie schließlich auf ihm lag.

»Lina!«

Sie küsste ihn auf den Mund.

»Lina…«

Oft verdirbt einer am Ende alles. Aber Koller war ein Stratege. Wenn man ihm Zeit ließ, verstand er es, die Leute richtig zu nehmen. Bei der Arbeit fiel ihm das leichter, weil es dabei ums Geschäft ging. Hier dagegen, in einem Taxi auf der Badenerstrasse, war die Sache komplizierter. Aber die Regel ist immer dieselbe. Geben um zu nehmen. Koller war es gewohnt abzuwägen, bevor er seinen Zug setzte.

Die Situation war klar.

Koller: ein kultivierter Mann mittleren Alters, unverkennbar reich und unverkennbar angenehm im Umgang.

Rosa: eine gelangweilte Frau, die an einem verregneten Freitagabend ausgegangen war, um ein wenig Schwung ins Wochenende zu bringen. Eine alleinstehende Frau, die an diesem Punkt einfach sagen konnte: Wieso nicht?

Das Taxi hielt in einer Wohnstraße im Seefeld-Quartier. Der Taxifahrer war ein kleiner Kerl, die Stirn unterm Haar versteckt. Seit sie vom Fiesta losgefahren waren, hatte er keinen Ton gesagt. Er deutete nur auf das Taxameter und wartete. Koller räusperte sich.

»Ich wohne hier …«

»Ah«, sagte Rosa und heftete in der Dunkelheit ihren Blick auf ihn.

Schweigen. Sie lächelte. Ein zartes Lächeln, dachte Koller. Wie ein Mondstrahl. Rosa wandte sich ab. Koller zupfte seine Krawatte zurecht und sagte:

»Ich dachte, dass du vielleicht, bevor ich dich nach Hause begleitete, noch was trinken magst …«

»Wieso nicht?«

»Wir müssen fort, verstehst du?«

»Vielleicht wollte ich dich schon küssen, seit ich dich das erste Mal im Kasino gesehen habe.«

»Lina! Wir … ich auch! Stell dir vor, ich …«

»Vielleicht hätte ich es eher tun sollen.«

»Lina, wir müssen jetzt hier raus. Willst du nicht freikommen? Willst du nicht, dass wir endlich für uns sind, statt in einer einsamen Hütte in den Bergen heimlich über den Fußboden kriechen zu müssen?«

Eine ziemlich lange Rede, um sie jemandem ins Ohr zu

flüstern. Aber Matteo machte seine Sache gut, so gut, dass Lina auffuhr, als sei sie aus einem Traum erwacht.

»Ist alles bereit?«

Matteo nickte. Er hatte zwei Taschenlampen am Waldrand versteckt. Es war ihm gelungen, in dem winzigen, nur durch zwei Rigipswände abgetrennten Badezimmer das Fensterchen offen zu lassen. Wenn Elton nicht aufwachte, hatten sie eine Chance.

»Auf geht's«, wisperte Lina.

Auf allen vieren über den Steinboden krabbelnd, näherten sie sich dem Bad. Matteo hatte das Gefühl, als würde sein Herzschlag in der Hütte widerhallen, als sei sein Atem ein Sturmwind. Aber Elton schlief weiter auf seinem Lager, ließ ihnen genug Zeit, ins Bad zu gelangen.

Jeden Abend sperrte Elton das kleine Fenster mit einem Vorhängeschloss ab. Aber ein Vorhängeschloss lässt sich in einer Minute knacken, Matteo hatte oft genug mit irgendwelchen Einbrechern zu tun gehabt, um zu wissen wie es geht. Außerdem rechnete Elton sicher nicht damit, dass sie sich nachts allein auf die einsamen Pfade des Bavonatals wagten.

Matteo war fest entschlossen. Was zu viel ist, ist zu viel. Er war bereit, das ganze Tal zu Fuß zu durchqueren, nur um Lina in Sicherheit zu bringen. Vor allem aber war er entschlossen, diese Angelegenheit zu beenden, die Pläne für den Bankraub über den Haufen zu werfen und … und dann? Lieber nicht dran denken. Jedenfalls mussten sie vor Forster auf der Hut sein. Matteo hoffte, dass Lina bei ihm bleiben würde, zusammen würde ihnen schon etwas einfallen.

Aber im Augenblick lag zwischen ihnen und der Freiheit ein nicht einmal fünfzig Zentimeter großes Fensterchen.

Contini und Salviati warteten im Auto. Beide waren gewohnt, sich in Geduld zu üben. Sowohl als Detektiv als auch als Dieb muss man viele Stunden mit Beobachten verbringen, sei es im Cafe mit einer Zeitung oder auf einer Parkbank.

»Auch als Gärtner«, sagte Salviati. »Auch das ist ein Handwerk, das einen Geduld lehrt.«

Contini murmelte eine unverständliche Antwort.

»Weißt du, Elia«, fuhr Salviati fort, während er sich Kaffee aus einer Thermoskanne einschenkte, »manchmal frage ich mich, ob ich nicht ein bisschen verrückt bin. Noch nie, noch nie in meinem Leben habe ich ein Ding mit Amateuren gedreht!«

»Aber diesmal geht's nicht anders, oder?«

»Ich glaube nicht. Die Sache soll geheim bleiben.«

»Aber du hast den Informatiker und diesen Kerl eingeweiht, der dir das Equipment verkauft, und ... na ja, auch Viola.«

»Das sind Freunde, die halten dicht. Jedenfalls hätte sich ein Profi nie auf so eine Sache eingelassen.«

»Also stehen wir schön da.«

»Ich wollte damit sagen, dass wir es machen, weil Forster uns dazu zwingt. Das sind nicht die richtigen Voraussetzungen für einen vom Fach.«

»Glaubst du, die Cortis werden sich korrekt verhalten?«

»Ich vertraue ihnen. Außerdem sind sie bei dem Überfall nicht direkt dabei. Abgesehen von den Fotos und den Vorbereitungsarbeiten leisten sie vor allem Unterstützung. Sie wohnen nur wenige Minuten von der Bank entfernt.«

Ein Klingeln. Es war Salviatis Telefon, das auf dem Armaturenbrett lag. Contini nahm es und sah nach.

»Eine Nachricht von Viola: ›Sind in der Wohnung, bereite jetzt Schlafmittel vor.‹«

»Gut«, sagte Salviati. »Viola hat immer gute Arbeit geleistet.«

Contini legte das Telefon auf das Armaturenbrett und sah zu Kollers Haus. Ein massiver, von einem kleinen Garten umgebener Bau. Um hineinzugelangen, hatte Koller auf einer Tastatur neben dem Eingang einen Code eingegeben. Contini sah verstohlen zu Salviati und sagte:

»Hoffen wir, dass Viola das mit der Alarmanlage hinkriegt.«

»Kein Problem«, erwiderte Salviati, einen Becher warmen Kaffee in den Händen. »Nichts Neues für uns.«

»Nicht mal das.«

»Tja.«

Schweigen.

»Du, Jean ...«

»Hm.«

»Meinst du, wir kommen da am Ende sauber raus?«

»Ich hab schon riskantere Dinger gedreht. Wir haben gute Informationen und ...«

»Nein, so meine ich das nicht.«

»Wie bitte?«

»Die Polizei ... dass sie uns erwischen ... das sind Risiken, die man in Kauf nehmen muss.« Contini fuchtelte mit der Hand herum, als wolle er den Gedanken loswerden. »Ich mache mir Sorgen um uns.«

»Um uns?«

»Ich weiß nicht, aber denkst du, wir geben Forster das Geld, er lässt Lina frei, und dann ist alles vorbei?«

»Ich hoffe es.«

»Aber es geht um zehn Millionen Franken ...«

»Na und? Das Geld kann uns total egal sein!«

»Ja, schon. Aber es bleibt trotzdem Geld.«

»Na und?«, wiederholte Salviati. »Worüber zerbrichst du dir den Kopf?«

»Ich habe noch nie irgendwas gestohlen«, erklärte Contini. »Aber etwas habe ich bei meinem Job gelernt: Wo Geld im Spiel ist, gibt's Probleme.«

»Meinst du, wir fangen an zu streiten?«

»Vielleicht.«

»Um das Geld?« Salviati wurde allmählich nervös, und er verfiel in einen leicht französischen Akzent. »Ist es das, was du meinst?«

»Nicht um das Geld, Jean.« Contini legte ihm eine Hand auf den Arm. »Wegen unvorhergesehener Schwierigkeiten, wegen der Anspannung ... hör zu, wir sind Freunde und ziehen diese Sache bis zum Ende durch. Aber wir sollten nichts als selbstverständlich voraussetzen, in Ordnung?«

Salviati zog die Augenbrauen hoch.

»Ich setze nie irgendetwas als selbstverständlich voraus.«

»Besser so.«

Sie nahmen erneut Kollers Haus in den Blick und warteten auf Violas Anruf.

Matteo rechnete jeden Moment damit, dass Elton erwachte. Aus einem winzigen, anderthalb Meter über dem Boden gelegenen Fensterchen zu steigen, ist keine leichte und vor allem keine geräuschlose Sache. Dennoch schafften sie es, sich durch die Öffnung zu quetschen, erst Lina und dann Matteo. Sie landeten unversehrt und munter vor der Hütte und entfernten sich, ohne dass Elton etwas merkte.

Lina war aufgeregt.

»Wir haben's geschafft, Matteo, wir haben's geschafft!« Sie warf sich ihm an den Hals und küsste ihn. »Denk nur, wir sind frei!«

Matteo war nicht ganz überzeugt.

»Noch sind wir hier.«

»Ja, aber wir sind endlich draußen! Und schau mal hier!« Lina wühlte ihr Handy aus der Tasche. »Ich habe es gestern Abend aus Eltons Sachen rausgezogen.«

»Gestern Abend? Das war ganz schön riskant …«

»Ich habe den richtigen Moment abgepasst. Sobald wir Empfang haben, rufen wir Hilfe!«

»Hm.« Matteo war skeptisch. »Wen denn, die Polizei?«

»Dummkopf! Meinen Vater oder Contini.«

Der Wald war dunkel. Damit hatten sie gerechnet, aber die Nächte in den Bergen sind immer finsterer als man erwartet. Matteo hatte sich den Weg am Tag zuvor eingeprägt. Er führte Lina vom Pfad ab, orientierte sich am Rauschen des Baches zur Linken und lief schräg bergab. Sie würden in Sonlerto genau auf der anderen Seite der Stelle herauskommen, wo der Pfad endete. Die einzige Gefahr waren die Steilabbrüche, die sich überall im Wald befanden. Matteo hatte sich überlegt, wie man sie umgehen konnte, dennoch war bei jedem Schritt Vorsicht geboten.

»Ich hätte nicht gedacht, dass wir es schaffen«, meinte Matteo, der voranging.

»Ich kann's kaum erwarten, nach Hause zu kommen und mich zu duschen«, rief Lina. »Ich will wieder zurück ins Leben. Ich habe genug vom Wald!«

»Aber wir müssen aufpassen. Forster wird hinter uns her sein.«

»Na und, soll er doch kommen. Ich werde mir eine Arbeit suchen und ihm diese verdammten Schulden zurückzahlen, und wenn ich Jahre dafür brauche!«

Matteo wunderte sich über die Veränderung, die mit Lina vor sich gegangen war. Am Anfang hatte sie wie eine schwer zu begreifende, etwas desillusionierte Frau auf ihn gewirkt. Vielleicht weil sie älter war als er. Später hatte er – was beinahe unvermeidlich ist, wenn man gezwungenermaßen zusammenlebt – gelernt, ihre Stimmungswechsel und ihr Schweigen vorherzusehen. Aber jetzt schien sie eine andere Frau zu sein. Oder vielmehr ein kleines Mädchen. Vielleicht hatte jedoch auch er sich verändert. Vielleicht hatte er jetzt begriffen, was Lina ihm bedeutete. Aber vorläufig war es besser, mit beiden Beinen auf dem Boden zu bleiben. Im wahrsten Sinne des Wortes.

»Noch sind wir nicht in Sicherheit«, sagte er zu ihr, »und hier in der Gegend gibt es Felsen, deshalb …«

»Okay, okay, ich pass schon auf! Aber lass mir ein bisschen Genugtuung. Weißt du, normalerweise hab ich kein Glück!«

Matteo lächelte.

»Nicht mal heute Abend!«

Der letzte Satz kam nicht von Matteo.

Eltons Stimme, deutlich wie eine schlechte Erinnerung. Eltons Stimme mitten im Wald. Wie war das möglich?

»Ihr habt gedacht: Der dumme, arme Elton schläft.« Die Stimme kam näher. »Aber ich war nicht in der Hütte, ich war hier draußen, um zu telefonieren. Eine schöne Überraschung, nicht wahr?«

Matteo brauchte ein paar Sekunden, um zu schalten. All die Vorsichtsmaßnahmen, all die Minuten, die es gekostet hatte, über den Boden zu kriechen. Alles umsonst. Elton war draußen! Warum hatten sie nicht nachgesehen?

»Flieh«, flüsterte er Lina zu. »Flieh und nimm das Telefon!«

Dann machte er einen Schritt nach vorn und begann laut zu sprechen.

»Es ist nicht so, wie du denkst, Elton. Wir wollten nicht

fliehen. Tatsache ist, dass wir gesehen haben, dass du nicht da bist, also haben wir gedacht, dass …«

»Schnauze!«

Elton stand wenige Schritte entfernt.

»Wo ist sie?«

Lina versuchte, sich geräuschlos zu entfernen.

»Stehen bleiben!«, schrie Elton. »Stehen bleiben. Ich hab eine Pistole!«

In diesem Augenblick stürzte sich Matteo auf ihn.

Elton wandte sich um und drückte ab.

22

Rhythmusgefühl

Salviatis Handy klingelte. Er und Contini sahen sich in die Augen. Es war das vereinbarte Zeichen. Salviati schaltete es aus. Dann öffnete er die Tür und stieg aus dem Wagen. Bevor er sich entfernte, warf er noch einen Blick auf Contini.

Der Detektiv saß mit den Händen am Steuer, den Blick ins Leere gerichtet. Salviati schüttelte den Kopf. Manchmal verstand er ihn einfach nicht. Er hatte eine merkwürdige Art sich zu entziehen, als würde er jegliche Verbindung zur Welt abbrechen, um zu fliehen … aber wohin?

Salviati sagte:

»Ich gehe.«

Contini nickte.

Salviati nahm den kleinen Weg bis zur Eingangstür. An der Seite befand sich die Codetastatur der Alarmanlage. Salviati kannte das Modell: eine ganz gewöhnliche Anlage für Wohnhäuser, eine Außenvorrichtung mit Magnetsensoren an Fenstern und Türen. Dennoch war es nicht leicht, sie zu deaktivieren, schon allein deshalb, weil durch einen falschen Code versteckte Signale an die Empfangszentrale gesendet wurden.

Die einzige Möglichkeit war tatsächlich der direkteste Weg: sie auszulösen.

Viola öffnete die Tür. Schwarzes, ausgeschnittenes Kleid und hochhackige Schuhe, sie sah aus wie die Gastgeberin bei einem Empfang. Sie sprach kein Wort, aber kaum war er eingetreten, führte sie ihn zu einer Treppe. Während Salviati hinaufstieg, hörte er Viola mit lauter Stimme sagen:

»Ich bin rausgegangen, um ein bisschen frische Luft zu schnappen.«

Im Erdgeschoss betrat Viola lächelnd und auf Kollers Reaktion gefasst das Wohnzimmer. Er sah sie verständnislos an.

»Was hast du gemacht?«

»Ich habe ein bisschen frische Luft geschnappt!«

»Hast du die Tür geöffnet?«

»Ja … der Schlüssel hat gesteckt und …«

»Oh, verdammt!« Koller schnaubte. »Die Alarmanlage war angeschaltet!«

»Was?«

»Entschuldige, das konntest du nicht wissen. Der Alarm wird ausgelöst, sobald die Tür oder eines der Fenster im Erdgeschoss geöffnet werden. Du hast die Tür aufgemacht, ohne sie abzuschalten. Wenn ich kein Signal sende, ist in fünf Minuten die Polizei hier …«

»Die Polizei!« Viola machte große Augen. »Nur weil ich einen Augenblick nach draußen bin?«

Koller grinste.

»Na, ich würde sogar das Militär rufen, um dich zurückzuholen, wenn du versuchen solltest zu fliehen …«

Viola lächelte, wie es sich gehörte. Sie setzte sich auf das Sofa, dicht neben Koller. Das Wohnzimmer war ein luxuriös eingerichteter Raum mit schwarzen Ledermöbeln, abstrakten Gemälden an den Wänden und einer Bar wie aus einem amerikanischen Spielfilm. Koller legte eine Hand auf Violas Schulter.

»Erst mal bring ich das mit der Alarmanlage in Ordnung, und dann trinken wir einen …«

Lina war allein im Wald. Sie hatte das Gefühl, in die Zeit der Sagen zurückversetzt zu sein. Ihr Verstand sagte ihr, dass das Einzige, wovor sie weit und breit Angst haben musste, Elton war. Elton und seine Pistole. Dennoch fühlte sie sich von tausend Augen beobachtet. Ein Heer in der Dunkelheit, bereit sie zu verschlingen, ein Heer gieriger Mäuler und roter Augen, Hände, die darauf lauerten zuzupacken …

Sie zwang sich, Ruhe zu bewahren. An Elton zu denken. Sie hatte einen Schuss gehört, dann Matteo, der aufgeschrien hatte, ein Geräusch von zerbrochenen Zweigen und danach Elton, der durch den Wald lief.

Aber jetzt hörte sie nichts mehr.

Besser gesagt, sie hörte in gewisser Weise alles. Rascheln. Steine, die einen Abhang hinunterkollerten. Schritte auf trockenem Laub. Stimmen aus den Tiefen der Erde, mitten im Wald, und vom Wind verzerrtes Weinen und Gelächter. So geht das nicht. Du musst ruhig bleiben. Die Dunkelheit weitete den Raum im Wald, erdrückte sie aber gleichzeitig.

»Lina! Lina, komm raus. Ich bin hier mit Marelli!«

Elton. Mit einem Schlag wich die Angst vor der Dunkelheit. Das hier war kein Zauberwald, dennoch war der Wolf gefährlich nahe. Was sollte sie tun? Sie schob die Hand in die Tasche und schlug sich in Gedanken an die Stirn. Das Handy! Beinahe hätte sie es vergessen!

Sie zog es heraus, schaltete es an und wählte die Nummer ihres Vaters. Nichts, das Telefon war ausgeschaltet. Was tun? Wen sollte sie mitten in der Nacht anrufen? Continis Nummer hatte Matteo, und natürlich konnte sie sich schlecht bei der Polizei melden und erzählen, dass ihr Vater gerade einen Bankraub organisierte.

Eine SMS. Sie konnte ihm eine Nachricht schicken.

Hastig gab sie die Worte ein, ohne hinzusehen. Sie hörte

Eltons Stimme, die nach ihr rief und sich anhörte, als würde sie aus verschiedenen Richtungen kommen.

WIE RIND IM CAVONA

Piep. Die Tastatur blockierte. Scheiße. Die Wörter waren nicht im T9-Wörterbuch. Sie löschte alles. Während sie schrieb, sah sie auf das Display.

WIR SIND IM BAVONATAL IM WALD OBERHLAB VON SONLERTO

Die Worte »Bavonatal« und »Sonlerto« musste sie beinahe Buchstabe für Buchstabe eingeben. Sie sah auf und inspizierte die Dunkelheit ringsum. Unterdessen tippte sie weiter, ohne auf Fehler zu achten.

WIR SIND IM BAVONATAL IM WALD OBERHLAB VON SONLERTO UND MATTEOS PLAN GEFANGEN IN EINER HÜTTE KÖNNEN NICHT FLIEHEN BEI UNS IST EIN WÄCHTER DER ELTON HEISST

Fertig. Sie las den Text nicht noch einmal durch. Sie drückte beinahe im selben Moment auf »senden« als sie, wenige Schritte entfernt, Eltons schweren Atem hörte. Sie rührte sich nicht, aber er hatte sie gesehen. Er stürzte sich auf sie und drückte ihr die Pistole in die Seite, riss ihr das Handy aus der Hand und stieß sie vor sich her. Sie fragte:

»Was hast du mit Matteo gemacht?«

»Er lebt noch, keine Sorge. Er hat vermutlich ein wenig Kopfweh … aber das wird ihm schnell vergehen.«

»Was hast du mit ihm gemacht?«

»Vorwärts!« Elton stieß sie weiter. »Wir müssen los.«

»Los? Aber …«

»Glaubst du, ich will hierbleiben, nachdem du Alarm geschlagen hast?«

»Aber …«

»Auf jetzt!«

Sie waren wie ein Tanzpaar.

Sie tanzten die Glanznummer ihres Repertoires. Sie machten keinen Fehler. Beide hatten ein absolut sicheres Rhythmusgefühl und wussten genau, welche Schritte sie ausführen mussten.

Auf dem schwarzen Ledersofa schmiegte sich Viola eng an Koller. Sie ließ sich einen Whiskey mit viel Eis einschenken und reichte ihm selbst ein gefülltes Glas ohne Eis. Dann reichte sie ihm ein zweites, präpariertes. Nicht zu viel Schlafmittel, nur das bisschen, das genügte, um sein Reaktionsvermögen zu vermindern, ihn träge und lichtempfindlich werden zu lassen.

Salviati fand Kollers Büro im oberen Stockwerk. Er entdeckte den Safe in der Wand hinter dem Schreibtisch, aber er befand, dass es besser sei, den Computer im Auge zu behalten. Neben dem Schreibtisch an der Wand hing eine Pendeluhr. Er öffnete die Glastür und machte an der schwarzen Stelle in der Mitte des Ziffernblatts eine zwei Millimeter breite Vertiefung. Dann befestigte er die Mikrokamera mit etwas Sekundenkleber, wobei er das Pinhole-Objektiv auf die Computertastatur richtete.

Viola streichelte unterdessen zärtlich Koller, der über starke Kopfschmerzen klagte. Sie küsste ihn auf die Wange und flüsterte ihm etwas auf Italienisch ins Ohr. Er schien den Klang zu mögen.

Salviati versteckte den Minisender im unteren Teil des Pendels, wo das Gewicht hing. Dort befestigte er auch die flexible Antenne und das hochempfindliche Mikrofon. Nicht, dass ein Mikrofon unbedingt notwendig gewesen wäre, aber man konnte nie wissen. Dann hielt er nach einer Steckdose für das Netzteil Ausschau. Er fand eine hinter einem Bücherregal. Von dort führte ein Kabel zu einer Lampe, die auf einem Tischchen neben einem massiven Ledersessel am Fenster stand. Er fügte eine Doppelsteckdose ein.

Inzwischen war Koller beinahe eingeschlafen. Er brachte gerade noch so viel Energie auf, um Viola vorzuschlagen, nach oben zu gehen. Sie willigte geschmeichelt ein, erklärte aber, zuvor noch einen Whiskey trinken zu wollen.

Das Netzteil hatte einen europäischen Stecker mit zwei Kontaktstiften, der aber auch in die Schweizer Steckdose mit der Erdung passte. Als Salviati fertig war, löste er das Seil, das er um den Gürtel gewickelt hatte. Die Videokamera war sendebereit, nun begann der heikelste Teil der Operation. Salviati öffnete das Fenster und befestigte das Seil an der Halterung des Rollladens. Dann schwang er sich aufs Fensterbrett. Mit den Füßen an der Mauer, die Hände am Seil, stieg er eilig hinab. An den Fenstern im ersten Stock befand sich keine Alarmanlage, im Garten auch nicht. Aber von der Straße aus hätte ihn jemand sehen können. Salviati blieb stehen und lauschte. Nichts. Nur Continis Wagen auf der anderen Straßenseite, kaum erkennbar im Regen. Salviati richtete sich auf. Sein Atem ging rasch.

In der Provence hielt er sich durch Gartenarbeit und *Pétanque* in Form. Aber in ein Privathaus einzubrechen ist eine ganz andere Art von Sport. Eilig überquerte er die Straße, öffnete die Wagentür und setzte sich neben Contini. Er rang nach Luft und sagte:

»Hau'n wir ab.«

Contini ließ den Motor an und fuhr los. Nach einiger Zeit fragte Contini:

»Und Viola?«

»Sie weiß, was sie tun muss«, antwortete Salviati. »Sie hat alles unter Kontrolle.«

»Aber hättet ihr nicht zusammen rauskommen sollen?«

»Mehr oder weniger. Koller wird jetzt einschlafen. Viola wird das Seil aus dem Büro holen und alle Spuren im Haus beseitigen. Dann wird sie Koller wecken, der noch benommen ist, und ihm sagen: Du bist betrunken, ich will nach Hause. Er wird sie rauslassen und sie sich ein Taxi nehmen.«

»Und wenn er morgen irgendwas merkt?«

»Was denn? Wir haben nichts gestohlen! Außerdem weiß er nicht, wie er Viola aufspüren soll.«

»Hm.« Contini fuhr vorsichtig und streckte den Kopf vor, um bei dem Regen die Straße besser im Blick zu haben. »Hast du die Kamera gut versteckt?«

»Er wird sie nicht finden. Übrigens, wenn du dreihundert Meter vom Haus entfernt einen guten Halteplatz findest, können wir einen Test machen. Dann zeig ich dir, was du in den nächsten Tagen zu tun hast.«

Contini seufzte.

»Zu Befehl ...«

Während Contini nach einem Parkplatz suchte, schaltete Salviati sein Handy wieder ein. Wenige Sekunden später klingelte es. Salviati betrachtete es misstrauisch.

»Was hat das zu bedeuten?«

»Du hast eine SMS bekommen«, erklärte Contini. »Lies mal vor ...«

23

Rückkehr in ein asiatisches Land

… und deshalb bin ich nochmals ins Bavonatal zurück und bin zwei Tage lang alle Wege rings um Sonlerto abgelaufen. Ich glaube, ich habe sie schließlich gefunden, diese Hütte. Aber sie stand leer. Falls sie Linas Hilferuf entdeckt haben, sind sie wohl in ein anderes Versteck umgezogen.

Wir haben jetzt keinerlei Anhaltspunkte mehr. Die Hütte wurde gereinigt, sie wirkte, als sei sie seit Wochen unbewohnt. Wir waren so dicht dran. An diesem Punkt habe ich, wie gesagt, meine Recherchen eingestellt.

Jean hat recht: Uns bleibt nichts übrig als dieser Bankraub.

Es ist September. Deshalb sind, laut Jeans Kontaktmann, bei der Junker-Bank alle Passworte von Koller ausgetauscht worden, die er braucht, um sich Zugriff auf Informationen über seine Kunden zu verschaffen.

Ich schreibe übrigens aus Zürich, wo ich rund um die Uhr mit der Überwachung von Kollers Privatbüro beschäftigt bin. Die Minikamera, die Jean versteckt hat, funktioniert. Sobald wir das Passwort rausgekriegt haben, muss Viola erneut in Erscheinung treten, um während einer weiteren Inszenierung die Videokamera aus dem Arbeitszimmer entfernen zu können. All das kostet Forster eine Stange Geld. Gestern hat er tatsächlich bei Jean angerufen und ihm gesagt, er möge sich beeilen. Aber was sollen wir machen?

Anna und Filippo Corti, die Freunde von Jean, betrachten das Ganze als willkommene Abwechslung, ihnen ist nicht klar, wie ernst die Lage ist. Mit Francesca spreche ich darüber nicht, aber ich weiß, dass sie sich Sorgen macht. Ich versuche, mich davon nicht erdrücken, mich von dem Gedanken an den Bankraub nicht beherrschen zu lassen.

Ich habe mich aus freien Stücken dazu entschlossen, Jean zu helfen.

Es ist eine merkwürdige Zeit. Stellen Sie sich vor, letzte Nacht habe ich sogar einen Traum gehabt, etwas, das mir sonst nie passiert! Es waren absurde Bilder, wie in einem Film, aber ich kannte die Figuren nicht. Er handelte von einer jungen europäischen Frau, die nach jahrelanger Abwesenheit in ein asiatisches Land zurückkehrt. Plötzlich sehe ich sie als Kind, in typischer Tracht, wie sie mich anstarrt und eine Art traditionellen Tanz vorführt. Dann ist sie wieder die junge Frau von heute, vielbeschäftigt, aber begierig, die Orte wiederzusehen, wo sie einst mit ihrem Vater, einem Diplomaten, lebte. Wer war diese Frau? Und woher kenne ich ihren Vater, den Diplomaten? Und vor allem, was hat dieser Traum mit meinem Leben zu tun?

Contini fügte dem Brief ein paar weitere Zeilen hinzu, dann unterzeichnete er und schrieb eine Adresse auf den Umschlag. Er saß in der Mitte des Zimmers, das er, unweit von Kollers Haus, gemietet hatte. Ein leerer Raum mit einem Klappstuhl und einem Campingtischchen als einzigen Einrichtungsgegenständen. Auf dem Tischchen befanden sich Papiere, Stifte, eine leere Bierflasche und der Bildschirm, auf dem das starre Bild von Kollers Schreibtisch flirrte.

Contini erhob sich. Es war fünf Uhr nachmittags. Koller würde in wenigen Minuten nach Hause kommen, und er würde mit der Überwachung beginnen müssen.

Aber zuvor wollte er den Brief abschicken.

Seit Jahren schrieb Contini diese Briefe, ein Mal im Monat, zeitweise auch öfters. Nicht einmal Francesca, nicht einmal seine Freunde kannten den Namen des Empfängers. Wenn man ihn direkt danach fragte, vermied er eine Antwort. So nannten seine Freunde diese Schreiben schließlich: Briefe an niemanden.

Zürich war in diesen Tagen ein Wechselspiel von Grautönen vor grauem Hintergrund, mit grauen Bewegungslinien von einem Ende der Stadt zum andern. Contini zog die Regenjacke über, setzte sich einen Hut auf den Kopf und trat hinaus in den Regen, um das Gelb eines Briefkastens zu suchen.

»Du darfst es niemals nach zehn Uhr früh und nie vor vier Uhr am Nachmittag tun.«

»Was denn?«

»Eine frischgetriebene Pflanze umsetzen«, erklärte Salviati und nahm die Mütze vom Kopf, um sich den Schweiß abzuwischen.

»Und warum nicht?«, fragte Francesca.

»Weil es eben so ist.«

»Aha.«

»Es darf kein Wind gehen, und der Himmel sollte möglichst grau sein.«

Francesca sah auf. Große Wolken trieben vorbei. Der Himmel war nahezu vollständig bedeckt. Nach langen Sonnentagen zogen von Norden die Regengüsse heran. Sie schaute zu Salviati, der in dem Garten der von ihm gemieteten Wohnung auf dem Monte Ceneri zu retten versuchte, was zu retten war.

»Aber du hast dir gar keinen so üblen Ort ausgesucht«,

sagte sie. »Abgesehen davon, dass wir ziemlich weitab vom Schuss sind, könnte man hier glatt leben.«

Am Rand des Gartens, der ein wenig felsig war, hatte Salviati ein Beet mit Pfingstrosen und Glockenblumen angelegt. An der Hauswand hatte er in einer Reihe Lavendel gepflanzt, und nun war er damit beschäftigt, noch einige Geranien dazwischenzusetzen.

»Der Boden ist nicht gut«, murmelte er, während er einen Wurzelballen entwirrte.

»Und wieso?«

»Zu kalkhaltig. Die Hortensien dort waren schon vor meinem Einzug da, und sie sind, wie du siehst, viel zu rosafarben.«

»Aha.«

»Auch die Blätter sind blass, Eisenmangel. Aber ich hoffe, die Geranien schaffen es. Ich habe versucht, möglichst viel Mutterboden mitzunehmen ...«

»Mutterboden?«

»Ja, siehst du?« Salviati deutete auf einen offenen Sack neben sich. »Das ist die Erde, die in den Geranientöpfen war. Wenn du sie umpflanzt, musst du ein bisschen von der alten Erde drumherum verteilen. Dann hat die Pflanze kein Heimweh.«

Francesca lächelte.

»Du nimmst mich auf den Arm.«

»Nein, ich meine es ernst.«

Francesca saß auf einem abgenutzten Eisenstuhl. Das Haus war modern; aber alles ringsum, vom Nussbaumwäldchen bis zu der dicht bewachsenen Wiese, wirkte altertümlich, so als sei die Zeit hier stehen geblieben. Salviati hatte Farbtupfer aufleuchten lassen, hatte die Zweige der Nussbäume beschnitten und die Hecke am Ende des Gartens gestutzt. Francesca fragte sich, wie man zwei so unterschiedliche Dinge wie Raubüberfälle und Gartenarbeit lieben konnte. Das fragte sie auch Salviati. Der war verwundert.

»Ich liebe keine Raubüberfälle. Wer hat das behauptet?«

»Na ja, also, du bist doch … wie soll ich sagen, ein Dieb, oder?«

»Ich bin es nicht mehr. Und außerdem ist es mit der Gärtnerei ähnlich. Man braucht Sorgfalt, Geduld und Risikobewusstsein.«

»Risikobewusstsein?«

Salviati holte zu einer weiten Geste aus.

»In diesem Garten ist es unabdingbar!«

Francesca lachte und schüttelte den Kopf. Allmählich fing sie an zu begreifen, weshalb Contini und Salviati sich so gut verstanden. Sie genoss noch ein wenig die frische Luft, während Salviati die Pflanzen wässerte. Mit ihrer dunklen Haut und dem etwas wilden Haar hätte Francesca eine Naturfreundin sein können. Aber sie fühlte sich als Städterin: Sie mochte Begegnungen, die Möglichkeiten des Austausches, die ein Dorf nicht bieten kann.

Contini ist anders gestrickt, dachte sie. Und auch Salviati. Sie fragte sich, weshalb sie immer mit Leuten zusammenkam, die vollkommen andere Vorlieben hatten als sie. Aber ist nicht letztlich das der wahre Erfahrungsaustausch?

Salviati duschte, zog eine alte Jeans und einen Fleecepulli über. Dann zündete er im Kamin der Wohnung ein Feuer an.

»Es ist bereits September und wird langsam kühl.«

Sie tranken einen Aperitif. Francesca fühlte sich wohl in Gesellschaft des alten Diebes. Er war einer der wenigen Menschen, der sie verstand, wenn sie von Contini sprach. Die Leute hielten sie für verrückt, aber Francesca hatte in Contini einen emotionalen Halt, eine Sicherheit gefunden, auf die sie nicht mehr verzichten konnte. Auch wenn er natürlich ein verdrehter, schweigsamer, verschlossener und ziemlich kauziger Detektiv blieb.

»Was meinst du?«, fragte Salviati. »Wollen wir was essen gehen?«

»Hast du keine Küche hier?«

»Ich habe nichts eingekauft.«

»Ach so, na dann müssen wir uns ein Restaurant suchen...«

Die Wohnung war ziemlich abenteuerlich eingerichtet. Die Möbel stammten vermutlich von einem Wohltätigkeitsbasar: ein Sofa mit quietschenden Federn, ausgeleierte, braune Sessel, die aussahen wie fette Schnecken, ein Sperrholztisch und Gartenstühle. Aber an diesem Abend herrschte ein schönes Licht, mit dem Kaminfeuer und den letzten Sonnenstrahlen, die durchs Fenster hereinfielen. Salviati wollte nicht gleich gehen. Er zündete die Pfeife an und forderte Francesca zu einer Partie Backgammon auf. Sie kannte die Regeln nicht.

»Es ist nicht schwer, du wirst sehen...«

»Ich wusste gar nicht, dass du Gesellschaftsspiele magst.«

»Nur dieses.« Salviati schüttelte den Würfelbecher. »Es ist ein Spiel, das mir schon immer gefallen hat.«

»Und warum?«

»Hat dir Elia beigebracht, so viele Fragen zu stellen?«

Francesca lächelte.

»Weil es einen langen Weg gibt, um nach Hause zu kommen«, erklärte Salviati, während er den ersten Zug setzte. »Man muss Gefahren meiden und das Glück für sich nutzen. Das gefällt mir.«

»Verstehe...« Francesca warf die Würfel. »Drei und eins. Ist das ein guter Anfang?«

»Ein optimaler Anfang. Die klassische Eröffnung ist...«

In diesem Augenblick klingelte das Telefon.

Salviati fuhr zusammen. Im ersten Moment begriff er nicht, was los war, dann fiel sein Blick auf das Handy, das auf der Ablage vor dem Kamin lag. Er sah Francesca an, und beide ahnten, wer es war.

»Lina?«

»Ciao …«

In der Stille hörte auch Francesca Linas Worte. Sie wollte sich zurückziehen, aber Salviati gab ihr ein Zeichen zu bleiben. Sie sah seinen besorgten Blick, die tiefen Falten auf der Stirn.

»Wie geht es dir?«

»Ganz gut … ich hab es satt, hier zu sein.«

»Aber sie behandeln dich gut?«

»Ich wollte nicht, dass es so weit mit mir kommt.«

»Es ist nicht deine Schuld, Lina.«

»Doch, es ist meine Schuld.«

Francesca bemerkte, dass Salviatis Atem kürzer ging, die Augen ihren Glanz verloren. Und dennoch hatten er und seine Tochter sich vor dieser Geschichte monatelang nicht gesehen, nicht einmal telefoniert.

»Lina«, wiederholte er, »ich hoffe, sie behandeln dich gut.«

»Ja. Ich bin hier mit Elton. Er …«

»Wo hier? Ihr seid nicht mehr im Bavonatal.«

»Ich kann nicht.«

Schweigen.

»Ich wollte dir sagen, dass ich hier mit ihm bin, und er will, dass ich dir eine Nachricht überbringe. In der Bank schöpfen sie Verdacht.«

»Verdacht? Wer?«

»Ich weiß es nicht. Vielleicht hat Matteo ein paar Fragen zu viel gestellt.«

»Matteo?«

»Er war es, der die Details zu den Transfers kannte. Aber jetzt hat Forster alles in der Hand, und offenbar sind in bestimmten Kreisen Gerüchte im Umlauf. Es heißt, jemand habe Informationen verkauft.«

»Und nun? Warum erzählen sie mir das jetzt? Was wollen sie?«

»Sie wollen, dass du schnell machst. Bevor sich der Verdacht erhärtet, bevor etwas passiert, das …«

»Das was? Was für ein Verdacht? So eine Sache kann ich nicht in zwei Tagen organisieren! Was wollen sie?«

»Ich muss Schluss machen. Ciao.«

»Nein, warte! Lina, was wollen sie? Lina?«

Stille.

»Lina?«

24

Vorsichtsmaßnahmen

»Vielleicht sollten wir das Ganze lassen.«

»Das kann nicht dein Ernst sein!«

»Aber wenn Gerüchte kursieren …«

»Ist nicht dein Ernst.«

»Aber wenn in diesen Kreisen …«

»Nein!«

Salviati seufzte. Forster sah ihm direkt in die Augen und sagte:

»Wag es nicht. Ich hab deine Tochter, und du erledigst diesen Überfall für mich, okay?«

Sie waren in Forsters Büro. Vor dem Schreibtisch saßen Contini und Salviati auf verchromten, stoffbespannten Stahlstühlen. Hinter dem Schreibtisch, daneben und auf der anderen Seite des Zimmers und dann wieder hinter dem Schreibtisch lief Forster. Nervös, dachte Contini. Beinahe verängstigt. Als wenn er auf diesen Überfall nicht mehr verzichten könnte.

»Wir haben kein Glück gehabt«, sagte Salviati. »Aber wir sollten jetzt nicht mit dem Feuer spielen.«

»Was willst du damit sagen?« Forster stürzte auf ihn zu. »Ist dir klar, dass du in diese Geschichte einen verdammten Detektiv reingezogen hast?«

»Und du hast meine Tochter reingezogen.«

»Nicht zu fassen!« Forster verdrehte die Augen. »Na schön, ich habe Druck auf dich ausgeübt. Das sind Geschäfte, oder? Deine Tochter schuldet mir Geld. Aber wann hat man jemals einen Dieb gesehen, der gemeinsame Sache mit einem Detektiv macht?«

Forster wetterte und Contini schwieg. Es war das erste Mal, dass sie sich begegneten. Contini wäre lieber im Hintergrund geblieben, aber da der Überfall zu platzen drohte, war ein Treffen an diesem Punkt unvermeidlich.

Schließlich war es an Salviati, die Situation zusammenzufassen.

»Wenn jemand Verdacht geschöpft hat, ist die Sache in jedem Fall zu riskant.«

»Ich kann's nicht fassen.« Forster umrundete den Schreibtisch und ließ sich dann auf den verchromten, stoffbespannten Stuhl fallen. »Wieso mimst du den Feigling? Es gibt keinen Verdacht, das sind nur Gerüchte, Gerede unter den Angestellten!«

»Wenn es auch nur den leisesten Verdacht gibt«, sagte Salviati, »ist es besser, die Finger davon zu lassen. Du gibst mir meine Tochter zurück und ich …«

»Nicht mal im Traum! Hör zu, Salviati, und merk dir eins.« Forster stützte die Hände auf den Schreibtisch. »Du wirst diesen Überfall machen. Ich hab dich von dem Verdacht wissen lassen, damit du Vorsichtsmaßnahmen ergreifen kannst, aber …«

»Was für Vorsichtsmaßnahmen?«

»… aber deine Tochter ist in meiner Hand! Deshalb wirst du diesen Überfall machen!«

»Aber …«

»Du wirst diesen Überfall machen. Schluss, aus!«

Salviati erhob sich.

»Ich werd diesen Überfall machen. Aber …«

»Na bitte!«

»Aber wenn die Sache nicht läuft wie…«

»Es wird gut laufen.«

»Aber ich …«

»Denk lieber darüber nach, wie du an das Geld kommst.«

»Es ist nicht nur eine Frage des Geldes.«

»Für ihn schon.«

»Aber nicht für uns. Ich habe eine Tochter, die ich wer weiß wie lange nicht mehr gesehen habe, und jetzt muss ich stehlen, um sie zu befreien, muss Freunde in eine Geschichte reinziehen, die übel enden kann.«

»Lass uns nicht den Kopf über ungelegte Eier zerbrechen.«

»Warum hilfst du mir, Elia? Sag mir die Wahrheit, was bringt dich dazu?«

»Ich weiß es nicht.«

»Stimmt das?«

»Ich weiß es nicht.«

Contini und Salviati waren in den Wäldern oberhalb von Corvesco unterwegs. Die Dunkelheit war vor Kurzem hereingebrochen. Die Stunde, zu der die Füchse ihr Tagversteck verlassen und sich auf einen nächtlichen Streifzug vorbereiten. Contini hatte seinen Fotoapparat dabei, beide trugen dunkle Kleidung.

»Ist es richtig, dass ich euch alle mit reinziehe? Ist es richtig, dass ich dich in diese Geschichte verstrickt habe?«

»Erinnerst du dich, Jean? Vor fast zwanzig Jahren, in den Kellern dieser Villa?«

»Ich erinnere mich.«

»Siehst du. Jetzt ist es genau dasselbe.«

In einer Septembernacht ist der Wald etwas ganz Besonderes. In den Baumstämmen und den Felsen spürt man die Wärme, die sich tagsüber angestaut hat. Im dichten Unterholz, im Schatten der Brombeerbüsche, sitzt die Feuchtigkeit; und durch die Luft zieht der Wind, der einen frösteln lässt. Im Wald ist der Sommer nicht mit einem Schlag vorbei, aber im September spürt man etwas, das im Juli noch nicht da war. Eine Art größere Ruhe. Als würde die Natur ernster werden. Salviati blieb stehen und lauschte.

»Man hört kein einziges Geräusch.«

»Ja, es gibt solche Momente«, antwortete Contini. »Aber wenn du eine Weile lauschst …«

Nach ein paar Sekunden drang der kurze Schrei einer Eule herüber. Ein Rascheln von oben. Dann ein dumpfer Schlag. Dann …

»Da! Das war ein Fuchs … horch!«

Aus der Ferne kam ein Bellen, erst tief, fast verhalten, dann immer durchdringender, wie ein Heulen. Contini sagte:

»Ich weiß vielleicht, wo er ist.«

Sie liefen langsam, legten lange Pausen ein. An einem bestimmten Punkt hörten sie von rechts den erstickten Ruf eines Rehs. Dann das Geräusch von raschelndem Laub, niedergetrampeltem Erdreich. Erneut der Schrei der Eule.

»Um diese Zeit gehen die Jungen fort«, flüsterte Contini. »Es wird eines der letzen Male sein, dass ich sie sehe.«

Im Wald verändert der Winter dein Leben. Die Tiere wissen das. Und sie wissen, dass im September nicht mehr gespielt wird. Es ist die Zeit, in der die Füchse, die im Frühjahr geboren wurden, losziehen, um sich ihr eigenes Revier zu suchen. Contini blieb neben einem Kastanienbaum stehen, bückte sich und betrachtete den Boden. Mit der Taschenlampe leuchtete er auf einige spärliche Exkremente.

»Die hatten hier einen Bau, vor ein paar Wochen.«

»Und jetzt?«

»Ich glaub, wir sind dicht dran, lass uns hier warten.«

Sie versteckten sich hinter einem Busch, von dem aus sie in eine weiter unten gelegene Senke sehen konnten. Contini bereitete seine Kamera vor. Nach einiger Zeit hörten sie das Geräusch von Schritten. Ein Tier, das rannte. Plötzlich blieb es stehen, irgendwo unterhalb von ihnen.

»Es wittert«, wisperte Salviati. »Es wird uns entdecken.«

»Kann sein. Anfangs waren wir sicher, aber der Wind dreht.«

»Und jetzt …«

»Horch, es bewegt sich.«

Die alte Füchsin näherte sich vorsichtig. In der Schnauze hielt sie einen Maulwurf. Aber sie war bereits gesättigt. Kurz zuvor hatte sie einen Hasen gerissen, deshalb wollte sie den Maulwurf aufheben. Es gab ein Versteck unten in der Senke. Sie blieb stehen und schnupperte in der Luft. Eine andere Füchsin war hier entlanggekommen. In diesem Sommer waren am Rande ihres Reviers zwei oder drei jüngere Tiere aufgetaucht, sie hatten Nachwuchs bekommen. Jetzt waren die Kleinen fort. Aber die alte Füchsin würde bleiben. Dieser Wald war ihr Zuhause.

Plötzlich erstarrte sie und duckte sich auf den Boden.

Jemand war auf der anderen Seite. Die Füchsin spitzte die Ohren, spannte alle Sinne an. Dann erkannte sie den Geruch. Der würde nichts tun, die Füchsin kannte ihn.

Aber es waren zwei Gerüche, und der andere war neu.

Sie war eine vorsichtige alte Füchsin und hätte beinahe die Flucht ergriffen. Doch am Ende beschloss sie, sich langsam vorzuwagen. Man durfte nur nicht zu dicht herankommen, musste sich zum Versteck schleichen, den Maulwurf vergraben und dann fliehen. Sie wusste, dass der erste der beiden

Gerüche mit Lichtblitzen zusammenhing, die nicht wehtaten. Sie wusste, dass die Senke einen seitlichen Durchschlupf hatte, von wo aus sie durch einen hohlen Baumstamm kriechen und auf einem Felsen ihre Fährte verwischen konnte. Sie wusste das alles, denn es war ihr Revier.

Die Füchsin stieg mit kurzen Schritten in die Talsenke hinab, immer auf der Hut, bis sie das Versteck erreicht hatte.

ZWEITER TEIL

Der Überfall

1

Wie man einen Fisch an die Angel bekommt

Jean Salviati liebte den Anblick von Flüssen. Schon als Junge hatte er am Flussufer gesessen und sich vom Wasser verzaubern lassen. Später, während seiner Angelstreifzüge, hatte er gelernt, das Leben im Fluss zu deuten. Die Luftblasen, die von der Gegenwart eines Fisches zeugen. Die überwucherten Teile. Die Insektenschwärme, die über dem Wasser schweben, genauer gesagt die Eintagsfliegen, die es nachzuahmen gilt, wenn man die Beute hinters Licht führen will.

An diesem Tag Mitte September war Salviati, da er nicht wusste, was er sonst tun sollte, zum Angeln gegangen. Er trug eine Sportjacke mit vielen Taschen, eine alte Stoffkappe und Stiefel, die bis zu den Schenkeln reichten. Er schwenkte die Angelrute wie eine Peitsche hin und her und ließ das Handgelenk dabei starr. Dann hielt er plötzlich in der Bewegung inne, sodass die Schnur sanft auf dem Wasser landete, wie ein fliegendes Insekt. Als die Strömung sie ergriff, holte Salviati erneut zum Wurf aus und zielte auf die Luftblasen, die er in der Flussmitte entdeckt hatte.

Er kannte diesen Fluss gut. Im Grunde war er noch immer hier zu Hause. Aber je mehr Zeit verstrich, desto stärker verspürte Salviati Sehnsucht nach der Provence. Er hatte sich dieses Leben, das Recht auf Normalität, hart erkämpft. Nun war er im Begriff, alles aufzugeben. Denn im Grunde wusste

Salviati, dass man in der Schweiz nicht zehn Millionen rauben kann, ohne sich erwischen zu lassen.

Nur, dass er keinen Rückzieher machen konnte.

Lina war seine Tochter. Salviati bewegte sich ein paar Schritte und warf die Angel erneut aus. Vielleicht war die Fliege, die er am Haken befestigt hatte, zu auffällig, um einen Fisch zu täuschen.

Lina ist meine Tochter, dachte er, wobei er die Worte innerlich deutlich aussprach.

Sie waren sich fremd geworden im Lauf der Zeit, aber Salviati hatte sich nie von der Angst befreit, Vater zu sein. Als er im Gefängnis saß, hatte er die Nächte mit dem Gedanken verbracht: Meine Tochter wächst heran, verändert sich, und ich bin hier. Kaum war er entlassen worden, hatte er einen Annäherungsversuch gewagt. Aber sie war herangewachsen, hatte sich verändert. Und sie war weit fort. Jedes Mal, wenn er an sie dachte, kam die Angst wieder. Und Salviati kam wieder ins Gefängnis. Irgendwann vergingen die Sorgen, das Leben gewann wieder die Oberhand. Jetzt vergingen die Sorgen nicht mehr. Aber Salviati war alt geworden, er war nur noch ein alter Gärtner, der verschiedene Rosensorten unterscheiden und zum Fliegenfischen gehen konnte.

Und selbst das nicht, denn wie es schien, hatte er nicht einmal die Fliege richtig hinbekommen. Am Abend zuvor hatte er einige Exemplare vorbereitet, die er, an die Jacke geheftet, bei sich trug. Er wählte ein kleines und befestigte es am Haken. Das Wichtigste beim Fliegenfischen ist die Nachahmung der Wirklichkeit. Je natürlicher du bist, desto mehr Fische beißen an. Alles ist vorgetäuscht: der Köder, der Wurf, der Anblick der Fliege für den Fisch. Aber alles muss echt wirken.

Er unternahm zwei weitere Würfe, verlagerte seine Position um ein paar Schritte. An dieser Stelle wurde der Fluss etwas breiter, die Vegetation spärlicher. Der Anblick des Wassers beruhigte Salviati. Das war eines der Dinge, die er an der Schweiz mochte. Von den Gletschern bis zu den großen Seen, von den Wasserfällen bis zu den Gebirgstümpeln: Überall gab es Wasser, wie ein Zeichen von Leben, von Freiheit.

Er spürte den Zug auf der Rute. Diesmal hatte es geklappt. Er ruckte kräftig, um die Beute festzuhaken. Dann ließ er ein bisschen Schnur nach. Er verteilte das Gewicht auf beide Beine und begann einzuholen. Ganz allmählich, um den Fisch auf diese Weise zu ermüden. Er musste ziemlich dick sein, denn sobald Salviati ihm ein wenig Spiel ließ, fing er an, wie verrückt zu ziehen.

Ab einem bestimmten Punkt leistete er keinen Widerstand mehr. Salviati zog ihn weiter heran und hielt den Kescher bereit, um ihn aus dem Wasser zu holen. Am Ende hatte er es doch geschafft, ihn an die Angel zu bekommen. Seine falsche Fliege war auf dem Wasser gelandet wie eine echte Fliege, der Fisch hatte sie verschluckt, und nun …

Ein Ruck.

Salviati begriff nicht gleich. Das Geräusch von zerreißender Schnur. Die Hand viel leichter. Das Losschnellen des Fisches war so plötzlich gekommen, dass Salviati dachte, die Angelschnur habe sich verfangen. Aber dann wurde ihm klar: Der Fisch hatte sich besinnungslos gestellt und seine Kräfte für einen letzten Fluchtversuch gesammelt.

Er holte die Schnur ein und murmelte leise vor sich hin. Was nicht sein sollte, sollte eben nicht sein. Da ließ sich nichts machen. Er befestigte eine weitere Fliege an der Schnur, die so ähnlich aussah wie das Exemplar, das der Fisch ihm entwendet hatte. Und es war genau in diesem Augenblick, während er den Knoten band, dass ihm die Idee kam. Ohne Vorwarnung, denn er dachte an ganz andere Dinge. Aber in gewisser Weise hatte sie mit dem Fluss und dem Angeln zu tun. Eine komplizierte Idee. Aber immerhin eine Idee.

Der Überfall war machbar.

Salviati stand reglos mitten im Fluss. Es ließ sich machen. Das Wasser murmelte um ihn herum. Die Sonne stand bereits tief. Bald würde es Abend sein. Salviati hatte keinen einzigen Fisch gefangen, aber er wusste nun, wie man der Junker-Bank zehn Millionen abknöpfen konnte.

2

Und du, Contini?

Contini sah auf, ließ den Blick über den See schweifen und blinzelte. Dann wandte er sich ab und setzte sich wieder an den Schreibtisch, hielt dabei die ganze Zeit den Hörer ans Ohr. Er sagte:

»Also sind wir so weit.«

»Mehr oder weniger«, antwortete Giotto Raspelli.

»Was heißt hier mehr oder weniger?«

»Nun, für September habe ich Zugang zu Kollers Computer und somit zu den nötigen Informationen. Sie haben bereits die Beschreibung der Tasche, in der das Geld ankommen wird, nach Bellinzona weitergeleitet. Eine schwarze Samsonite, dreißig Liter Fassungsvermögen, denn sie verwenden …«

»Schön, aber …«

»… für alle Transfers dasselbe Modell, da …«

»… bitte lassen Sie am Telefon die Details weg.«

»Natürlich, Verzeihung. Ich habe Salviati schon ein Fax geschickt. Ein Fax ist sicherer als eine Mail. Also jedenfalls …«

»Jedenfalls sind wir so weit.«

»Fast.«

Contini seufzte.

»Was heißt hier fast?«

»Die Informationen sind da. Tatsächlich …«

»Raspelli.«

»Bitte?«

»Haben Sie nun herausgefunden, wann dieser Transfer stattfindet, oder nicht?«

»Das ist das Problem«, der Informatiker senkte die Stimme. »Am Telefon lässt sich, wie gesagt, schlecht darüber reden … das Dumme ist, dass zur Zeit die höchste Sicherheitsstufe gilt.«

»Was heißt das?«

»Sie sind auf der Hut. Als ob etwas durchgesickert wäre. Aber sie wissen nichts. Sie haben die Passwörter nicht ausgetauscht, aber zur Sicherheit haben sie alle weniger dringenden Operationen auf Eis gelegt.«

»Auf Eis gelegt?«

»Verschoben. Bis die von der Sicherheitsabteilung alles durchleuchtet haben. Der Transfer nach … nun ja, der, der euch interessiert, also der …«

»Hab schon verstanden.«

»Also dieser Transfer ist auf Dezember verschoben worden.«

»Auf Dezember?«

»Genau.«

»Dezember …«

Contini verabschiedete sich von dem Informatiker und legte das Telefon auf den Schreibtisch. Er war unschlüssig. Banken, Sicherheitsabteilung, Transfers. Es kam ihm vor, als sei das alles nicht real. Seit er sich bereiterklärt hatte, Jean zu helfen, hatte er wie in einer Art Traum gelebt. Im Grunde war er nicht anders als Anna und Filippo Corti.

Und jetzt sollte offenbar bis Dezember nichts geschehen. Kein Transfer, kein Überfall. Vielleicht würde Forster am Ende wirklich klein beigeben müssen. Und Jean bekäme seine Tochter wieder. Aber Contini hegte einige Zweifel …

Er erhob sich vom Schreibtisch und sah wieder hinaus auf den See. Er fühlte sich wie ein Tier im Käfig. Er wollte keinen Rückzieher machen, aber etwas in seinem Inneren wehrte sich gegen die Vorstellung, eine Straftat zu begehen.

Dezember. Es war, als hätte der Informatiker gesagt: in einem anderen Leben oder in einer anderen Welt. Aber nicht mir, dachte Contini, das Ganze passiert nicht mir.

»Dezember? Ich kann nicht bis Dezember warten!«

»Du wirst es tun müssen. Es sei denn, du willst ...«

»Nein«, schrie Forster, »ich werde nicht darauf verzichten!«

»Aber ...«

»Hör zu, Salviati, du tätest gut daran, mich nicht nervös zu machen!«

»Schon gut. Ich weiß, dass du am längeren Hebel sitzt. Aber schließlich habe nicht ich den Transfer verschoben. In der Bank läuft gerade eine Untersuchung der Sicherheitsabteilung, die ...«

»Ich scheiß auf diese Untersuchung! Was sollen sie schon entdecken?«

An dieser Stelle mischte sich Contini ein:

»Nun, ich würde der Sache nachgehen. Offensichtlich hat euer Freund Marelli irgendwelche Spuren hinterlassen.«

Forster funkelte ihn an.

»Niemand hat dich nach deiner Meinung gefragt!«

Sie waren wieder einmal in seinem Büro. Und wieder war Contini dabei. Forster konnte nicht verstehen, wozu Salviati diesen Hanswurst brauchte.

»Ich würde gern mal ein paar Worte mit Marelli wechseln«, beharrte Contini. »Man müsste herausfinden, ob er irgendwelche Fehler gemacht hat.«

»Vergiss es«, unterbrach ihn Forster. »Marelli ist raus aus dem Spiel.«

»Ist er noch bei Lina?«, fragte Salviati.

Forster bemerkte den sorgenvollen Blick des Vaters. Manchmal kam ihm der Verdacht, dass Salviati zu alt sei und er selbst einen Riesenfehler beging, auf ihn zu setzen. Aber je mehr Zeit verging, desto gieriger lauerten die Anwälte der K-Investment. Forster konnte nicht mehr zurück. Und er konnte nicht warten. Er erhob sich, sah Salviati und Contini in die Augen.

»Ich werde keinen Rückzieher machen. Ebenso wenig wie ihr. Die Untersuchung der Sicherheitsabteilung wird ins Leere führen, vorausgesetzt, eure Informationsflüsse …«

»Wir haben keine Spuren hinterlassen«, erklärte Salviati. »Wir benutzen korrekte Passwörter.«

Offenbar war Salviati doch noch nicht zu alt. So kannte ihn Forster: mit barscher Stimme und der entschlossenen Miene eines Menschen, der kein Blatt vor den Mund nimmt.

»Jedenfalls«, schaltete sich Contini ein, »greifen wir von außen an, haben also nichts zu befürchten. Aber Marelli hat dort gearbeitet. Wenn sie entdecken, dass er über Informationen verfügt …«

Forster schnaubte. Die beiden zusammen machten es einem nicht gerade leicht. Er hob die Arme, wie um sich zu ergeben.

»Schon gut, ich lass euch mit Marelli sprechen. Aber ihr organisiert diesen Coup ohne Widerrede, okay?«

»Und Lina?«, fragte Salviati.

»Was soll mit Lina sein?«

»Du willst sie doch nicht bis Dezember gefangen halten!«

»Warum nicht?«

»Weil…«

»Wenn ich sie freilasse, machst du dann noch den Überfall?«

Salviati antwortete nicht.

Es war ein ziemlicher Schlamassel, aber Forster hatte keine andere Wahl. Allerdings würde es nicht leicht sein, das Mädchen drei Monate lang versteckt zu halten. So gesehen waren zehn Millionen das Minimum, das er brauchte, um die Ausgaben zu bezahlen und die Halsabschneider loszuwerden.

»Ich werde sie gefangen halten, aber ich verspreche dir, dass ich sie gut behandle.«

»Drei Monate!«, protestierte Salviati. »Das geht nicht!«

»Ich kann nicht anders. Tut mir leid.«

Er musste auf den Spielregeln beharren. Die beiden wussten ja noch nicht, dass Forster plante, sie übers Ohr zu hauen. Für ihn gab es keinen anderen Weg mehr. Er musste sich die zehn Millionen beschaffen und sich dann ihrer und dieser ganzen Geschichte entledigen. Forster war im Lauf seiner Karriere schon oft gestolpert und hatte sich immer wieder berappelt. Es kam nur darauf an, im richtigen Augenblick die richtigen Entscheidungen zu treffen.

»Letztlich haben wir alle ein gemeinsames Ziel«, beschwichtigte er die beiden Männer, während er sie zur Tür begleitete. »Du, Salviati, wirst deine Tochter zurückbekommen und dazu ein wenig Geld, ich bekomme zurück, was sie mir schuldet und…«

Forster unterbrach sich.

»Und du Contini?«, fragte er mit einem Grinsen. »Was bringt dich eigentlich dazu mitzumachen? Brauchst du Geld?«

Contini antwortete nicht und verzog keine Miene. Aber Forster, der ein feines Gespür für Nuancen hatte, bemerkte etwas im Blick des Detektivs. Irgendwie war er ihm zu nahe getreten. Er beschloss, noch eins draufzusetzen.

»Na, Contini? Verrat mir doch, wieso du diesen Überfall machen willst.«

3

Angst

Anna Corti wohnte in Daro, einem Stadtteil im Norden von Bellinzona, und sie fuhr mit dem Fahrrad zur Arbeit. Sie mochte es, die Innenstadt zu durchqueren, über das rötliche Natursteinpflaster zu holpern, die vertrauten Gesichter vor den Geschäften und an den Tischen der Bars zu sehen. Manchmal, wenn sie zeitig dran war, gönnte sie sich selbst einen Kaffee. Plauderte ein wenig. Über das Wetter, über Familienangelegenheiten oder Neuigkeiten aus der Stadt. Diese Gespräche wirkten entspannender als eine Massagesitzung.

Rings um die Bibliothek war die Stadt lebendig. Anna saß hinter der Theke und sah Studenten kommen, Rentner und Damen, die ein Buch für den Ehemann suchten: »...wo er doch nie zu Ende liest, wissen Sie, da werd ich doch nicht extra eines kaufen.« Die Bibliothek lag in der Nähe des Flusses Tessin, ein wenig außerhalb des Zentrums. Oft nahm Anna ihr Mittagessen in einer Plastikdose von zu Hause mit. Dann spazierte sie am Fluss entlang und setzte sich zum Essen auf eine Bank. Weiter weg, auf der anderen Seite des Gewässers, dröhnte die Autobahn.

»Du siehst ein bisschen erschöpft aus...«

»Wer, ich?«

»Na, wer denn sonst?«

Anna lächelte.

»Entschuldige, nein, ich bin nur ein bisschen zerstreut.«

Renata verbrachte die Mittagspause oft gemeinsam mit Anna. Auch sie ging gerne am Fluss spazieren. Sie arbeitete nicht in der Bibliothek, aber im selben Gebäude, wo sie Unterlagen für das Staatsarchiv ordnete. Anna legte sich einen Grund zurecht, zerstreut zu sein.

»In letzter Zeit streite ich häufig mit Filippo. Er beklagt sich oft.«

»Er beklagt sich?«

»Er beklagt sich über alles, genau wie sein Vater. Glaubst du, er wird alt?«

Anna hatte ins Schwarze getroffen: Renata liebte es, über die Ehemänner der anderen zu sprechen. Sie ordnete ihr kupferfarbenes Haar und bedachte Anna mit einem verständnisvollen Blick.

»Das ist normal, offenbar fehlt es ihm an Anregungen. Zum Glück hat mein Mann seine Leidenschaft für die Berge entdeckt, aber davor war es schwierig.«

»Filippo hat sich nie beklagt«, versuchte es Anna.

»Aber du hast doch gerade gesagt, dass er sich beklagt?«

»Ja, schon, in der letzten Zeit eben …«

Anna konnte nicht gut schwindeln. In Wahrheit liebte ihr Mann das ruhige Leben. Sie war es, die etwas verändern wollte. Deshalb hatte sie sich auf Salviatis Idee gestürzt. Allein die Worte »Überfall« und »Bank« öffneten ihr Welten, waren Verheißungen eines von Geheimnissen und Überraschungen erfüllten Daseins. Stattdessen hatten sie es sich bequem gemacht, seit sie vor fünf Jahren geheiratet hatten. Noch keine Kinder, zum Glück, aber weshalb? Wenn es nur darum ging, die gewohnten Reisen zu unternehmen und immer dieselben Leute zu sehen, konnte man ebenso gut ein Kind in die Welt setzen und die Jugend hinter sich lassen.

»Für uns ist es anders«, sagte Renata, »schau mich an, meine Chefs haben weniger Unternehmensgeist als diese Gurke … diese Gurke, die wer weiß wie in mein Panino geraten ist, ja gibt's denn so was, das sagt man, ohne Gurke bitte, und dann machen sie einem doch welche rein?«

»Tja … «, Anna verlor allmählich den Faden.

»Jedenfalls passen wir uns an.« Renata warf die Gurke fort. »Männer sind da anders. Entweder sie werden Chefs und verbringen ihr Leben damit, Unannehmlichkeiten aus dem Weg zu gehen, oder sie müssen sich ein Hobby suchen. Du solltest irgendetwas für Filippo finden, das würde ich ihm empfehlen …«

Renatas Worte plätscherten vorbei wie der Fluss vor ihren Augen. Anna schaffte es, das Gespräch in Gang zu halten, indem sie hin und wieder ein Zeichen der Zustimmung gab. Derweil dachte sie über ihre Arbeit nach. Auch sie verspürte hin und wieder Langeweile. Vielleicht hatte die Vorstellung, eine Bank auszurauben, dieselbe Funktion wie ein Hobby. Etwas, um den Geist zu zerstreuen.

War das der Grund, weshalb sie und Filippo eingewilligt hatten? Waren sie zwei Kinder, die spielen wollten?

»Meinst du, ein Hobby genügt?«, fragte sie Renata.

»Wenn es etwas ist, das dich in Form hält, wird es dir auch helfen, unbeschwerter zu leben.«

In Wahrheit wusste Anna, wo das Problem lag. Sie war es, die den Überfall auf einen Zeitvertreib reduzieren wollte. Um die Angst nicht zu spüren, machte sie sich selbst vor, das Ganze sei ein Spiel.

Später, in der Bibliothek, suchte sie nach einem Buch über Banküberfälle. Aber sie fand nur Romane, die keinerlei Wirklichkeitsbezug hatten. Geschichten über Gentleman-Banditen oder perverse Monster, die raubten, um ihrem

Wahn Luft zu machen. Einige setzten auf Ironie. Sie schlug irgendeinen Krimi auf, einen Roman von Donald Westlake. »Wer es nie probiert hat, dem sage ich gleich, dass das Ausrauben einer Bank eine ziemlich langweilige Beschäftigung ist.« Anna stellte das Buch zurück ins Regal und gab es auf.

Keiner sprach über einen echten Bankraub. Über einen Mann wie Salviati, der schon als Junge gestohlen und das Ganze zum Beruf gemacht hatte. Über zwei wie sie und Filippo, die Salviati gegenüberstanden. Ein Hilfegesuch. In ihrem Wohnzimmer. Hallo, Leute, könnt ihr euch an mich erinnern? Also, ich muss eine Bank überfallen, helft ihr mir dabei? Inmitten von Nippes und Hochzeitsfotos. Was hätten sie sagen sollen? Sie hatten Ja gesagt, aber sie hatten ihn nicht ernst genommen. Wenn sie jetzt darüber nachdachte, fühlte sie sich ziemlich elend. Was taten sie da bloß?

Sie rief ihren Mann an.

»Hallo, Filippo, entschuldige, dass ich dich störe, während du in der Schule bist, aber ich habe über den Überfall nachgedacht.«

»Anna«, Filippo schnaubte, »ich hab dir schon gesagt, dass …«

»Ich weiß, ich weiß. Aber du hast schließlich auch all die Nachrichten über Banküberfälle gesammelt!«

»Das waren Geschichten, die ich gelesen habe, sonst nichts. Ich habe mich nicht hingestellt und gesagt: Oh, wie schön, lass uns das auch machen!«

»Aber du hast dich bereiterklärt, Jean zu helfen.«

»Anna, wir sollten darüber nicht am Telefon sprechen.«

Sie durften darüber nicht am Telefon sprechen! Sie! Nicht am Telefon! Wie zwei Verbrecher. Anna hatte sich in ihrem Leben noch nie Gedanken über das Abhören von Telefongesprächen gemacht. Sie wusste nicht einmal, ob es in der Schweiz legal war.

»Hör zu, Anna, ich hab es Jean versprochen, aber lass uns erst mal abwarten, okay? Solange wir nichts, sagen wir, allzu …«

»Willst du einen Rückzieher machen?«

»Nein, ich hab gesagt, dass wir ihm helfen, also helfen wir ihm. Aber wir dürfen uns nicht verrückt machen. Wir sind zwei erwachsene Leute und …«

»Und stehlen Erwachsene etwa nicht? Jean meint es ernst, du, auch wenn wir so tun, als sei alles nur ein Spiel!«

»Ein Spiel?« Anna spürte die Anstrengung, die es Filippo kostete, ruhig zu bleiben. »Du kannst sicher sein, dass das kein Spiel ist.«

»Ich weiß«, sagte sie. »Das ist mir heute zum ersten Mal klar geworden.«

»Das freut mich. Wir reden heute Abend darüber, in Ordnung?«

»In Ordnung. Ciao, und noch frohes Schaffen.«

»Ciao!«

Anna beendete das Gespräch und blieb für einen Augenblick reglos hinter dem Regal »Varia und Comics« stehen. Sie hatte ihren Mann mitten während der Arbeitszeit angerufen. Und sie hatten nicht über Einkäufe oder die Wageninspektion gesprochen. Sie hatte ihn angerufen, um ihm ihre Gedanken mitzuteilen, das was sie empfand. Etwas, das sie seit mindestens drei Jahren nicht mehr getan hatte.

Und was hatte das zu bedeuten?

Anna lächelte still in sich hinein. Sie verwarf die These, dass Banküberfälle gut für das Eheleben sind. Sie kehrte hinter die Theke am Eingang zurück und half einem jungen Mann, einen Text über Soziologie zu finden.

Francesca Besson liebte Continis Haus in Corvesco. Die dicken, weißgetünchten Mauern, die dunkelgrünen Jalousien und das Vordach, von wo man auf das weiter unten gelegene Dorf blickte. Das Haus wirkte, ebenso wie Contini, altmodisch, aber auch zeitlos: Es hätte vor einer Woche oder zu Beginn des 20. Jahrhunderts errichtet worden sein können. Dort lebte Contini mit seinen Füchsen, seinen Kakteen und diesen Briefen an niemanden. Sie hatte es längst aufgegeben ihn zu fragen, an wen er sie adressierte. Aber sie hatte es nicht aufgegeben, ihn zu verstehen. Während Contini Pilze klein schnitt, bereitete sie die Brühe für das Risotto zu.

»Warum erzählst du mir nicht, wie du Salviati kennengelernt hast?«

Contini hielt für ein, vielleicht zwei Sekunden mit dem Schneiden inne. Dann begann er erneut.

»Das ist eine Geschichte, die ich dir irgendwann mal erzähle. Aber nicht jetzt.«

»Warum nicht?«

»Weiß nicht. Vielleicht bin ich noch nicht bereit.«

»Und für den Überfall?«

»Was?«

»Bist du für den Überfall bereit?«

»Ist das hier eine Fragestunde?«

Francesca lächelte.

»Nein, ich habe nur darüber nachgedacht … wie wir es schaffen sollen, bis Dezember zu warten.«

»Na ja, im Grunde ändert sich nichts.«

»Ach nein? Wann hast du das letzte Mal einen Fall angenommen? Einen Auftrag, der bezahlt wird?«

Contini seufzte. Francesca ließ nicht locker:

»Und Salviati? Was wird er tun?«

»Ich hab ihm gesagt, er soll in die Provence zurück. Wenn

er eine Idee braucht, kann er auch dort darauf warten, es bringt nichts, hierzubleiben und Miete zu zahlen.«

»Aber seine Tochter ist hier.«

»Sie haben sich seit Monaten, seit Jahren nicht gesehen …«

»Es ist seine Tochter, Contini, begreifst du das denn nicht?«

Nein, Contini begriff nicht. In letzter Zeit wollte er nichts mehr von dem Überfall, von Jean oder seiner Tochter hören. Nichts mehr von Forster und seinen Drohungen, von diesem Informatiker in Zürich und seinen Passwörtern.

»Ich will es nicht begreifen, Francesca. Ich warte ganz einfach bis Dezember.«

»Aber …«

»Wir sollten morgen noch ein paar Pilze suchen.« Contini drehte einen Steinpilz zwischen den Händen. »Wäre ein Jammer, es nicht auszunutzen.«

Francesca reagierte nicht. Sie machte sich daran, den Reis anzurösten.

»Magst du Rotwein?«, fragte sie.

Contini nickte.

»Jedenfalls muss es irgendetwas Wichtiges sein«, erklärte sie, während sie die Flasche entkorkte.

»Was?«

»Das dich und Salviati verbindet. Nicht jeder raubt eine Bank aus, weil ein Freund ihn darum bittet.«

»Und du? Du hast dich auch mit reinziehen lassen. Du bist keine Freundin …«

»Freundin von wem?«

Contini bemerkte ein Funkeln in Francescas Augen. Er begriff, dass er sich auf heiklem Terrain bewegte.

»Du bist keine Freundin von Jean. Du tust es für mich …«

Francesca starrte ihn unverwandt an.

»Und ich bin dir dafür dankbar. Ich wünschte, ich könnte dir sagen … du weißt, dass ich's nicht so mit Worten habe.«

Francesca tätschelte ihm die Wange. Die Aufgabe, das Risotto zuzubereiten, bewahrte sie vor weiteren heiklen Gesprächen. Sie aßen unter dem Vordach, während die letzten Sonnenstrahlen auf die Dächer von Corvesco fielen. Zu Francescas Erstaunen war es Contini, der auf das Thema zurückkam.

»Du hast recht, diese Geschichte vereinnahmt mich zu sehr. Du weißt, dass ich es gewohnt bin, auf eigene Faust zu arbeiten. Abgesehen davon, dass es sich um einen Diebstahl handelt, muss ich mich diesmal ganz auf Jean verlassen.«

»Vertraust du ihm nicht?«

»Jean vertraue ich. Ich selbst bin es, dem ich nicht vertraue. Aber wir werden sehen … ich habe mir unterdessen zwei Dinge überlegt.«

Francesca legte die Gabel aus der Hand und sah ihn an. Ein Contini, der sie sogar in seine Überlegungen miteinbezog, war absolut einmalig.

»Morgen werde ich mit Giona sprechen, ich will wissen, was er darüber denkt. Außerdem werde ich darauf bestehen, dass Forster dieses Treffen mit Marelli organisiert. Wenn es auch nur die leiseste Möglichkeit gibt, herauszufinden wo Lina ist und sie zu befreien, ohne diesen Überfall machen zu müssen … nun, ich werd's probieren. Derweil …«

Contini schwieg und schien in Gedanken versunken.

»Derweil?«

»Derweil will ich wieder an meine Arbeit, an mein eigenes Leben und an uns zwei denken. Bis Dezember ist noch Zeit.«

»An uns zwei denken? Was meinst du damit?«

Ehe er antworten konnte, klingelte das Telefon. Francesca

nahm einen Schluck Merlot und schüttelte den Kopf. Auf die eine oder andere Weise schaffte es Contini immer, den Fragen auszuweichen. Sie aß ihr Risotto, während das Telefon weiterklingelte.

Es war Jean Salviati. Er rückte sofort mit der Sprache heraus:

»Mir ist eine Idee gekommen.«

»Eine Idee? Heißt das, du hast dir überlegt, wie …«

»Es ist machbar. Ein Gedanke, der mir beim Angeln gekommen ist. Ich hab dir nicht gleich davon erzählt, weil ich noch ein paar Details überprüfen wollte. Wir haben Glück, Elia, alles in allem haben wir Glück!«

»Wenn du es sagst …«

»Es wird schwierig, aber es ist machbar. Früher war es eine meiner Spezialitäten. Natürlich nicht in einer Bank, nicht bei zehn Millionen.«

»Eben. Wie glaubst du, können wir …«

»Ich werde dir alles erklären. Der Plan ist ganz einfach. Beinahe filmreif, weißt du, wie im Kino.«

Contini war beunruhigt.

»Wie im Kino?«

»Ja, oder wie im Comic. Kennst du die Geschichte von dem Dieb mit der Maske, wie heißt er noch gleich … Diabolik, glaub ich.«

»Diabolik?«

»Genau, es wird so eine Geschichte à la Diabolik. Ich erklär's dir später.«

»Wer ist Diabolik? Hör zu, Jean, ich möchte wissen, was …«

»Ich werde es dir erklären, sei unbesorgt. Ich gebe zu, die Idee ist etwas merkwürdig …«

»Aha.« Contini seufzte. »Etwas merkwürdig.«

»… aber manchmal sind die merkwürdigen Ideen die besten!«

»Meinst du?«

»Wirklich, Elia, wir können es schaffen!«

»Etwas merkwürdig«, wiederholte Contini. »Aber was meinst du mit merkwürdig?«

4

Der Glockenschlag

In den Bergen oberhalb von Corvesco lebt ein alter Mann. Er heißt Giona und ist Einsiedler. Er verbringt seine Tage damit, sich den Bart wachsen zu lassen. Hin und wieder bringt ihm jemand etwas Brot, eine Suppe oder auch eine Flasche Wein. Er lebt in einer Hütte, die an eine Höhle grenzt, in der Nähe des Tresalti. Er streift durch die Wälder wie eine Bergziege, geht auf die Jagd oder zum Angeln. Aber die meiste Zeit beobachtet er nur, wie die Sonne hinter den Bergen auftaucht und wieder verschwindet.

Giona kommt fast nie hinunter ins Dorf. Wer ihn sehen will, muss im Norden von Corvesco aufsteigen. Für Fremde ist der Weg nicht leicht zu finden. Man muss durch einen Kastanienwald und sich dann durch Tannen und Latschenkiefern schlagen. Links zeichnet sich der Gipfel des Monte Basso ab. Am Ende des Waldes liegt eine Almwiese, wo in der schönen Jahreszeit immer ein paar Hirten sind. An dieser Stelle taucht hinter einem kleinen Felskamm erneut der Tresalti auf.

Um keine nassen Füße zu bekommen, muss man von einem Stein zum andern springen. Und während man das Gleichgewicht sucht, kann es passieren, dass plötzlich, wie aus der Donnerbüchse, ein Ruf ertönt:

»Wer da?«

Contini hielt inne, ruderte mit den Armen und suchte nach einem festen Halt. Der alte Giona blieb doch immer der Gleiche.

»Wir sind das Gesetz«, erwiderte er mit lauter Stimme. »Wir kommen dich holen!«

Hinter einem Felsen tauchte eine verschlissene Mütze der Chicago Bulls auf. Darunter Gionas Grinsen.

»Nicht zu fassen, dass das Gesetz so aussieht …«

Der Alte trug Flanellhose und eine Art Umhang, der aus verschiedenen Fellen zusammengesetzt war. Er hatte ein Jagdgewehr bei sich.

»Hör mal«, rief ihm Contini zu, »du solltest dich nicht genötigt fühlen, deine Gäste ins Wasser fallen zu lassen.«

Giona kicherte und reichte dem Detektiv eine Hand, um ihm zu helfen, ans Ufer zu springen.

»Lange nicht gesehen, Contini! Welchen Ärger hast du diesmal am Hals?«

Der alte Eremit redete ein wenig sonderbar, wie jemand, der es gewohnt ist, sich selbst Sätze laut vorzusprechen, die er in Büchern gefunden oder im Traum gehört hat.

»Es ist eine merkwürdige Zeit«, erklärte Contini. »Schwer zu sagen, was für eine Art von Ärger.«

»Ich wusste, dass du raufkommen würdest, ich hab's in den Knochen gespürt! Magst du dich mit einem ordentlichen Kaffee stärken?«

Contini folgte dem Alten in seine Behausung. Ein großer Raum, der von dem stets brennenden Feuer in der offenen Herdstelle beheizt wurde. An den Wänden reihten sich Regale mit Büchern und Zeitschriften. In einer Ecke thronte ein altes Radio. Der Tisch war ein Holzbrett auf zwei Fässern, als Sitzgelegenheiten dienten ein alter Sessel, zwei Schemel, ein Strohsack, ein Autositz und ein Holzblock.

Giona kochte in einem kleinen Topf Kaffee. Contini prüfte einen der Schemel auf seine Stabilität, bevor er sich darauf niederließ. Dann zündete er sich eine Zigarette an. Er bemerkte, dass an der Decke ein großer Schinken hing.

»Ich sehe schon, du lässt es dir gut gehen, Alter.«

»Ich kann nicht klagen. Und du? Was machen die Füchse?«

»Die Jungen sind fort.«

»Und Francesca? Hält sie's noch mit dir aus?«

»Scheint so«, Contini blies den Rauch aus dem Mund. »So wie ich es mit dir aushalte.«

»Das kann man nicht vergleichen! Ich habe einen guten Charakter.«

Der Kaffee war fertig. Giona servierte ihn in zwei Tontassen, dann zündete er sich eine Zigarre an und setzte sich neben Contini.

»Also, mein Junge, erzähl mir von deinem Ärger.«

Contini hatte die Angewohnheit, dem Eremiten seine Probleme zu schildern. Obwohl der Alte fernab der Welt lebte, hatte er ein eigenartiges Gespür, das es ihm ermöglichte, die Dinge so zu sehen, wie sie wirklich waren.

»Um es kurz zu machen, die Sache ist die, dass ich im Begriff bin, eine Bank auszurauben.«

Giona hob die Augenbrauen. Dann kratzte er sich am Kopf. Schließlich sagte er:

»Da braucht man was Stärkeres.«

Er zog eine Schnapsflasche hervor und erklärte, es handle sich um ein Wunderelixier, das in einem Kloster im Herzen der Alpen destilliert worden sei.

»Genau das Richtige bei ersten Anzeichen von Wahn. Trink, mein Junge, und du wirst sehen …«

»Ich habe es ernst gemeint.«

»Ernst?«

Contini nickte.

»Du bist also im Begriff, eine …«

»Ja.«

»… Bank auszurauben?«

»Genau.«

Giona goss sich einen Schluck Schnaps in den Kaffee.

»Man kann dich einfach nicht allein lassen, was?«

Contini seufzte. Manchmal kam einem Giona wirklich wie ein verrückter Alter vor. Vielleicht war er es auch, und vielleicht hatte er es deshalb so faustdick hinter den Ohren. Er erzählte ihm von Jean Salviati, von Forsters Erpressung und dem Plan, der Junker-Bank zehn Millionen zu stehlen. Giona unterbrach ihn nicht. Zum Schluss murmelte er:

»Warum hast du mir nicht eher davon erzählt?«

»Was hättest du mir schon sagen können?«

»Nicht so einfach …« Giona stocherte mit dem Schürhaken in der Feuerstelle. »Wenn ihr es nicht geschafft habt, die Tochter zu befreien, und wenn dieser Forster ernst macht …«

»Er macht ernst. Den Briefen nach, die Jean bei ihm zu Hause gesehen hat, muss er Geldprobleme haben.«

»Und deshalb will er eine Bank ausrauben.«

»Ja.«

»Das heißt, er will, dass ihr es tut. Und wenn ihr euch weigert?«

»Jean sagt, dass er zu allem fähig ist. Und er hat Lina in seiner Gewalt.«

»Hat er keine Angst, angezeigt zu werden?«

»Von wem? Von einem pensionierten Dieb und einem Detektiv? Außerdem haben wir keinerlei Beweise in der Hand.«

»Hm.« Giona scharrte die Glut zusammen und schob ein Holzscheit beiseite. »Jedenfalls hat diese Geschichte etwas Geheimes.«

»Und das wäre?«

»Ihr seid eine Art Bande. Eine Gruppe von Amateuren … wie viele seid ihr?«

»Wir sind zu fünft. Ich, Jean, Francesca und die beiden Cortis, Filippo und Anna.«

»Eine Gruppe. Aber alles geht von dir und dem Dieb, von Salviati aus. Von euch beiden.«

»Von uns? Es ist Forsters Schuld! Ohne ihn wäre Jean in der Provence.«

»Aber er ist zurückgekehrt. Und er hat dich aufgesucht. Jetzt würdest du gern die Flucht ergreifen, aber du kannst nicht.«

»Ich …«

Contini brach den Satz ab. Giona hatte recht. Er wollte ihn nicht, diesen Überfall. Er spürte, dass es ein Fehler war. Aber er hatte sein Gefühl von Anfang an zum Schweigen gebracht.

»Du hast recht. Ich will es nicht. Aber ich will Jean helfen.«

»Er hat das Startzeichen gegeben, du hast reagiert. Jetzt arbeitet ihr zusammen. Du bist nicht mehr Contini, Junge. Denk dran: In dieser Geschichte bist du Contini und Salviati.«

»Was willst du damit sagen?«

»Und dennoch bleibst du auch Contini und Francesca. Du hast es mit Salviati und Forster zu tun, eine alte Geschäftsbeziehung, die sich zerschlagen und diese Geschichte nach sich gezogen hat. Und auf eurer Seite hast du Filippo und Anna. Ein weiteres Pärchen.«

»Entschuldige, Giona, ich weiß nicht, worauf du hinauswillst …«

»Diese Dinge funktionieren wie eine Glocke …« Giona sprach leise, den Blick starr auf das Feuer gerichtet, er schien kurz davor einzuschlafen. »Wie der Klang einer Glocke, ein Klang, den du nicht zerstören kannst …«

Contini betrachtete ihn aufmerksam. Er verstand kein einziges Wort.

»Der Klang einer Glocke ist immer zweifach – Ding Dong. Wenn du einen Schlag hörst, musst du auf den zweiten, den Gegenschlag, warten. So funktioniert diese Geschichte, so seid ihr, du und Salviati. Und so musst du denken.«

»Aber was soll ich tun?«

»Nichts. Pass auf, dass dir der zweite Schlag nicht entgeht. Und … ach ja, hattest du nicht gesagt, Forster wolle dich mit diesem Marelli sprechen lassen?«

»Ja, er hat es versprochen. Aber bisher hat er nichts von sich hören lassen.«

»Marelli war mit Lina zusammen, stimmt's?«

»Ja. Ich dachte, er würde sie bewachen. Aber dann hat sie uns diesen Hilferuf geschickt und geschrieben, dass Matteo mit ihr zusammen gefangen sei.«

»Habt ihr Forster nach einer Erklärung gefragt?«

»Er meinte, Marelli habe nichts mehr mit der Sache zu schaffen. Und dann ist da noch eine Sache, die mich nachdenklich stimmt: dass nämlich Marelli und Jeans Tochter schon vor der Entführung miteinander telefoniert haben.«

»Was bedeutet das?«

»Vielleicht war die Entführung am Anfang nur vorgetäuscht. Vielleicht kannten sich die beiden und haben versucht, Jean reinzulegen … bis Forster sie reingelegt hat.«

»Lina und Matteo. Begreifst du? Lina und Matteo. Nur er kann dich zu ihr führen … nur er kann den Überfall verhindern. Du musst mit Marelli sprechen.«

»Aber was kann er mir schon sagen, wo doch beide Gefangene sind!«

»Der Glockenschlag, mein Junge, du musst auf den zweiten Schlag der Glocke hören …«

Filippo Corti wusste, dass es vor einem Haufen Jugendlicher um die fünfzehn wenig Ausreden gibt. Wenn du nicht absolut schlagfertig bist, kriegen sie dich unter. Es gibt eine Menge Faktoren, die das Klima einer Klasse bestimmen. Wenn die Gruppe einen oder mehrere Anführer hat, muss man darauf achten, was es für Typen sind und wie sie zur Autorität stehen.

Und wenn diese Autorität am Abend zuvor mit der Ehefrau diskutiert hat, spät ins Bett gegangen ist und schlecht geschlafen hat, kann es sein, dass sie heftige Kopfschmerzen verspürt. In so einem Fall wird's heiter.

»Das ist nicht schwer, Sheila«, sagte Filippo zu dem Mädchen, das aufgestanden war. »Ich habe dich gefragt, was eine chemische Reaktion ist, etwas, das ständig im alltäglichen Leben passiert … denk scharf nach!«

»Mir passiert das nie«, murmelte Sheila und sah dabei auf ihre Schuhspitzen.

Die Klasse brach in Gelächter aus, ein Lachen, das schmerzlich in Filippos Kopf dröhnte.

»Schluss jetzt! Ruhe! Hilft man so einer Klassenkameradin?«

Sheila gehörte zu den ganz Stillen. Filippo mochte sie, auch wenn sie ein bisschen begriffsstutzig war.

»Entschuldigung, Herr Oberlehrer«, sagte sie und sah auf. »Vielleicht weiß ich, was eine Chemiereaktion ist.«

»Eine chemische Reaktion.«

»Und was hab ich gesagt?«

»Egal«, Filippo fasste sich an die Schläfe. »Sag mir, was es ist.«

»Das ist, wenn die Elemente sich mischen.«

Irgendwer musste ihr vorgesagt haben.

»Was für Elemente?«

»Ich weiß nicht… Dinge oder Gegenstände. Oder Personen, also die Lebenselemente.«

Filippo zog die Augenbrauen hoch.

»Die Lebenselemente?«

Sheila senkte den Blick wieder zu den Schuhen. Filippo strich sich mit einer Hand durch den Bart und rief sich die Definition ins Gedächtnis zurück.

»Eine chemische Reaktion ist die Umwandlung von Materie ohne messbare Veränderung der Masse. Und was geschieht dabei genau?«

»Die Atome verändern sich!«, rief einer in die Klasse.

Filippo zog eine Grimasse. Er hätte ein Aspirin nehmen sollen.

»Doch nicht die Atome! Bei der Umwandlung verändern eine oder mehrere Reagenzien ihre Struktur und ursprüngliche Zusammensetzung und bringen die Produkte hervor. Aber aufgepasst: Die chemische Reaktion führt nicht zu einer Veränderung der Materie als solcher, sie betrifft nur die verschiedenen Verbindungen der Atome untereinander. Habt ihr das verstanden?«

Niemand antwortete. Filippo seufzte. Er sah aus dem Fenster. Dann drehte er sich um, und in diesem Augenblick erkannte er hinter der Scheibe in der Tür das gebräunte Gesicht Jean Salviatis. Die Verabredung, dachte er. Scheiße, er war mit ihm verabredet gewesen!

Er hatte an diesem Morgen um zehn begonnen und ganz vergessen, dass er um acht Salviati vor der Junker-Bank treffen wollte. Eilig brachte er die Stunde hinter sich und gab als Hausaufgabe für die kommende Woche auf, mindestens drei Beispiele für eine chemische Reaktion zu finden.

Als es klingelte, war Salviati verschwunden. Filippo fand ihn am Ausgang, auf einer Bank vor der Schule.

»Tut mir leid, dass ich reingekommen bin«, sagte er, »ich wollte nur sehen, ob alles in Ordnung ist.«

»Ob alles in Ordnung ist?«, wiederholte Filippo und setzte sich neben ihn. »Was meinst du damit?«

»Man kann nie wissen. Heute Morgen warst du nicht da.«

»Ich hab's vergessen. Aber was dachtest du, das passiert sei?«

»Man kann nie wissen.«

Filippo wurde allmählich unruhig.

»Es ist jedenfalls gar kein Problem. Du kannst ruhig zu mir in die Schule kommen, wenn du willst. Noch haben wir … noch haben wir …«

Er unterbrach sich. Er brachte es nicht über die Lippen. »Noch haben wir keine Bank ausgeraubt.« Filippo machte seiner Frau Vorhaltungen, aber auch er selbst konnte diese Geschichte nicht richtig ernst nehmen.

»Nicht so wichtig. Es war nichts Dringendes. Wir haben Zeit bis Dezember.«

Filippo erhob sich. Er durfte Salviati nicht böse sein. Es war nicht seine Schuld, dass sie in zwei verschiedenen Welten lebten. Er deutete auf den Parkplatz und sagte:

»Komm, mein Wagen steht dort.«

»Hast du eine Videokamera aufgetrieben?«, erkundigte sich Salviati, als sie im Auto saßen.

»Ja, auch wenn du mir noch nicht verraten hast, wozu wir sie brauchen.«

»Wir müssen Informationen sammeln.«

»Und dein Plan? Wann erklärst du ihn uns?«

Filippo gab sich alle Mühe, so zu sprechen, als sei alles normal. Als würden sie nicht über einen Banküberfall, sondern über einen Vortrag in der Pfarrgemeinde reden.

»Ich habe darüber nachgedacht, als ich draußen vor deinem Klassenzimmer stand.« Salviati deutete ein Lächeln an. »Es kam mir in den Kopf, als ich dich sprechen hörte.«

»Und was habe ich gesagt?«

»Ach, irgendwas über Chemie. Aber bevor ich mit euch darüber spreche, muss ich noch ein paar Dinge überprüfen. Dann vereinbaren wir ein Treffen.«

»Einverstanden. Wo willst du jetzt hin?«

»Zur Bank.«

»Okay.«

Filippo galt als geduldiger Mensch. Vielleicht weil er an der Oberschule unterrichtete. Vielleicht auch wegen seines Bartes, der seinen Gesichtsausdruck manchmal nur erahnen ließ. Aber innerlich verspürte er hin und wieder das Bedürfnis, sich gehenzulassen. Eine patzige Antwort zu geben. In diesem Augenblick hätte er Jean am liebsten an den Schultern gepackt und ihm gesagt: Ich tue etwas Illegales, für dich, ist dir das klar, etwas Illegales, ich, der ich mit fünfzehn einen Comic gestohlen habe und seitdem nie wieder auf die Idee gekommen bin zu …

Aber die aufschäumende Wut verpuffte, noch ehe er ihr Ausdruck verliehen hatte. Filippo konnte seinen Zorn zurückhalten, immer er selbst bleiben. Er verlor nicht gern die Kontrolle.

»Weißt du, Jean, diese Geschichte mit dem Bankraub gibt viel Anlass zum Nachdenken.«

»Fühlt ihr euch der Sache nicht gewachsen?«, fragte Salviati prompt.

»Es ist nicht so einfach für uns. Am Anfang haben wir alles als ein Spiel betrachtet, ich habe all diese Bücher über Banküberfälle gelesen. Aber dann hat Anna mir klargemacht, dass … na ja, dass wir hier sind und dass es ernst ist.«

»Ich bin euch sehr dankbar.«

»Das wissen wir, und …«

»Ich werde euch nicht aktiv mit reinziehen, das verspreche ich.«

»Ich weiß. Es ist nur, dass wir an so was nicht gewöhnt sind.«

»Daran gewöhnt man sich nie. Halt hier an.«

Sie waren vor der Junker-Bank. Das Gebäude wirkte massiv aber unscheinbar. Ziegelwände, helles Foyer. Davor ein kleiner Garten mit einer Platane und einem Bänkchen. Links die Hauptstraße. Salviati befahl Filippo, in einer Seitenstraße, Richtung Daro, zu parken. Dann deutete er auf die Platane vor der Bank.

»Dort musst du hin und die Videokamera im Rucksack mitnehmen. Richte sie auf den Eingang und bewege sie dann nicht mehr.«

»Auf den Eingang? Willst du wissen, wer rein- und rausgeht?«

»Nicht den ganzen Tag. Du musst um halb acht am Morgen hier sein, wenn das Wachpersonal und die anderen kommen. Sie fangen alle ungefähr zur gleichen Zeit an: der Kassierer, die Sekretärin, der Direktor und die drei Angestellten.«

»Aber hattest du nicht gesagt, das Geld käme an einem Sonntag? In dem Fall …«

»Ich weiß, es wird nur der Direktor und einer vom Wachpersonal dabei sein. Aber du sollst alle filmen. Auch wenn sie wieder rauskommen. Und wenn der Direktor sich entfernt, musst du den Rucksack drehen und ihn verfolgen.«

»Aber wie soll ich das machen? Wenn ich nicht durchgucken kann, werde ich den falschen Ausschnitt wählen.«

»Das lässt sich nicht vermeiden. Aber wenn du dir alles noch mal anschaust, kannst du die Position korrigieren. Du darfst nicht zu stark zoomen. Du wirst sehen, dass es dir nach ein paar Tagen gelingt.«

»Woll'n wir's hoffen.«

»Nicht zu viele Tage in Folge. Leg Pausen ein. Lass dir ruhig ein paar Wochen Zeit. Komm her, nimm eine Zeitung und setz dich auf das Bänkchen, wie jemand, der zu früh zu einer Verabredung kommt. Du könntest Anna sagen, dass sie dich abholen soll, dann sieht es so aus, als würdest du auf sie warten.«

Salviati sprach in kurzen Sätzen und behielt dabei die Bank im Blick. Filippo hatte ihn noch nie so gesehen. Er war nicht länger der Gärtner von Madame Augustine, ein sympathischer Dorfbewohner aus der Provence, mit dem man gemeinsam einen fröhlichen Sommerabend verbrachte.

»Ich zeige dir, wie du die Kamera im Rucksack anbringen musst, und das erste Mal werde ich dich begleiten. Wichtig ist, dass du natürlich bleibst. Schaffst du das?«

»Bestimmt. Das ist nicht schwer, oder?«

»Nein, wenn du ruhig bleibst. Aber du darfst nicht an den Überfall denken. Du tust nichts Verbotenes. Setz dich hin, stell deinen Rucksack ab und lies die Zeitung.«

Diese leise gesprochenen Worte, dieser starre Blick, nahmen Filippo die letzten Zweifel. Salviati war ein Profi. Das war eine kriminelle Handlung. Er ließ sich hier auf etwas ein, das er sein Leben lang nicht vergessen würde. Einer Bank zehn Millionen stehlen! Das passierte ihm, Filippo Corti. Lehrer für Naturwissenschaften, Bellinzona-Fan und Liebhaber von Thrillern. Tja, eine Weile lang würde er keine mehr sehen, soviel stand fest!

»Keine Sorge, Jean. Das schaffe ich schon.«

»Gut. Es ist sehr wichtig für das Gelingen des Plans.«

»Vertrau mir!«

»Ich vertraue dir …« Salviati sah ihn an. »Und ich danke dir.«

Während er von Bellinzona in Richtung Daro nach Hause fuhr, überlegte er, wann er Anna von diesem Auftrag erzählen sollte. Er lächelte bei dem Gedanken an ihre Reaktion. Sie würde aufgeregt und ziemlich erschrocken sein. In letzter Zeit geschah etwas zwischen ihm und Anna. In gewisser Weise waren sie sich nähergekommen. Auch wenn sie häufiger stritten, oder vielleicht gerade deswegen.

Sie waren sich nicht auf dieselbe Weise nahe wie bei einer langen Reise im Auto oder ausgestreckt nebeneinander auf einem Handtuch am Strand. Nein, es war eine viel aufregendere Nähe. Als befänden sie sich ganz oben in einer Achterbahn und blickten auf den Rummel zu ihren Füßen, bevor sie Arm in Arm kopfüber hinabsausten.

5

Letzte Gelegenheit

Für einen Vater ist es jedes Mal ein schwieriger Augenblick. Am Anfang die Geburt. Man wartet so versessen auf sie, dass man in diese Veränderung all seine Hoffnungen legt. Nichts wird mehr sein wie zuvor. Dann die Kindheit, die keine Unaufmerksamkeit zulässt: Jeder kleine Schritt ist ein unwiederbringliches Ereignis. Schließlich die Jugend, das Erwachsenenalter, und der Vater bleibt wieder allein, muss sich mit ein paar geflüsterten Worten am Telefon begnügen.

»Was kann ich nicht verstehen, Lina?«

»Wenn wir uns wiedersehen … wenn wir uns wiedersehen, wird alles viel leichter sein.«

Sie hatten sich im leeren Raum verloren. Deshalb klammerten sie sich an Worte über die Vergangenheit und die Zukunft. Aber es war eine Illusion: Die Vergangenheit existierte nicht, es war die Erinnerung an barsche Worte und Monate der Gleichgültigkeit. Was die Zukunft betraf …

»Bist du sicher, dass dir gelingt, was sie von dir wollen?«

»Natürlich, wir sind dabei, die Sache vorzubereiten. Du wirst sehen, alles geht gut.«

»Aber wie willst du es machen? Weißt du schon, wann?«

»Ja, es ist alles bereit, Lina. Du wirst bestimmt bald freikommen.«

»Und musst du nicht zurück in die Provence?«

»Ich werde beizeiten zurückkehren. Hör zu, du darfst dich nicht gehen lassen, hast du verstanden? Ich weiß, wie anstrengend das ist, ich weiß, dass es in der Gefangenschaft schwierig ist, nicht das Schlimmste zu befürchten.«

»Ich hätte nie gedacht, dass es …«

Lina war den Tränen nahe. Salviati hatte sie noch nie so erlebt. Er hatte sie allein großgezogen; aber es war ihm nie gelungen, einen wunden Punkt zu finden, an dem er hätte ansetzen können, um seine Tochter zu verstehen. Als sie noch ein Kind war, hatten sie ihren Spaß, ihre Gewohnheiten gehabt. Aber dann war sie herangewachsen. Und eine Gewohnheit kann sich zu etwas entwickeln, hinter dem man sich versteckt.

»Du musst dich zwingen, in kleinen Schritten zu denken, Lina. Du musst an die nächste Stunde denken, in der Nacht an den nächsten Morgen, am Vormittag an den Nachmittag. Lassen sie dich nie raus?«

»Ab und zu. Aber nicht mehr so oft wie am Anfang.«

»Ist es da, wo ihr seid, zu gefährlich?«

Schweigen.

»Ich … ich darf nichts sagen.«

»Ja, natürlich.«

»Du musst mir etwas versprechen, Papa.«

Papa. Salviati hatte das Gefühl, dreißig Jahre zurückversetzt zu werden.

»Schieß los.«

»Wenn es zu schwierig wird, sagst du es Forster? Sagst du ihm, dass es unmöglich ist?«

»Lina …«

»Was soll ich machen, wenn sie dich schnappen?«

»Sie schnappen mich nicht, Lina.«

Schweigen. Irgendjemand sagte etwas zu ihr.

»Ich muss jetzt Schluss machen. Sie lassen mich morgen wieder anrufen.«

»In Ordnung«, Salviati gab sich Mühe, unbeschwert zu wirken. »Weißt du, dass ich mittlerweile mit diesem Handy zurechtkomme? Wer hätt's gedacht …«

Aber Lina war bereits nicht mehr dran. Die Stille verriet Salviati, dass das Gespräch beendet war. Sie endeten immer so, ganz unvermittelt. Und er blieb mit dem Gefühl zurück, zu wenig gesagt zu haben, obwohl er tausend Dinge auf dem Herzen hatte, die er Lina mitteilen wollte. Ratschläge und Gedanken, um ihr zu helfen, Erklärungen, Worte, ganz einfach Worte, um einen Weg, einen Pfad zwischen den Abgründen der Vergangenheit und der Zukunft zu finden.

In letzter Zeit kamen die Flöße nicht mehr an. Der Tresalti führte kaum Wasser, da es lange Zeit nicht geregnet hatte. Aber insgeheim befürchtete Contini, dass die Untiefen des Baches seinen seelischen Zustand widerspiegelten. Der Wunsch zu fliehen, sich zurückzuziehen in die klaren Abläufe des eigenen Lebens. Keine Kunden, keine Überfälle, keine Worte.

Er ließ rasch hintereinander fünf Flöße ins Wasser gleiten. Die Strömung trieb sie aus dem kleinen Becken, einen Wasserfall hinab. Dann verlor Contini sie aus den Augen.

Es war sechs Uhr abends. Der September verging wie im Flug, ein Tag glich dem anderen. Die warme Sonne, ein starrer Punkt am Himmel, nirgends eine Wolke und nur am Abend ein wenig Wind. Contini betrachtete ein paar Minuten lang das Sprudeln des Tresalti, dann wandte er sich ab und ging nach Hause.

Unter dem Vordach wartete der graue Kater. Er ließ ihn hinein und machte es sich in der Hängematte bequem, die in einer Ecke im Wohnzimmer hing. Ringsum die gewohnte, beruhigende Unordnung: Fotos von Füchsen, angeschlagene Vasen, Korbsessel… Contini schaffte es nicht, liegenzubleiben, er musste seiner Unruhe Luft machen und erhob sich. Der Kater beobachtete ihn unschlüssig von der Schwelle aus.

Du wirst doch nicht etwa Angst vor dem Banküberfall haben, Contini? Und wenn schon! Hab ich etwa kein Recht dazu? Er warf einen Blick auf die Kakteensammlung, streifte über die Stacheln eines Aporocactus und beschloss, den Kamin anzufeuern. Der Kater staunte. Es ist noch Sommer, Detektiv. Das macht nichts, Kater, ich brauche den Herbst. Und weißt du was? Vielleicht trink ich sogar eine Tasse Tee…

Fünf Minuten später ließ er sich in einen der Sessel vor dem Kamin sinken, während sich der Kater auf dem anderen zusammenrollte. Er zündete seine fünfte Zigarette an diesem Tag an und verbrannte sich die Zunge am ersten Schluck Tee. Er schnaubte und legte eine Platte von Brassens auf.

Parlez moi de la pluie et non pas du beau temps… die Gitarre wurde vom Prasseln des Feuers begleitet. Contini stellte die Tasse auf dem Tischchen neben dem Sessel ab. *Le bel azur me met en rage, car le plus grand amour qui me fut donné sur terre je le dois au mauvais temps… il me tomba d'un ciel d'orage…*

Contini runzelte die Stirn und griff erneut nach der Tasse. Er beobachtete den Dampf des Tees, der sich mit dem Rauch der Zigarette mischte. Er dachte an Francesca. Daran, wie sie sich kennengelernt hatten. Eine Nacht, ein Bergdorf, ein Unwetter… die Flammen im Kamin beschrieben die Gemeinplätze der Liebe. Aber das Schlimme ist, dachte Contini, dass sie zutreffen.

Vielleicht brauchten Francesca und er das. Ein Unwetter. Vielleicht waren sie, wie es bei Brassens hieß, schon zu lange in einem dummen Land, in dem es nie regnet. Aber sicherlich, dachte er, während er die Zigarette ausdrückte, sicherlich ist ein Bankraub nicht die Art von Unwetter, die wir brauchen.

Was tun? Contini konnte keinen Rückzieher machen. Francesca verbieten, ihm zu helfen? Schwierig … das Mädel war starrköpfig. Nicht einmal Giona hatte ihm weitergeholfen: der Glockenschlag, was sollte das? Contini hatte von Banküberfällen gesprochen und der verrückte Alte kam ihm mit dem Ding Dong von Glocken!

Die letzte Gelegenheit, um eine Katastrophe zu verhindern, war eine Unterredung mit Marelli. Forster hatte versprochen, dass es in zwei Tagen zu einem Treffen in Continis Büro kommen würde. Auch Elton sollte zur Überwachung dabei sein, aber Contini war sicher, dass Marelli versuchen würde, ihnen einen Hinweis zu geben.

»Wir müssen das ausnutzen«, sagte er am selben Abend zu Salviati, während sie im Grotto Pepito ein Schnitzel aßen.

»Ich seh schon, du hoffst immer noch, den Bankraub zu vermeiden.«

»Natürlich! Wundert dich das?«

»Nein«, Salviati schüttelte den Kopf. »Aber ich mache mir keine falschen Hoffnungen.«

»Ich bin sicher, dass Marelli uns einen Hinweis geben wird.«

»Das würde Elton aber auch bemerken.«

»Nein, ich glaube, Marelli wird Lina vorher fragen. Er wird uns irgendetwas sagen, das nur ihr beide, du und Lina, verstehen könnt. Ein Zeichen aus eurem Leben, ein Ausdruck, der für euch etwas Bestimmtes bedeutet …«

»Hm.«

Contini verstand Salviatis Zurückhaltung nicht. Als wenn er diesen Überfall ausführen wollte, als wenn er sich mittlerweile für den Plan begeistern würde.

»Versprichst du mir, dass du auf ein Zeichen achten wirst?«

»Natürlich, aber ich glaube, es wird kein Zeichen geben. Wir müssen uns nun auf den Coup vorbereiten. Übrigens habe ich Filippo Corti einen Überwachungsauftrag erteilt.«

»Überwachungsauftrag?« Contini zog die Augenbrauen hoch. »Heißt das, du hast ihm den Plan erklärt?«

»Noch nicht. Aber ich hab ihm gesagt, dass er filmen soll, wenn die Angestellten kommen und gehen. Das ist wichtig für mich.«

»Und wenn sie's merken?«

»Das wird nicht passieren, ich hab ihm genau erklärt, was er tun soll. Das ist übrigens noch eine leichte Aufgabe. Die schwierigste habe ich für dich.«

»Für mich?«

Salviati nahm einen Schluck Wein.

»Du musst mir die Bank von innen beschreiben. Die Anordnung der Büros und so weiter. Und wenn's geht, mir helfen, ein paar Gegenstände einzuschleusen.«

»In die Bank? Gegenstände?« Contini fühlte sich überrollt. »Aber wozu?«

»Ich werde es dir erklären. Aber sag, bist du in der Lage, mir zu helfen?«

Contini dachte nach. In seinem Beruf kam es öfters vor, dass er auf mehr oder weniger legale Weise in einen geschlossenen Bereich eindringen musste. Aber nie mit Gewalt, und schon gar nicht in eine Bank.

»Sie werden einen Haufen Sicherheitsvorkehrungen haben.«

»Hm… ja, leider. Allerdings interessiert mich nur der Teil mit den Büros, nicht der Keller oder der Safe.«

Eine kleine Bank, ein öffentliches Gebäude. Contini hatte seine Kontakte für diese Art von Dingen. Mit ein bisschen Glück konnte er auf beinahe vollkommen legale Weise jemanden einschleusen.

»Vielleicht habe ich eine Idee.«

Salviati sah ihn fragend an. Contini lächelte.

»Na ja, auch ich hab meine kleinen Geheimnisse…«

»Ach komm!«

»Zuerst muss ich noch ein paar Details überprüfen.«

»Wann weißt du, ob es machbar ist?«

»In ein paar Tagen. Ungefähr dann, wenn wir Marelli treffen.«

»Warten wir's ab. Ich will kein Risiko mehr eingehen. Ich kann nicht länger mit Lina spielen, verstehst du?«

Contini nickte und gab Giocondo ein Zeichen, zwei Tassen Kaffee zu bringen.

»Ich habe zu viel gespielt«, fuhr Salviati fort. »Bevor Lina auf die Welt kam, hatten Éveline und ich eine Menge Pläne. Hab ich dir schon davon erzählt?«

»Nein… nicht von den Plänen.«

»Aber ich habe dir von meiner Frau erzählt. Éveline ist in dem Dorf in der Provence aufgewachsen, wo ich lebe.«

Contini bemerkte, dass Salviati die Stimme gesenkt hatte, obwohl das Grotto beinahe vollkommen leer war. Auch wenn die Sonne scheint, steigt im September von den Bergen die Feuchtigkeit herab. Die beiden saßen an einem abseits, beinahe am Fuß der Felswand gelegenen Tisch und hatten ihre Jacken übergezogen.

»Ich wollte schon damals mein Leben verändern, mir eine Arbeit suchen. Eine Tochter, eine Familie, ich war vollkommen aus dem Häuschen. Es war, als würde ich wieder zum Kind, aber auch, als würde ich endlich erwachsen.«

Salviati hielt die Kaffeetasse in den Händen, als wolle er sie vor den Unbilden der Witterung schützen.

»Aber du weißt, wie es geht. Lina wurde geboren, und ich hab meinen Entschluss aufgeschoben. Die erste Zeit brauchte ich Geld. Dann ist Éveline … dann ist meine Frau gestorben.«

»Wie ist das passiert?«, fragte Contini.

»Ein Unfall. Mit dem Auto. Anfangs hat ihre Familie mich unterstützt. Aber ich ertrug es nicht länger, dort zu bleiben. Ich habe weiter gestohlen und Lina mitgenommen. Ich habe mit ihrem Leben gespielt, verstehst du, das ist es, was ich getan habe …«

»Am Ende bist du zurückgekehrt.«

»Erst bin ich ins Gefängnis gekommen. Ich musste Lina allein lassen, die in der Zwischenzeit ganz auf sich gestellt war … und in Schwierigkeiten geriet. Dann bin ich zurückgekehrt, ja, zurück in Évelines Dorf. Nur dass Lina nicht bei mir war.«

»Wann ist sie fortgegangen?«

»So nach und nach, wie immer. Sie wollte nicht, dass ich ein anderes Leben führe. Eine komische Geschichte, was?«

Contini nickte, während er seinen Kaffee trank.

»Immerhin habe ich sie jetzt wiedergefunden. Mitten in diesem ganzen Durcheinander habe ich meine Tochter wiedergefunden. Und ich will sie nicht noch einmal verlieren.«

»Wir werden sie nicht verlieren.« Contini legte ihm eine Hand auf die Schulter. »Du wirst sehen, wir werden sie nicht verlieren.«

Lina Salviati fiel es schwer, die Tage zu zählen. Nach kurzer Zeit begannen sie zu verschwimmen, einer dem andern zu gleichen. Seit wann waren sie in Gefangenschaft? Seit einem Monat? Einem Jahr? Zehn Jahren? Man konnte sich leicht gehen lassen, das letzte bisschen Besonnenheit aufgeben. Aber sie versuchte, mit beiden Beinen auf dem Boden zu bleiben, und tat so, als glaube sie an Matteos Idee.

»Es ist unsere letzte Gelegenheit«, sagte er zu ihr. »Wir müssen deinem Vater und Contini eine Botschaft zukommen lassen, ihnen ein Zeichen geben.«

»Nicht so einfach …«

»Wir müssen uns etwas ausdenken.«

Lina hatte keine Worte, um ihr Verhältnis zu Matteo zu beschreiben. Wenige Wochen zuvor war er ein Fremder gewesen. Dann hatten sie diese langen Tage im Bavonatal miteinander verbracht, bis sie gemeinsam die Flucht gewagt hatten … Und jetzt? Jetzt verstrichen die Tage, und sie bekam niemanden zu Gesicht, außer Matteo und Elton, Elton und Matteo. Die ganze Zeit eingesperrt in diesen vier Zimmern in Tesserete, in einem Haus nicht weit von Forster entfernt. Sie und Matteo waren wie ein Wesen geworden, das mit zwei Köpfen denkt. Sie errieten gegenseitig ihre Gedanken, ihre Ängste und Wünsche. Wurden sie allmählich zu einem Monster?

»Ich weiß nicht, ob ich es noch lange aushalte«, sagte sie zu Matteo und malte sich seine Antwort aus.

»Trotzdem …«, begann er. Aber er wurde von Elton unterbrochen. Forsters Mann war in letzter Zeit weniger förmlich. Er hatte es sich zur Gewohnheit gemacht, Befehle zu erteilen oder Türen plötzlich aufzureißen. Er wandte sich den beiden mit dem Ton desjenigen zu, der keine Zeit zu verlieren hat:

»Seid ihr bereit?«

»Bereit für was?«, fragte Matteo.

»Wir müssen los. Übermorgen wird Marelli sich mit Salviati und Contini treffen.«

»Na und?«, fiel Lina ein.

»Contini könnte dieses Haus entdecken. Ihr wollt doch nicht, dass sie uns finden, oder?« Elton grinste breit. »Los jetzt .. ihr werdet sehen, euer neues Versteck wird euch gefallen!«

Elton befahl ihnen, ihre Sachen zusammenzusuchen, und verließ das Zimmer. Er war unruhig, auch wenn er den Draufgänger mimte. Die Tatsache, dass der Überfall verschoben worden war, bedeutete, dass die beiden Geiseln noch drei Monate lang unter seiner Bewachung bleiben würden. Keine leichte Sache. Die ganze Zeit in ein paar Zimmern eingesperrt, höchstens mal ein Spaziergang unter strenger Aufsicht.

Und wenn ihnen die Nerven durchgingen? Elton hoffte, das verhindern zu können. Aber vor allem wollte er verhindern, dass sie flohen.

Er kam aus dem Souterrain hinauf ins Wohnzimmer, wo Forster ihn, am Fenster stehend, erwartete.

»Wie geht es den beiden?«

»Sie sind nervös.«

»Nun, ich hoffe, sie versuchen nicht noch einmal zu entkommen.«

Elton dachte nach und wählte sorgfältig seine Worte.

»Das glaube ich nicht. Meiner Meinung nach vertrauen sie auf einen guten Ausgang des Überfalls. Und es ist wichtig, dass sie das tun.«

»Hm, ja«, brummte Forster und wandte sich seinem Mitarbeiter zu. »Und du wirst alles daransetzen, sie das glauben zu machen. Nimmst du einen Whisky?«

»Es ist ein bisschen früh …«

»Pech für dich …« Forster trat auf eine Anrichte zu und goss sich ein halbes Glas Whisky ohne Eis ein. »Jedenfalls müssen wir nun zum Angriff übergehen.«

»Inwiefern …«

»Insofern, als dieser Überfall eine einmalige Gelegenheit ist. Wenn Salviati an das Geld kommt, müssen wir es ihm wegnehmen!«

»Sie meinen …«

»Und wir müssen es sofort machen, auf saubere Weise, ohne Spuren zu hinterlassen.«

»Sie meinen, wir sollten nicht warten, bis uns Salviati das Diebesgut übergibt, um dann …«

»Red nicht so lang herum! Was ich sagen will ist, dass wir zur Stelle sein werden, bei der Bank. Sobald er mit dem Geld rauskommt, halten wir ihn an und nehmen's ihm ab.«

»Aber er wird nicht zulassen, dass …«

»Wir haben Argumente, die ihn überzeugen werden. Wenn wir das Geld haben, müssen wir uns diese Geschichte vom Hals schaffen. Hab ich mich verständlich ausgedrückt?«

»Natürlich.« Elton richtete den Oberkörper auf. »Ich habe verstanden. Dennoch darf ich Sie daran erinnern, dass uns die Details von Salviatis Plan nicht bekannt sind. Und wenn wir eingreifen wollen, sollten wir …«

»Ja, das musst du mir nicht sagen. Klar, dass wir Informationen brauchen.«

»Und haben Sie«, Elton hüstelte, »haben Sie eventuell bereits darüber nachgedacht, wie wir an diese Informationen kommen könnten?«

»Das ist nicht schwer. Jeder hat seine Schwachstelle. Sobald man sie entdeckt hat, ist das Gröbste geschafft. Man muss sie dann nur noch treffen.«

»Haben Sie Salviatis Schwachstelle schon entdeckt?«

»Möglicherweise.« Forster nahm den letzten Rest Whisky in einem Schluck. »Lassen wir's auf einen Versuch ankommen.«

6

Der Gefangene

Durch das Fenster drangen die Geräusche des Sees herein. Das Dröhnen eines Motorbootes, Wasser, das gegen die Mole schwappte, die Schreie der Möwen. Und der Wind, der die Blätter auf dem Schreibtisch bewegte. Drinnen drei Gesichter, die ihn anstarrten, sich keines seiner Worte entgehen ließen.

Matteo Marelli atmete tief durch, bevor er zu sprechen begann. Er wusste, dass diese Unterredung so kompliziert wie eine Schachpartie sein würde. Er musste Salviati und Contini etwas mitteilen, ohne dass Elton es bemerkte. Er musste einen Hinweis auf ihr neues Gefängnis geben, wo er und Lina – wie es schien – die nächsten drei Monate verbringen würden.

»Ich mach das Fenster zu«, sagte Contini.

Matteo nickte. Er bedauerte, diesen Hauch von Freiheit nicht länger zu spüren – den See, die Sonne, den Wind. Aber entscheidend war, an die wahre Freiheit zu denken.

»Wie ihr wisst«, begann er, »habe ich bei der Junker-Bank gearbeitet…«

»Ach, übrigens«, unterbrach ihn Elton, »nehmt ihr das Gespräch eigentlich auf?«

»Was interessiert Sie das?«, erwiderte Contini.

Elton zuckte mit den Schultern.

»Gar nicht. Es sind bloß Worte. Falls ihr die Absicht habt, uns nachher zu verfolgen…«

»Wir werden euch nicht verfolgen«, sagte Salviati.

»Gut, denn andernfalls könnte es Lina ...«

»Ich habe gesagt, wir werden euch nicht verfolgen.«

Elton sah Salviati ein paar Sekunden lang an. Dann wandte er sich an Matteo:

»Los, Marelli, erklär ihnen, weshalb keinerlei Gefahr besteht.«

»Wie bereits gesagt«, begann Matteo erneut, »habe ich bei der Junker-Bank gearbeitet, kurz bevor Reto Koller übernommen wurde. Er hat eine Menge Kunden mitgebracht. Ich habe rausgefunden, dass einige von ihnen mit Geldern hantieren, die nicht ganz sauber sind, und dass dieses Geld nach und nach mittels Transfers in kleinere Filialen eingebracht werden sollte. Das war alles, was ich wusste.«

»Du kanntest auch die Summe«, sagte Salviati.

»Ja, insgesamt über hundert Millionen Franken. Und davon zehn Millionen für die Filiale in Bellinzona. Aber ich kannte den Zeitpunkt nicht. Ebenso wenig wie ich wusste, dass der Transfer auf Dezember verschoben ist.«

»Lina weiß es doch auch nicht?«, erkundigte sich Salviati.

»Nein.« Matteo schüttelte den Kopf. »Sie weiß es nicht.«

»Sie darf es nicht erfahren! Sie würde es nicht ertragen, bis ...«

»Salviati«, mischte sich Elton ein, »wir sind nicht hier, um über Ihre Tochter zu sprechen.«

Salviati wurde wütend.

»*Ah, merde, mais t'es fou?*«

»Wir sind hier, um ...«

»Ihr haltet sie gefangen, ich habe keine Ahnung wo, ich will wissen, wie es ihr geht, und habe keine Lust, mir von einer Art dahergelaufenem Gorilla sagen zu lassen, was ich zu tun habe ... Ich rede, worüber es mir Spaß macht!«

Contini erhob sich und machte eine beschwichtigende Geste.

»Wir wollen versuchen, nicht zu streiten.«

Elton musterte Salviati und sagte:

»Wenn Marelli nichts sagt, wird Lina den Zeitpunkt nicht erfahren.«

»Ich werde versuchen, ihr Mut zu machen«, erklärte Matteo.

Salviati sagte nichts, und Contini ergriff erneut das Wort.

»Marelli, können Sie uns versichern, keine Spuren hinterlassen zu haben? Mit Ihrem Namen könnte man auf das Tessin kommen, vielleicht sogar auf Forster und auf uns.«

»Unmöglich«, versicherte Matteo.

»Und warum wurde der Transfer dann verschoben?«, fragte Contini.

»Vielleicht haben sie die Spuren meiner ersten Zugangsversuche gefunden. Auf den Computern ist allerhöchstens zu erkennen, dass jemand Kollers Kundenliste eingesehen hat.«

»Ist das etwa kein Indiz?«

»Es könnte sich dabei ganz einfach um eine Routinekontrolle handeln.«

»Eine unangemeldete Kontrolle.«

»So etwas kommt vor. Aber die entscheidenden Informationen sind nicht auf dem Computer. Beim *Private Banking* geht es zu wie vor hundert Jahren: Jeder hat seinen Notizkalender und man trifft sich immer persönlich, zum Mittagessen, zum Tennisspielen, um …«

»Schon gut«, drängte Contini. »Und, hast du mit jemandem gesprochen?«

»Es sind alles ehemalige Angestellte. Außerdem habe ich nie direkte Fragen gestellt. Hier und da ein paar Worte. Bürogeplänkel. Nein, meiner Meinung nach haben sie einen vagen Verdacht, und da es sich um viele Millionen handelt, mussten sie was unternehmen.«

»Hoffen wir, dass das stimmt«, sagte Salviati. »Es lässt sich nicht leugnen, dass ein gewisses Risiko besteht.«

Matteo antwortete nicht. Er hätte ihm nicht widersprechen können. Das Risiko bestand, alle wussten das, aber sie waren gezwungen, es einzugehen.

»Gut«, sagte Elton. »Ich denke, wir haben die Situation geklärt.«

Matteo räusperte sich. Der Augenblick, den Hinweis anzubringen, war gekommen.

»Ich hätte übrigens noch einen Wunsch.«

»Ich auch«, fiel Salviati ein. »Ich will wissen, wo Lina ist, wie es ihr geht, wie ihr sie behandelt. Ich will wissen …«

»Es liegt auf der Hand«, unterbrach ihn Elton, »dass wir Ihnen nicht mitteilen können, wo sie sich befindet. Was den Rest betrifft …«

Er deutete kurz auf Matteo.

Es war die letzte Gelegenheit. Er musste sie genau abwägen. Vor ihm, hinter dem Schreibtisch, saßen Elton und Contini. Sie sahen aus wie zwei Polizisten. Einer breit wie ein Schrank, der andere mager. Der gute und der böse Bulle.

»Was den Rest betrifft«, sagte er, »kann ich euch versichern, dass es Lina gut geht.«

»Am Telefon scheint sie mir nicht gerade in bester Form zu sein«, wandte Salviati ein.

Matteo drehte sich zu ihm um. Er saß zu seiner Linken, wie ein dritter, zufällig dort gelandeter Bulle.

»Es geht ihr gut, aber sie wäre gerne frei.« Matteo räusperte sich erneut, um Contini und Salviati zu verstehen zu geben, dass sie aufpassen sollten. »Im Bavonatal haben wir unsere Bekanntschaft vertieft, und sie hat mir gestanden, dass sie die Situation sehr bedauert.«

Elton warf ihm einen warnenden Blick zu.

»Jedenfalls hat sie, wie gesagt, die Gefangenschaft satt«, beeilte sich Matteo hinzuzufügen. »Ich übrigens auch, aber wir sind zuversichtlich und … wir haben auch nicht mehr versucht zu fliehen, stimmt's?«

»Nein«, erwiderte Elton und richtete seine Augen wie zwei Messerspitzen auf ihn. Matteo schlug einen unverfrorenen, ironischen Tonfall an, um ihn auf diese Weise zu überraschen.

»Und dann ist da noch unser Elton, der für uns das Kindermädchen spielt und uns die Gefangenschaft erleichtert … bis Dezember, eine lange Reise, was, Elton?«

Matteo schaute zu Elton, wie um Bestätigung zu suchen, und bemerkte, dass er unschlüssig war. Er nutzte die momentane Unaufmerksamkeit, um zum Schlag auszuholen.

»Auch jetzt, da wir an den Anfang zurückgekehrt sind, jetzt, wo wir warten müssen …«

»Was sagst du da?« Elton wurde hellhörig.

Aber das Schwerste war geschafft.

»Jetzt, wo wir da sind, wo alles noch vor uns liegt, jetzt, da wir dort gefangen sind, wo …«

»He!«

Elton sprang drohend auf. Matteo ging in Deckung und fuhr in ebenso dreistem Ton fort:

»Oh, ich Ärmster, ich Ärmster …!«

»Was soll das?«, wetterte Elton.

»Tut mir leid, ich hatte nicht die Absicht … ich habe nichts gesagt …« Matteo redete schnell, überschlug die Worte, um Verwirrung zu stiften. »Tut mir leid, ist schon klar, natürlich darf ich nichts verraten, aber ich kann euch versichern, dass wir zuversichtlich sind, wir hoffen, dass der Überfall klappt und…«

»Schluss jetzt!« Elton sah erst Salviati, dann Contini an. »Seid ihr zufrieden? Dieses Treffen hat schon lange genug gedauert.«

»Tut mir leid«, begann Matteo erneut, »wenn ich bedenke, dass ich kurz davor war…«

»Halt die Klappe!« Elton kam hinter dem Schreibtisch hervor und stieß ihn gegen die Schulter. »Wir haben geredet, jetzt können wir gehen.«

Matteo nickte. Er hatte gesagt, was er sagen wollte.

»Wir verlassen jetzt dieses Büro«, schloss Elton, »und wir sehen uns am Ende der Geschichte wieder.«

Contini begleitete sie zur Tür und schloss sie hinter ihnen.

Draußen an der frischen Luft atmete Matteo tief durch. Er hatte einen Hinweis gegeben. Contini konnte ihn aufgreifen, wenn… da gab es dieses »Wenn«, das ihn beunruhigte. Wenn Contini das getan hatte, was Matteo glaubte, bestand die Möglichkeit, dass er begriff.

»Wenn.« Er und Lina vertrauten auf ein »Wenn«. Aber an diesem Punkt blieb ihnen nichts weiter übrig. Nur warten und hoffen. Während sie die Stufen hinaufstiegen, die zur Straße führten, wandte Matteo den Blick zurück zum See, der ruhig und hell in der Sonne lag. Er hätte gern einen Stein hineingeworfen, die Oberfläche in Bewegung gesetzt und die Wellen beobachtet, die langsamen, weiten Kreise auf dem Wasser…

7

Salviatis Plan

Eine Stunde, nachdem Elton und Marelli gegangen waren, gegen sechs Uhr abends, sollte eine Generalversammlung stattfinden. Jean Salviati würde endlich seinen Plan darlegen und der Überfall auf die Junker-Bank Gestalt annehmen.

Unterdessen versuchte Contini zu verstehen.

Dreimal hörte er sich die Aufnahme des Gesprächs an. Er grenzte die Stelle ein, an der Marelli seinen Hinweis gegeben hatte ... *jetzt, da wir an den Anfang zurückgekehrt sind, jetzt, wo wir warten müssen.* So hatte er gesagt. Aber was bedeutete das? Und weiter: *Jetzt, wo wir da sind, wo alles noch vor uns liegt.* Schließlich hatte Elton ihn unterbrochen.

MARELLI: ...jetzt, da wir dort gefangen sind, wo...
ELTON: He!

Dann das Geräusch von herumgerückten Stühlen, Marelli, der in Deckung ging, und ein Wortschwall, um abzulenken. Contini schaltete das Aufnahmegerät ab und öffnete das Fenster. Er zündete sich eine Zigarette an und fragte Salviati:

»Was hältst du davon?«

Salviati schüttelte den Kopf.

»Ich denke, es lag ihm was auf der Zunge, und er hat ihn rechtzeitig daran gehindert.«

»Hm …«

Contini war nicht überzeugt. Zwischen den Zeilen war eine Botschaft für ihn versteckt. Er hatte das Gefühl, auf einem Weg zu gehen, den er schon einmal beschritten, aber den er vergessen hatte. Als habe sein Unterbewusstes das Zeichen erkannt, schaffte es aber nicht, es ans Licht zu bringen.

»Da ist nichts«, sagte Salviati. »Hätte er dir einen Hinweis gegeben, wäre Elton das auch aufgefallen, oder?«

»Nicht gesagt.« Continis Blick verlor sich auf dem See. »Vielleicht war es nur für mich bestimmt.«

Salviati verzog den Mund und setzte zu einer Antwort an, aber in diesem Augenblick klingelte es.

»Die Truppe kommt«, sagte Contini und trat vom Fenster zurück. »Jetzt ist es Zeit, an die praktischen Dinge zu denken.«

Seit ihrer anfänglichen Begegnung war dies das erste Mal, dass sich alle trafen. Die Stimmung war weniger sorglos. Und genau darüber sprach Salviati.

»Eine Bank auszurauben ist kein Kinderspiel. Man kann darüber lachen, kann so tun, als kämpfe man gegen das System. Aber auch wenn du den Banken Geld wegnimmst, sitzen sie am längeren Hebel. Am Ende siegen immer die Banken.«

Schweigen folgte diesen Worten.

»Schöne Ermutigung«, bemerkte Filippo Corti.

»Wir brauchen das Geld«, entgegnete Salviati. »Wir haben keine Wahl.«

Sie saßen um den Schreibtisch. Salviati und Contini auf einer Seite, Francesca und das Ehepaar Corti auf der anderen. Jeder sah die Anspannung, die Zweifel im Blick der anderen. Die Angst, es nicht zu schaffen.

»Es dauert noch zweieinhalb Monate«, sagte Francesca. »Ist überhaupt sicher, dass es zu diesem Transfer kommt?«

»Sicher ist gar nichts«, erwiderte Salviati. »Aber am 20. Dezember werden wir bereit sein zu handeln.«

Jedes Wort prägte sich der Gruppe ins Gedächtnis. Selbst Contini wirkte weniger gelassen als sonst, schien darauf zu brennen, den Bankraub von einer abstrakten Idee in konkrete Handlung umzusetzen. So war schließlich er es, der das Schweigen brach:

»Du solltest uns jetzt erklären, was wir zu tun haben.«

»Ja«, mischte sich Anna ein, »wir wollen wissen, wie der Plan aussieht. Weshalb hast du Filippo gebeten, das Kommen und Gehen bei der Junker-Bank zu filmen?«

»Immer mit der Ruhe…« Salviati zog einen Notizblock aus der Tasche. »Ich habe alles aufgeschrieben. Es ist eine etwas merkwürdige Idee. Aber wenn du den Fisch an die Angel bekommen willst, musst du ihn austricksen!«

»Einen Fisch?«, rief Filippo. »Worüber reden wir hier eigentlich?«

»Es handelt sich um einen alten Trick aus der Maskenbildnerei«, erklärte Salviati. »Etwas, das meiner Meinung nach klappen könnte.«

»Könnte?«, fragte Contini.

»Ich wollte sagen: kann«, Salviati schlug den Block auf und zeigte seine Notizen. »Es kann klappen! Man muss nur die Details ausarbeiten…«

8

Notizen

Sonntag, 20. Dezember.
Junker-Bank. Bellinzona. Sondereinzahlung: 10 Mio. Fr.

DIE BANK IST GESCHLOSSEN

Eingang: 7 Uhr

Ankunft: 4 Personen für die Einzahlung
– Direktor Giacomo Belloni
– Claudio Melato (Vertrauensmann von Enea Dufaux) mit dem Geld
– Leibwächter von Claudio Melato
– Giuseppe Locatelli (Wachpersonal Junker-Bank)

Junker-Bank
↓
Jean Salviati (Eingang)
Unterstützung: Francesca Besson (Trick!)

(Innen: Contini hat Samstagabend alles vorbereitet) wichtig!

DRAUSSEN
– Filippo Corti/Auto
– Elia Contini, Straßensperre → 6.50 Uhr Baustelle!!!

Austausch → Einzahlung/Verabschiedung, hinaus um 7.15 Uhr, spätestens 7.30 Uhr

Bellonis Haus (Bellinzona Süd)
↓
Anna Corti: Kontrolle!

Später: Anna, Überwachung Viale Stazione, 7.15 Uhr (Eingang)
→ 7.10 bis 7.20 Uhr Contini, Entfernung Baustellenschild!

Achtung: flexible Zeiten:
Eingang 7.00 Uhr
(Ankunft Belloni 6.50 Uhr)
raus: 7.10 Uhr frühestens
raus: 7.30 Uhr spätestens
↓
Filippo Auto ~~hinter~~ vor Bank

9

Die Schwachstelle

Ein Privatdetektiv verbringt den größten Teil seiner Zeit im Auto, dachte Contini, während er von Corvesco in Richtung Süden fuhr. Den lieben langen Tag, die italienische Schweiz rauf und runter, von den Bergen zu den Seen, bis zu den großen Zubringerstraßen.

Er erreichte Mendrisio, parkte in der Nähe des Postamts in der Via Catenazzi. Er klingelte bei der Reinigungsfirma Pulirapida AG, die Person, die er suchte, war nicht im Büro. So legte er ein paar weitere Kilometer bis nach Ligornetto zurück, hielt in der Fraktion Cantinetta.

Auf dem Fußballplatz fand ein Spiel zwischen zwei Dorfmannschaften statt. Contini hielt, um nach Auskunft zu fragen. Ein Junge am Spielfeldrand erklärte ihm den Weg. Unweit der italienischen Grenze, praktisch mitten auf dem Land, hatte man eine Handvoll Häuser errichtet. Dort wohnte Frau Katia Paolucci.

Contini war schlecht gelaunt. Im letzten Monat hatte er nichts zustande gebracht, er verbrachte seine Zeit in Gedanken an den Überfall. Wie sollte man einen treulosen Ehemann beschatten, wenn man in Begriff war, zehn Millionen zu stehlen?

Salviatis Plan war nicht schlecht. Verrückt, aber vielleicht gerade deswegen einigermaßen Erfolg versprechend. Dem alten Dieb war es gelungen, die ihm zur Verfügung stehenden Spielsteine perfekt aufeinander abzustimmen. Das einzig Dumme war, dass sich Contini nicht als Spielstein empfand. Vielleicht hätte er Giona besser zuhören sollen. Der Schlag der Glocke – Ding – und sofort darauf der zweite – Dong. Contini und Salviati. Filippo und Anna. Contini und Francesca. Aber wer zum Teufel war am Ende er, Contini, zwischen all diesen Glocken?

Ich denke vollkommen wirres Zeug, dachte der Detektiv.

Zum Glück war er am Ziel. Er parkte den Wagen neben einem Brunnen und sah sich um. Die Wiese, die Bäume, die Steinmauern: Alles war wie zuvor, wie im Hochsommer, nur das Licht hatte bereits eine andere Farbe. Contini zog die helle Leinenjacke über und setzte den Strohhut auf, dann trat er auf Katias Haus zu. Sie öffnete sofort, erfreut ihn zu sehen.

»Der Detektiv!«, rief sie. »Wissen Sie, dass ich gerade neulich an Sie gedacht habe?«

»Tatsächlich?«, antwortete Contini.

»Es kam ein Film im Fernsehen, mit einem Detektiv, allerdings so einem amerikanischen, die herumballern und all das, und ich hab gedacht, zum Glück muss Contini nicht so ein Leben führen!«

Contini ging nicht näher auf das Thema ein.

»Ja, natürlich, zum Glück.«

Katia Paolucci war eine korpulente Frau um die fünfzig mit einer dichten Lockenmähne und einem flotten Mundwerk, von dem Contini jedes Mal überrumpelt wurde. Sie verdiente sich ihren Lebensunterhalt als Reinigungskraft für die Pulirapida AG. Sie hatte als kleine Angestellte begonnen, aber nun einen besseren Posten übernommen.

»Sie haben schon seit Längerem nichts mehr für mich zu

tun, Signor Contini«, sagte sie, während sie ihn in das mit Nippes und Staubfängern überfrachtete Wohnzimmer führte.

»Ich hatte nichts mit Ihren Kunden zu tun«, erwiderte der Detektiv, »aber jetzt hab ich einen Ort am Wickel, wo auch die Pulirapida tätig ist.«

»Was ist es diesmal, Büro oder Privatwohnung?«

»Eine Bank.«

Katia riss die Augen auf.

»Eine Bank?«

»Ja, eine Bank.«

Für einen Augenblick verschlug es ihr die Sprache. Aber sie fand sie rasch wieder.

»Ah, hab verstanden, irgend so ein Schuft, der die Fotos der Geliebten im Büro aufbewahrt! Aber Sie sind ihm auf die Schliche gekommen, was, Signor Contini? Da sieht man mal wieder, was diese Banker für Schweine sind! Allerdings wird Sie das Foto aus der Bank ein bisschen mehr kosten, wissen Sie, denn es ist nicht so einfach, die Schichten passend zu legen …«

»Es geht um etwas anderes«, warf Contini ein.

»… und man muss auf jeden Fall vorsichtig sein in einer Bank, denn meistens haben die persönlich zugeordnete Eingangsschlüssel und … Verzeihung, haben Sie etwas gesagt?«

»Diesmal geht es um etwas mehr.«

Katia lächelte verschmitzt.

»Na, so was, Signor Contini … Sie wollen doch nicht etwa eine Bank ausrauben?«

»Das hätte gerade noch gefehlt!« Contini lachte. »Nein, es geht um eine Spionageangelegenheit zwischen rivalisierenden Banken. Eine komplizierte Geschichte.«

»Was es heutzutage nicht alles gibt!«

»Ich bräuchte ein Foto von den Büros.«

»Nicht von irgendwelchen Unterlagen oder von brisantem Material?«

Von brisantem Material. Contini fragte sich, wie er ihr Salviatis zweites Anliegen erklären sollte. Aber vielleicht würde es genügen, ein paar Redewendungen aus Spielfilmen zu benutzen.

»Nein, keine Unterlagen. Ich muss nur wissen, wie die Büros angeordnet sind, eigentlich brauche ich nicht einmal ein Foto, ein Plan genügt. Ich bin sicher, dass Sie gründliche Arbeit leisten werden ...«

Die Pulirapida AG war eine der beiden größten Reinigungsfirmen im Tessin. Contini hatte auch in der andern eine Kontaktperson, aber er vertraute lieber auf Katia. Sie war eine zuverlässige Frau voller Unternehmensgeist.

»Kein Problem. Ich muss mich als Ersatzkraft für die Junker-Bank einteilen lassen. Das dürfte machbar sein, braucht aber etwas Vorlaufzeit, um insgesamt auszuwechseln, auch ein paar andere, damit's nicht so auffällt, jedenfalls, wenn's nicht gleich morgen sein muss, kann man ...«

»Dezember«, schaffte Contini zu sagen.

»... die Sache besser organisieren ... Dezember?«

»Sie müssten zwei Arbeiten für mich erledigen. Mir die Anordnung der Büros beschreiben, das können Sie machen, wann immer es Ihnen passt. Außerdem müssten Sie am Freitagabend den 18. Dezember dafür sorgen, dass Beweismaterial eingeschleust wird.«

»Ach, darum geht es also«, Katia zog eine Grimasse. »Ein juristischer Schachzug?«

»So könnte man sagen. Für uns ist wichtig, dass Sie in einem der Büros einen Gegenstand zurücklassen. Ich werde Ihnen noch rechtzeitig mitteilen, worum es sich handelt.«

»Etwas Illegales?«

In Wahrheit hatte Salviati noch niemandem verraten, was für ein Gegenstand es war. Er hatte verlangt, ein paar Tage vor dem Coup direkt mit Katia zu verhandeln. Contini verstand nicht, weshalb, aber er hatte sich damit abgefunden. Er war der zweite Schlag der Glocke. Verstehst du nicht? Egal. Lerne zu lügen.

»Nein, nichts Illegales. Der Beweis, dass es zu einem Austausch von geheimen Unterlagen, von brisantem Material, gekommen ist …«

»Ah!«

»Der Direktor hat diesen Gegenstand versteckt, aber wir werden ihn in seinem eigenen Büro darauf stoßen lassen. So wird er begreifen, dass mein Kunde Bescheid weiß, und ihn nicht weiter behelligen. Niemand wird etwas bemerken, außer zwei, drei Personen.«

Der letzte Satz war der einzige, der in diesem ganzen Schwachsinn der Wahrheit entsprach. Der Überfall auf die Junker-Bank würde nur innerhalb eines bestimmten Kreises für Aufsehen sorgen, da der Transfer vertraulich war. Dank Salviatis Plan würde niemand auf die Idee kommen, eine Putzfrau als Informantin zu verdächtigen.

»Ist das beides zu schaffen?«, fragte Contini.

»Ich denk schon. Wo ist die Bank?«

»In Bellinzona.«

»Und Sie garantieren mir, dass es keine Schwierigkeiten geben wird?«

»Es ist ein bisschen komplizierter als sonst … aber wissen Sie, Katia, wir arbeiten schon so lange zusammen, und es ist noch nie zu Komplikationen gekommen, oder?«

»Ja, da haben Sie recht.«

»Sie werden sehen, es wird auch diesmal keine geben.«

Anna öffnete das Fenster und kehrte zurück ins Bett. Sie kuschelte sich an den Ehemann. Im September ist es angenehm, am frühen Morgen den ersten frischen Luftzug zu genießen. Filippo murmelte etwas im Schlaf und erwiderte ihre Umarmung.

»Der Wecker hat vor einer Viertelstunde geklingelt«, sagte Anna leise.

»Hm …«

»Ich glaube, wir sollten aufstehen.«

Sie wollte sich aufrichten, aber Filippo beugte sich über sie und hielt sie zurück.

»Und wenn wir zu Hause bleiben?«

»Soll das ein Witz sein? Und deine Schüler?«

»Schließlich bin ich ein Bankräuber …«

Es hatte sich zu einer Art Scherz zwischen den beiden entwickelt. Nachdem sie den Ernst der Lage begriffen hatten, half Ironie, die Spannung zu ertragen.

»Von wegen Bankräuber! Du weißt nicht mal, wie eine Pistole funktioniert!«

»Du wirst sehen, Frau, du wirst sehen …«

Filippo versuchte, es sich nicht anmerken zu lassen, aber er wurde immer skeptischer. Salviati und Contini waren in seinen Augen übergeschnappt. Die Zeit der Bücher und Artikel über Banküberfälle war längst vorbei. Anna begriff, dass die scherzhaften Bemerkungen nur ein Weg waren, um nicht wirklich darüber nachdenken zu müssen.

»Auf jetzt, es ist spät!«

Sie schob mit einem Ruck die Decke beiseite, was Filippo zu einem Seufzer veranlasste. Dann eilte sie in die Küche, um Kaffee zu kochen und den Frühstückstisch zu decken.

»Ich dusch mich noch!«, rief ihr Filippo aus dem Schlafzimmer zu.

»Beeil dich!«

Sie war nicht gern spät dran am Morgen. Das Frühstück war ihre Lieblingsmahlzeit, und es war auch ein besonderer Augenblick für sie und Filippo. Sie war froh, nicht einen von diesen Morgenmuffeln geheiratet zu haben, die in der Frühe den Mund nicht aufbrachten.

»Heute bin ich allein im Dienst«, erzählte sie Filippo später, während sie ihr Brot mit Butter bestrich. »Hoffentlich kommen nicht so viele Leute …«

»Ich hab noch nie gesehen, dass jemand in der Bibliothek Schlange stehen musste.«

»Lass mal, es kommen mehr Leute, als du denkst!«

»Und was für Leute sind das?«

»Alle möglichen. Aber vor allem Frauen, muss ich sagen.«

»Na ja, ihr lest ja auch gern, oder? Unter meinen Schülern ist kein einziger Junge, der in den letzten drei Jahren ein Buch zu Ende gelesen hat.«

»Du übertreibst. Aber es stimmt, dass Frauen in der Regel intelligenter sind. Vermutlich evolutionsbedingt. Wenn das Matriarchat … «

»Bitte nicht! Kein Matriarchat vor acht Uhr morgens!«

Anna brach in Gelächter aus.

In diesen Tagen herrschte fröhlichere Stimmung zwischen ihnen. Es war ganz normal, dass man Höhen und Tiefen durchlebte, aber in der letzten Zeit hatte sich Anna ein wenig Sorgen gemacht. Filippo akzeptierte es nicht, dass sie sich hin und wieder in ihre eigene Gedankenwelt zurückzog. Die Freundinnen wunderten sich, berichteten von ihren Partnerschaften, von Überschwang und körperlicher Nähe. Aber noch keine ihrer Freundinnen hatte das fünfte Ehejahr hinter sich gebracht … Außerdem gab es dieses gegenseitige Einverständnis, die ausgedehnten, mit Plaudereien und Kaffee erfüllten Morgen, die sie für alles entschädigten. Am Ende siegte, wie durch ein Wunder, immer die fröhliche Stimmung.

Nach dem Frühstück verschwand Filippo mit dem Wagen. Anna fing erst später an, deshalb duschte sie in aller Ruhe und fuhr mit dem Rad zur Arbeit. An diesem Vormittag fiel eine Kollegin aus, und sie musste an die Rezeption. Im Grunde hatte sie nichts dagegen: Man verlor zwar viel Zeit, lernte aber auch interessante Leute kennen.

Wie diesen Herrn um die fünfzig, ein wenig krumm, mit seinen langsamen und bedächtigen Gesten. Anna stellte sich vor, dass er vielleicht Kellner oder Steward war, auch wegen des ehrerbietigen Schimmers in seinen Augen. Sie taufte ihn Butler. Ein Spiel, das sie immer mit ihren Kolleginnen spielte, bestand darin, den Bibliotheksnutzern Spitznamen zu geben. In einem zweiten Schritt musste man erraten, nach welchen Büchern sie suchten.

Der Butler wirkte wie einer, der gern reist. Reisebildbände. Vielleicht auch Kochbücher. Hundert Pasta-Rezepte. Süßspeisen für alle Gelegenheiten. Die Geheimnisse des Tiramisù.

Aber der Butler fragte sie nicht um Rat. Er strich nur durch die Regale, stöberte hier und dort. Es gab Leute, die kamen und fragten nach einem Buch, nach irgendeinem. Viele taten das vor einem Krankenhausaufenthalt oder vor einer Reise im Flugzeug. Der Butler schien dagegen zur Kategorie der Unzufriedenen zu gehören. Er sah sich um, blätterte und ging wieder. Bevor er hinausging, warf er ihr einen bedauernden Blick zu, wie um sich zu entschuldigen, dass er nichts auslieh. Anna lächelte ihm zu. Es sei dir verziehen, Butler.

Später, in der Mittagspause, sah sie ihn wieder. Sie hatte sich auf ihre gewohnte Bank am Fluss gesetzt. Sie sah eine Gruppe Jugendlicher hinter einer Sportlehrerin hereilen.

Dann einen Mann, der seinen Hund verfolgte. Schließlich den Butler, der sich neben sie setzte und sagte:

»Signora Corti?«

Anna war verwundert.

»Kennen wir uns?«

»Nein.« Der Butler schob sich die Brille zurecht und deutete ein beflissenes Lächeln an. »Aber ich bin hier, um Ihnen behilflich zu sein.«

»Das verstehe ich nicht.«

»Ich bin auf Ihrer Seite.« Der Butler schien ihr beinahe zuzuzwinkern. »Seien Sie unbesorgt.«

Anna presste die Brotzeitdose zwischen ihren Händen.

»Ich weiß alles über den Überfall auf die Junker-Bank in Bellinzona.«

»Was?«

»Ich bin ebenfalls ein Freund von Jean Salviati. Und vor allem bin ich mit anderen Ihrer Freunde befreundet.«

Anna spürte, wie ihr schwindlig wurde.

»Sie ... ein Freund von ... aber, was reden Sie da?«

»Seien Sie unbesorgt«, wiederholte der Butler. »Ich will ihnen lediglich einen Vorschlag machen. Niemand wird davon erfahren.«

Anna sah ihn nur an und drückte die Dose mit dem am Vorabend übrig gebliebenen Reissalat immer fester zwischen den Händen.

»Ich verspreche Ihnen eine angemessene Entschädigung, außerdem fügen Sie damit niemandem etwas Böses zu. Ich brauche nur Informationen.«

»Informationen? Von mir? Aber ich ...«

»Sie wissen, wie Salviati ist, er will alles für sich behalten.« Der Butler warf ihr einen verschwörerischen Blick zu. »Aber mein Chef will auch irgendwelche Sicherheiten.«

»Entschuldigen Sie, aber ich verstehe nicht…«

Anna wäre gerne aufgestanden und zur Arbeit zurückgekehrt, aber das Schwindelgefühl hielt sie hier, auf der Bank am Flussufer fest. Das war kein Kinderspiel. *Eine Bank auszurauben ist kein Kinderspiel.*

»O doch, Sie verstehen schon!« Der Butler lächelte. »Ich möchte bloß, dass Sie mir das Datum und die genauen Zeiten des Überfalls mitteilen.«

Anna schluckte. Dieser Mann wollte irgendetwas von ihr.

»Um es kurz zu machen, verraten Sie mir Ihre Planung. Nur zur Sicherheit, verstehen Sie?«

10

Contini und Salviati

Es gab keine weitere Generalversammlung. Sie hielten vor allem übers Telefon Kontakt. Hin und wieder kam es zu einer kurzen Verabredung in einer Bar in Bellinzona, in Continis Büro oder bei Salviati zu Hause. So lange, bis Contini Anfang Oktober, während er eine Kassette von Moustaki hörte, von Corvesco zum Monte Ceneri fuhr.

Er war entschlossen, die Sache zu beenden.

In den letzten beiden Monaten hatten sie alles versucht. Aber jedes Mal war irgendetwas schiefgegangen. Erst wurde Lina gerade in dem Moment woanders versteckt, als sie entdeckt hatten, wo man sie gefangen hielt. Dann hatte die Bank den Transfer verschoben, und schließlich Forster die Nerven verloren.

Moustakis warme Stimme erzählte von den griechischen Inseln, während die Straße in Serpentinen durch rot und gelb gefärbtes Baumgestrüpp nach unten führte. Nicht einmal die französischen Chansons vermochten Contini noch zu beruhigen. Nicht weiter schlimm. Sein Entschluss stand fest. Noch war es nicht zu spät, die Polizei um Hilfe zu bitten, man musste sich nur an die richtigen Leute wenden.

Aber Salviati sah das anders.

Als Contini sein Haus erreicht hatte, war er damit beschäftigt, einen Rechen in den Rasen zu rammen. Der Detektiv beobachtete ihn vom Auto aus. Er trug einen alten, ausgebeulten Pullover und Kordhose. Der Detektiv fuhr noch ein Stück näher und ließ das Wagenfenster herunter.

»Was machst du denn da?«

Salviati hob den Kopf. Dann senkte er ihn wieder und antwortete:

»Ich belüfte den Rasen.«

Contini stieg aus dem Wagen.

»Du belüftest den Rasen?«

»Wenn man darüberläuft, wird er zusammengedrückt. Deshalb muss man am Ende des Sommers für Luftzufuhr sorgen, damit der Boden besser wird.«

»Aha.«

»Das ist gut für die Wurzeln, das Wasser kann rascher abfließen und Krankheiten werden vermieden.«

»Man muss also Löcher in den Boden machen.«

»Hinterher kommt ein bisschen Sand drauf. Wie geht's, Elia?«

Contini setzte sich an den Rand des Rasens und legte seine Schwierigkeiten dar. Er schaffe es nicht, in der Gruppe zu arbeiten, er könne sich nicht ernsthaft vorstellen, eine Bank auszunehmen. Deshalb schlage er vor, die Polizei zu rufen …

»Ausgeschlossen!«

»Aber denk doch mal nach, Jean, an diesem Punkt …«

»Ausgeschlossen. Forster hat meine Tochter, und er würde nicht zögern, ernst zu machen.«

»Aber wir haben Beweise. Wir haben eine Aufnahme von …«

»Das sind keine Beweise. Forster kann meine Tochter verschwinden lassen und sich sauber aus der Affäre ziehen. Warum sollten sie einem alten Dieb glauben?«

»Ich kenne fähige Leute bei der Polizei.«

»Ich gehe nicht zur Polizei, Elia. Ich habe im Knast gesessen, habe meine Tochter seit Monaten nicht gesehen. Weshalb sollten sie diese Entführungsgeschichte glauben, nur weil ein Detektiv eine Aufnahme hat, auf der von einem Bankraub die Rede ist?«

»Jean, wir machen gemeinsame Sache mit einem gefährlichen Verbrecher. Hast du vergessen, dass er versucht hat, Anna zu bestechen?«

»Sie ist nicht darauf eingegangen. Sie hat uns vertraut.«

»Forster weiß, dass wir die Cortis mit reingezogen haben. Das bedeutet, dass er uns ausspioniert, dass er zu allem bereit ist.«

»Hör zu, ich zwing dich zu nichts.«

»Darum geht es nicht. Du wolltest noch nicht einmal wissen, warum Forster versucht hat, Anna zu bestechen, du wolltest nicht mal …«

»Forster hat meine Tochter. Ich darf nichts riskieren. Wenn er verlangt, dass ich diesen Überfall mache, dann mach ich ihn, so sieht's aus. Forster ist verrückt, aber wir sind schlauer. Warum willst du alles verderben?«

Contini öffnete den Mund, um zu antworten, dann schloss er ihn wieder. Er fühlte sich plötzlich sehr erschöpft. Er sah hinauf zu den Bergen, dort wo die Nussbäume und Kastanien in herbstlichen Farben erstrahlten.

»Ich …«, brachte er heraus, »ich will alles verderben?«

Salviati sah ihn an, ohne zu antworten.

»Weißt du, was du da sagst?«

»Ich weiß, dass ich einen Plan vorbereitet habe. Wenn du Angst hast, rück damit raus!«

Für einen kurzen Augenblick verlor Contini seine gewohnte Gelassenheit.

»Jean, wir kennen uns seit zwanzig Jahren! Du weißt, was

ich getan habe und was wir getan haben und was ... nun, ich arbeite nicht mehr, ich bin nicht mehr lebensfähig, seit du mit diesem Banküberfall gekommen bist!«

»Du hattest die freie Wahl ...«

»Hör auf mit dieser Geschichte! Ich wollte nie und ich will noch immer keinen Rückzug machen, das weißt du! Aber es kann nicht einfach einer daherkommen und sagen, lass uns zehn Millionen abgreifen, und dann machen wir gemeinsame Sache mit irgendwelchen Unbekannten, und wenn es schlecht läuft, trotten wir einfach weiter wie die Esel.«

»Es läuft aber nicht schlecht!«

»Und ob es schlecht läuft! Glaubst du etwa, dass es für Leute, die nicht aus Verzweiflung handeln, einfach ist, eine Bank zu überfallen? Einen Plan zu studieren ist eine Sache, aber etwas ganz anderes ist es, am 20. Dezember zur Stelle zu sein und zu wissen, dass du gegen das Gesetz verstößt, gegen deine Gewohnheiten, gegen den gesunden Menschenverstand!«

Salviati stand noch immer auf den Rechen gestützt. Nun war es auch um seine Ruhe geschehen. Er warf das Gartengerät auf den Rasen und ging einen Schritt auf Contini zu.

»Gegen den gesunden Menschenverstand?«, schrie er. »Welcher gesunde Menschenverstand? Meine Tochter ist in der Gewalt eines Kerls, der nicht zögern würde, sie umzubringen, ich bin zu dir gekommen, ich wollte es nicht, du weißt, dass ich den Banküberfall nicht wollte. Glaubst du etwa, dass es für mich einfach ist? Ich hab jahrelang im Knast gesessen und war gerade dabei, mir ein neues Leben aufzubauen!«

»Dann müsstest du froh sein, das zu tun, was zu tun ist, nämlich zur Polizei zu gehen und Gerechtigkeit zu fordern und ...«

»Was heißt hier Gerechtigkeit! Ich bin ein ehemaliger Dieb! Und ich war nicht schlecht, weißt du, ich hab was von meinem Handwerk verstanden. Jetzt wache ich nachts auf, weil mir der Coup durch den Kopf geht, und ich merke … ich merke, dass ich Gefallen an der Sache finde!«

Schweigen. Salviati fuhr mit leiser Stimme fort.

»Das ist die größte Niederlage, Elia. Ich will, dass dieser Überfall gelingt, aber weshalb? Wegen meiner Tochter, natürlich, wegen Lina. Aber vielleicht …«

Schweigen. Contini sah ihn unverwandt an.

»Aber vielleicht«, flüsterte Salviati, »ist es auch mein Leben, meine Vergangenheit, die mich nach so vielen Jahren noch gefangenhält.«

11

Warum nicht?

... und wie so oft hatte ich die Nase dort hineingesteckt, wo ich es nicht hätte tun sollen. Ich war unerfahren, das ist wahr, aber man konnte nicht so leicht erkennen, dass etwas faul war an der Sache. Wenn jemand einen Detektiv beauftragt, eine Villa zu überwachen, kann man eigentlich davon ausgehen, dass er die Villa schützen will. Aber so war es nicht.

Ich war ein Spielstein in dieser ganzen Geschichte. Ein Zeuge.

Der Hausherr hätte sagen können: Es sind ein paar Rowdys eingedrungen, sie haben angefangen, alles zu zertrümmern, haben mich geschlagen, das kann auch der Mann bestätigen, den ich zur Überwachung der Villa angestellt habe. Und die »Rowdys« hätten ihn und mich misshandelt, vor allem mich, und dann wären sie geflüchtet und hätten einen Haufen Sachen mitgenommen. Einschließlich gewisser Unterlagen und Fotografien ... ein einfacher, nahezu perfekter Plan.

Bis auf ein Detail.

Ich habe zufällig gesehen, was in dieser Villa geschah.

Ich hätte Zeitung lesend am Ausgang stehen und auf das Ende der Nacht warten sollen. Aber ich war, wie bereits gesagt, noch unerfahren. So hat dieser ganze Skandal, über den auch die Zeitungen berichtet haben, begonnen. Im Grunde war es gut so: Ohne diesen Zwischenfall hätte niemand etwas bemerkt. Dennoch hätte ich mich klüger verhalten sollen. Statt-

dessen war ich ziemlich unüberlegt und bin ganz schön in Schwierigkeiten geraten.

Irgendwann werde ich Ihnen die ganze Geschichte erzählen.

Im Augenblick ist mir vor allem wichtig, über diesen Keller zu sprechen. Ich erinnere mich nur bruchstückhaft an das, was in den vorangegangenen Stunden geschehen war. Aber ich war auch ziemlich übel zugerichtet. Abgesehen von den Schlägen spürte ich die Last der Demütigung und den Mangel an Nahrung.

Ich weiß nicht, wie sich Jean Salviati Zugang verschafft hatte. Ich weiß nur, dass er sich, nachdem er durch das Fenster gekrochen war, Zeit nahm, sein Werkzeug wieder einzuordnen. Ich beobachtete ihn erstaunt von meiner Ecke aus. Er war ruhig. Er schloss die Tasche, schaltete die Taschenlampe an und inspizierte ohne Eile die Umgebung.

Bis das Licht auf mich fiel.

Er sieht mich, tritt näher und fragt: Wer bist du? Ich erwidere: Wer bist du?

Da begann alles. Ich war kurz davor, mich geschlagen zu geben. Er hatte offenbar begriffen, dass es sich nicht um die übliche Villa eines pensionierten Geschäftsmannes handelte. In diesem Augenblick hatte er zwei Möglichkeiten: entweder sofort zu fliehen oder zu begreifen, in welche Schwierigkeiten er geraten war, und dann zu fliehen. In jedem Fall war er nach den Regeln seines Handwerks genötigt, innerhalb von zwei Minuten die Flucht zu ergreifen. Wenn man vom Diebstahl lebt, muss man eisern sein. Es genügt eine kleine Unachtsamkeit, und du bist am Ende.

Das hat Jean mir später erzählt. Um mir sein Zögern in den ersten Sekunden zu erklären. Ich erinnere mich, dass er zuerst mich angesehen und dann den Blick zum Fenster gehoben hat, durch das er hereingekommen war. Ich habe nichts gesagt. Ich konnte nicht mehr denken, hatte keine Hoffnung mehr.

Jean hat sich neben mich auf den Kellerboden gesetzt. Erzähl mir alles, sagte er. Ich habe ihm alles erzählt, was ich wusste. Zu diesem Zeitpunkt waren die beiden Minuten bereits um. Er musste in aller Eile nachdenken, und wie Sie sich vorstellen können, musste er für uns beide denken. Da ich ihm alles erzählt hatte, wusste er, dass sie Beweise gegen mich finden würden. Er wusste, dass sie mich in die Zange nehmen konnten. Vielleicht war es ihm auch nicht gleich klar, jedenfalls hat er zu mir gesagt: Ich bring dich hier raus.

An diesem Punkt hatte ich offenbar an Klarheit zurückgewonnen. Vielleicht hat mich die Tatsache, einen Ausweg zu sehen, wachgerüttelt.

Ich sag zu ihm: nein.

Er begreift nicht. Ich sag also: Tut mir leid, wenn ich ohne diese Fotos gehe, ist es aus mit mir. Er sieht mich an, mindestens ein paar Sekunden. In diesem Augenblick kam es mir vor wie Minuten, ach, was sag ich, jede Sekunde wog wie eine Stunde. Ich bleib stumm. Er späht noch immer zum Fenster. Dann wirft er einen Blick auf die Kellertür.

Am Ende steht er auf und sagt: Warum nicht?

12

An den Anfang zurückgekehrt

An einem Tag gegen Ende November verlor Matteo Marelli die Hoffnung. Die Wochen vergingen wie nach einer langen, schweren Krankheit. Nichts, wodurch sich ein Augenblick vom nächsten unterschieden hätte, außer das Verstreichen der Jahreszeiten. Der Sommer im Bavonatal schien tausend Jahre zurückzuliegen.

»Es ist Winter«, sagte er an jenem Tag, ohne sich an jemand bestimmtes zu wenden.

»Ich hab's gesehen«, antwortete Lina.

Sie wandten sich nie an jemand bestimmtes. Sie waren in einer Art Freizone gelandet, weit weg von den Ereignissen und Vorstellungen der Welt dort draußen. Der Ausdruck »draußen« tauchte immer öfter in ihren Gesprächen auf. Sie lasen Bücher und Zeitschriften, sahen fern, aber sie waren allein damit beschäftigt, die Tage ihrer Gefangenschaft zu zählen.

Anfangs hatte Matteo Lina nichts erzählt. Sie wartete weiterhin auf den Überfall. Als er beschloss ihr zu gestehen, dass vor Dezember nichts geschehen würde, sprach sie drei Tage lang kein Wort mit ihm. Das heißt, sie sprach überhaupt nicht. Dann schien sie sich ohne weiteren Kommentar damit abgefunden zu haben. Er dagegen hoffte noch immer. Der Hinweis für Contini stützte sich auf eine ungewisse Annahme. Aber im Grunde war es nur gerecht, wenn auch sie einmal ein wenig Glück hatten.

Doch an diesem Tag sah er nach dem Frühstück aus dem Fenster, sah die dürren Zweige der Bäume und den Regen auf dem grauen Gehweg.

Er sagte nur:

»Es ist Winter.«

Aber Lina begriff. Auch er hatte die Hoffnung aufgegeben.

Matteo ging sofort in sein Zimmer und ließ sich bis zum Mittag nicht blicken. Sie bat darum, einen kleinen Spaziergang durchs Viertel machen zu dürfen. Elton willigte ein: Der letzte Spaziergang lag drei Tage zurück. Lina gewöhnte sich allmählich an diesen Gefängnisrhythmus. Sie trugen Winterkleidung, die Elton gekauft hatte, sie aßen, was er brachte, gingen nur in seiner Begleitung hinaus.

Elton und Lina liefen unter dem Schirm einmal um den Block. Sie sprach kein Wort. Elton hatte sich an ihr Schweigen gewöhnt. Für ihn waren diese Spaziergänge ein unvermeidliches Risiko. Es war schon schwierig genug, die Situation im Griff zu behalten, ohne dass den beiden Geiseln die Nerven durchgingen. Allerdings konnte er sich einigermaßen sicher fühlen. Er hatte den Nachbarn im Haus ein paar Geschichten aufgetischt, von nervöser Erschöpfung und Rehabilitation gesprochen. Er wusste, dass es, um die Leute fernzuhalten, nichts besseres gab als eine Krankheit.

Lina lief und sah sich um.

Sie hatte das Gefühl, die Dinge zum ersten Mal zu sehen.

Ein Mann, der sich beim Laufen die Regenjacke überzog. Ein Junge, der rannte, ein anderer auf dem Fahrrad, in einen orangefarbenen Mantel gehüllt. In den Häusern brannte Licht, wie um die Ankunft des Winters zu feiern.

Und das Ende der Hoffnung.

Besser gesagt: Noch bestand die Möglichkeit, dass der Überfall gelang. Aber dann hätten Salviati und Contini mit Forster fertig werden müssen. In ihren Gesprächen gingen Lina und Matteo nie auf diese Dinge ein. Anfangs hatten sie ständig das Für und Wider abgewogen. Später taten sie so, als ergäbe die Gefangenschaft keinen Sinn, als sei sie eine existentielle Bedingung ohne jeglichen praktischen Nutzen.

Elton war immer bei ihnen. Er, oder ein anderer von Forsters Männern, ein beflissener Typ, der ständig seine Brille zurechtrückte. Lina beachtete sie nicht, aber sie spürte, dass die beiden zu allem fähig waren.

Als sie heimgekehrt waren, zog sich Elton in seinen Bereich zurück. Lina fand Matteo am Küchentisch, wo er saß und Sudokus löste. Er verbrachte viel Zeit mit solchen Dingen: Kreuzworträtsel, Denksportaufgaben, Wortspiele. Lina sah lieber fern.

»Regnet es noch?«, fragte Matteo.

Er wusste es natürlich selbst. Es war vermutlich noch keine fünf Minuten her, dass er aus dem Fenster geschaut hatte.

»Ja, ein scheußliches Wetter«, antwortete Lina. »Aber das ändert nichts.«

Du darfst nicht die Hoffnung aufgeben, nur weil es regnet, gab sie ihm damit zu verstehen. Deine Hoffnung war auch für mich hilfreich.

»Allmählich wird's kalt«, sagte er.

Bald ist Dezember. Das wird alles verändern.

»Wäre schön, ab und zu mal ins Kino zu gehen …«

Er zuckte mit den Augenlidern und begriff nicht. Dann erfasste er den Sinn des Satzes.

»Ja, wir sind noch nie im Kino gewesen.«

Da gibt es noch das Leben draußen und wir sollten es ausprobieren. Früher oder später.

»Wollen wir uns heute Abend nicht mal was Gutes kochen?«

Nur Mut, versuche durchzuhalten.

»Ja, dann denken wir wenigstens nicht länger an den Regen…«

Ich verspreche dir nichts. Aber ich will versuchen, wieder ein bisschen Mut zu fassen.

Liebten sie sich?

Hin und wieder fragten sie sich das. Ohne es sich zu sagen, natürlich. Sie hätten sich gern wenigstens eine Weile lang getrennt, ein wenig Abstand gewonnen. Um danach etwas ganz Gewöhnliches zu tun, zum Beispiel ins Kino oder in ein Restaurant zu gehen. Vielleicht wäre einer von ihnen zu spät gekommen.

Aber all das gab es nicht. Es gehörte nach draußen.

Die meiste Zeit dachten sie gar nicht daran. Manchmal ein paar leise gewechselte Worte oder auch nur ein Blick, sie spürten ein Freiheitsprinzip. Vielleicht überdauerte irgendwo in der Leere ihrer Tage ein Gefühl. Es war ein Glücksspiel, das sie wagten, eine gerade im Entstehen begriffene Geschichte, auf die sie setzten.

»Wollte Marelli es sagen oder nicht?«

»Warum ist das so wichtig?«

»Ich glaube, dass er jedes Wort geplant hat.«

»Wenn du meinst…«

Contini und Francesca aßen Paella. Sie saßen in Francescas Wohnung in Locarno, es war eines ihrer Spezialgerichte. Die Zutaten blieben immer dieselben: Huhn, Salsiccia, Knoblauch und Zwiebel, ein bisschen Safran und ein Schwung Garnelen. Bei einem der ersten Male, die sie sich begegnet waren, hatten sie diese Paella gegessen. Contini, mit seinem

Bedürfnis nach Ritualen, legte großen Wert darauf, das Essen alljährlich zu wiederholen.

Aber an diesem Abend war der Detektiv zerstreut. Im letzten Monat hatte er einige kleine Aufträge angenommen: ein Scheidungsfall und eine Reihe von Diebstählen in einem Haushaltswarengeschäft, wo es darum ging, ohne großes Aufsehen den Angestellten zu finden, der auf diese Weise sein Gehalt aufbesserte. Er hatte den alarmierenden Zustand seines Bankkontos behoben, aber innerlich fühlte er sich nicht befreit.

Matteo Marellis Worte ließen ihn nicht los. *Auch jetzt, da wir an den Anfang zurückgekehrt sind, jetzt, wo wir warten müssen. Jetzt, wo wir da sind, wo alles noch vor uns liegt.* Warum hatte er, nachdem er seinen Hinweis gegeben hatte, einen Satz begonnen, den er nicht zu Ende sprechen konnte? *Jetzt, da wir dort gefangen sind, wo …* und prompt hatte Elton ihn unterbrochen. Marelli musste gewusst haben, dass Elton einschreiten würde. Warum den Satz dann überhaupt beginnen?

»Ich weiß es nicht«, sagte Francesca, »vielleicht hat er gedacht, Elton sei abgelenkt.«

»Glaub ich nicht.«

»Und warum dann?«

»Ich weiß es nicht, Francesca, ich weiß es nicht. Für mich liegt dieser Hinweis absolut im Dunkeln.«

»Aber weshalb denkst du die ganze Zeit darüber nach?«

»Ich habe mir die Aufnahme viele Male angehört. Einmal hatte ich einen Augenblick lang das Gefühl, irgendetwas wiederzuerkennen.«

Francesca schenkte Rotwein ein. Zur Feier des Tages hatte sie einen Rioja gekauft. Sie hätte gern einen Abend verbracht, ohne über Salviati und den Überfall zu sprechen, aber Contini war wie besessen. Er und Salviati hatten erbittert gestritten, dann hatten sie sich ausgesöhnt.

»Weißt du, Contini, dass ich dachte, du würdest es vergessen?«

»Was?«

Francesca seufzte. »Ich dachte, du würdest dieses Jahr unsere Paella vergessen.«

»Na, hör mal!«

»Für mich ist dieses Jahr etwas ganz Besonderes. Als wir uns kennenlernten, habe ich noch studiert, jetzt bin ich fertig. Es ist gewissermaßen das Ende einer Lebensphase.«

»Das stimmt«, bemerkte Contini. »Und nun?«

»Weiß nicht. Ich hätte Lust, etwas Neues zu beginnen, Orte zu entdecken und verschiedenen Leuten zu begegnen. Aber wer weiß, wo wir in einem Jahr sein werden …«

»Wir werden hier sein.«

Francesca nickte. Sie trank einen Schluck Wein. Ein Mann, der nur Dante liest, der Kassetten mit französischen Chansons hört, der mit den Füchsen lebt und der … der dich dazu bringt, eine Bank zu überfallen! Wie hatte sie es nur geschafft, an so einen Mann zu geraten?

»Wir müssen Jean helfen, diese Sache durchzuziehen«, sagte Contini. »Danach haben wir Zeit für uns.«

»Natürlich … wir müssen bis Ende Dezember warten, das weiß ich.«

»Hast du gesagt, du würdest gern reisen?«

»Vielleicht eine Stadt besichtigen.«

»Irgendeine?«

»In Nordeuropa. Museen entdecken, Restaurants … ein bisschen herumlaufen. Ich lerne gern Städte kennen.«

Contini kaute den letzten Bissen. Dann schob er den Stuhl zurück und sagte:

»Es ist schwierig, etwas kennenzulernen.«

Francesca hatte es aufgegeben, ihn verändern zu wollen: Er würde sich nie für Kunst oder Romane begeistern und auch nicht fürs Kino. Aber er hatte eine merkwürdige Art, das Leben zu betrachten. Eine ruhige und gleichzeitig leidenschaftliche Art. Vielleicht liebte Francesca ihn gerade deswegen.

»Wir bräuchten ein bisschen Zeit«, sagte sie zu ihm. »Vielleicht etwas mehr Beständigkeit.«

Contini begriff, was sie damit sagen wollte. Die Wohnung war eine Mixtur verschiedener Leben. Bücherkisten aus Mailand, hellblaue Sessel, das zarte Licht der Schirmlampe, und an den Wänden, neben ein paar Aquarellen zwei oder drei Fotografien von Füchsen. Francesca wollte, dass sie beschlossen, wie sie ihr Leben gestalten würden.

Aber er hatte Salviatis erloschenen Blick im Kopf, als dieser ihm sagte, dass er Gefallen daran fände, den Bankraub zu planen, und dass ihn das fertigmache. Und er dachte an jenes massive Gebäude in einer ruhigen Straße von Bellinzona, wo schon bald eine unauffällige schwarze Tasche eintreffen würde, die bis zum Rand mit Geld gefüllt war.

»Weißt du Francesca, ich hätte niemals auf unsere Paella verzichtet…«

»Ich weiß.«

»Was ist ein Bankraub gegen eine Paella?«

Francesca lächelte.

»Nichts!«

»In einer Bank gibt es alles, das stimmt, aber nicht diesen Rioja…«

Er hob das Glas, um anzustoßen. Francesca tat es ihm gleich. Nachdem sie einen Schluck getrunken hatte, erhob sie sich und kam um den Tisch herum. Sie legte ihm die Hände auf die Schultern, beugte sich vor und küsste ihn. Er stand auf und nahm sie in die Arme.

»Es fehlt wirklich nicht viel«, murmelte er, »es fehlt …«

»Ssst!«, unterbrach sie ihn. »Es fehlt nichts.«

Diese Telefonate waren der Augenblick, in dem die Welt dort draußen ein Stück näher rückte. Das geschah einmal pro Woche, unter Eltons Aufsicht. Allerhöchstens ein paar Minuten lang.

Dennoch gewährte die Entfernung eine Vertraulichkeit, zu der sie vis-a-vis nicht fähig gewesen wären.

»Hallo, ich bin's.«

Er legte immer eine Pause ein. Als sei er überrascht, sie zu hören.

»Lina«, er wiederholte immer ihren Namen, »Lina, wie geht es dir?«

»Sie behandeln mich gut«, antwortete sie immer. »Mach dir keine Sorgen.«

Matteo zog sich gewöhnlich in ein anderes Zimmer zurück. Manchmal sprach Lina von ihm. Aber es war ein Thema, das sie nie vertieften. Meistens wechselte ihr Vater das Thema:

»Ich versuche, die Geranien vor dem Frost zu schützen. Die Enziane, die im Oktober geblüht haben, habe ich ins Haus geholt …«

Lina hörte zu. Sie verlor sich in der etwas heiseren Stimme ihres Vaters, in seinen dem Französischen entliehenen Redewendungen. Es waren schleppende Gespräche mit langen Pausen über unbedeutende Dinge.

»Gestern habe ich mit Elia gesprochen. Es ist nicht einfach für ihn.«

»Für dich aber auch nicht.«

»Ich bin daran gewöhnt, es ist mein Metier.«

In der Regel vermieden sie Wörter wie »Junker-Bank« und »Überfall«. Lina sprach lieber über andere Dinge. Als wolle sie die verlorene Zeit aufholen.

»Gehst du danach wieder in die Provence? Weißt du, dass ich den Park dieser Villa noch nie gesehen habe?«

»Einmal, als du noch ein Kind warst, sind wir dort gewesen.«

»Ich erinnere mich nicht daran!«

»Aber seit ich dort arbeite, hat sich viel verändert.«

»Hast deine eigenen Vorstellungen umgesetzt, was?«

»Der Bach hat seinen Lauf verändert. Ich wohne in der Hausmeisterwohnung, nebenan ist eine Quelle, das Wasser ist immer frisch …«

Solche Sachen, Belanglosigkeiten. Worte ohne Gewicht, die um den Kern der Dinge kreisten. Es fehlten nur noch ein paar Wochen, dann würden fünf Leute der Junker-Bank zehn Millionen Franken abnehmen. Sie würden es zumindest versuchen.

Während eines der letzten Telefonate hatte Lina einige Fragen gestellt. Sie wusste selbst nicht weshalb, da der Überfall doch längst außerhalb ihrer Gedankenwelt lag. Sie hatte ihn gefragt:

»Seid ihr überhaupt zu dieser Sache in der Lage?«

»Wir sind bereit.«

Lina wusste nicht, wie sie reagieren sollte. Sie fühlte sich wie ein krankes Kind, das versucht zu begreifen, welcher Tätigkeit die Erwachsenen außerhalb des Krankenhauses nachgehen.

»Seid ihr nicht zu wenige?«

»Die richtige Anzahl für eine derartige Arbeit.«

»Und danach?« Lina spähte zu Elton, der ihr ungerührt gegenübersaß. »Es wird nicht so einfach, danach …«

»Wir müssen auf alles gefasst sein, Lina.« Ihr Vater senkte die Stimme. »Bete dafür, dass alles so läuft wie geplant. Jedenfalls …«

Die Pause war länger als sonst. Sodass sie ihn ermunterte.

»Jedenfalls?«

»Nichts. Wenn du mich nach dieser ganzen Geschichte besuchen kommst, zeig ich dir den Park. Hab ich dir schon erzählt, dass ich die Hausmeisterwohnung habe? Nebenan entspringt eine Quelle, das Wasser ist immer schön frisch …«

13

Vor Weihnachten

Giacomo Belloni wusste seit seiner ersten Anstellung: Für alle, die in einer Bank arbeiten, ist Dezember ein schlimmer Monat. Man muss Konten abschließen, Bilanzen prüfen, sich darauf einstellen, zum Jahresbeginn Statistiken vorzulegen. Alle machten haufenweise Überstunden. Und zu Silvester gab es immer ein paar junge Angestellte, die sich bis ein Uhr nachts in der Bank einschlossen.

Als wenn die Vorweihnachtszeit nicht schon anstrengend genug wäre! Es wird erwartet, dass man sich bei Verwandten und Freunden meldet, man wird zum Abendessen eingeladen, und wenn man nicht kommen kann, muss man zumindest ein baldiges Treffen versprechen. Lass uns die Feiertage abwarten, dann sehen wir weiter. Tut mir leid, du, vor Weihnachten schaff ich's einfach nicht mehr, aber dann … Grüß mir die Deinen, bis bald! Warum kommst du nicht mal auf ein Gläschen vorbei?

Die Gläschen häuften sich, eines über dem anderen, wie Scherben auf einer Müllhalde, die die Landschaft verschandeln. Aber der eigentliche Horror waren für Direktor Belloni die Geschenke. Jedes Jahr kam er erst am Nachmittag des 24. Dezember, wenn er sich heimlich in ein Juweliergeschäft begab, dazu, darüber nachzudenken. Dieses Jahr hatte er jedoch beschlossen, sich nicht zu sehr einspannen zu lassen.

Am Donnerstag den 17. Dezember nahm er einen halben Tag frei, schließlich würde er am Sonntag arbeiten. Er fuhr nach Grancia, südlich von Lugano, und drängte sich in ein Einkaufszentrum. Eine denkwürdige Erfahrung. Direktor Belloni überholte Scharen erschöpfter Pärchen, umschiffte unentschlossene Väter inmitten von Playstation-Spielen, mied gesetzte Damen mittleren Alters, die, von unerklärlicher Raserei gepackt, Regale mit Weihnachtssonderangeboten plünderten.

Am Ende kaufte er ein Schachspiel für seinen ältesten Sohn, ein Parfüm für die Zweitälteste und ein buntes Plastikteeservice für die Jüngste. Für seine Frau eine Bernsteinkette, ein Silberarmband und eine Kassette mit den besten Filmen von Audrey Hepburn. Für seinen Schwiegervater wählte er eine Flasche Whisky, eine rot blühende Topfpflanze für die Schwiegermutter, einen Bildband über Gebirgslandschaften für seinen Vater und eine CD von Frank Sinatra für die Mutter. Fehlten noch zwei Schwestern und ein paar Freunde, aber Direktor Belloni hielt es für ratsam, nicht zu übertreiben, zumindest nicht schon in der ersten Runde.

Am nächsten Morgen, einem Freitag, stellte er sich freudig auf den vor ihm liegenden Arbeitstag ein. Die Familie Belloni wohnte in Ravecchia, einem Viertel in der Nähe der Bank, sodass der Direktor zu Fuß ins Büro gehen konnte. Ein Spaziergang von einer Viertelstunde, ein wenig Bewegung nach dem Frühstück. Im Winter schützte er sich mit einem bunten Schal – ein Weihnachtsgeschenk vom vergangenen Jahr – und einem Filzhut vor der Kälte. Er war immer gut gelaunt, wenn er die Bank betrat.

»Guten Morgen, Herr Direktor!« Giuseppe, der Portier, begrüßte ihn mit einem Kopfnicken. »Ganz schön frisch heute früh …«

»Es wird Schnee geben, Giuseppe!« Der Direktor ging ohne anzuhalten an der Portiersloge vorbei und nickte dem Angestellten hinter dem Schalter zu. Dann steuerte er an einem mit blinkenden Lichtern dekorierten Plastikweihnachtsbaum vorbei auf den Aufzug zu. Die Büros lagen im ersten Stock. Unterwegs zog er sich Schal und Hut aus: Die Räume waren überheizt, sodass die meisten Angestellten nur im Hemd arbeiteten.

Bellonis Büro war ein Eckzimmer am Ende des Flurs. Dank zweier großer Fenster hinter und neben dem Schreibtisch konnte er tagsüber nahezu ganz auf künstliches Licht verzichten. Um acht Uhr früh war es jedoch noch zu dunkel, deshalb schaltete Belloni die Decken- und die Schreibtischlampe an. Das Büro war gemütlich, aber schlicht. Außer einem Bild von seiner Frau und seinen Kindern, enthielt es keine persönlichen Gegenstände. An den Wänden hingen Gemälde von Nag Arnoldi und Felice Filippini. Vor dem Schreibtisch standen zwei von jenen Besuchersesseln, in denen man vollkommen versinkt, sobald man es wagt, sich zurückzulehnen.

Belloni dagegen saß auf einem mit schwarzem Leder bezogenen Drehstuhl. Die Ablagefläche vor ihm war leer. An der einen Seite ein Bildschirm und die Computertastatur. Der Direktor nahm die Brille ab, ein elegantes und sportliches Modell, so der Optiker, der sie ihm verkauft hatte. Er reinigte die Gläser und setzte sie wieder auf. Dann drehte er sich um und betrachtete sein Spiegelbild in der Fensterscheibe. Er seufzte zufrieden. Hier war er in seinem kleinen Reich. Jede Geste war wohlüberlegt, kein Wort überflüssig. Hier drinnen gab es keinen Raum für Lärm und Gedränge, für das weihnachtliche Durcheinander und die damit verbundene Massenhysterie.

»Herr Direktor?«, meldete sich Beatrice, seine Sekretärin. »Signor Koller aus Zürich am Apparat.«

Sie fragte nicht, ob sie das Gespräch durchstellen sollte … Zürich hatte immer Vorrang.

»Herr Koller«, sagte Belloni auf Deutsch. »Es freut mich, von Ihnen zu hören. Wie steht's in Zürich?«

»Gut, obwohl es hier ziemlich kalt ist! Ich beneide Sie und Ihre Kollegen um das Klima im Tessin!«

Belloni reagierte, wie es sich gehörte, mit einem Lachen. Es war schwierig, den Deutsch-Schweizern begreiflich zu machen, dass das Tessin kein Tropenland ist.

»Ich rufe wegen dieser Operation am Sonntag an …«

»Natürlich«, Belloni war auf der Hut. »Wir sind bereit.«

»Gut. Dann werde ich Ihnen in ein paar Minuten die Telefonnummer von Claudio Melato durchgeben. Für alle Fälle. Er ist es, der das Geld überbringt. Sie können mir danach eine E-Mail schicken, um Bescheid zu geben, ob alles glatt gelaufen ist.«

»Natürlich. Soll ich mich mit Herrn Melato in Verbindung setzen?«

»Das ist nicht nötig. Er kennt die Details der Operation. Rufen Sie ihn an, falls irgendwelche Schwierigkeiten auftauchen, denn er reist aus dem Ausland an.«

»Natürlich. Aber das wird nicht der Fall sein.«

Belloni wusste, dass der Transfer nicht ganz sauber war. Zehn Millionen auf einmal, in einer kleinen Filiale … und mit einer Vertraulichkeit, die nur bei heiklen Zahlungen an den Tag gelegt wurde. Solche Operationen waren selten: Aber offenbar hatte angesichts der anhaltenden Krise einer von der Führungsebene beschlossen, es zu wagen.

»Wir sind uns also einig, Herr Belloni? Sie wissen, was Sie nach der Übergabe zu tun haben?«

»Natürlich. Noch am Sonntag wird alles unter Dach und Fach sein.«

Koller hatte ihm genaue Anweisungen gegeben. Belloni sollte noch am selben Tag das Geld weiterleiten, ohne dass es auf den nach Neujahr vorgelegten Konten auftauchte. Die im Züricher Hauptsitz indossierte Einzahlung würde abgeschrieben, indem sie als Mindereinnahme auf andere Junker-Filialen, in denen das Geld nie aufgetaucht war, verteilt würde. Belloni musste diese Arbeit allein erledigen, ohne weitere Angestellte mit hineinzuziehen.

»Gut«, schloss Koller, »dann auf Wiederhören und Ihnen schöne Weihnachten! Sie werden sich doch hoffentlich ein paar freie Tage gönnen?«

»Natürlich, das heißt, um ehrlich zu sein, nicht vor Januar. Nach Silvester, vielleicht ein paar Tage in den Bergen …«

Belloni wurde bewusst, dass er das gesamte Gespräch über wie ein Papagei »natürlich« wiederholt hatte. Die Verbindungen mit Zürich gehörten nicht gerade zum angenehmen Teil seiner Arbeit. Nachdem er sich von Koller verabschiedet hatte, wies er Beatrice telefonisch an, die Adresse von Herrn Claudio Melato zu notieren. Er erklärte ihr, dass er ihn am Sonntagmorgen zu einem kurzen Dienstgespräch treffen würde.

»Oh, Herr Direktor!«, rief die Sekretärin. »Dann müssen Sie sogar am Sonntag arbeiten.«

»Was soll's … das sind eben die berufsbedingten Unwägbarkeiten!«

Koller reihte die Stifte vor sich auf dem Schreibtisch auf und wartete darauf, dass der Tee abkühlte. Neben dem Tee und einem Hefekringel lag die Akte zum Konto 522.776.FK. Koller war froh, den endgültigen Wechsel von Enea Dufaux zur

Junker-Bank bis zum Ende des Jahres vollziehen zu können.

Diese absurde Untersuchung der Sicherheitsabteilung hatte ihn einen Haufen Zeit gekostet. Wenn er daran dachte, dass Fischer am Anfang den Busenfreund gemimt hatte: Ich sag es dir im Vertrauen, pass auf, es gehen Gerüchte um… Insgeheim hielt Koller das alles für Märchen. Er war als Letzter gekommen und musste der Paranoia, die in den Schweizer Banken herrscht, Tribut zollen.

Aber nach dem 20. Dezember würde auch der letzte seiner großen Fische vertraglich an die Junker-Bank gebunden sein. Die Millionen, die nach Bellinzona gingen, waren eine Art Pfand. Ihr wascht mir die sauber, ich vertraue euch dafür mein Geld an.

Er trank vorsichtig einen Schluck Tee und beschloss, ein wenig Zucker hineinzugeben. Er durfte nicht vergessen, Dufaux anzurufen, um ihm schöne Weihnachten zu wünschen. Diese Geldübergaben waren Routineangelegenheiten: konkretes Geld, das sich in virtuelles Geld verwandelt. Der wahre Kampf hatte vorher stattgefunden. Um sich seine großen Fische zu ergattern, hatte Koller mit Klauen und Zähnen kämpfen müssen. Er rührte den Tee um und wählte Claudio Melatos Nummer.

»Hallo, Signor Melato?« Koller sprach Italienisch.

»Ja, wer ist am Apparat?«

»Koller, von der Junker-Bank. Ich wollte nur Bescheid geben, dass alles in Ordnung ist.«

»Ah, Signor Koller. Ich danke Ihnen.«

»Ich habe gerade mit der Filiale in Bellinzona gesprochen. Sie werden Sonntag früh um sieben erwartet. Es dauert zehn Minuten. Sind Sie soweit?«

»Noch nicht ganz, ich werde mich heute um die letzten

Details kümmern. Aber morgen bin ich dann mit allem, was nötig ist, in Lugano.«

»Gut. Grüßen Sie Signor Dufaux von mir.«

»Gerne doch.«

Nachdem er sich von Melato verabschiedet hatte, biss Koller endlich in seinen Kringel. Es war ein harter Kampf gewesen. Koller hatte immer lächeln müssen, hatte Hände geschüttelt, potentielle Kunden auf Golfplätze begleitet und über Geld geredet, ohne über Geld zu reden. Nun brauchte er nur noch die Früchte zu ernten. Kurz vor Weihnachten konnte Koller endlich den verdienten Erfolg genießen.

Vor Luca Forsters Haus in Tesserete waren zwei Gemeindearbeiter damit beschäftigt, die letzten Weihnachtsdekorationen anzubringen. Forster schaute aus dem Fenster zu ihnen hinüber, ohne sie wahrzunehmen. In diesem Jahr würde er nicht einmal um Weihnachten zur Ruhe kommen.

Er war bereit, alles aufs Spiel zu setzen.

In den letzten Monaten war er vom Regen in die Traufe gekommen. Vielleicht war es ein Fehler gewesen, den Schritt zu wagen. Er hatte versucht, von der Hehlerei und Wucherei zu komplexeren und vor allem saubereren Geschäften überzugehen. Eine schöne Geschichte. Die sauberen Geschäfte hatten ihn an den Rand des Abgrunds getrieben. Aber noch war es nicht zu spät für Forster. Er musste nur warten, bis Salviati mit zehn Millionen Franken aus der Junker-Bank kam.

Derweil sah Forster aus dem Fenster und wartete auf die Halsabschneider, die wie die Geier lauerten. Die Straße lag still in der Kälte. Forster betrachtete den Reif auf den Wagenfenstern, das vergilbte Laub auf dem Gehweg. Das einzige Zeichen von Leben waren die beiden mit der Weihnachtsdekoration beschäftigten Arbeiter. Bis schließlich – wie ein

Schauspieler, der einen Augenblick zu spät die Bühne betritt – das Auto von Rechtsanwalt Berti erschien.

Forster trat vom Fenster zurück und ging ins Büro, um sich auf das Treffen einzustellen. Er hatte Anweisungen gegeben, das Gespräch unter dem Vorwand eines Anrufes nach einer Viertelstunde zu unterbrechen. Er wollte nicht in die Details gehen, noch nicht. Es war sinnlos, sich vor dem 20. Dezember in Plaudereien zu verlieren.

»Signor Forster, ich hoffe, ich störe nicht.«

»Aber nein, Herr Advokat. Bitte … nehmen Sie Platz, nehmen Sie Platz!«

Rechtsanwalt Berti glich eigentlich weniger einem Geier, sondern eher einer lästigen Fliege. Plump, mit Brille, dunklem Anzug und einem Brummen in der Stimme. Eine fette Fliege, die den Sommer überlebt hatte. Eine von denen, die nie sterben.

»Unser Streitfall ist in den letzten Monaten leider wenig vorangekommen«, begann der Anwalt. »Es ist nun an der Zeit, Klarheit …«

»Streitfall?«, unterbrach ihn Forster. »Ich dachte, es handelt sich um ein Abkommen, um eine gütliche Übereinkunft auch zu Gunsten der K-Investment.«

»Selbstverständlich.« Die Fliege brummte lauter. »Verzeihen Sie. Sie haben zugesichert, bis Ende des Jahres die vereinbarte Summe zu zahlen, und darüber hinaus die Möglichkeit einer zukünftigen Zusammenarbeit in Aussicht gestellt.«

»Die nötigen Kontakte für das Geschäft habe ich.« Forster beschloss, aufrichtig zu sein. »Im Augenblick fehlt mir jedoch das Geld.«

Rechtsanwalt Berti fuhr zusammen, als habe man ihm ins Gesicht gespuckt.

»Im Augenblick fehlt Ihnen … im Augenblick fehlt Ihnen das Geld?«

»Ich hab nicht gesagt, dass sich das nicht noch regeln wird. Sehen Sie, Herr Advokat, ich warte den Ausgang eines wichtigen Geschäftes ab. Bis Weihnachten werde ich Ihnen sagen können, ob alles geklappt hat.«

»Und wenn nicht?«

»Es wird klappen, problemlos. Es handelt sich nur noch um eine Formalität.«

»Das hoffe ich, Signor Forster.«

Forster merkte, dass er schwitzte. Zum Teufel mit der »Formalität«.

»Ein Millionengeschäft, eine große Sache … und ich werde den gesamten Ertrag der K-Investment zukommen lassen.«

»Das freut mich. Sagten Sie, das Geschäft ist bis Weihnachten abgeschlossen?«

»Innerhalb der nächsten Tage.«

»Dennoch …«

Berti sprach den Satz nicht zu Ende, sondern täuschte einen Hustenanfall vor. Jetzt würde er sein wahres Gesicht zeigen.

»Bitte?«, warf Forster ein, ohne seine Nervosität verbergen zu können.

»Nichts, nichts. Dennoch ist es, wie gesagt, unerlässlich, diesmal konkrete Schritte einzuleiten. Je länger wir warten, desto mehr Geld verlieren wir, verstehen Sie? Und einige Investoren sind diesbezüglich recht empfindlich …«

Forster steckte die Drohung ein.

»Seien Sie unbesorgt, Herr Advokat. Zu Weihnachten können wir gemeinsam den guten Ausgang unseres … Streitfalls feiern.«

»Das hoffe ich.« Berti erhob sich. »Ich weiß, dass Sie ein wenig Pech hatten.«

»Pech?« Forster runzelte die Stirn. »Was wollen Sie damit sagen?«

»Mir ist da etwas von Steuerhinterziehung zu Ohren gekommen …«

»Ein Fehler, und außerdem, was tut das zur Sache?«

»Das stimmt«, der Anwalt nickte. »Zugegebenermaßen ist Steuerhinterziehung in der Schweiz keine Straftat. Sie könnten mit einem Bußgeld davonkommen, aber wenn es um wiederholte Steuerumgehung und -hinterziehung im Namen Ihrer Kunden geht …«

»Es reicht!« Forster erhob sich ebenfalls. »Sie werden Ihr Geld bekommen, in Ordnung?«

»Ich meine es nur gut mit Ihnen.« Berti erlaubte sich ein Lächeln. »Einstweilen meine besten Wünsche.«

Das vorgetäuschte Telefonat war gar nicht nötig gewesen.

Die Fliege verschwand, während sich Forster von dem Treffen erholte. Rechtsanwalt Berti hatte ihn im Griff. Das ließ sich nicht verbergen. Sogar seine Steuerprobleme hatte er ausgespielt. Forster wagte nicht daran zu denken, wie er ihn zermalmen würde, wenn es ihm nicht gelänge, seine Schulden und entsprechenden Zinsen zu zahlen.

Zum Glück kam Jonathan ins Arbeitszimmer und lenkte ihn von seinen Sorgen ab.

Er war neben Elton sein zweiter Vertrauensmann. Mit seinem schütteren Nackenhaar und dem sanften Blick wirkte er wie ein Kellner. Aber er war fähig, ohne mit der Wimper zu zucken einen anderen Menschen blutig zu schlagen. Kaum war er eingetreten, sagte Jonathan:

»Wenn nichts mehr anliegt, werde ich jetzt gehen.«

Er stand abwartend vor dem Schreibtisch.

»Denk dran«, sagte Forster, »der Zeitplan ist wichtig. Ihr müsst lange im Voraus in Bellinzona sein. Auf jeden Fall vor sechs Uhr.«

»Wir werden da sein.« Jonathan rückte seine Brille zurecht. »Sie werden sehen, dass es keine Probleme gibt. Die kommen um sieben, stimmt's?«

»Ja, so ungefähr.«

»Sobald sie sich das Geld geschnappt haben, werden wir uns sie schnappen.«

Hoffen wir's, dachte Forster, hoffen wir's. Er hatte noch immer das Brummen der Fliege im Ohr. Und ihm war klar, dass er bis zum 20. Dezember Mühe haben würde, nachts zu schlafen.

Nein, dieses Jahr würde er nicht zur Ruhe kommen. Nicht einmal um Weihnachten.

14

Happy End

Am Freitagabend war die Junker-Bank praktisch ausgestorben. Lediglich vier Frauen bewegten sich zwischen dem Foyer und den Büros. Sie trugen die Arbeitskleidung der Pulirapida AG und hatten sich die Arbeit aufgeteilt. Als Vorarbeiterin war es Katia Paolucci nicht schwergefallen, sich das Büro des Direktors und seiner Sekretärin zu sichern.

Normalerweise kümmerten sich andere Personen um die Reinigung der Junker-Bank. Aber in dieser Woche waren die Schichten ein wenig durcheinandergeraten. Das kam kurz vor Weihnachten öfters vor.

Katia hatte nicht verstanden, was Contini vorhatte. Vor allem hatte sie nicht verstanden, was Continis Freund wollte. Ein sympathischer Kerl, der darauf bestanden hatte, sie zu treffen, und ihr einen geheimen Auftrag anvertraute. Katia hegte den Verdacht, dass Contini davon selbst nichts wusste.

»Es ist ein Notausgang«, hatte er ihr augenzwinkernd erklärt.

Dabei handelte es sich bloß um ein Tablett auf einem Tischchen neben dem Schreibtisch. Drei Tassen und ein Milchkännchen. Wie konnte das ein Notausgang sein? Vielleicht hing es mit der anderen Bitte von Continis Freund zusammen, aber Katia schaffte es nicht, einen Zusammenhang herzustellen.

Sie tat jedoch alles, worum man sie gebeten hatte.

In den letzten Jahren hatte Katia meistens im Büro gearbeitet. Sie hatte nichts dagegen, mal wieder die Arbeit vor Ort zu kosten. Die Leute denken, Putzen sei eine dumpfe Tätigkeit, aber wer helle ist, kann dabei eine Menge lernen. Nach Sonnenuntergang verändern die Flure einer Bank ihr Gesicht. Die Gemälde an den Wänden wirken älter, die Möbel abgenutzter. Katia hatte das Gefühl, den letzten Sommertag in einem Ferienhaus zu verbringen.

»Katia!«, rief eine ihrer Kolleginnen vom unteren Stockwerk. »Hier bin ich fertig. Soll ich die Toiletten im Ersten machen?«

»Okay«, rief Katia zurück. »Ich komme auch gleich!«

Die Schreibtische waren leer. Die *Clean Desk Policy* der Bank gestattete es nicht, dass Papiere offen liegen blieben. Dennoch mangelte es in manchen Räumen nicht an Unordnung: Aschenbecher auf Fensterbrettern, Bananenschalen im Papierkorb. Als habe ein Zauber die Welt angehalten und das Leben ausgelöscht. Katia versuchte zu erraten, was für ein Typ der Direktor war. Sicher ein ganz gewissenhafter: In seinem Büro lag alles an seinem Platz.

Was Contini wohl vorhaben mochte! Katia arbeitete seit Jahren mit ihm zusammen, aber normalerweise vertraute er ihr nur kleine, einfache Arbeiten an. Unterlagen abfotografieren oder den Abfall durchstöbern. Noch nie hatte sie einen Plan zeichnen, oder gar Gegenstände in eine Bank einschleusen sollen.

Katia bückte sich, um eine Büroklammer vom Teppichboden aufzuheben. Sie legte sie auf den Schreibtisch, neben einen Stapel weißen Papiers. Dann zog sie den Staubsauger über die Türschwelle, wandte sich um und warf einen Blick zurück in den Raum. Alles in Ordnung. Sie schaltete das Licht aus. Im bloßen Licht der Straßenlaterne wirkte das Büro noch altertümlicher. Als sei der Computer nur eine Schreibmaschine, und mit ein bisschen Fantasie konnte man sogar ein Tintenfass mit Gänsefeder erkennen …

Was für eine merkwürdige Vorstellung!

Katia schloss die Tür.

»Das Büro ist fertig!«, rief sie in Richtung Toiletten. »Brauchst du meine Hilfe?«

Am Samstag früh ging Salviati zum Fluss Tessin. Es war die Stelle, wo ihm beim Angeln die Idee gekommen war. Damals waren die Böschungen grün und um die Felsen schwirrten die Mücken. Jetzt sah der Fluss wie ein graues Band aus, das hier und dort von weißen Wellenkämmen durchbrochen wurde. Salviati hatte eine geschwungene Pfeife im Mund. Er setzte sich ans Ufer und lehnte sich an eine Steinmauer.

Nach dem, was Katia Paolucci am Abend zuvor für ihn erledigt hatte, war der Überfall unvermeidbar. Die Angestellte der Pulirapida AG hatte durch ihr Handeln Salviatis Plänen ein erstes Stückchen Realität verliehen. Wenn er die Sache nicht vorantrieb, würde sich Direktor Belloni am Montagmorgen beim Betreten des Büros ziemlich wundern. Und Katia würde in Schwierigkeiten geraten.

Aber Salviati hatte keine Bedenken. Er wusste, dass sein Plan gut war. Er hatte die Filmaufzeichnungen von Filippo Corti bis zum Umfallen studiert. Er kannte alle Angestellten ganz genau, und er hatte mehrfach in Zeitlupe die Ankunft Bellonis mitverfolgt. Außerdem hatte er Belloni angerufen, sich als Kunde ausgegeben und lange mit ihm gesprochen. Er verfügte über alles nötige Material. Zwei Stunden vor dem Überfall würde er jener Idee Gestalt verleihen, die ihm an einem Sommernachmittag, als er versucht hatte, einen Fisch zu überlisten, gekommen war.

Er hatte die Junker-Filiale in Bellinzona noch nie von innen gesehen. Er wollte kein Risiko eingehen. Salviati hatte Katia gebeten, ihm einen Plan und ein paar Fotos der Büros zu liefern. Einmal drin, würde er wissen, wo er hin musste.

Nach der ersten Inspektion war er auch nicht mehr nach Bellinzona gekommen. Ein Dieb muss den Ort, an dem er zuschlagen wird, meiden. Er muss das Umfeld kennen, ohne dass das Umfeld ihn kennenlernt. Salviati hatte zu dem Gebaren zurückgefunden, das er sich im Lauf seiner langen Karriere angeeignet hatte. Innerhalb weniger Monate hatte er den Gärtner, der zu werden ihm gelungen war, zum Verschwinden gebracht.

Würde er es schaffen, sich ein weiteres Mal zu verändern?

Würde er in die Provence zurückkehren können? Und Lina, Filippo und Anna, Elia … würde es ihnen nach ihrem Traum von einem Bankraub gelingen, das Leben wieder in den Griff zu bekommen?

Salviati sah auf den Fluss. Er erwartete keine Antwort. Alles was er tun konnte, war einen Schritt nach dem anderen zu machen. Er nahm die Pfeife aus dem Mund und blies eine Rauchwolke aus. Er spürte, dass in dem dunklen Wasser, in dem Gewirr der Zweige und dem Himmel über dem Fluss, der Schlüssel zu allem lag. Zu Forsters Geschäften und Linas Zerbrechlichkeit, zu Elias Schweigen und auch zu den Millionen, dem Geld, das absurderweise Freiheit verhieß. Salviati paffte in kurzen Zügen. Eine Bank auszurauben ist nicht schwer, dachte er, schwierig ist es, frei zu bleiben. Und um es zu schaffen, musste man diesen Schlüssel kennen, diese geheimnisvolle Sprache des Flusses, der Bäume, des Himmels …

Wir werden Geld stehlen, wiederholte Anna im Stillen, wir werden wirklich Geld stehlen. Samstag, 19. Dezember. Die Spannung war beinahe unerträglich. Jeglicher romantische Aspekt der Operation war verflogen. Abgesehen davon, dass der größte Teil bereits an dem Tag zunichtegemacht worden war, als der Butler versucht hatte, sie zu bestechen. Da hatte Anna endgültig verstanden, dass es sich nicht um ein Spiel handelte. Sie war aufgestanden, zur Arbeit zurückgekehrt und hatte Salviati und Contini alles erzählt. Aber Salviati hatte nicht die Fassung verloren.

»Sie sichern sich ab, das ist alles.«

»Tun wir das auch?«, hatte Contini gefragt.

Aber Salviati wollte diese Frage nicht beantworten.

Und nun, am Tag vor dem Überfall, waren Anna und Filippo so nervös wie zwei Katzen vor einem Gewitter. Filippo war kurz auf den Markt gegangen und mit einem gebratenen Hähnchen zurückgekehrt. Anna hatte ein paar Kartoffeln geschält und einen Salat zubereitet. Während des Essens hatten sie einen halben Liter Roten getrunken.

»Ich fühle mich etwas träge«, sagte er nach dem Kaffee.

»Wollen wir spazieren gehen?«, schlug Anna vor.

»Weiß nicht. Wo soll'n wir denn hin …?«

Am Ende beschlossen sie, ein wenig Sport zu treiben.

Post prandium deambulare, heißt das Sprichwort. Filippo zitierte es ständig, und an diesem Tag machte er keine Ausnahme. Aber Anna fand, dass es merkwürdig war, sich körperlich zu betätigen, als sei nichts geschehen.

»Ich weiß nicht so recht«, meinte Filippo, während sie mit dem Auto in Richtung Magadinoebene, südlich von Bellinzona, fuhren. Anna schüttelte den Kopf:

»Es gibt keinen Sinn, weiter darüber zu sprechen. Es lässt sich nicht rückgängig machen.«

»Und wenn etwas schiefgeht?«

»Ich mag nicht dran denken.«

»Ich denk aber dran.«

Anna erwiderte nichts.

In dieser Laune war Filippo besser in Ruhe zu lassen. Er hatte seine Einstellung zu dem Überfall immer wieder geändert. Zuerst Skepsis, dann Neugier, dann eine stoische Haltung: unschöne Geschichte, aber wir müssen Jean helfen. Und jetzt eine Art düsteres Gefasstsein auf das Schlimmste.

»Jedenfalls bereue ich unseren Entschluss nicht«, fuhr Filippo fort. »Trotzdem mache ich mir Sorgen.«

»Das ist normal.«

»Können wir uns drauf verlassen, dass die beiden wissen, was auf uns zukommt?«

»Salviati ist vom Fach, und auch Contini scheint mir auf Zack zu sein.«

»Wer weiß? Ein Privatdetektiv, der eine Bank ausraubt …«

Sie parkten den Wagen in Giubiasco, im Saleggi-Quartier.

Beide trugen Jogginganzüge, er in Grau, sie in Weiß-Rosa. Beim Laufen schien Filippo ruhiger zu werden. Er fand ihre Situation nach wie vor absurd, aber er beschloss, dass es sinnlos war, sich bei Anna darüber zu beklagen. Im Augenblick kam es nur darauf an, die Augen offen zu halten und sich nicht unterkriegen zu lassen.

Ich denke wie ein Verbrecher, ging es ihm durch den Kopf, während sie den kleinen Weg am Ufer des Tessins entlangliefen. Aber wenn schon Verbrecher, dann wenigstens richtig. Es galt, das Pro und Kontra abzuwägen. Und unbeschadet aus allem herauszukommen.

»Meinst du, dass wir zu viel riskieren?«, fragte Anna, die neben ihm lief und seine Gedanken zu erraten schien.

»Na ja, schließlich stehlen wir nicht nur eine Tüte Bonbons …«

»Wir selbst machen ja gar nichts.«

»Ach nein?«, platzte Filippo heraus. »Erinnerst du dich etwa nicht mehr an diesen Typen, der dich bestechen wollte?«

»Der Butler? Was hat der damit zu tun?«

»Er ist die eigentliche Gefahr, Leute wie er!« Filippos Atem ging kurz. »Meinst du, die lassen uns in Ruhe, wenn was schiefgeht?«

»Aber …«

»Salviati zieht diesen Überfall durch, weil er erpresst wurde. Und wenn Forster am Ende den Kopf verliert? Wenn er keine Zeugen zurücklassen will?«

Filippo hielt am Wegrand, um Atem zu schöpfen. Ihm war schwindlig. Er wusste nicht, ob durch die Anstrengung des Laufens oder weil er endlich mit seinen Ängsten herausgerückt war. Es war sinnlos, sich bei Anna zu beklagen, das stimmte, aber sie sollte wissen, was auf dem Spiel stand.

Doch Anna schien optimistisch.

»Ich vertraue Jean. Ich bin überzeugt, dass er an alles gedacht hat.«

»Aber wir sind in eine illegale Geschichte verwickelt. In einen Überfall, ist dir das eigentlich klar?«

»O ja!« Anna hob die Hände. »Nehmen Sie sich, was Sie wollen, mein Herr!«

Filippo versuchte sich dagegen zu wehren, aber dann musste er lachen. Wir sind beide verrückt, wir sind beide vollkommen verrückt! Eine Frau joggte an ihnen vorbei, dann schossen zwei Radfahrer, in ihre Winteranzüge verpackt, wie leuchtende Blitze vorüber.

»Die Leute gucken schon«, meinte Filippo und unterdrückte das Lachen.

Sie setzten den Weg im Laufschritt fort. Die Straße verlief am Rand der Magadinoebene, ein Stück flaches Land inmitten des Kantons Tessin. Sah man von den Bergen im Hintergrund ab, hätten Anna und Filippo sich ebenso gut in der Poebene befinden können. Gutshöfe, Traktoren auf den gewundenen Straßen, der Damm und der Geruch nach Vieh. Im Dezember bestanden die Felder aus einer hartgefrorenen Kruste.

»Aber vielleicht hast du recht«, meinte Anna nach einer Weile. »Vielleicht hätten wir Jean fragen sollen, was er mit Forster vorhat.«

»Er hätte es uns nicht verraten.«

»Woher willst du das wissen?«

»Mach dir keine Sorgen, Anna. Du wirst sehen, es geht alles gut.«

Filippo liebte seine Frau. Selten hatte er sich ihr so nahe gefühlt wie an diesem Winternachmittag. Mit jedem Atemzug verwandelte sich die ausgestoßene Luft in eine Dampfwolke, mit jedem Schritt starben die schlimmen Gedanken.

»Bist du sicher?«

»Natürlich. Es geht alles gut, und eines Tages werden wir über unsere Ängste lachen.«

»Ja, und über diese verrückte Zeit …«

»Wir sind in einem Film. Aber es ist ein Film mit Happy End, dessen bin ich sicher.«

Eine Weile lang liefen sie schweigend weiter.

Herz, Beine, Lunge … durch die intensive körperliche Anstrengung verlor die Zukunft an Bedeutung. Es gab nur sie, mitten auf dem flachen Land, und diesen Weg am Fluss.

Contini legte das Floß auf den Küchentisch. Salviati betrachtete es, während er seine Pfeife anzündete.

»Was willst du mir sagen?«

»Im Sammelbecken habe ich nur dieses gefunden«, erklärte Contini. »Die anderen sind im Tresalti verloren gegangen.«

»Aha«, Salviati stieß eine Rauchwolke aus.

»Ich kann es noch nicht deuten«, fuhr der Detektiv fort. »Ich verstehe die ganze Geschichte noch nicht richtig.«

»Gibt es denn da soviel zu verstehen?«

»Nach dem ersten Glockenschlag muss ich auf den zweiten achten.«

»Hm …?«

»Das sagt Giona.«

»Ach, Giona … hast du ihm von dem Überfall erzählt?«

Contini nickte.

»War das nötig?«

»Giona wird mit niemandem darüber reden.«

»Das glaube ich.« Salviati drückte mit dem Daumen den Tabak fest. »Ihr hier in Corvesco seid Spezialisten im Nichtreden …«

»Aber Giona redet, und wie … warum kommst du nicht mit hinauf zu ihm?«

»Hinauf? Zu Giona?«

»Ja, warum nicht?«

Salviati sah ihn an und lächelte. Contini zwinkerte. Es war alles gesagt.

Zehn Minuten später liefen sie bereits durch den Wald bergauf. In diesem Jahr war noch kein Schnee gefallen, deshalb war der Aufstieg recht angenehm. An einigen Stellen begann der Tresalti zuzufrieren, an einer anderen mussten sie einen Baumstamm umrunden, der auf den Pfad gestürzt war. Als sie den Kiefernwald hinter sich gelassen hatten, schaute Salviati zum Monte Basso hinüber und sagte:

»Du hast es gut, Contini …«

Der Detektiv drehte sich um und sah ihn an.

»Mit all den Bergen ringsum hast du es leichter, Ordnung in deine Gedanken zu bringen.«

»Du wohnst doch auch in den Bergen, da unten in der Provence.«

»Ich bin zu dicht am Meer. Meine Gedanken verflüchtigen sich.«

Sie setzten ihren Aufstieg fort. Vor dem Felskamm hielt Contini inne, um den Boden zu inspizieren. Erstaunt zog er die Augenbrauen hoch.

»Was ist?«, fragte Salviati.

»Die alte Füchsin ist hier entlanggekommen.«

»Die, die wir neulich gesehen haben?«

»Ja. Merkwürdig, dass sie hin und wieder ihr Revier verlässt.«

»Sie wird auf Nahrungssuche gewesen sein.«

»Hm …« Contini deutete auf die Felsen und die Hochebene der Alm. »Hier gibt es nicht gerade übermäßig viel Beute.«

»Dann ist sie ohne Grund gekommen. Einfach so, weil sie unterwegs war …«

Contini lächelte über die Vorstellung der vagabundierenden Füchsin.

»Wer weiß. Könnte sein.«

Sie waren beinahe am Ziel. Und pünktlich, als sie den Tresalti überquerten, trat Giona in Erscheinung.

»Wer da?«

»Ein Bandit und ein Polizist!«, antwortete Contini. »Auf wen schießt du zuerst?«

»Ich Ärmster«, kicherte Giona und tauchte zwischen den Felsen auf. »Da muss wohl eher ich auf der Hut sein. Dann bist du also Jean Salviati?«

Salviati nickte und schüttelte dem Eremiten die Hand.

»Und bist du der Bandit?«, fragte Giona. »Oder der Polizist?«

»Tja«, Salviati lächelte. »Ich weiß auch nicht …«

Giona deutete auf Contini.

»Er ist sowohl das eine als auch das andere. Aber kommt jetzt, wir wollen uns was zwischen die Rippen schieben!«

Der alte Eremit hatte gerade ein Reh von »einem befreundeten Jäger geschenkt bekommen«. Contini wusste, dass Giona der Wilderei nicht abgeneigt war, aber er ging nicht weiter darauf ein. Sie tranken ein Glas Grappa und plauderten über dies und das. Giona hatte das Reh mariniert, um das Fleisch zarter zu machen. Nun servierte er es als Ragout, mit würzigen Kräutern und Rotwein abgeschmeckt, zusammen mit Polenta, die im Topf auf dem Feuer bereitstand.

Nach dem Essen rauchten sie. Der richtige Zeitpunkt für Contini, um auf den geheimnisvollen Hinweis von Matteo Marelli zu sprechen zu kommen.

»Ich hatte das Gefühl, ganz dicht dran zu sein. Hin und wieder blitzt etwas in mir auf. Zum Beispiel gerade eben, als wir gekommen sind. Jedenfalls …«

»Jedenfalls räumt ihr morgen die Bank aus«, beendete Giona den Satz.

Contini nickte.

»Jetzt kann die Glocke nur noch schlagen.« Giona grinste. »Wir werden sehen, wie und wann …«

»Die Glocke?«

»Oh, es gibt immer zwei Stimmen«, antwortete Giona. »Wie bei euch beiden. Immer ein Ding und ein Dong. Aber sagt mal, habt ihr diesen, wie nennt ihr das, diesen … Coup gut vorbereitet?«

»Ich habe getan, was ich konnte«, sagte Salviati. »Wir sind

zu fünft, und jeder weiß, was er zu tun hat. Wenn der Trick funktioniert, haben wir gute Chancen.«

»Und wenn nicht?«

»Ich habe noch ein paar Ersatzpläne ausgearbeitet«, erklärte Salviati. »Aber ich wollte mit niemandem darüber sprechen. Zum gegebenen Zeitpunkt wird alles klar sein.«

»Ja«, mischte sich Contini ein, »Jean ist ein Mann voller Geheimnisse. Wir sind zwar in seine Pläne verwickelt, aber wir dürfen sie nicht kennen.«

»Auch du hast deine Geheimnisse, mein Junge!«, ermahnte ihn Giona. »Sag, ist es dir wirklich nicht gelungen, den zweiten Schlag der Glocke zu hören?«

»Ich weiß nicht … ich weiß nicht, wovon du sprichst!«

»Seltsam«, Giona begann, mit dem Schürhaken im Kamin zu stochern. »Seltsam, denn ich hatte diesen Eindruck, nach dem, was du mir in den letzten Wochen erzählt hast.«

Salviati suchte eine bequemere Haltung in dem lädierten Sessel, in dem er Platz genommen hatte. Die Anspielungen des alten Giona ließen ihn unruhig werden. Als habe er irgendetwas übersehen. Er spürte, dass sich in dieser verrauchten, mit alten Büchern und Jagdtrophäen vollgestopften Hütte eine Wahrheit verbarg. Aber wie es schien, war nicht einmal Giona in der Lage, sie zu entdecken.

»Welchen Eindruck?« fragte er ihn.

»Ich weiß nicht«, Giona schien besorgt. »Ich komme nicht drauf. Ihr beide, der Überfall, das Geld, die andern, die euch helfen, die Cortis … auf einer Seite seid ihr. Dann ist da Luca Forster, der Geld braucht, deine Tochter und Matteo Marelli … was kann passieren?«

Schweigen.

»Schwer zu sagen«, murmelte Salviati, während er seine Pfeife stopfte.

»Ja«, Giona wiegte den Kopf hin und her. »Als habe die Glocke einmal geschlagen und ein weiterer Schlag müsse noch folgen.«

»Ein weiterer?«, warf Contini ein.

Aber Giona murmelte etwas vor sich hin.

»Ja, es ist seltsam. Als wäre die Musik nicht vollständig …«

15

Die letzte Nacht

Um drei Uhr morgens waren Contini und Salviati in Bellinzona. Die Straßen im Stadtteil Ravecchia waren verlassen, nur von weihnachtlichem Licht belebt. Aus jedem Garten leuchtete ein Stern, rote und weiße Glühlampen hingen von jedem Balkon. Es gab nur sie. Als wären es lebendige Geschöpfe.

Die Sprache der Weihnachtslichter.

Wie eine verschlüsselte Botschaft, dachte Contini, während er auf Salviati wartete. Die ganze Nacht lang an und aus, an und aus. Auch im Garten der Bellonis stand ein leuchtender Weihnachtsmann. Ein dickbäuchiger kleiner Mann, der am Fallrohr der Regenrinne emporkletterte.

Beinahe wie ein Dieb.

Und genau in diesem Moment lief Jean Salviati über den Flur im ersten Stock. Er bewegte sich langsam, als habe er stundenlang Zeit. Ein Fehler zu diesem Zeitpunkt hätte sich auf die gesamte Operation ausgewirkt. Salviati hatte über jedes Detail aus dem Leben Giacomo Bellonis, des Direktors der Junker-Filiale in Bellinzona und fürsorglichen Familienvaters, Informationen eingeholt.

Er wusste, dass die Kinder nicht zu Hause, sondern bei den Großeltern übernachteten, da die Eltern zum Weihnachtsessen der Bank gegangen waren. Das war entscheidend. Er wusste, dass Direktor Belloni und seine Frau in einem nach hinten gelegenen Zimmer schliefen und dass man dieses Zimmer auch vom Bad aus betreten konnte, das sich neben der Garderobe befand.

Salviati wusste all das und noch mehr. Er kannte den Grundriss des Hauses und der Bank. Er wusste alles über Belloni. Er hatte auch über Giuseppe Locatelli, den Wachmann, der am selben Morgen den Direktor und die Männer mit dem Geld empfangen würde, Informationen eingeholt.

Salviati war bereit. Nach monatelangem Warten war dies der Augenblick, in dem er die Operation Junker-Bank ins Rollen brachte.

Bellonis Haus lag still. Wenn er innehielt, konnte er beinahe das Ächzen der Dielen und das Brummen der Heizkörper hören. Zum Glück war die Tür nicht durch eine Alarmanlage gesichert. Mit Continis Hilfe war es nicht schwer gewesen hineinzugelangen. Während Salviati den Flur entlanglief, dachte er noch daran, wie er Elias Leben umgekrempelt hatte, als er an einem Sommerabend bei ihm hereingeplatzt war.

Aber jetzt lagen die Karten auf dem Tisch. Er durfte sich keine Gedanken mehr über die Nervosität, über die Gefahr, dass den Amateuren die Nerven durchgingen, über die erdrückende Last des Wartens machen. Jetzt konnte er nur noch hoffen, dass alles schnell zu Ende ging und zumindest Elia danach in sein altes Leben zurückfand.

Aber er wusste, dass es nicht leicht werden würde.

Weder für ihn, noch für Elia. Ein großer Coup verbindet und trennt, er verändert die Menschen und zerstört das Alltagsleben.

Wir müssen dennoch durchhalten, dachte Salviati.

Im selben Augenblick drückte er eine der Türklinken im Flur hinunter.

Die Lunte war gezündet. Selbst wenn sie gewollt hätten, wäre ein Rückzug zu diesem Zeitpunkt kaum noch möglich gewesen. Das verschaffte Contini ein merkwürdiges Gefühl der Erleichterung.

Nachdem sie Bellinzona verlassen hatten, war Salviati in seine Wohnung auf dem Monte Ceneri zurückgekehrt. Es blieben ihm ein paar Stunden, um sich mit Hilfe eines seiner alten Komplizen auf den Coup vorzubereiten. Contini sollte während des Überfalls lediglich eine Kontrollfunktion übernehmen. Natürlich, etwas kann immer dazwischenkommen … aber er wusste nicht, was er befürchten sollte. Ein Missgeschick? Die Polizei? Ihm fehlte der Vergleich für derartige Operationen.

Als er nach Hause kam, war der graue Kater nicht da. Draußen in der Nacht, auf der Jagd nach Abenteuern. Auch er. Contini holte eine Flasche Bier aus dem Kühlschrank und setzte sich an den Küchentisch. Er wollte seine Gedanken ordnen.

Zu so später Stunde fällt es leichter, hartnäckig zu bleiben, nachzubohren.

Contini bestärkte sich in dem Gedanken, dass der Überfall notwendig sei und er alles getan hatte, um ihn zu vermeiden. Nicht dass er sich für besonders redlich hielt. Immer häufiger fragte er sich, ob seine Arbeit als Detektiv nicht eigentlich das Unredlichste war, was er tun konnte. Leute auszuspionieren, sie zu fotografieren, jugendliche Söhne zu verfolgen oder vor Bordellen untreuen Ehemännern aufzulauern.

So gesehen konnte er ebenso gut eine Bank ausrauben.

Aber etwas in seinem Inneren widersetzte sich immer noch. Er nahm das Bier und trat durch die Hintertür hinaus. Die Kälte legte sich wie eine Zange um seine Gedanken. Er lauschte auf die Geräusche des Waldes, versuchte, sich die

Bäume und Mauern vorzustellen, all die Gegenstände, die er täglich im Sonnenlicht sah.

Es gab keinen Grund, es zu tun. Die Lunte brannte, was sollte es noch bringen? Dennoch holte Contini die Aufnahme des Gesprächs mit Matteo Marelli hervor und hörte sie ein weiteres Mal an. Einer der Schwachpunkte in Salviatis Plan blieb die Tatsache, dass Forster Lina gefangen hielt. Contini traute ihm nicht. Wir geben ihm das Geld und er lässt Lina laufen, so sagte Jean. Und wenn er es nicht tat?

Contini glaubte nicht mehr daran. Mittlerweile kannte er das Tonband auswendig. Aber es war Nacht, und er konnte nicht schlafen. Also versuchte er ein weiteres Mal, hinter Marellis Worten eine Botschaft zu entdecken.

MARELLI: Auch jetzt, da wir an den Anfang zurückgekehrt sind, jetzt, wo wir warten müssen …

ELTON: Was sagst du da?

MARELLI: Jetzt, wo wir da sind, wo alles noch vor uns liegt, jetzt, da wir dort gefangen sind, wo …

ELTON: He!

MARELLI: Oh, ich Ärmster, ich Ärmster … hab ich etwa zu viel gesagt?

ELTON: Was soll das?

MARELLI: Tut mir leid, ich hatte nicht die Absicht … ich habe nichts gesagt … Tut mir leid, ist schon klar, natürlich darf ich nicht verraten, wo wir uns aufhalten, aber ich kann euch versichern, dass wir zuversichtlich sind, hoffen wir, dass der Überfall klappt und …

ELTON: Schluss jetzt! Seid ihr zufrieden? Dieses Treffen hat schon lange genug gedauert.

MARELLI: Tut mir leid, wenn ich bedenke, dass ich kurz davor war …

ELTON: Halt die Klappe! *(Pause)* Wir haben geredet, jetzt können wir gehen. *(Pause)* Wir verlassen jetzt dieses Büro, und wir sehen uns am Ende der Geschichte wieder.

Contini hörte die Aufnahme noch mal an und danach noch zwei weitere Male. Es war während des zweiten Durchgangs, als er das Gefühl hatte, ein Klicken im Gehirn zu spüren. Als habe sich nach einem langen Schlaf in einem Teil seines Gedächtnisses eine Blockade gelöst. Diese Worte waren immer in ihm gewesen, aber erst in diesem Augenblick erkannte er sie wieder.

Der alte Giona hatte recht, auch in diesem Fall!

Es ging nicht darum, den ersten Schlag, das vordergründige Gespräch, zu hören. Aus den versteckten Windungen des Dialogs drang der zweite Schlag an das Ohr des Detektivs. Als wenn in dem ganzen Geläut dieser Ton nur für ihn bestimmt sei. Er erkannte Marellis Absicht. Es war ziemlich optimistisch, nur auf diesen Hinweis zu setzen. Eine winzige Kleinigkeit, die auf wackligen Voraussetzungen gründete … nun ja, aber letztlich hatte Marelli richtig gelegen.

Und nun?

Contini war sich nicht hundertprozentig sicher. Vielleicht spielten ihm die Müdigkeit und nächtliche Fantasien einen üblen Streich. Aber er musste der Sache nachgehen. Und zwar sofort, in den ersten Morgenstunden. Oder besser gesagt, er musste genau in dem Augenblick zur Stelle sein, in dem Salviati die Junker-Bank betrat. Wenn alle ihn in Bellinzona glaubten, wenn die Aufmerksamkeit aller auf etwas anderes gerichtet war. Nur dann konnte, wenn er richtig verstanden hatte, ein Überraschungsangriff gelingen.

Und wenn er nicht richtig verstanden hatte?

Contini stellte sich noch eine letzte bohrende Frage. Bilde ich mir das alles nur ein, weil ich mich vor dem Überfall drücken will? Nein, antwortete er, nein, das stimmt nicht. Ich glaube, ich weiß jetzt, wo Lina Salviati und Matteo Marelli sind. Und ich will versuchen sie zu befreien.

Er nahm das Telefon und rief erst Salviati, dann Francesca an.

Der Plan würde im letzten Augenblick eine kleine Änderung erfahren müssen.

Ab einem gewissen Alter sollte man Vernunft annehmen. Dieser Ansicht war Francesca schon immer gewesen. Aber während sie sich um drei Uhr morgens im Bett herumwälzte, dachte sie darüber nach, weshalb sich manche Ansichten immer vom echten Leben unterschieden. Sie war fast dreißig Jahre alt und im Begriff, dem helvetischen Bankensystem zehn Millionen zu stehlen.

Warum konnte sie nicht einfach ein ruhiges Leben führen?

Francesca knipste die Nachttischlampe an und sah auf die Uhr. Halb vier. Sie konnte noch zwei Stunden weiterschlafen, bis halb sechs. Salviati war dagegen bestimmt schon auf. Zwischen vier und sechs musste er sich vorbereiten. Sie hatte ihn gefragt, ob sie ihm helfen könne, aber der alte Dieb war der Meinung, dass es dazu eines Spezialisten bedurfte.

Um das Geld zu stehlen dagegen nicht, dazu genügte irgendeine Francesca Besson. Sie drehte sich auf die Seite, um eine kühle Stelle auf dem Kissen zu finden. Sie wagte nicht, über die Einzelheiten nachzudenken.

Vielleicht war das ihre letzte Nacht als freier, als normaler Mensch. Vielleicht würde sie sich schon am nächsten Tag in den Fängen von Polizei, Presse und ungläubigen Freunden befinden. Eine Studentin, die soeben ihr Studium abgeschlossen hat, versucht, eine Bank auszurauben. Wie viel Gelächter, wie viele halb erstaunte, halb mitleidige Blicke sie ernten würde. Aber es war richtig so. Francesca wusste, dass es das Richtige war.

Letztendlich ging es nicht darum, einer Bank Geld zu stehlen. Sie half einem Vater, die verlorene Tochter wiederzufinden. Sie half zwei alten Freunden, die ohne zu zögern ihr Leben füreinander riskieren würden.

Ja, sie tat auch etwas Verrücktes. Fünf Leute, darunter vier Amateure, die versuchten, eine Schweizer Bank hereinzulegen.

Aber obwohl sie nicht schlafen konnte, obwohl sie schwitzte und die Minuten bis zum Klingeln des Weckers zählte, war Francesca nicht unglücklich. Inmitten der Angst und Unsicherheit gab es auch eine Gewissheit, wie ein Goldkorn in einem Kieselbett.

Ich lebe.

Ich, Francesca Besson, bin eine lebendige Person.

»Danke«, sagte Jean Salviati zu Gengio und begleitete ihn zur Tür. »Hast dir dein Händchen also doch bewahrt, was?«

»Seit zwanzig Jahren hab ich mich nicht mehr mit so etwas beschäftigt ...«

Außer dass er einen Handel in der Gegend von Molino Nuovo unterhielt, erledigte Gengio auch kleine damit verbundene Arbeiten. Er verkaufte nicht nur heikle Waren und Zubehör für Diebe oder Trickbetrüger, sondern verstand es auch, Fantasien Gestalt zu verleihen.

»Bevor ich nach Frankreich zurückgehe, ruf ich dich an«, sagte Salviati.

»Hm ...«, murmelte Gengio. »Lass dir Zeit.«

Salviati lächelte ihm zu, während er die Tür aufhielt.

»Du hast wirklich gute Arbeit geleistet!«

»Ich habe mein Bestes gegeben«, Gengio reichte ihm zum Abschied die Hand. »Jetzt bist du dran, Salviati …«

16

Sonntag 20. Dezember

Contini war nicht da. Ein paar Telefonate am frühen Morgen hatten das Drehbuch verändert, kurz bevor es in Szene gesetzt werden sollte. Contini war in Lugano, um Lina zu befreien. Und sie waren hier, im Licht der Straßenlaternen, in Bellinzona. Die Hände in den Taschen vergraben, betrachteten sie die Fassade der Junker-Bank.

»Wir sollten uns besser beeilen«, sagte Francesca.

Filippo Corti sah sich um.

»Sieht aus wie eine Geisterstadt.«

»Alle schlafen«, meinte Anna, »außer uns.«

Drei dunkle Gestalten unter dem Bahnhofsvordach. Francesca war in eine grüne Winterjacke mit Kapuze gehüllt. Anna trug Mantel und Schal, Filippo eine Lederjacke. Jeder wusste, was er zu tun hatte.

Anna lief die Straße entlang, auf der Contini den Warnhinweis wegen Bauarbeiten hätte aufstellen sollen. Aber jetzt war der Plan geändert worden, jetzt mussten sie ohne Contini auskommen. Auch Anna hatte nun eine andere Rolle: Sie musste lediglich auf die Autos achtgeben und notfalls Alarm schlagen.

Filippo sollte derweil fahren. Seine Aufgabe war es, den Wagen auf den Straßen der Innenstadt in Bewegung zu halten und um zehn nach sieben, um Viertel nach sieben und dann im Zehnminutentakt an der Bank vorbeizukommen. Außerdem sollte Filippo die Situation in Bellonis Haus im Blick behalten. Salviati und Contini waren in der Nacht dort gewesen, aber etwas kann immer schiefgehen. In diesem Fall musste Filippo Salviati Bescheid geben, der einen nicht genauer erläuterten Ersatzplan bereithielt.

Die Straßen lagen im Dunkeln. Dennoch merkte man, dass es nicht mehr Nacht war, dass die Stadt langsam erwachte. Ein Auto brummte auf dem Zufahrtsweg. Filippo stieg aus dem Wagen und lief zwischen den Häusern von Ravecchia entlang. Er hörte, wie eine Tür aufging, hörte die Nachrichten laufen. Ihm schien sogar, als könne er Kaffeeduft wahrnehmen.

Niemand weiß, was gerade vor sich geht, dachte Filippo, während er sich Bellonis Haus näherte. Eine Frau auf einem Fahrrad kam ihm schwankend entgegen. Eingehüllt in unzählige Kleidungsstücke. Wohin sie wohl unterwegs war? Filippo folgte ihr mit dem Blick. Niemand ahnt, dass wir ausgerechnet am Wochenende eine Bank ausnehmen.

Zuerst war er im Büro vorbeigefahren, um die Pistole zu holen, eine halbautomatische Walther PP, die er im Ernstfall mit sich führte. Er trug eine Winterjacke mit Pelzbesatz und einen schwarzen Hut. Danach hatte er Renzo Malaspina angerufen und ihn aus dem Schlaf geschreckt. Mit knappen Worten hatte er die Situation geschildert.

»Ich werd reingehen, zumal ich nicht sicher bin. Aber du musst mir Rückendeckung geben.«

»Du bist nicht sicher?«, murmelte Malaspina.

»Ich weiß nicht, ob ich die richtige Idee habe«, erklärte Contini. »Der Hinweis ist ziemlich schwammig.«

»Schwammig?«

»Hast du schon einen Kaffee getrunken?«

»Hm?«

Sie verabredeten sich für halb sieben am Bahnhof von Lugano.

Contini lief zu Fuß bis zur Seilbahn an der Piazza Cioccaro. Die Stadt war noch schlaftrunken, aber bereit zu erwachen. Die zwischen den Häusern aufgespannte Weihnachtsbeleuchtung wies ihm den Weg. Der Detektiv hatte das Gefühl, sich in einem Traum zu bewegen. Geschweifte Sterne fielen vom Himmel, rote, blaue, gelbe Girlanden wanden sich um die Straßenlaternen, goldene und silberne Lichtblitze in den Schaufenstern, der Widerschein von Glanzpapier und falschem Schnee, von Schmuckkugeln und Kristallen …

Bleib ruhig, dachte Contini. Du lässt dich von deiner Fantasie in die Irre führen. Die schlaflose Nacht und der Gedanke an den Überfall setzten ihm zu. Er war müde, und es gab noch so viel zu klären. Er spürte, dass er auf weitere Glockenschläge achten musste, die sich jedoch, wer weiß wo, in dem ganzen Durcheinander verloren.

Ohne Pendler und Studenten war der Bahnhof verlassen.

Contini wandte sich von den Gleisen ab und überquerte den Vorplatz. Unterhalb von ihm lagen die Kathedrale und die Stadt mit ihren hellen Straßenlaternen, den Autoscheinwerfern, dem See, der sich im Schatten verlor. Die meisten Bewohner Luganos schliefen, aber es lag eine Spannung in der Luft, ein Gefühl kollektiver Erwartung. Noch fünf Tage bis Weihnachten. Es war Sonntag, der 20. Dezember. Der Tag des Überfalls.

Filippo Corti fuhr langsam. Er hatte eine scheinbar unbedeutende, in Wahrheit aber entscheidende Rolle. Der Überfall war Salviatis Sache, er würde ihn leiten. Aber Filippo wollte

Klarheit darüber, was danach geschah. Die Flucht, die Fahrt mit dem Geld, Forster. Die Aufteilung. Linas Befreiung. Filippo war bereit. Und er konnte es kaum erwarten, dass alles vorbei war.

Es war sechs Uhr fünfzig. Spätestens in zehn Minuten würde Claudio Melato mit einem Leibwächter und einer schwarzen Tasche vor der Junker-Bank eintreffen. Dieser Kerl, Melato, würde mit dem Bankdirektor zusammenkommen, um ihm das Geld zu übergeben. Salviati und Francesca würden dort sein, am Eingang. Filippo sollte in der Nähe bleiben, um notfalls eingreifen zu können. Das war der entscheidende Moment. Wenn sie die erste Hürde nahmen, würde danach alles wie am Schnürchen laufen.

Filippo kannte Salviatis Pläne nicht in allen Einzelheiten und mit all ihren möglichen Auswegen. Er wusste nur, was Salviati ihm ganz persönlich nahegelegt hatte. Er hielt sich deshalb strikt an dessen Anweisungen, und fuhr mit Standgas durch die Straßen von Bellinzona. Er hatte die Lederjacke ausgezogen, da es im Auto warm war.

Er kam an Anna vorbei, die ihre vereinbarte Stellung bezogen hatte. Ab sechs Uhr fünfzig sollte sie hier sein, um die ankommenden Autos im Blick zu haben. Nach Salviatis Voraussage würde sie in wenigen Minuten den Nissan von Claudio Melato zu Gesicht bekommen.

Filippo grüßte Anna nicht. Er warf ihr nur einen verstohlenen Blick zu, und sie sah nicht einmal auf. Aber es war, als hätten sie sich umarmt. Als lägen sie am Sonntagmorgen aneinandergekuschelt unter der Decke. An einem jener Tage, an denen das Frühstück zum Mittagessen wird und man nicht zu reden braucht. Man brauchte einfach nichts zu sagen. Beide konzentrierten sich auf kleine Bewegungen. Fahren, von einer Straßenlaterne zur nächsten schlendern. Auf die

Uhr schauen. Sechs Uhr fünfundfünfzig. Sich Salviati vorstellen, seine Gesten, sein Gesicht. Sich die schwarze Tasche vorstellen. Voller Geld. Einen anderen Gang einlegen, die Straße Richtung Bahnhof im Blick haben … das war er!

Der graue Nissan!

Anna sah ihn als Erste und kurz darauf, ein wenig entfernt, auch Filippo. Der Nissan bog von der Straße ab und fuhr an der Bank vorbei. Er hielt ein Stück dahinter auf einem Parkplatz, der an eine Mauer grenzte. Filippo schaltete vom Dritten in den Zweiten, um nicht zu früh anzukommen.

Und Salviati? Wo zum Teufel war Salviati?

17

Guten Morgen, Herr Direktor!

Francesca hatte kein Gefühl mehr in den Fußspitzen. Den Fingern ging es etwas besser: Sie hatte die Handschuhe ausgezogen und die Hände in die Hosentaschen gesteckt, dicht an die warme Haut der Oberschenkel. Sie wusste, dass dieses Warten der schlimmste Augenblick war, und sie versuchte, nicht auf die Uhr zu schauen.

Als sie den Nissan sah, zog sie die Kapuze herunter, setzte einen breitkrempigen Hut auf und schlüpfte wieder in die Handschuhe. Wichtig war, dass Melato und der Leibwächter sie nicht zu früh sahen. Aber das stand nicht zu befürchten, denn sie hielt sich hinter einer Hecke versteckt. Sobald Salviati auftauchte, würde sie in Erscheinung treten.

Aus dem Nissan stiegen zwei Männer. Der Leibwächter trug Schal und Mütze. Er hatte eine schwarze Tasche dabei, die er in der Hand hielt, als habe sie kaum Gewicht. Aber Francesca wusste, dass sie schwer war. Über diesen Punkt hatte sie oft mit Salviati diskutiert. Melato, der Vertrauensmann des Geldbesitzers, trug keine Kopfbedeckung. Er hatte eine randlose Brille und unnatürlich schwarz gefärbtes Haar.

Francesca wusste nicht weshalb, aber in diesem Moment musste sie an den Besitzer des Geldes denken. Keiner sprach jemals von ihm: Er war eine Kontonummer, ein anonymer Milliardär, der nichts von Salviati und Forster wusste und in diesem Augenblick wahrscheinlich irgendwo in Europa in seinem Bett lag und schlief. Eine verschwommene Gestalt. Weit entfernt von seinem Geld. Weit entfernt vom Abenteuer.

Francesca beeilte sich, diesen Gedanken zu verscheuchen. Das war mal wieder typisch für sie. In den entscheidenden Momenten wanderte ihr Geist von hier nach da, sie ließ sich ablenken und brachte vor dem Prüfer kein Wort heraus. Aber du bist hier nicht in einer Prüfung, meine Liebe. Die beiden Männer, die aus dem Nissan gestiegen waren, hatten den noch verschlossenen Eingang zur Junker-Bank erreicht. Sie klingelten. Keine Reaktion.

Und nun? Francesca sah sich um. Salviati war nicht da. Stattdessen kam Giuseppe Locatelli, der Wachmann, der morgens die Türen aufschloss. Francesca kannte ihn von Filippo Cortis Videoaufnahmen, die sie sich gemeinsam mit Salviati angesehen hatte.

Locatelli trug einen Regenschutz über der Jacke und wirkte etwas abgehetzt. Als er Melato und seinen Leibwächter erblickte, winkte er ihnen zu, um sich zu erkennen zu geben. Francesca stand noch immer hinter der Hecke. Ihre Rolle hatte unterstützende Funktion. Aber, so sagte Salviati, sie war psychologisch wichtig, um den Betrug gelingen zu lassen.

Salviati, genau!

Seine Rolle war die entscheidende … und wo war er?

»Da bin ich, da bin ich! Entschuldigen Sie die Verspätung, ich bin Giuseppe Locatelli, der Portier … guten Morgen!«

»Ich bitte Sie«, sagte Claudio Melato, »schließlich sind wir ein paar Minuten zu früh gekommen.«

»Ich schließe Ihnen erst einmal auf. Direktor Belloni müsste gleich kommen …«

Locatelli hantierte mit den Schlüsseln, um den Rollladen zu öffnen. Anschließend musste ein Zugangscode eingegeben werden, dann folgte ein weiteres Schloss, bis endlich das Foyer der Bank betreten werden konnte. Von hier gelangte man über eine Treppe oder per Fahrstuhl zu den Büros. Der Tresorraum befand sich dagegen im Keller und war durch weitere Schlösser gesichert.

»Ganz schön kalt, was?«, bemerkte Locatelli, während er den Code eingab. »Weihnachten gibt's bestimmt Schnee.«

Niemand ging darauf ein.

Locatelli öffnete das letzte Schloss, kehrte zur Haupttür zurück und bat Melato und seinen Leibwächter einzutreten. In diesem Moment bemerkte er Direktor Belloni, der die Straße vor ihnen überquerte. Er schien ein wenig außer Atem, obwohl es erst eine Minute vor sieben war. Er trug seinen bunten Schal unter dem Filzhut.

»Guten Morgen Herr Direktor!«, begrüßte ihn Locatelli.

»Ich habe mich verspätet«, rief Belloni von Weitem.

»Kein Problem.« Melato drehte sich zu ihm um. »Jetzt sind wir alle da.«

Während sich Belloni näherte, kam von der anderen Seite eine Frau. Sie schien den Direktor zu kennen, denn sie begrüßte ihn mit ausholender Geste.

»Ah, Frau Cattaneo«, sagte Belloni. »Sie sind um die Zeit schon auf den Beinen?«

»Und Sie?«, erwiderte die Dame. »Sie haben doch nicht etwa auch am Sonntag geöffnet!«

Belloni breitete die Arme aus.

»Nun, was will man machen …?«

Frau Cattaneo wandte sich Locatelli und den beiden anderen zu.

»Sie lassen ihn zu viel arbeiten!«

Locatelli lächelte und zwinkerte der Dame zu.

»Ich verspreche Ihnen, dass wir ihn zu Weihnachten in Ruhe lassen!«

»Das will ich hoffen!«, rief Frau Cattaneo. »Sagen Sie, Herr Belloni, wo ich schon einmal hier bin, hätte ich eine Frage zu dem Konto, das mein Mann …«

»Nicht jetzt, Frau Cattaneo«, Belloni setzte ein entschuldigendes Lächeln auf. »Es warten dringende Geschäfte auf mich, mit diesen Herren hier …«

Er deutete auf Melato und seinen Leibwächter und gab gleichzeitig Locatelli ein Zeichen, sie hineinzulassen. Locatelli verstand den Wink sofort. Es galt, die Cattaneo auf höfliche Weise loszuwerden. Während Belloni und die beiden andern zu den Büros gingen, versperrte er ihr mit einem freundlichen Lächeln den Weg und sagte:

»Ganz schön kalt, was? Zu Weihnachten gibt's bestimmt Schnee!«

Francesca stand ganz oben auf dem Sprungturm, bereit, sich ins Becken zu stürzen. Deutlich sah sie das Schwimmbad, die Körper in der Sonne, das blaue Rechteck des Wassers. Aber sie sprang nicht. Etwas hielt sie zurück. Etwas hinderte sie daran, sich in die Tiefe zu stürzen.

Eine Kindheitserinnerung. Am Ende war sie sicherlich gesprungen. Aber sie erinnerte sich nicht mehr an den Augenblick des Absprungs. Stattdessen hatte sich in ihrem Gedächtnis jenes letzte Zögern eingeprägt. An diesem Morgen, während sie hinter einer Hecke in der Nähe der Junker-Bank stand, hatte sie dieselbe Art von Gefühl. Sie wusste, dass sie jetzt aus der Deckung herauskommen, dass sie sprechen und lachen musste. Aber sie wagte es nicht.

»Guten Morgen, Herr Direktor!«

»Ich habe mich verspätet.«

»Kein Problem, jetzt sind wir alle da.«

Salviati hatte sie davor gewarnt, in Panik auszubrechen. Denk an die Banalität der Szene, hatte er gesagt, und nicht an die Größe des Betrugs. Francesca atmete tief durch, richtete sich auf, machte einen Schritt, dann noch einen, dann war sie bereits draußen und musste ihren Part spielen. Sie begrüßte Belloni, indem sie ihm zuwinkte, und lief ihm eilig entgegen.

»Ah, Frau Cattaneo«, erwiderte er. »Sie sind um die Zeit schon auf den Beinen?«

»Und Sie?«, sagte Francesca. »Sie haben doch nicht etwa auch am Sonntag geöffnet!«

»Nun, was will man machen …?«

Francesca lächelte Melato, dem Leibwächter und dem Portier zu.

»Sie lassen ihn zu viel arbeiten!«

Der Portier erwiderte ihr Lächeln.

»Ich verspreche Ihnen, dass wir ihn zu Weihnachten in Ruhe lassen!«

»Das will ich hoffen!« Francesca sah dem Direktor ins Gesicht und musste sich alle Mühe geben, in ihrer Rolle zu bleiben. »Sagen Sie, Herr Belloni, wo ich schon einmal hier bin, hätte ich eine Frage zu dem Konto, das mein Mann …«

»Nicht jetzt, Frau Cattaneo. Es warten dringende Geschäfte auf mich, mit diesen Herren hier …«

Francesca war verblüfft. Hinter Bellonis Gesten, hinter seiner Kunststoffbrille, zwischen Bellonis Hut und Bellonis buntem Schal verbarg sich das Gesicht von Jean Salviati.

Sie war darauf vorbereitet. Aber sich die Dinge vorzustellen, ist eine Sache, etwas anderes ist es, damit konfrontiert zu sein. Eine perfekte Imitation, nicht nur bezüglich der Maske, sondern auch, was die Art zu laufen, die Bewegung von Kopf und Händen betraf. Die Form der Nase war anders, ebenso wie die Augenbrauen und die Farbe der Augen. Das Kinn wirkte kräftiger, die Wangen voller. Hinter dunklen Linsen waren Salviatis blaue Augen braun. Schal und Hut verdeckten einen großen Teil all dessen, sodass Francesca – einen kurzen Moment lang – Zweifel überkamen. Salviati war zehn Zentimeter größer, er hatte eine tiefere, ein wenig heisere Stimme. Er sprach hinter seinem Schal, aber es schien wirklich die Stimme Bellonis zu sein.

Es war eine Art Wunder.

Francesca versuchte, natürlich zu wirken. Das war nicht schwer, denn der Eindruck, vor Belloni zu stehen, war täuschend echt. Nicht einmal Locatelli bemerkte den Betrug. Das war der heikle Punkt bei der ganzen Geschichte: den Portier zu täuschen, der Belloni beinahe täglich zu Gesicht bekam. Aber Salviati hatte erklärt, dass man einem Fisch, der eine Fliege will, nur auf geschickte Weise eine Feder hinhalten muss, damit er sie für eine Fliege hält. Die Leute sehen das, was sie erwarten zu sehen.

Salviati betrat mit Melato und dem Leibwächter die Bank. Francesca sah, dass der alte Dieb denselben Schritt hatte wie Belloni. Unterm Arm trug er die Aktenmappe des Direktors. All die Aufnahmen von Filippo hatten einem bestimmten Zweck gedient: der absolut detailgetreuen Nachahmung. Salviati war wirklich ein Profi! Aber noch war es zu früh, um zu triumphieren.

»Ganz schön kalt, was?«, sagte Locatelli. »Zu Weihnachten gibt's bestimmt Schnee!«

»Meinen Sie? Ach was! Laut Wettervorhersage soll es zu Weihnachten warm werden …«

»Nun, gute Frau«, Locatelli kicherte, »heute Morgen sind wir jedenfalls noch weit entfernt von warmen Weihnachten!«

»Das stimmt. Sagen Sie, wird der Direktor lange beschäftigt sein?«

»Es geht um ein wichtiges Geschäft, meine Dame.«

Locatelli begann, die Tür abzusperren.

»Vielleicht komme ich später noch mal vorbei, oder morgen. Morgen ist doch auch geöffnet, oder?«

»Aber natürlich, immer zu Ihren Diensten!« Locatelli deutete eine Verbeugung an. »Ich wünsche Ihnen einen schönen Sonntag, Frau Cattaneo!«

»Auf Wiederschauen!«

Francesca entfernte sich. Nun würde Locatelli hineingehen, die Tür schließen und die Überwachungskameras anschalten. Die Außenkamera war bereits in Betrieb, aber Francesca hatte darauf geachtet, nicht ins Sichtfeld zu geraten. Dennoch hatte sie, Salviatis Anweisungen entsprechend, Schuhe mit versteckten Absätzen angezogen, sich stark geschminkt und einen breitkrempigen Hut aufgesetzt.

Mit ruhigen Schritten entfernte sie sich in Richtung Hecke. Auf der Straße sah sie den Audi mit Filippo Corti vorbeifahren. Sie wusste, dass Anna nicht weit war und die Hauptstraße im Blick behielt.

In diesem Augenblick lag alles in Salviatis Händen. Er musste das Geld an sich nehmen und zum Ausgang kommen. Auch Francescas Aufgabe war noch nicht zu Ende. Sie würde ihren Beitrag leisten, indem sie Locatelli auch beim Herauskommen ablenkte. Außerdem musste sie kurz danach noch einen weiteren Geheimauftrag ausführen, den ihr Salviati erst an diesem Morgen anvertraut hatte. Francesca hätte nie gedacht, dass ein Bankraub eine so einfache und gleichzeitig so komplizierte Sache war.

18

Die Nachbarin

Contini und Malaspina liefen zu Fuß vom Bahnhof Lugano nach Massagno. Malaspina hatte eine Thermoskanne mit Kaffee dabei. Trotz der eisigen Temperaturen trug er nur einen weiten grasgrünen Pullover und eine gelbe Jeans. Contini lief eilig, obwohl es keinen Grund mehr zur Eile gab. Der Banküberfall war bereits im Gange.

Er wusste seit mehreren Stunden, dass nichts mehr zu machen war. Seit Salviati in das Haus des Direktors eingedrungen, ihn und seine Frau betäubt, den Telefonstecker gezogen und Bellonis Kleidung sowie dessen Brille entwendet hatte. Seit die Operation Junker-Bank begonnen hatte, ohne dass es jemand ahnte und während der gesamte Kanton Tessin schlief. Contini vertraute zwar auf Jeans Pläne, fürchtete jedoch, dass Forster eine böse Überraschung bereithielt. Besser, man kam ihm zuvor.

»Hoffen wir, dass du recht hast«, murmelte Malaspina.

»Das wird sich jetzt zeigen«, sagte Contini. »Warte hier auf mich und behalte den Eingang im Blick. Auch den auf der Rückseite, du kannst ihn von hier aus sehen.«

»Okay. Aber beeil dich, wenn's geht.«

Contini sah sich um. Die Via dei Sindacatori war menschenleer. In dem Haus gab es nur ein oder zwei erhellte Fenster.

»Und wenn jemand anderes herauskommt?«

»Das musst du dann sehen. Im Zweifelsfall verfolgst du ihn oder rufst mich an.«

Die Dunkelheit wich allmählich. Es war zwar noch nicht richtig hell, aber die Häuser hatten schon klarere Umrisse, und die unbeleuchteten Teile zwischen den Straßenlaternen wurden grau. Contini vergewisserte sich, dass Malaspina die Beschreibung von Elton, sowie die von Lina und Matteo im Kopf hatte. Dann trat er auf die Eingangstür zu. Er wusste, welche Klingel er drücken musste.

»Oh, ich Ärmste!«, nahm ihn Anita Pedrini auf dem Treppenabsatz in Empfang. »Sie haben Glück, dass ich auch am Sonntag früh aufstehe!«

Für Contini war es gewissermaßen die offizielle Bestätigung. Er hatte sich nicht geirrt, sein Gedächtnis hatte ihn nicht getrogen. Ihm genügte eine Frage, um sicher zu sein:

»Matteo ist also wieder da?«

»Reden wir nicht darüber, Herr…«

»Contini.«

»Reden wir nicht darüber, Herr Contini. Offenbar ist er krank! Ich habe praktisch nicht mehr mit ihm gesprochen, ich Ärmste, höchstens ein Guten Tag im Treppenhaus, mehr nicht!«

»Aber er wird doch nicht ganz allein sein…«

»Nein, nein, natürlich nicht, nein! Es sind immer diese beiden Pfleger da, eine junge Frau und ein kräftiger Kerl, der aussieht wie ein Boxer.«

»Eine Krankheit, sagen Sie? Und warum ist er nicht im Krankenhaus?«

»Ich weiß es nicht, ich Ärmste! Wissen Sie, heutzutage gibt es überall diese Heimpflegedienste, es wird etwas dergleichen sein…«

Der Hinweis war beinahe unsichtbar. Zwei kleine Worte, eine dieser Wendungen, die sich dir im Kopf festsetzen. »Ich Ärmste!« So wie manche »gütiger Himmel« oder »also« sagen. Matteo Marelli hatte so getan, als gäbe er ihm einen Hinweis mit dem ersten Glockenschlag, dabei hatte er ihn kurz darauf, mit dem zweiten Schlag folgen lassen, als niemand mehr zuhörte. Der Detektiv hatte das Gespräch genau im Kopf.

MARELLI: Auch jetzt, da wir an den Anfang zurückgekehrt sind, jetzt, wo wir warten müssen ...
ELTON: Was sagst du da?
MARELLI: Jetzt, wo wir da sind, wo alles noch vor uns liegt, jetzt, da wir dort gefangen sind, wo ...
ELTON: He!

Aber das war noch nicht der Knackpunkt. Marelli hatte Elton gegenüber so getan, als wolle er den Ort ihrer Gefangenschaft verraten. In Wahrheit hatte er ihn bloß ablenken wollen, um besser zum Schlag ausholen zu können.

MARELLI: Oh, ich Ärmster, ich Ärmster ... hab ich etwa zu viel gesagt?
ELTON: Was soll das?

»Ich Ärmster«: Das war der Schlüssel. Marelli hatte auf die Redeweise seiner Nachbarin angespielt, einen Ausdruck verwendet, der aus seinem Mund sehr unpassend klang. Aber niemand hatte es bemerkt, nicht einmal Contini. Obwohl Contini in Marellis Wohnung in der Via dei Sindacatori in Massagno gewesen war und mit Anita Pedrini gesprochen hatte, die ihm innerhalb von fünf Minuten mindestens ein Dutzend Mal mit »ich Ärmste« gekommen war.

Natürlich ist es nicht leicht, eine Erinnerung zutage zu fördern, die im Gedächtnis vergraben liegt. Schon deshalb, weil Continis Aufmerksamkeit, ebenso wie die von Elton, auf die vorangehenden Sätze gerichtet war, die keinen ausreichenden Hinweis lieferten. Auch wenn es in gewisser Weise stimmte, dass sie »an den Anfang zurückgekehrt« waren, wo alles noch vor ihnen lag. Sie waren in Matteo Marellis Wohnung zurückgekehrt, wo er friedlich gelebt hatte, bevor er anfing, den großen Gangster zu spielen.

Forsters Idee war gut. Keiner hätte ausgerechnet in der Wohnung einer der beiden Geiseln nach diesen gesucht. Aber zum Glück war in Continis Gedächtnis noch etwas in Bewegung geraten, als er selbst nicht mehr daran geglaubt hatte.

Und nun? Nun, dachte Contini, darf ich keinen Fehler mehr machen. Ein falscher Schritt bei der Befreiung der beiden Geiseln konnte sich auch auf den Überfall auswirken und Jean, Francesca und die anderen in Bellinzona in Schwierigkeiten bringen. In der Wohnung gegenüber befand sich Elton mit den beiden Gefangenen. Und er würde sie sich nicht vor der Nase wegschnappen lassen. Contini konnte nicht einfach eindringen. Er hätte das Türschloss knacken können, das nötige Werkzeug dazu hatte er. Aber wenn es eine Sicherheitsverriegelung gab, war das sinnlos. Er musste sich etwas anderes ausdenken.

Vielleicht konnte er auf die Zusammenarbeit mit der Nachbarin zählen. Da er ihr offenbar einigermaßen sympathisch war, versuchte er, sich das zunutze zu machen, und tischte ihr eine beschönigende Version der Geschichte auf. Während Anita Pedrini Kaffee kochte, erklärte ihr Contini, dass Matteo von einem Kerl gefangen gehalten wurde, dem er Geld schuldete, und der ihn so lange nicht freilassen würde, bis er gezahlt hatte.

»Aber wie soll er zahlen, wenn er gefangen ist?«

»Eben, das ist absurd! Wenn niemand zahlt, wird es Matteo schlecht ergehen.«

»Sie sagen, er sei gar nicht krank?«

»Er ist kerngesund, aber verzweifelt.«

»Hm …« Anita Pedrini war misstrauisch. »Warum zahlen Sie nicht? Sie sind doch der Schwager.«

»Ich habe nicht so viel Geld auf einmal. Hören Sie, ich weiß, dass es Ihnen merkwürdig erscheint, aber Matteo braucht unbedingt Hilfe!«

»Ich weiß nicht, ob ich mich da einmischen will.«

Contini musste lange reden, bis er sie überzeugt hatte. Es war beinahe Viertel nach sieben, als sie endlich bereit war, ihm zu helfen. Anita Pedrini willigte vor allem aus Neugier ein, zumal sich ihr Beitrag darauf beschränkte zu klingeln.

Das würde Contini zumindest den Vorteil der Überraschung sichern. Aber der Detektiv wusste nicht genau, wer oder was ihn hinter Marellis Wohnungstür erwartete. Vermutlich Elton, aber wie? Bewaffnet? Allein, oder in Begleitung eines Gehilfen? Und die Gefangenen? Waren sie in einem Zimmer eingeschlossen? Waren sie zusammen oder getrennt? Und wenn sie in den letzten Stunden das Versteck gewechselt hatten? Wenn er am Ende zu spät gekommen war?

Es gab nur eine Möglichkeit, das in Erfahrung zu bringen.

»Ich bin bereit!«, sagte Anita Pedrini, während sie aus dem Bad kam. »Ich habe mich ein bisschen frisch gemacht, ich Ärmste, morgens ist es immer eine Katastrophe mit mir!«

Contini lächelte. Anita Pedrini fragte:

»Soll ich also jetzt gleich klingeln?«

19

Überfall auf die Junker-Bank

Salviati öffnete die Bürotür und bat seine Gäste, es sich bequem zu machen. Er legte einen Stift zurecht und schob einen Briefbeschwerer beiseite. Dann nahm er am Schreibtisch Platz. Aus dem Augenwinkel bemerkte er, dass rechts von ihm ein Tablett mit drei Tassen und einem Milchkännchen stand.

»Ich will Ihnen nicht Ihre Zeit stehlen. Es müssen nur ein paar Formalitäten erledigt werden.«

»Kein Problem«, erwiderte Claudio Melato.

Seit Jahren hatte Salviati keinen derartigen Betrug mehr begangen. Früher war es seine Spezialität gewesen. Wenn er sich mit einer Person befasste, gelang es ihm leicht, deren Gestik und Art zu sprechen zu verinnerlichen. So ahmte er selbst in Bellonis Büro noch den Direktor nach, obwohl keinerlei Gefahr mehr bestand. Der Einzige, der Belloni persönlich kannte, war Giuseppe Locatelli, der ahnungslos am Eingang wartete: Francesca hatte ihn im richtigen Moment abgelenkt. Außerdem hatte Locatelli den falschen Belloni nur im Dunkeln, mit Schal und Hut vermummt gesehen.

Melato und sein Leibwächter wirkten ruhig, beinahe ein wenig gelangweilt. Zwischen ihnen auf dem Boden, vor dem Schreibtisch, stand die schwarze Tasche mit den zehn Millionen.

»Waren Sie lange unterwegs?«, fragte Salviati, während er in Bellonis Aktenmappe kramte.

»Ich bin gestern nach Lugano gekommen«, antwortete Melato.

»Eine gute Idee. Besser, man reist in Ruhe.«

Salviati zog eine Thermoskanne aus der Mappe.

»Ich habe ein bisschen Kaffee von daheim mitgebracht. Es gibt hier einen Automaten, aber der Kaffee ist ungenießbar.«

Melato lächelte.

»Das ist immer so …«

Salviati fing an, den Kaffee zu verteilen.

»Ach, ich soll Sie übrigens von Herrn Koller grüßen und auch unseren gemeinsamen Freunden Grüße ausrichten lassen.«

Salviati spielte damit auf den Besitzer der Millionen an, eines jener Individuen, die man in den entsprechenden Kreisen nur indirekt erwähnen durfte.

»Ich danke Ihnen«, Melato deutete auf die Tasche. »Endlich können wir diese Sache erledigen.«

»Gewiss«, Salviati lächelte, »und wir von der Junker-Bank sind darüber sehr froh!«

Der Leibwächter nahm die Tasche und legte sie auf den Schreibtisch. Salviati schob seinen Stuhl ein Stück zurück. Der Leibwächter öffnete den Reißverschluss der Tasche.

»Nach dem aktuellen Kurs ein Wert von zehn Millionen Schweizer Franken«, bemerkte Melato. »Wie vereinbart.«

Salviati nahm die Geldzählmaschine vom Schreibtisch und überprüfte schweigend den Betrag. Euro und Franken, aufgeteilt in vierzehn Bündel zu je tausend Scheinen, im Gesamtwert von zehn Millionen Franken. Er packte sie zurück in die Tasche und schloss den Reißverschluss.

»Perfekt, perfekt!« Er sah zuerst Melato, dann dessen

Bodyguard an, der wieder Platz genommen hatte. »Aber ich würde vorschlagen, bevor wir die Angelegenheit zum Abschluss bringen, trinken wir einen Kaffee! Derweil kümmere ich mich um die Papiere. Schwarz oder mit Milch?«

Salviati nahm die Tasche von der Arbeitsfläche und legte sie hinter den Schreibtisch. Er schob ein paar Stifte beiseite und schuf Platz für das Tablett. Dann suchte er scheinbar etwas... er sah auf den Boden, wo er die Tasche abgestellt hatte. Er hob sie auf und beugte sich vor, um sie vor dem Schreibtisch zu deponieren.

»Da stellen wir sie hin«, murmelte er, »sonst ist sie nur im Weg... ich weiß, es ist ein bisschen lächerlich zu sagen, dass einem zehn Millionen im Weg sind, aber es ist so!«

»Sie nehmen ziemlich viel Platz ein, das stimmt«, bestätigte Melato mit einem angedeuteten Lächeln.

»Ich muss nur die Schublade hier aufbekommen, es ist alles etwas chaotisch, merke ich...«

Er machte sich hinter dem Schreibtisch zu schaffen und tauchte mit einer Zuckerpackung in der Hand wieder auf.

»Bitte sehr!« Er lächelte triumphierend. »Ich wusste, dass der Zucker irgendwo sein muss!«

Er schenkte Kaffee ein: schwarz für sich und Melato, mit einem Schuss Milch für den Leibwächter. Dann sagte er:

»Ich hole jetzt Ihre Papiere.«

Er stand auf und zog die Schubladen eines Karteischranks rechts von ihm auf. In Wahrheit befanden sich die Papiere in Bellonis Aktenmappe, Salviati hatte in der Nacht zuvor nachgesehen. Es handelte sich ganz einfach um eine Empfangsbestätigung. Er tat so, als suche er ein paar Sekunden lang, um das Bild des etwas zerstreuten Direktors Belloni zu untermauern. Dann hellte sich seine Miene auf und nahm einen Ausdruck an, der zu besagen schien: Nein so was, wie dumm von mir! Er nahm die Mappe, zog die Empfangsbestätigung heraus und hielt sie Melato hin.

»Bitte sehr, warten Sie, ich suche nur schnell einen Stift …«

In diesem Augenblick klingelte das Telefon.

Ein unvorhergesehenes Ereignis. Wer rief am Sonntagmorgen um sieben im Büro an! Aber Salviati blieb ruhig. Er schnaubte nur und zeigte etwas Widerwillen, als er zum Hörer griff.

»Ja bitte?«

»Ich bin es, Giuseppe. Entschuldigen Sie die Störung, Herr Direktor, aber hier ist ein gewisser Herr Koller, der mit Ihnen sprechen will.«

»Koller?«

»Ja, ein Deutschschweizer.« Locatelli senkte die Stimme. »Ich glaube, er ist aus der Filiale in Zürich.«

Salviati wusste nicht, was er davon halten sollte. Er versuchte, Zeit zu gewinnen.

»Ich komme besser runter. Bin gleich da.«

»Gut, ich sag ihm, er soll warten.«

»Danke.«

Er legte den Hörer auf. Melato sah ihn fragend an.

Salviati hatte keine Zeit nachzudenken, zu begreifen, was vor sich ging. Laut Plan sollte Locatelli ruhig an seinem Platz sitzen und Francesca beim Herauskommen wieder in Erscheinung treten, um ihn abzulenken. Aber wenn Salviati jetzt hinunterging, ohne Schal und Hut, würde Locatelli den Schwindel bemerken. Und außerdem, was machte Koller am Eingang? Und wenn Koller wusste, wie Belloni aussah?

»Gibt es ein Problem?«, fragte Melato.

»Nein, nur eine kleine technische Angelegenheit …«

Zu viele Fragen, zu viele Unwägbarkeiten, um sie im Bruchteil einer Sekunde abschätzen zu können. Salviati blieb ruhig, denn das war sein Metier. Aber innerlich war er in Alarmbereitschaft. Und wenn es gar nicht Koller war? Wenn es ein Trick war? Aber wie sollte er das herausfinden, ohne nachzusehen? Andererseits konnte er nicht nachsehen, ohne sein eigenes Spiel aufzudecken.

»Eine technische Angelegenheit?«

»Oh, nichts Gravierendes …«

Jedenfalls hatte Salviati Alternativpläne. Einer von ihnen war den Umständen möglicherweise angemessen, zumindest wenn … aber er hatte keine Zeit. Es gab keine Sekunde zu verlieren. Er erhob sich und öffnete die Tür, die zum Büro von Bellonis Sekretärin führte.

»Die Papiere, die ich hierhabe, sind nicht die richtigen. Aber das haben wir gleich. Wenn Sie mir folgen würden … und nehmen Sie ruhig die Tasche mit …«

Melato nickte dem Leibwächter zu, der die Tasche mit dem Geld aufhob. Sie folgten Salviati in das Büro der Sekretärin. Er ließ die beiden vor dem Schreibtisch Platz nehmen und schüttelte mit bedauernder Miene den Kopf.

»Es tut mir leid, wegen der Unannehmlichkeiten. Ich habe Sie hierher gebeten, weil wir ein Fax aus Zürich abwarten müssen.«

»Ein Fax?«, Melato war erstaunt.

Salviati deutete in eine Ecke des Raumes mit dem Fotokopierer und einem Faxgerät, die in Bellonis Büro fehlten.

»Sobald das Fax kommt, wird Ihnen alles klar sein. Aber warten Sie, ich hole das Tablett mit dem Kaffee.«

Salviati ging hinaus und kam kurz darauf mit dem Tablett zurück. Er stellte es auf den Schreibtisch der Sekretärin.

»Der Kaffee ist noch heiß!«

Die Zeit war um. Salviati wusste noch immer nicht, was vor sich ging, wie er auf die Ankunft Kollers reagieren sollte …

oder wer auch immer es war. In diesem Augenblick konnte er nur eines tun: Melato und dessen Leibwächter hinhalten. Die Tasche mit dem Geld stand bei ihnen, deshalb waren sie ziemlich ruhig. Aber Salviati spürte, dass Melato die Unstimmigkeit bemerkt hatte.

»Ich verstehe nicht«, sagte Melato und schob die Kaffeetasse zur Seite. »Ich habe gehört, dass Sie vorhin am Telefon Herrn Koller erwähnten.«

»So ist es!«, rief Salviati. »Genau darum geht es. Herr Koller wird ein Fax mit ein paar Details schicken, die …«

Salviati wusste nicht, wie er den Satz beenden sollte, aber das Problem stellte sich nicht mehr. Jemand riss die Bürotür auf.

»Keine Bewegung!«

»Ich bring euch um, rührt euch nicht von der Stelle, oder ich bring euch um!«

Drei Männer drangen schreiend und mit Pistolen bewaffnet in den Raum ein. Sie trugen schwarze Pullover, Jeans und Sturmhauben über dem Gesicht. Salviati blinzelte und legte die Hände auf den Schreibtisch. Melatos Kopf schnellte herum, während sein Leibwächter sich erheben wollte. Aber einer der drei Männer trat auf ihn zu, drückte ihn auf den Stuhl und schlug ihm die Pistole ins Gesicht.

»Was soll das, verdammt! Sitzen bleiben, hab ich gesagt!«

Melatos Kopf bewegte sich rhythmisch hin und her, bestürzt sah er von einem der Männer zum andern. Salviati rührte sich nicht, ebenso wenig wie der Leibwächter. Die drei wirkten erbost, aber ihre Handlungen waren wohlüberlegt. Jeder wusste, welche Aufgabe er hatte, und erledigte sie ohne einen Fehler.

»Seid ihr bewaffnet? Wer hat eine Waffe?«, fragte einer der drei, der die Operation zu leiten schien.

»Ich«, antwortete der Leibwächter.

Er hatte eine Taurus-Pistole, die ihm die Männer abnahmen. Sie konfiszierten auch sein Handy, ebenso wie das von Melato und Salviati. Dann fesselten und knebelten zwei von ihnen den Leibwächter. Dasselbe taten sie mit Melato. Am Ende nahm einer von ihnen die Tasche mit dem Geld. Er öffnete den Reißverschluss und warf einen Blick auf die Scheine; bevor er ihn wieder zuzog, gab er dem Anführer ein Zeichen des Einverständnisses. Dieser sah Salviati an und sagte, ohne länger zu schreien:

»Du kommst mit uns.«

Salviati nickte. Er hatte noch kein einziges Wort gesprochen.

Sobald sie im Flur waren, zogen sich die drei die Sturmhauben vom Kopf. Salviati begriff, dass sie ihn umbringen würden. Zwei von ihnen hatten harte Gesichtszüge, wie Menschen, die es gewohnt waren, Gewalt anzuwenden. Der dritte hatte dagegen ein freundliches Gesicht, mit zwei sanften Augen hinter altmodischen Brillengläsern. Er war der Anführer. Er wandte sich an Salviati:

»Ich bin Jonathan. Du wirst tun, was ich dir sage.«

Salviati nickte. Dann räusperte er sich, um eine Frage anzukündigen. Jonathan sah ihn an.

»Was habt ihr mit Locatelli gemacht?«

»Locatelli?«

»Der Wachmann am Eingang.«

»Ach so … dasselbe wie mit den beiden oben. Wir müssen los, komm.«

Die drei hatten ihre Aggression abgelegt. Jetzt bewegten sie sich vorsichtig, wie Schüler in den Fluren eines Museums. Bevor sie die Tür öffneten, vergewisserten sie sich, dass niemand auf der Straße war. Am Eingang bemerkte Salviati, dass die Videokameras durch einen Kurzschluss außer Betrieb gesetzt worden waren.

Sie traten hinaus, schlossen die Tür hinter sich. Keiner der drei zeigte seine Pistole, sie behandelten Salviati sogar mit einer gewissen Ehrerbietung. Für Außenstehende hätten sie wie der Bankdirektor mit drei kleineren Angestellten wirken können. Aber Salviati hatte Bellonis Gestik aufgegeben. Er war wieder er selbst, obwohl er geschminkt war und die Kleider des Direktors trug.

Es war zwanzig nach sieben. Am Ende der Straße sah Salviati den Audi von Filippo Corti auftauchen. Er hoffte, dass er nichts Unüberlegtes tun würde. Er sah nicht in seine Richtung, aber er bemerkte, dass Filippo verlangsamte, als er an ihnen vorbeifuhr. Jetzt hat er mitbekommen, dass etwas schiefgegangen ist, dachte Salviati.

Und Anna? Und Francesca? Salviati wusste, dass sie in der Nähe waren. Von irgendwoher sahen sie zu, wie er sich in Begleitung dreier Männer entfernte. Und sie waren verängstigt, zutiefst erschrocken. Unfähig zu reagieren. Salviati wusste genau, was für ein Schlag ein unvorhergesehenes Ereignis während eines Überfalls ist. Der Kopf wird leer, Arme und Beine gehorchen nicht mehr. Die Angst ist das einzige Indiz dafür, dass du noch lebst.

Jonathan und die anderen ließen Salviati in einen Mercedes einsteigen, der neben Melatos Nissan parkte. Dann legten sie die Tasche mit dem Geld in den Kofferraum und fuhren los, ließen Bellinzona hinter sich.

Salviati wusste, dass sie ihn umbringen würden.

Aber was sollte er tun? Er war unbewaffnet, er wusste nicht, wo sie ihn hinbrachten. Und vor allem war er allein.

20

Essen wir bei uns in den Bergen?

Anita Pedrini war nicht ganz überzeugt. Aber Contini brauchte jemanden, der ihm den Weg bahnte. Wenn er erst mal in der Wohnung war, musste er sich etwas einfallen lassen.

»Sie müssen nichts Besonderes machen, meine Gute. Nur klingeln.«

»Mit dem Finger, so, ja? Oder besser so?«

Contini glaubte, nicht recht zu hören. Sie fragte ihn, mit welchem Finger sie den Knopf drücken sollte!

»Welchen Finger nehmen Sie normalerweise?«

»Oh, ich Ärmste, ich weiß es nicht! Normalerweise denk ich nicht drüber nach, nicht wie jetzt, wo alles gespielt ist!«

Contini seufzte.

»Versuchen Sie es mit dem Zeigefinger.«

»Sicher? Mit dem Zeigefinger?«

»Mit dem Zeigefinger.«

Anita Pedrini betrachtete ihren Zeigefinger, als sähe sie ihn zum ersten Mal.

»Gut«, sagte sie, »dann nehme ich den.«

Anita Pedrini drückte den Klingelknopf.

Contini beobachtete alles aus seinem Versteck weiter oben im Treppenhaus. Er hoffte, dass Elton nicht Lunte roch und dass Anita Pedrini nicht allzu nervös wurde. Sie hörten das Klingeln in der Wohnung. Vielleicht schliefen noch alle. Oder waren sie gar nicht mehr da? Contini wollte der Frau gerade ein Zeichen geben, nochmals zu klingeln, als er meinte, Schritte zu hören.

»Ich bin's, Frau Pedrini, Ihre Nachbarin.«

Die Tür ging auf und Eltons kräftige Gestalt erschien.

Anita Pedrini sagte mit dünner Stimme:

»Guten Morgen …«

»Was ist?«, fragte Elton.

Offenbar gab es Situationen, in denen Elton nicht nach Worten suchte.

»Ich Ärmste, am Ende haben Sie noch geschlafen!«

»Nein, ich war wach. Gibt's ein Problem?«

Elton war auf der Hut. Er war bereits angezogen, trug einen braunen Anzug mit gelben Streifen. Contini fragte sich, ob die feine Kleidung dieses Gorillas nicht genauso trügerisch war wie dessen gedrechselte Sprache. Mit Sicherheit verbarg sich hinter dem Schein ein gewaltbereiter und selbstsicherer Elton, der schnelle Entscheidungen treffen konnte. Man wird nicht zum Wachhund von einem wie Forster, wenn man nicht ein bisschen Grips hat.

»Nun ja, ich störe so zeitig, weil ich ein Problem in meiner Wohnung habe und dachte, dass Matteo, oder vielleicht auch Sie, wenn es Matteo nicht gut geht, also dass …«

Anita Pedrini verhaspelte sich. Contini hatte sie gebeten, Elton unter dem Vorwand einer undichten Leitung in der Küche in ihre Wohnung zu locken.

»Matteo geht es nicht besonders gut«, erklärte Elton. »Was ist das Problem?«

»Ach, ich Ärmste, also, es gibt da so eine undichte Stelle, ja. Eine undichte Stelle.«

»Eine undichte Stelle?«

»In der Küche.«

»Hören Sie, meine Dame …«

»Das stimmt wirklich!«, versicherte Anita Pedrini. »Ich denk mir das nicht aus!«

An diesem Punkt merkte Elton offenbar, dass etwas nicht stimmte. Vielleicht dachte er aber auch nur, die Alte sei verkalkt. Jedenfalls trat er einen Schritt vor.

Contini kam ein paar Stufen herunter.

Anita Pedrini, die Ärmste, wich zur Seite und bat Elton in ihre Wohnung. Er trat schweigend über die Schwelle und sah sich um. Contini nahm die letzten Stufen hinab und hoffte, dass sich Elton nicht gerade in diesem Augenblick zu ihm umdrehen möge.

»Ich Ärmste«, sagte Anita Pedrini. »Jetzt weiß ich gar nicht mehr, was undicht war. Ein Wasserhahn … ja, ja, eine undichte Stelle, ich erinnere mich nicht mehr genau …«

Contini glitt in Marellis Wohnung, ohne die Tür zu schließen. Er hoffte, dass Anita Pedrini ihre Rolle der verwirrten Alten weiter so gut spielen würde.

Nun musste er nur noch die Geiseln finden.

Hinter der Wohnungstür lag ein Vorraum, von dem ein schmaler Flur abging, an dessen Ende man ein Wohnzimmer erkennen konnte. An den Seiten vier verschlossene Türen. Contini lief eilig vor zum Wohnzimmer. Schwarze lederbezogene Sitzmöbel, ein 40-Zoll-Fernseher, ein Holztisch. Niemand zu sehen.

»Wenn Sie noch mal nachschauen könnten …«

»Tut mir leid, meine Dame, aber ich habe keine Zeit mehr.«

Eltons Stimme. Contini trat aus dem Wohnzimmer, öffnete irgendeine der Flurtüren und fand sich im Badezimmer wieder. Er schaffte es gerade noch rechtzeitig, die Tür zu schließen, bevor Elton zurück in die Wohnung kam.

Anita Pedrini hatte ihre Aufgabe erfüllt. Aber Contini war im Bad gefangen. Elton konnte ihn jeden Augenblick entdecken.

Während Contini die Situation abschätzte, sah er, wie die Türklinke gedrückt wurde. Hastig schlüpfte er hinter den Duschvorhang. Die Tür schloss sich wieder, und eine Frauengestalt im Nachthemd erschien. Lina Salviati. Contini schob den Vorhang beiseite und flüsterte:

»Pst! Ganz ruhig!«

Lina schnellte herum und riss die Augen auf. Sie hätte beinahe aufgeschrien, aber sie konnte es gerade noch unterdrücken.

»Wer … wer bist du?«

»Contini. Ich bin …«

»Ich weiß, wer du bist. Aber wie bist du reingekommen? Wie hast du es geschafft …«

»Jetzt ist keine Zeit. Wo sind Elton und Marelli?«

Innerhalb weniger Sekunden schafften sie es, eine Art Plan zu entwerfen. Elton war in sein Zimmer zurückgekehrt und telefonierte. Marelli lag vermutlich noch im Bett. Lina hatte die Aufgabe, ihn zu informieren und auf die Flucht vorzubereiten. In der Zwischenzeit würde Contini versuchen, die von Elton verschlossene Eingangstür zu knacken. Das Sicherheitsschloss war nur ein Metallriegel, den man einfach zurückschieben konnte. Für das eigentliche Schloss würde Contini, wie er schätzte, einige Minuten brauchen.

Lina blieb ruhig. Sie wollte nicht voreilig in Begeisterung ausbrechen, solange sie nicht frei war, sie hatte zu große Angst vor einer Enttäuschung. Nach der monatelangen Gefangenschaft kam es ihr vor, als sei sie nachdenklicher und besonnener geworden. Sie holte Kleider und Schuhe aus ihrem Zimmer. Dann ging sie zu Matteo und erklärte ihm, was vor sich ging. Mit einem Ruck richtete er sich im Bett auf.

»Dann sind wir endlich frei! Lina, ist dir das klar?«

»Nein.«

»Aber …«

»Du bist im Schlafanzug, ich im Nachthemd. Die Tür ist noch zu.«

Matteo nickte. Ohne ein weiteres Wort nahm er seine Kleider und verschwand im Bad. Nach ein paar Minuten kehrte er zurück. In der Zwischenzeit hatte auch Lina sich umgezogen. Sie öffneten die Tür einen Spalt und sahen hinaus in den Flur. Aus dem Wohnzimmer drang düsteres Morgenlicht herein, das mit dem Widerschein der Straßenlaternen verschmolz. Auf der anderen Seite hockte Contini vor der Eingangstür und steckte irgendetwas ins Schloss. Auf dem Boden lag eine Reihe gebogener Metallwerkzeuge.

Contini und Salviati, Salviati und Contini, dachte der Detektiv, während er die Dietriche ausprobierte. Preisgekröntes Unternehmen für Betrügereien, Überfälle und unüberlegtes Handeln. Der eine versucht, sich mit guten Manieren zehn Millionen aushändigen zu lassen. Der andere ist dabei, ein Schloss von innen zu knacken. Der einzige Einbrecher auf der Welt, der versucht, unbemerkt hinauszugelangen …

Der Gedankenfluss wurde durch Schritte auf dem Flur unterbrochen. Contini wandte sich um. Im Halbdunkel zeichnete sich Eltons massige Gestalt ab.

Zwei Sekunden lang rührte sich Elton, vollkommen verdutzt, nicht von der Stelle. Contini schaffte es, aufzustehen und ihm entgegenzutreten. Er hoffte, Elton würde die Dietriche am Boden nicht sehen.

»Guten Morgen«, sagte Contini und hob die Hände. »Wir wollen nicht streiten. Ich würde dir raten …«

Elton ließ ihn den Satz nicht beenden, sondern stürzte sich auf ihn. Contini konnte gerade noch ausweichen: Die Faust streifte ihn an der Schulter. Elton setzte erneut zum Angriff an, und Contini wich bis ins Wohnzimmer zurück. Es sah schlecht aus für ihn. Contini hatte zwar eine Pistole dabei, aber er durfte nicht schießen. Irgendjemand hätte garantiert die Polizei geholt. Und das konnten sie sich nicht erlauben, nicht mehr, da Salviati in diesem Augenblick der Junker-Bank zehn Millionen abknöpfte.

»Bleib stehen, wo du bist«, rief Contini und richtete die Waffe auf Elton.

Elton ließ ihm keine Zeit zum Ausreden. Mit gesenktem Kopf stürzte er sich auf ihn, und Contini prallte gegen eine Regalwand. Eine Vase und ein Stapel CDs landeten auf dem Boden, ebenso ein Bücherregal und Contini selbst, dem beim Aufprall die Pistole aus der Hand glitt. Die Walther landete neben seinem linken Fuß. Als er nach dem Aufprall den Kopf hob und sah, dass Elton danach greifen wollte, versetzte er ihr einen Tritt. Die Pistole flog an die Wand.

Vom Regen in die Traufe. Ohne Waffe gegen diesen Koloss. Contini bereute es, Malaspina draußen gelassen zu haben. Aber jetzt war es zu spät. Rasch richtete er sich auf, darauf gefasst, weitere Schläge abwehren zu müssen. Aber Elton beachtete ihn gar nicht mehr und rannte in die entgegengesetzte Richtung. Die Geiseln! Wenn Elton die beiden Geiseln erwischte, saß er am längeren Hebel. Contini verfolgte ihn humpelnd.

Marelli hatte die Arbeit wieder aufgenommen, die der Detektiv unterbrochen hatte. Wie oft während jener Monate der Gefangenschaft hatte er es bedauert, nicht das richtige Werkzeug zu haben! Elton hatte Alarmanlagen an den Fenstern angebracht, er wusste, dass er bei der Tür Chancen hatte: Um sie zu knacken, brauchte man die richtigen Kenntnisse und das richtige Werkzeug. Matteo erfüllte beide Bedingungen. Es war ihm gerade gelungen, sie zu öffnen, als sich ein Schatten hinter ihm abzeichnete.

»Achtung!«, schrie Contini.

Matteo versuchte sich mit den Armen zu schützen. Aber er war nicht schnell genug. Elton versetzte ihm einen Schlag an die Schläfe, und Matteo spürte ein heftiges Stechen im Kopf. Er wollte zur Flucht ansetzen, prallte gegen den Türpfosten und sank zusammen, während alles um ihn herum schwarz wurde. In der Ferne glaubte er, Linas Stimme zu vernehmen.

Contini warf sich erneut auf Elton.

»Lauf!«, sagte er zu Lina. »Flieht!«

»Nein«, erwiderte sie. »Matteo bewegt sich nicht, er ist…«

»Nimm die Pistole«, unterbrach sie Contini. »Die Pistole im Wohnzimmer!« Lina begriff und entfernte sich. Contini hatte Elton in eine Ecke gedrängt und versuchte, seinen Schlägen auszuweichen. Aber schon bald musste er aufgeben. Der Gorilla warf ihn zu Boden und stürzte hinter Lina her. Contini rannte ihm nach. Als sie ins Wohnzimmer kamen, war niemand zu sehen.

»Wo ist…?«, begann Elton.

Contini bemerkte sie als Erster, versteckt hinter dem Sofa. Mit einem Satz war er bei ihr, kam Elton um Haaresbreite zuvor.

»Hast du die Pistole gefunden?«

»Hier!«

Elton wollte sich auf sie werfen, aber Contini traf ihn mit dem Lauf der Walther an der Schläfe. Elton schnellte herum und setzte zum Faustschlag an. Contini traf ihn erneut, diesmal an der Nasenwurzel, und dann noch einmal über dem Auge und an der Stirn. Elton fiel auf das Sofa. Contini versetzte ihm einen letzten Schlag mit dem Pistolenknauf. Elton sank zusammen.

Contini drehte sich suchend zu Lina um. Aber sie war bereits im Flur, vor der aufgebrochenen Wohnungstür. Marelli lag ausgestreckt am Boden und gab kein Lebenszeichen, der Kopf war verrenkt, ein Bein angewinkelt. Lina kniete neben ihm. Contini überkam plötzlich bleierne Müdigkeit.

Anna Corti war allein. Von ihrem Beobachtungsposten aus hatte sie einen Mercedes vorbeifahren sehen. Zwei Männer auf der Rückbank und zwei vorne. Anna hatte niemanden erkannt. War Jean Salviati dabei? Schwer zu sagen. Der Wagen war im Nu vorbei gewesen.

Und was soll ich jetzt machen? Anna stampfte mit den Füßen auf den Gehweg, um sich aufzuwärmen. Es war halb acht. Der Überfall musste zu Ende sein. Und weshalb war dann niemand da? Warum sah sie nirgends Filippos Audi mit Jean auf dem Beifahrersitz? Und Francesca?

Anna beschloss zur Bank zu laufen. Es waren nur wenige Meter. Vielleicht war etwas Unvorhergesehenes passiert und sie konnte etwas tun. Es gelang ihr nur wenige Sekunden, eine derartige Möglichkeit in Erwägung zu ziehen. Dann überkam sie das Gefühl der Lächerlichkeit. Soll das ein Witz sein? Ich bin Bibliothekarin, eine, die sich nicht einmal mit ihren Klassenkameraden geprügelt hat. Was mach ich hier, mitten in einem Überfall? Wie soll ich irgendjemandem helfen können?

Dennoch lief sie weiter in Richtung Bank. Auch dort schien alles normal zu sein. Ein Sonntag Ende Dezember, mit Weihnachtsbeleuchtung in den kahlen Bäumen. Die Mauern der Junker-Bank wirkten in der eisigen Luft noch grauer und massiver. Anna drehte sich einmal um die eigene Achse. Niemand. Weder Filippo, noch Jean, noch Francesca.

Was soll ich tun, soll ich versuchen anzurufen? Anna spürte die Angst, die ihre Gedanken lähmte. Für solche Dinge war sie nicht geschaffen. Sie hasste Spannung, selbst bei Fernsehfilmen oder beim Elfmeterschießen am Ende eines Fußballspiels. Umso mehr im wirklichen Leben! Was soll ich tun, was soll ich bloß tun?

Obwohl Jean ihnen ans Herz gelegt hatte, Anrufe auf ein notwendiges Minimum zu reduzieren, griff sie schließlich zum Handy. Auf dem Display leuchtete der Hinweis auf eine eingegangene Nachricht. Anna las sie eilig.

LIEBE ANNA, WIE GEHT ES DIR? WENN MAMA DANACH IST, ESSEN WIR BEI UNS IN DEN BERGEN ZU WEIHNACHTEN? BIS BALD, LILA :-)

Eine SMS von ihrer Schwester, die sonntags früh aufstand. Anna schüttelte den Kopf. Sie schien ihr aus einer anderen Welt zu kommen. Sie löschte die Nachricht und versuchte Jean anzurufen, Francesca, Filippo, Contini … in der Hoffnung, einer von ihnen würde abnehmen. Oder hatten sie sie vergessen?

»Sie werden in der Nähe sein, oder?«

»Sie sind nicht da!«

»Nicht mal Francesca?«

»Ich sag doch, es ist niemand da! Ich habe nur dieses Auto vorbeifahren sehen.«

»Und bist du sicher, dass Salviati drinsaß?«

»Vielleicht war er es. Auf dem Rücksitz. Ich weiß es nicht, ich erinnere mich nicht mehr …«

Contini seufzte und nahm das Handy vom rechten ans linke Ohr. Man kam keinen Augenblick zum Verschnaufen. Gerade hatte er die Angelegenheit in Massagno geregelt, da fiel ihm Anna Corti mit dem gescheiterten Überfall ins Haus.

Denn das war es, worum es ging. Irgendetwas an dem Plan war offensichtlich schiefgegangen.

»Aber wo bist du?«, fragte Anna. »Was machst du gerade?«

»Ich bin in Massagno. Es ist jetzt alles ganz ruhig hier.«

Zum Glück war Marelli nicht ernsthaft verletzt: höchstens eine Gehirnerschütterung. Es hätte schlimmer kommen können. Lina hatte ihn ins Krankenhaus begleitet. Offizielle Version: Er war in der Badewanne ausgerutscht. Anita Pedrini war wegen der Kampfgeräusche ein wenig besorgt gewesen. Aber Contini hatte die richtigen Worte gefunden, um sie zu beruhigen.

»Aber … aber Lina ist …«

»Lina ist frei. Jetzt müssen wir an euch denken.«

Warum gingen Jean, Francesca und Filippo nicht ans Telefon? Und vor allem, wo waren sie? Um diese Uhrzeit hätten sie alle zusammen im Audi sitzen müssen. Stattdessen war Anna allein zurückgeblieben.

Was war in der letzten halben Stunde geschehen? Anna wusste es nicht.

»Ich habe die Straße beobachtet und nichts gesehen. Es ist niemand vorbeigekommen, außer diesem Mercedes.«

»Vier Leute, hast du gesagt?«

»Der eine hinten könnte Jean gewesen sein. Er sah ein bisschen so aus, aber auch irgendwie anders. Ich dachte, es liegt vielleicht an der Schminke.«

»Vielleicht.«

Contini telefonierte vom Balkon aus. Malaspina hatte Elton gefesselt, ihn in eines der Schlafzimmer gebracht und bewachte ihn nun. Da Lina und Marelli frei waren, hatte Contini vorgehabt, ihn laufen zu lassen … falls es Jean gelingen würde, an das Geld zu kommen.

Aber wie es schien, war der alte Dieb gescheitert.

Anna Corti war allein und verängstigt, Francesca und Filippo waren verschwunden, Jean war (vielleicht) gesehen worden, wie er mit drei Unbekannten im Auto davonfuhr. Contini befürchtete, dass Forster seine Hände im Spiel hatte. Dann blieb also nur eins …

»Es ist besser, du verschwindest von dort.«

»Na, hör mal«, protestierte Anna. »vielleicht sind sie noch in der Bank!«

»Das halte ich für ausgeschlossen«, Contini sprach leise. »Dann wären sie ans Telefon gegangen.«

»Aber …«

»Wenn sie nicht ans Telefon gehen, heißt das, dass etwas schiefgelaufen ist. In dem Fall ist es besser, du bleibst nicht dort.«

Contini verabredete sich mit ihr um halb neun in Bellinzona. Dann ging er zu Malaspina.

Marellis Wohnung war ziemlich groß: zwei Schlafzimmer, ein Wohnzimmer, ein Esszimmer und eine Küche. Elton hatte das Esszimmerzu seinem Hauptquartier umfunktioniert, ein Feldbett und seinen Computer mitgebracht. Nun befand er sich dort, an den Heizkörper gefesselt. Malaspina betrachtete ihn, während er eine Tasse Kaffee trank.

Contini wartete ein paar Sekunden, bevor er zu sprechen begann. Dann sagte er:

»Und nun?«

»Bitte?«, sagte Elton.

»Ich will die ganze Geschichte hören.«

»Bitte?«

»Hör mal, Elton, wir könnten jetzt auch die Polizei holen. Ich würde sagen, eine Anzeige wegen versuchten Mordes …«

»Das glaubst du doch selbst nicht!«, erwiderte Elton. »Dann kämt ihr aber selbst ganz schön in Schwierigkeiten!«

»Willst du's riskieren? Willst du uns wirklich auf die Probe stellen?«

Schweigen. Dann fragte Elton:

»Was wollt ihr von mir?«

»Wir wollen die ganze Geschichte hören«, antwortete Contini. »Also los, was geht in Bellinzona vor sich?«

Salviati sprach nicht. Wichtig war, die Gedanken zu ordnen, jeden Spielstein zu prüfen, bevor man ihn setzte. Die Operation Junker-Bank hatte eine unvorhergesehene Wendung genommen. Jetzt galt es zu kämpfen, um die eigene Haut zu retten.

Jonathan und die anderen hatten ihre Gesichter nicht vor ihm versteckt, ebenso wenig wie sie die Fahrtroute vor ihm verbargen. Zuerst hatten sie im Zentrum von Bellinzona gehalten, wo Jonathan ausgestiegen war, um zu telefonieren. Dann hatten sie die Stadt durchquert und waren auf die Autobahn in Richtung Süden gefahren.

Die Chancen für Salviati standen schlecht. Der Mann neben ihm auf der Rückbank hielt die Pistole gezückt und ließ ihn nicht aus den Augen. Jonathan fuhr langsam, auch er sprach kein Wort. Sie hatten sich ohnehin nichts zu sagen. Sie hatten das Geld genommen und mussten nun, bevor sie es an seinen Bestimmungsort brachten, Salviati loswerden.

Sicher handelten sie in Forsters Auftrag. Salviati hatte mit einem Überraschungsschlag gerechnet. Aber nicht mit dem Eindringen in die Junker-Bank. Er hatte gedacht, sie würden beim Herauskommen oder noch später, bei der Geldübergabe eingreifen. Stattdessen hatten sie die ganze Operation unterbrochen und ihn regelrecht entführt.

Wo brachten sie ihn hin?

Er hatte keine Ahnung. Vermutlich an einen abgelegenen

Ort, um ihn unauffällig um die Ecke zu bringen. Danach würden sie Forster das Geld liefern.

Und Lina?

Salviati zwang sich, nicht an seine Tochter zu denken. Contini hatte eine Intuition gehabt: Wenn er sich nicht geirrt hatte, war Lina in diesem Augenblick vielleicht schon frei. Aber wenn er sich geirrt hatte, wenn Forster sie noch immer an einem unbekannten Ort gefangen hielt … nein, er durfte nicht daran denken! Es hatte keinen Zweck. Salviati versuchte, diese Gedanken zu vertreiben, sich auf die Gegenwart und die unmittelbare Zukunft zu konzentrieren. Als sei die Operation nicht gescheitert. Als seien diese drei mit Pistolen bewaffneten Kerle bloß ein belangloser Zwischenfall.

21

Wo der Nebel beginnt

Elton fing wieder an seine Worte zu wählen. Ein schlechtes Zeichen. Contini wusste, dass es eine ziemlich schwache Drohung war, die Polizei zu rufen. Sie selbst hatten sich nicht gescheut, das Gesetz zu übertreten; nun war es zu spät, um den Kurs zu wechseln. Die Polizei würde keinen Unterschied machen und alle wegen versuchten Raubes und haufenweise anderer Delikte festnehmen.

»Der Überfall ist sicherlich vorbei«, erklärte Elton.

»Woher willst du das wissen?«, fragte Contini.

»Ein Anruf heute Morgen. Man hat mir bestätigt, dass unsere Leute eingeschritten sind, während Salviati in der Bank war.«

»Aber woher kanntet ihr die Details? Und was habt ihr mit Salviati gemacht?«

»Ich fürchte, diese Fragen kann ich nicht beantworten.«

»Hör zu, ich meine es ernst und …«

»Ruf die Polizei. Ist doch alles nur Bluff.«

»Wenn ich sie rufe, wird das ganz schön unangenehm für dich.«

Bevor Elton antworten konnte, klingelte Continis Handy. Der Detektiv sah auf die Nummer: Es war Francesca. Er verließ das Zimmer, um den Anruf entgegenzunehmen.

»Ja, hallo.«

»Hallo, Contini, entschuldige, dass ich nicht ans Telefon gegangen bin! Ich war hier draußen vor der Bank.«

»Wie geht's dir? Alles in Ordnung?«

»Ich weiß nicht… es ist ein ziemliches Durcheinander. Was ist mit Salviati passiert?«

»Das wollte ich dich gerade fragen.«

»Ich habe ihn rauskommen sehen.« Francesca sprach ruhig, aber sie war ein wenig außer Atem. »Ich habe gesehen, wie er mit drei Männern herauskam, sie sind mit dem Auto weggefahren.«

»Du hast sie gesehen? Bist du sicher?«

»Ja, ich war hier draußen… wir müssen ihm helfen, du musst Filippo anrufen!«

»Aber wo warst du?«

»Ich habe meinen Part gespielt, dann habe ich Anna gesucht, aber sie war nicht an ihrem Platz.«

»Sie hat dich gesucht, jetzt ist sie auf dem Weg zu sich nach Hause.«

»Wie geht es ihr?«

»Sie ist ein bisschen nervös. Und Filippo?«

»Ach ja, Filippo, ich hab mit ihm gesprochen. Du sollst ihn gleich anrufen!«

»Ich hab's versucht… wo ist er?«

»Er folgt Salviati. Das war seine Aufgabe im Notfall.«

»Aber wo bringen sie Salviati hin?«

»Filippo meinte am Telefon, sie seien auf der Autobahn nach Lugano. Aber er fährt ihnen nicht mehr hinterher, weil Salviati ein Treffen mit ihm vereinbart hat.«

»Was hat er vereinbart?«

»Ein Treffen. Salviati.«

»Mal langsam! Salviati wusste im Voraus, dass man ihn entführen würde?«

»Das nicht gerade. Aber er hatte einen Alternativplan für den Fall, dass etwas schiefgeht. Er hat Filippo genaue Anweisungen gegeben.«

»Und wie will er die drei Männer loswerden, die ihn begleiten? Laut Elton sind sie während des Überfalls mit Pistolen eingedrungen. Salviati hat keine Pistole …«

»Ich weiß nicht, nicht mal Filippo weiß es. Er wird sich irgendeinen Trick überlegt haben.«

»Einen Trick, ja. Das ist es, was mich beunruhigt.«

Filippo Corti fuhr zügig. Er wollte möglichst zeitig den vereinbarten Treffpunkt erreichen. Er wusste nicht, was in der Bank geschehen war, aber er hatte getan, was er tun sollte. Er hatte Salviati mit diesen drei Männern herauskommen sehen und hatte sie bis zur Autobahnauffahrt verfolgt. Dann war er auf der Kantonsstraße Richtung Süden gefahren.

Bis zu diesem Tag hatte Filippo noch nicht erlebt, was es heißt, wirklich zu agieren. Man kann sich die gefährlichsten Situationen ausmalen, darüber lesen oder sie im Film sehen. Aber der Augenblick der Aktion ist unbeschreiblich. Eine absolute Denkweise, die jeder Handlung Notwendigkeit verleiht. Keine Zweifel mehr und keine Unentschlossenheit: Du tust das, was du tun musst. Natürlich hatte er in seinem Leben schon unter Spannung gestanden: Prüfungen, schlechte Nachrichten, Liebeskummer. Aber das war etwas anderes.

Hin und wieder drängten sich ihm jedoch ein paar Fragen auf. Es war das Schuldgefühl, das aus der Tiefe emportauchte. Immerhin half er nicht länger Geld zu stehlen, sondern stand Salviati zur Seite. Und wenn die drei gemeinsame Sache mit ihm machten? Nein, ausgeschlossen. Forster musste sie geschickt haben. Und warum nahmen sie dann nicht einfach das Geld und Schluss? Forster wollte das Geld, er wollte niemandem etwas Böses … oder doch?

An diesem Punkt brachen Filippos Gedanken ab, und die Aktion gewann erneut die Oberhand. Fahr nicht zu schnell, aber versuche trotzdem, möglichst zeitig zu kommen. Wenn du angekommen bist, park den Wagen im Gebüsch und lass den Motor laufen. Pass auf, dass du keine Zeit verlierst. Hinter Cadenezzo musste Filippo jedoch das Tempo drosseln.

Der Monte Ceneri zeigte sich an diesem Morgen von seiner hässlichen Seite. Dunkle Felsen, der Schatten hochgelegener Wälder. Kahles Land, Straßen ohne eine Menschenseele. All das schien ein schlechtes Omen. Filippo war von seinem Handeln so in Anspruch genommen, dass ihn diese Eindrücke kaum berührten. Er musste auf den Nebel achten.

Er begann hinter den ersten Kurven. Wie eine fließende Mauer. Plötzlich wurde die Straße aufgesaugt. Als sei die Gegend noch nicht erschlossen. Irgendwo waren noch die Überreste des alten Maultierpfades. Die Straße lag zwei Schritte davon entfernt, aber vom Nebel verschluckt.

Filippo fuhr langsamer. Er beschloss, ein paar Sekunden anzuhalten. Zeit, um einen Blick auf das Handy zu werfen. Nach dem Telefonat mit Francesca hatte er den Klingelton abgestellt. Zwei verpasste Anrufe von Contini. Er hatte eine SMS geschickt.

LINA IST FREI. ES GEHT IHR GUT. RUF MICH AN.

Knappe Worte, wie immer. Filippo versuchte, ihn zurückzurufen, aber es war besetzt. Immerhin war Lina frei! Eine gute Nachricht. Jetzt musste man nur noch mit Forster einig werden. Filippo hoffte, dass alles gut gehen würde und sie sich bei ihm daheim zum letzten Akt treffen konnten.

An einem bestimmten Punkt begann Salviati zu sprechen. Sorgfältig wählte er den Augenblick. Er verlor kein überflüssiges Wort, versuchte, sich klar zu fassen und nicht nur Jonathan, sondern auch den beiden andern, verständlich zu machen, was er zu sagen hatte.

Er rechnete damit, dass sie heftig reagieren, ihn malträtieren würden. Angesichts der Situation war es aber auch möglich, dass sie sich entschlossen, die Angelegenheit schnell zu beenden. Alles deutete darauf hin. Sie hielten an der Ausfahrt nach Rivera, um Salviati auf den Zahn zu fühlen. Er spielte sein Spiel und sie mussten mitspielen. Am Anfang hätte einer der beiden anderen ihn beinahe geschlagen. Aber Jonathan hielt ihn zurück. Jonathan überließ nichts dem Zufall.

Schweigend fuhren sie weiter. Sie setzten ihren Weg auf der vom Nebel verschluckten Kantonsstraße fort. Die Bäume am Straßenrand sahen aus wie Schreckensgestalten aus einem Traum. Einem jener von wirren Bildern beherrschten Alpträume. Wie die, die Salviati im Gefängnis hatte, im Morgengrauen, kurz vor dem Erwachen.

Bald würden sie ankommen. Jonathan fuhr langsam. Er hatte keine Eile. Er hatte die Situation im Griff.

Filippo parkte hinter Salviatis Haus, wie dieser ihm befohlen hatte, und versteckte den Wagen im Gestrüpp. Er schaltete die Scheinwerfer aus, ließ den Motor laufen und wartete. Vor dem Haus machte die Straße eine Kurve, kurz dahinter verzweigte sie sich. In der einen Richtung führte sie ins nächste Dorf, in der anderen zum Vorplatz einer Militäranlage und von dort zurück auf die Kantonsstraße des Monte Ceneri.

Filippos Wagen stand hinter dem Haus und war von der Fahrbahn aus nicht zu sehen. Innerhalb kürzester Zeit konnte er das nächste Dorf erreichen, oder den Abzweig zu den Kasernen nehmen. Salviati hatte ihm gesagt, er solle sich bereithalten, um in letztere Richtung zu fahren.

Bei all dem Nebel ringsum schien Salviatis Haus am Rande des Nichts zu schweben. Hinter dem Gebüsch starrte Filippo unverwandt auf den Zipfel Straße vor dem Tor. Dennoch sah er den Mercedes erst in letzter Sekunde. Seine Hände umklammerten das Lenkrad. Aktion. Nichts, außer die Handlungen, die er, eine nach der andern, dem Plan entsprechend zu vollziehen hatte.

Der Mercedes hielt ein paar Meter vor dem Haus. Der Fahrer stellte den Motor ab. Eine der hinteren Türen wurde geöffnet und Salviati stieg aus. Allein. Filippo sah, dass er auf die Garage und dann auf das Haus deutete, während er mit dem Mann hinterm Steuer sprach. Einer der drei Begleiter kam aus dem Wagen, schloss die Tür und entfernte sich gemeinsam mit Salviati. Der öffnete das Tor. Sie liefen langsam über den Eingangsweg, betraten das Haus und ließen die Tür angelehnt. Sie bewegten sich wie in Zeitlupe.

Fünfzehn Sekunden später sah Filippo, dass Salviati aus einem der Fenster auf der Rückseite kletterte. Seine Bewegungen hatten nichts Langsames mehr an sich. Er rannte über die Wiese, zwängte sich ins Gebüsch und erreichte den versteckten Wagen. Er riss die Tür auf, setzte sich und sagte:

»Fahr!«

Filippo dachte nicht nach, stellte keine Fragen. Er fuhr über die Wiese und erreichte die Nebenstraße. Er gab Gas, ohne auf den Nebel zu achten. Er erreichte den Vorplatz der Militäranlage. Er überquerte den Parkplatz, fuhr an den Schranken zum Sperrgebiet vorbei, und nahm den Weg, der wieder auf die Kantonsstraße führte.

»Lina?«, fragte Salviati. »Ist Lina frei?«

Filippo war zu angespannt. Er musste schlucken, bevor er sprechen konnte:

»Ja, sie ist frei … meinst du, dass sie uns verfolgen?«

»Lina … endlich!« Salviati atmete tief durch. »Ja, ich denke schon, dass sie uns verfolgen. Einen habe ich im Wohnzimmer eingeschlossen, aber die Eingangstür war offen.«

»Vielleicht fahren sie zurück auf die Kantonsstraße und schneiden uns den Weg ab.«

»Das glaube ich nicht. Sie wissen nicht, dass man auch so herum auf die Kantonsstraße kommt. Außerdem ist es nicht so einfach, bei dem Nebel den Weg zu finden.«

»Willst du mir erzählen, du hättest auch den Nebel eingeplant?«

Filippo schaffte es nicht, sich zu beruhigen.

»Nein.« Salviati schüttelte den Kopf. »Ich hab vor allem auf den Überraschungseffekt gesetzt.«

Nach ein paar Kurven mündete der Weg wieder auf die Kantonsstraße. Filippo fühlte sich besser, als er bemerkte, dass tatsächlich nirgends eine Spur von dem Mercedes war. Er warf Salviati einen Blick zu und sagte:

»Aber wie hast du es geschafft …?«

»Später«, unterbrach ihn Salviati. »Erzähl erst mal von Lina. Was ist passiert? Hatte Elia recht?«

»Ja. Er hat mir eine Nachricht geschickt, dass sie frei ist. Das bedeutet, dass sie die beiden tatsächlich in Marellis Wohnung in Massagno festgehalten haben, und dass …«

»Aber wie geht es ihr? Wie geht es Lina?«

»Contini hat geschrieben, dass es ihr gut geht.«

»Wir haben es geschafft.« Salviati lehnte sich zurück. »Ich kann's kaum glauben, wir haben es geschafft!«

»Aber sie haben das Geld.«

»Hör auf.« Salviati schloss die Augen. »Was hat das mit dem Geld zu tun?«

Contini konnte nicht anders, er machte sich Vorwürfe.

Er kannte Salviati gut und hätte wissen müssen, dass er dickköpfig war wie kaum ein Zweiter. Einer, der einen Plan ausheckt und einen Alternativplan und einen Gegenplan und einen Notplan und vielleicht sogar einen Reserveplan. Einer, der die Operation Junker-Bank organisiert, und am Ende stellt sich heraus, dass er, wie üblich, seinen eigenen Kopf durchsetzt.

Sie waren noch immer hier in Marellis Wohnung, Contini und Malaspina. Elton war nach wie vor gefesselt und machte den Mund nicht auf. Contini hatte das Gefühl, dass die Situation allmählich seiner Kontrolle entglitt, dass es noch einen Missklang gab. Irgendeine Glocke musste noch ein zweites Mal schlagen ... Aber was hatten die Glocken damit zu tun?

Contini stand auf und ging auf den Balkon, um eine Zigarette zu rauchen. Er war zu oft beim alten Giona zu Besuch. Er fing an, wie er zu denken. Statt sich über Salviati und Forster Gedanken zu machen und darüber, wie er Elton zum Sprechen bringen konnte, dachte er an Glockenschläge, an die Worte eines Eremiten, der niemals auch nur einen Fuß in eine Bank gesetzt hatte!

Sollten sie wirklich die Polizei rufen?

Nein, ausgeschlossen. Sie waren in das Haus eines Bankdirektors eingedrungen, hatten ihm ein Betäubungsmittel verabreicht, Salviati hatte sich unter falschem Namen Zutritt zu einer Bank verschafft, er hatte zehn Millionen Franken an sich genommen – oder versucht, sie an sich zu nehmen ... Keine Polizei. Zum Glück hatten sie Elton außer Gefecht setzen können, ohne allzu viel Radau zu machen.

In Massagno war alles still. Erst seit ein paar Minuten tauchten hier und dort ein paar Passanten auf der Straße auf. An den Straßenecken standen die Zeitungskästen mit den kostenlosen Sonntagsblättern, frisch aus der Presse und voller Skandale. Der Himmel lastete schwer und düster über den Häusern, er sah aus wie Asphalt.

Contini gingen unzählige Fragen durch den Kopf. Wie war es Forster gelungen, derart genau ein Eindringen in die Junker-Bank zu planen? Wie sah Jeans Alternativplan aus? Wo waren die Millionen gelandet? Und vor allem, wo waren Jean und Filippo in diesem Augenblick?

Die letzte Frage war nicht schwer zu beantworten. Er wollte gerade Filippo Cortis Nummer heraussuchen und ihn anrufen, als sein Handy klingelte und Filippos Nummer auf dem Display erschien.

»Und?«, fragte Contini.

»Alles in Ordnung«, erwiderte Salviati. »Filippo hat gute Arbeit geleistet.«

Contini seufzte erleichtert.

»Jean! Hör mal, du musst mir ein paar Sachen erklären.«

»Später, später.«

»Gut, aber …«

»Nicht am Telefon. Filippo meinte, es würde ein Treffen geben.«

»Aha!«

»Bei ihm und Anna zu Hause. Ich werde dir alles erklären.«

»Aber wann …«

»Francesca ist schon dort. Auch wir sind in einer Viertelstunde da. Und du?«

»Ich bin hier mit Malaspina und Elton. Lina ist mit Marelli ins Krankenhaus gegangen.«

»Geht's ihnen gut?«

»Ihm nicht so. Er hat was auf den Kopf bekommen. Aber es hätte schlimmer ausgehen können. Hör mal, wer waren die drei, die dich mitgenommen haben? Leute von Forster?«

»Ich glaube schon.«

»Und du hast dich befreien können?«

»Vorerst ja. Zum Glück ist Lina nicht mehr in Forsters Gewalt, so hat er nicht mehr viel zu melden.«

»Wie bist du den dreien entkommen?«

»Fragen klären wir später, Elia. Aber was ist das für ein Lärm?«

»Glocken«, Contini deutete ein Lächeln an. »Hier in Massagno läuten die Glocken.«

»Es ist Sonntag … und alles ist in Ordnung! Dann sehen wir uns also in Bellinzona?«

Contini seufzte und verdrängte die Fragen.

»In Ordnung. In einer halben Stunde.«

Er legte das Handy auf die Brüstung und nahm einen kräftigen Zug von seiner Zigarette. Letztendlich war der Alternativplan geglückt. Lina war frei, Jean war den drei Männern, die ihn mitgenommen hatten, entwischt. Aber … die Glocken von Massagno läuteten noch immer. Contini musste wieder an den alten Giona denken.

Eine Melodie, ein Klang, der sich im Raum ausdehnt. Aber dahinter verbirgt sich eine Reihe bestimmter Noten. Jedem Schlag entspricht ein zweiter Schlag. Das ist immer so. Contini & Salviati, Contini & Francesca. Aber auch Lina & Matteo. Und sogar Salviati & Forster. Jedem Schlag folgt ein zweiter …

Contini ließ die Asche vom Balkon rieseln. Er war ganz dicht dran … und in dem Augenblick, als die Glocken verstummten, kam ihm die Idee. Es war eine Möglichkeit, die

Dinge zu betrachten. Es war eine Erklärung. Aber vor allem war es eine Bedrohung. Contini dachte an Salviatis Vorgehen, an Filippos Eingreifen und an ihre Flucht. Er dachte an die Operation Junker-Bank. Er stellte sich die Vergangenheit und die Zukunft vor, bis er wieder zu sich kam und die Zigarette ausdrückte. Auf jeden Schlag folgt ein zweiter. Genau so. Bis zum Letzten.

Wenn er recht hatte, war die Situation alles andere als unter Kontrolle. Im Gegenteil, sie standen kurz vor dem Scheitern.

Und sie waren in Gefahr, sie waren alle in Gefahr.

Anna und Francesca tranken Tee. Sie hatten das Bedürfnis, zu den Gewohnheiten und vor allem zu den Gedanken des alltäglichen Lebens zurückzukehren. In einem Wohnzimmer zu sitzen, umgeben von Blumen und Bücherregalen. An den Wänden Drucke von abstrakten Gemälden und Filmplakate. Ein Mozart-Konzert im Hintergrund, eine Packung Kekse auf dem Tischchen.

Danach hatten sie Bedürfnis. Familienfotos auf der Anrichte und das aufgeschlagene Fernsehprogramm auf dem Sofa. Sie saßen in großen cremefarbenen Sesseln einander gegenüber und wussten nicht, wie sie sich all die Geschehnisse in Erinnerung rufen sollten. Deshalb verharrten sie anfangs in Schweigen. Sie kannten die Details nicht, aber am Ende war alles gut gegangen. Filippo und Jean würden bald da sein, ebenso Contini. Lina ging es gut. Forster hatte nichts mehr gegen sie in der Hand.

Sie hätten entspannen können. Warum taten sie es nicht?

»Wir sind noch zu aufgeregt«, sagte Anna. »Das ist normal.«

»Ein Bankraub passiert schließlich nicht alle Tage …«

Anna lächelte und schüttelte den Kopf.

»Wir sind verrückt gewesen. Allesamt. Denk nur, was hätte passieren können.«

»Es ist etwas passiert«, murmelte Francesca.

»Das stimmt. Zum Glück hat Jean mit allem gerechnet … und zum Glück hatte dein Mann diese Idee, um Jeans Tochter zu befreien.«

Francesca wollte sich Zucker für den Tee nehmen, aber sie verschüttete etwas neben der Tasse.

»Wie zerstreut ich bin. Aber das bringt Glück, stimmt's? Oder war es Salz?«

»Ich glaube, es war Salz«, Anna lächelte erneut. »Aber wenn du ein bisschen Zucker über die Schulter werfen willst, kann's nicht schaden …«

Francesca war die Jüngere der beiden. Dennoch hatte sie die ganze Geschichte besser weggesteckt. Anna versuchte es zu verbergen, aber sie hatte das Gefühl, vollkommen überdreht zu sein. Sie hätte am liebsten geschrien, sich auf den Wohnzimmerteppich geworfen. Sie hätte der Angst gerne Luft gemacht, die sich in ihr angestaut hatte. Es gelang ihr nicht, sich davon zu befreien. So, als wenn man vollkommen durchgefroren in die Nähe einer Heizung kommt und meint, kein Gefühl mehr zu haben.

»Ich freue mich für Jean«, sagte Anna. »Er hatte das alles wirklich nicht verdient.«

»Er ist ein guter Kerl. Magst du Zucker?«

»Danke, ich hab schon.«

Vielleicht begriff Francesca nicht. Vielleicht war sie zu jung. Anna sah, wie sie einen Schluck Tee trank und dann den Kopf hob, um eine Frage zu stellen.

»Kommt Lina auch her?«

»Ja«, Anna wiegte den Kopf hin und her. »Ich glaube es zumindest.«

Alles war innerhalb weniger Stunden geschehen. Aber Anna war so müde, als hätte sie drei Nächte nicht geschlafen. Bei jedem Geräusch fuhr sie auf. Jedes Rascheln, jedes Ticken der Uhr war ein Zeichen in einer geheimnisvollen Sprache. Als sei die Operation Junker-Bank noch nicht zu Ende. Als wären sie nicht zwei Frauen, die im Wohnzimmer zusammensaßen und sich unterhielten, sondern die Protagonistinnen eines Horrorfilms, die auf ihren Mörder warten.

Salviati hatte schon viele erwachsene Männer weinen sehen. In seinem alten Metier kam es nicht selten vor, dass das Unglück über einen hereinbrach. Außerdem verschwand im Gefängnis jegliche Form vermeintlicher Haltung. Er hatte Leute gesehen, die sich selbst verfluchten, die in vollkommene Lethargie verfielen oder ohne sichtbaren Grund in Tränen ausbrachen.

Aber so etwas hatte er noch nicht erlebt. Ein Weinen, das nicht wie ein Unwetter hereinbricht, sondern durch den Boden hereinsickert. Ein langsames, unerbittliches Ereignis. Filippo Corti fing an zu weinen, wenige hundert Meter von seiner Wohnung entfernt.

Anfangs bemerkte Salviati es nicht einmal. Er hatte sich abgeschminkt, die Kontaktlinsen herausgenommen und alles entfernt, was sein Gesicht verfremdet hatte. Er sah auf die Straße und ging im Kopf die Erklärungen durch, die er den andern geben würde. Er konnte es kaum erwarten, seine Tochter in die Arme zu schließen, es war Jahre her, dass er sie das letzte Mal umarmt hatte. Er wollte Anna und Francesca wiedersehen, Elia die Hand schütteln und friedlich eine Pfeife rauchen …

Salviatis Gedankenfluss wurde von einem Schluchzen unterbrochen. Dann hielt Filippo den Wagen an, beugte den

Kopf über das Lenkrad und weinte leise vor sich hin. Salviati sah die Tränen von seinem Bart tropfen. Er wandte den Blick ab und fragte:

»Was hast du?«

»Er wird uns umbringen«, antwortete Filippo, noch immer weinend. »Forster wollte nicht das Geld, er will uns umbringen …«

»Was sagst du da?«

»Er erwartet uns … Forster erwartet uns bei mir zu Hause, Anna … Anna ist in seiner Gewalt! Und auch alle andern!«

»Was?«

»Ich war es, es ist meine Schuld … es tut mir leid! Ich dachte, ich würde das Richtige tun, dir helfen! Ich dachte, dass es Forster auf diese Weise schaffen würde, das ganze Geld für sich zu nehmen … wir hätten das Geld verloren, aber er hätte uns in Ruhe gelassen und Lina … Lina …«

»Lass Lina aus dem Spiel«, Salviati legte ihm eine Hand auf die Schulter und schüttelte ihn. »Was sagst du da? Wo ist Forster?«

»Ich habe euch alle angerufen, weil er es mir gesagt hat … er wollte … er wollte meiner Frau etwas antun!«

Nun begriff Salviati.

»Das heißt, du hast uns verraten? Los, raus mit der Sprache! Wo ist Forster … was hast du ihm gesagt?«

»Ich habe ihm alles gesagt. Es ist passiert, nachdem sie versucht haben, meine Frau zu bestechen … ein paar Tage später haben sie es mit mir probiert. Einer namens Jonathan, einer von Forsters Männern …«

»Jonathan!«

»Kennst du ihn?«

»Los, weiter!«

»Ich habe Ja gesagt.« Filippo zog die Nase hoch und richtete den Kopf auf. »Aber ich wollte niemanden verraten! Er hat mir gedroht, Anna etwas anzutun, er hat gesagt, er wolle nur das Geld und müsse wissen, wo und wann genau der Überfall stattfindet, er wollte den Plan für …«

»Und du hast ihm unseren Plan verraten?«

»Er hat versucht, mir Geld zu geben, aber ich habe es nicht angenommen! Bitte glaube mir, ich habe gedacht, er wolle nur das Geld. Und dann, als ich dich und diese anderen in dem Mercedes verfolgt habe … da hat er mich noch mal angerufen und …«

»Er hat dich heute Morgen angerufen?«

»Ja, aber ich habe ihm nicht erzählt, dass ich hinter dem Mercedes her bin. Ich habe ihm nichts von dem Alternativplan erzählt und dass …«

»Was wollte er?«

»Er hat gesagt, dass er alles lösen könne. Dass er das Geld nehmen und uns in Ruhe lassen würde. Andernfalls würde … würde er Anna etwas antun. Wir sollten uns treffen, verstehst du, er hat mich überzeugt, dass er das Geld will … aber dann habe ich gedacht: Das Geld hat er doch schon!«

»Und was will er also dann?« Salviati sprach mit leiser Stimme. »Hast du jetzt begriffen, was er will?«

»Er will das Geld und will … will keine Zeugen …«

»Richtig, ganz genau.«

»Und hat … hat er den Mut, uns umzubringen?«

»Forster ist nicht normal, verstehst du? Er ist ein Irrer, ein krimineller Irrer!«

Sie hatten Daro erreicht, waren wenige Meter vom Haus der Cortis entfernt. Der Audi parkte am Rand eines kleinen gepflasterten Platzes. Salviati fühlte sich erschöpft und ohne Hoffnung. Dann betrachtete er den Hauseingang. Vielleicht kamen sie doch noch rechtzeitig …

»Los, schnell.« Er riss Filippos Wagentür auf. »Wir müssen die andern warnen, solange noch Zeit ist und …«

Aber in diesem Moment ging die Tür auf und Anna erschien. Sie stand in der Türöffnung, die Hände an den Seiten. Sie sprach mit tonloser Stimme:

»Kommt herein.«

»Anna!«, rief Filippo. »Anna, geht es dir gut?«

»Besser, ihr kommt herein«, sagte sie mit starr nach vorn gerichtetem Blick.

Salviati begriff, dass es zu spät war. Anna war bereits in Forsters Gewalt, ebenso wie Francesca und Contini. Vielleicht auch Lina. Sie waren geliefert. Ausgerechnet am Schluss hatten sie sich hereinlegen lassen. Er sah sich um. Der Platz war leer. Gegenüber von Cortis Haustür befand sich ein fensterloses Gebäude: ein kleines Theater, oder vielleicht ein Betsaal. Salviati las die in die Fassade gemeißelte Innschrift: UNITAS.

»Komm.« Salviati fasste Filippo am Arm. »Besser, wir gehen hinein.«

Wie hatte er nicht damit rechnen können? Forster hatte seinen wunden Punkt getroffen. Er hatte sich mit Amateuren zusammengetan, und Forster hatte ihre Unerfahrenheit ausgenutzt. Aber jetzt war es zu spät zum Jammern.

Salviati hatte gekämpft, und er hatte verloren.

Filippo war wie betäubt. Salviati legte ihm eine Hand auf die Schulter, versuchte ihn zum Laufen zu bewegen.

»Gehen wir …«

Sie traten über die Schwelle. Anna wich zur Seite, um sie vorbeizulassen, und die Tür schloss sich hinter ihnen.

22

Gerechtigkeit

Luca Forster beherrschte das Wohnzimmer. Hinter dem schwarzen Schnauzbart verbarg sich ein entschlossener Gesichtsausdruck. Aber in dem nervösen Zucken der dunklen Augen erkannte Salviati die Angst. Anna und Francesca nahmen auf dem Sofa Platz. Forster sah Salviati an und sagte:

»Und wo hast du Jonathan gelassen?«

»Hat er dich nicht angerufen?«, gab Salviati zurück.

»Natürlich. Du hast es also geschafft, ihn auszutricksen …«

Salviati antwortete nicht.

»Und was hast du damit gewonnen?«, fuhr Forster fort. »Du hast alles verloren … das Geld, deine Tochter. Du bist ein armer Depp, Salviati!«

Forster hielt eine Pistole in der Hand, die er ruckartig, dem Rhythmus der Augen entsprechend, bewegte. Auch seine Stimme klang abgehackt. Er befahl Salviati:

»Setz dich aufs Sofa. Und du«, er wandte sich an Filippo, »gehst auf den Sessel dort.«

»Sie hatten … Sie hatten mir gesagt …«, begann Filippo.

»Schluss damit!«, rief Forster. »Es gibt keine Zeit zu verlieren!«

Alle Augen waren auf Forster gerichtet. Er griff nach einem Stuhl und stellte ihn in die Mitte des Raumes. Dann sagte er:

»Wir sind am Ende angelangt. In Kürze werden meine Leute hier sein. Aber eins möchte ich gerne noch wissen …« Er drehte sich zu Salviati um. »Wie kann es sein, dass einer einfach so alles in die Tonne tritt?«

»Wenn du Jonathan und die beiden andern nicht zu dem Überfall geschickt hättest …«

»Ich brauche das Geld, begreifst du das nicht? Ich brauche es! Und du wirst jetzt nicht alles verderben, du sagst mir jetzt …«

Er brach ab. Salviati lächelte gezwungen und sagte:

»Das Geld hast du doch schon, oder?«

Forster fuhr auf, als habe Salviati ihn geohrfeigt. Dann näherte er sich ihm langsam, ohne die andern aus den Augen zu lassen. Er beugte sich über ihn und schlug ihm mit der Pistole ins Gesicht. Salviatis Kopf sank auf das Kissen, Anna schrie auf, Filippo wollte protestieren. Auch Francesca machte Anstalten, sich vom Sofa zu erheben.

»Keine Bewegung!«, befahl Forster. »Das ist eine Sache zwischen Salviati und mir. Gleich, in ein paar Minuten, kommt Contini. Dann sehen wir weiter …«

»Was haben Sie vor?«, fragte Francesca.

Forster sah sie ohne zu antworten an. Alle begriffen, was er beabsichtigte. Er konnte sie nicht am Leben lassen. Er wollte das Geld, aber er wollte auch sicher sein, dass es keine Zeugen gab.

»Wir werden dichthalten«, beteuerte Filippo. »Sie hatten mir versprochen, dass …«

»Ich habe gesagt: Schluss damit!« Forster ging einen Schritt auf ihn zu. »Oder brauchst du auch was aufs Maul?«

Salviati spürte den Geschmack von Blut im Mund.

Aber er dachte weiterhin nach.

Gab es noch etwas zu tun? Nein, Forster hatte sie in der

Gewalt, und er würde auch Contini, der nichts ahnte, in seine Gewalt bekommen.

Forster war außer sich. Das hatte Salviati vorausgesehen. Aber er hatte nicht die Falle vorausgesehen, niemals hätte er mit Filippos Verrat gerechnet. Denn es war Verrat, obwohl es Filippo nicht bewusst war. Er war um den Finger gewickelt worden und hatte alle an Forster ausgeliefert. Es gab keine Hoffnung für sie.

Er hätte sich am liebsten von dem Sessel verschlucken lassen, sich unter den Bezug, in die Polsterung verkrochen, sich in dem weißen Stoff aufgelöst. Einfach verschwinden, im eigenen Wohnzimmer, ohne irgendjemanden zu behelligen.

Stattdessen lagen Minuten der Gewalt und Angst vor Filippo Corti.

Forster hatte ihn reingelegt. Filippo war jetzt alles klar. Sie hatten einen Spion gebraucht, und sie hatten ihn gewählt. Wie hatte er nur ihren Worten trauen können?

Er hatte geglaubt, das Richtige zu tun. Er hatte geglaubt, sich in Sicherheit zu bringen, indem er Forster Informationen zukommen ließ und ihm die Garantie gab, an das Geld zu kommen. Am Anfang war die Überlegung gar nicht dumm gewesen. Forster hatte ihm gesagt, dass er Salviati nicht traue, weil er zu sehr Gefühlsmensch sei, und Filippo hatte geglaubt, alle unter einen Hut bringen zu können, wenn er vermittle. Aber am Ende hatten sie ihn hinters Licht geführt.

»Bringt Contini seinen Mann mit?«

In Wahrheit hatte er irgendwann Angst bekommen. Einer von Forsters Männern hatte Anna aufgesucht. Ein Zeichen, dass etwas nicht stimmte. Dann hatten sie es mit ihm probiert und dabei dunkle Drohungen in Bezug auf Anna durchblicken lassen ... Was hätte er tun sollen? Sie waren mitten in Verbrecherkreisen gelandet, was hätte er tun sollen? Seine Frau den Unwägbarkeiten eines Bankraubes überlassen?

»Bringt Contini seinen Mann mit?«

Filippo kam zu sich. Forster sprach mit ihm. Er sah ihn an, ohne zu begreifen. Er hatte den Kampf bereits aufgegeben, wäre am liebsten auf dem Sessel zu Staub zerfallen.

»Ich hab dich was gefragt!«

»Ja«, stieß Filippo hervor. »Ja, ich habe mit ihm gesprochen. Ich weiß es nicht, vielleicht kommt er allein. Ich glaube, er kommt allein ...«

»Er wird nichts ausrichten können. Ihr seid alle hier. Und ich bin bewaffnet.«

Bei diesen Worten hob Forster die Hand mit der Pistole und fixierte sie mit aufgerissenen Augen. Filippo ließ sich in den Sessel zurückfallen. Dann ließ Forster die Hand sinken, in diesem Augenblick klingelte sein Handy.

»Ja, hallo.«

Filippo bemerkte, dass Forster beim Zuhören die Stirn runzelte. Dann sagte er:

»Was erzählst du da? Willst du, dass ich dir erkläre, wie es steht?«

Die Antwort seines Gesprächspartners verärgerte Forster.

»Und du meinst, ich glaube ...«

Er hörte erneut zu und schüttelte den Kopf.

»Hör mal, du hast es versucht und... was?«

Diesmal hörte auch Filippo die Antwort:

»Ich hab gesagt, du musst mit Contini reden.«

Zuerst kam es ihm ganz natürlich vor, als habe Forster plötzlich auf Freisprechmodus umgeschaltet. Aber dann wandte er sich um und sah einen Mann auf der Schwelle zum Schlafzimmer. Er war beinahe zwei Meter groß und breit wie ein Schrank. Er trug einen grasgrünen Pullover und eine gelbe Jeans. In der einen Hand hielt er eine Pistole, in der andern ein Handy.

Forster drehte sich mit einem Ruck zu ihm um, das Handy noch immer am Ohr.

»Glaubst du mir jetzt, dass ich hier bin?«, sagte der Mann mit dem grünen Pullover. »Renzo Malaspina, du erinnerst dich? Wir sind uns schon begegnet.«

»Was willst du hier?«, bellte Forster ihn an. »Was willst du hier?«

»Ich war vor dir hier«, antwortete Malaspina, ohne eine Miene zu verziehen. »Contini hat damit gerechnet, dass du noch was im Schilde führst ... und so bin ich hergekommen. Ich war nur ein paar Minuten vor dir da ...«

Malaspina hatte, während er sprach, eine Nummer ins Handy eingegeben. Er reichte es Forster.

»Was soll das?«

»Es ist Contini.«

Forster hielt wortlos den Hörer ans Ohr. Er hörte zu. Dann stieß er eine Art Grunzen aus und begann gleich darauf zu sprechen:

»Ich bin ebenfalls bewaffnet. Außerdem kommen gleich meine Leute. Wir sind in der Überzahl und ...«

Contini musste ihn unterbrochen haben, denn Forster hielt mitten im Satz inne und blieb eine Weile lang stumm. Am Ende reichte er Malaspina das Handy. Ein paar Minuten lang musterte er Salviati. Der Ausdruck von Entschlossenheit war verschwunden. Forster wirkte erschöpft. Er wandte den Blick ab und sagte:

»Ich hau ab.«

Malaspina versuchte nicht, ihn zurückzuhalten, und Forster schien nichts Derartiges von ihm zu erwarten. Wortlos drehte er sich um und lief auf den Ausgang zu. Dann trat er hinaus und schloss die Tür hinter sich. Malaspina nahm das Telefon ans Ohr und sagte:

»Er ist gegangen.«

Contini hatte das Geld nicht einmal erwähnt.

Forster hatte zwar die gesamte Beute, aber Contini wusste, dass ihm das nicht genügen würde. Er war ein Irrer, noch dazu einer, dem das Wasser bis zum Hals stand, und wenn er tatsächlich bei Null anfangen wollte, bestand die Gefahr, dass er sich ihrer entledigte. Aber war er fähig, fünf Leute umzubringen? Vielleicht nicht, doch Contini wollte kein Risiko eingehen. Deshalb hatte er Forster gar nicht erst zu Wort kommen lassen und nur zwei nicht unwesentliche Punkte angesprochen.

Erstens. Ich bin hier mit Elton. Wenn du den andern blöd kommst, wenn du einem von ihnen etwas antust, liefere ich ihn der Polizei aus. Dann gerätst du in Schwierigkeiten.

Zweitens. Malaspina ist bei dir: eine Pistole gegen die andere. Deine Männer werden zwar kommen, aber noch sind sie nicht da. Du bist allein.

Deshalb gib Malaspina das Telefon und mach, dass du ohne weiteres Gerede verschwindest.

Forster hatte gehorcht. Was hätte er sonst tun sollen. So wütend er auch war, wollte er doch nicht Kopf und Kragen riskieren. Außerdem hatte er zu Unrecht befürchtet, einer von ihnen könnte reden. Weshalb sich weiter in Schwierigkeiten bringen? Die Geschichte war vorbei. Als Renzo Malaspina Contini bestätigte, dass es allen gut ging, befreite er Elton und ließ ihn laufen.

Damit war die Operation Junker-Bank abgeschlossen. Letztlich war es gar nicht so schlecht gelaufen: Lina war frei, alle waren wohlbehalten und gesund. Foster hatte das Geld und würde sie in Ruhe lassen.

Weshalb also verspürte Contini innerlich eine so merkwürdige Bitterkeit?

Vielleicht weil Filippo sie verraten hatte. Es war nur eine schlichte Intuition gewesen. Ein Glockenschlag, der zweite Glockenschlag. Wenn Forster es mit Anna probiert hatte, würde er es auch mit Filippo probieren. Sie waren Amateure, die schwachen Glieder der Gruppe. Warum hatte Filippo nichts gesagt? Weil der Bestechungsversuch geglückt war. Sie hatten ins Schwarze getroffen.

Anna hatte nicht nachgegeben, Filippo dagegen schon. Es war ein Fehler gewesen, nicht in Deckung zu gehen. Nicht den zweiten Glockenschlag abzuwarten. Wenn Forster Tag und Uhrzeit des Überfalls wusste, war das ein eindeutiges Zeichen, dass jemand geredet hatte. Und wer außer Filippo konnte das sein?

Armer Filippo, vielleicht hatte er geglaubt, ihnen zu helfen. Stattdessen hatte er sie in die Falle tappen lassen. Wenn Contini ohne jeglichen Verdacht zu den Cortis gekommen wäre, hätte Forster ihn festgehalten. Dann hätte er Elton befreit und danach … Contini verscheuchte diese Gedanken. Er nahm die Zigaretten und das Handy und verließ die Wohnung. Aber in der Tür wurde er von Anita Pedrini aufgehalten:

»Herr Contini, ich hab gesehen, dass dieser Besessene fort ist…«

»Ja.« Der Detektiv nickte. »Er wird Sie nicht länger behelligen.«

»Oh, er hat mir ja nichts getan. Ach, ich Ärmste, aber für Matteo tut es mir leid. Meinen Sie, ich könnte ihn vielleicht im Krankenhaus besuchen?«

Contini blieb ein paar Sekunden lang unschlüssig stehen, dann hellte sich sein Gesicht auf. Anita Pedrini war einfach nur eine freundliche, etwas neugierige Frau. Ein kleines Stück Normalität an diesem nicht enden wollenden Vormittag. Er hatte Hunger, war übersät mit blauen Flecken und hatte das Gefühl, seit einer Woche auf den Beinen zu sein.

»Hören Sie, Herr Contini, was halten Sie von einen kleinen Stärkungstrunk?«

»Wie bitte?«

»Ein Limoncino aus Sizilien, sehr gut. Meine Schwiegertochter bringt ihn immer mit. Wir könnten es beide gebrauchen, meinen Sie nicht?«

So machte es sich Elia Contini, zerschunden und mit Ringen unter den Augen, im Wohnzimmer von Anita Pedrini bequem. Ein Privatdetektiv und eine alte Witwe, zwischen gerahmten Fotos und Spitzendeckchen. Sie eifrig darum bemüht, ja keinen Tropfen zu verschütten. Er, ein wenig unbeholfen, in einem geblümten Sessel versunken. Er wusste nicht recht, was er sagen sollte. Aber Anita Pedrini war scharfsinniger, als sie auf den ersten Blick schien.

»Ein anstrengender Morgen, was, Herr Contini?«

»Hm.«

»All diese Heimlichkeiten, dieses Tohuwabohu … sagen Sie, welchen Beruf haben Sie?«

Contini sah sie an.

»Erzählen Sie mir nicht, dass Sie mit Matteo verwandt sind …«

»Nein, das erzähl ich Ihnen nicht.« Contini hatte keine Lust mehr zu lügen. »Ich bin Privatdetektiv.«

»Ah!« Anita Pedrini beugte sich zu ihm vor. »Ich Ärmste, wissen Sie, dass ich zu gerne die ganze Geschichte erfahren würde?«

»Wie bitte?«

»Sie können mir vertrauen, Herr Detektiv.« Frau Pedrini schien ihm beinahe zuzuzwinkern. »Ich werde absolut dichthalten.«

Als Contini in Daro ankam, waren alle noch ziemlich nervös. Sie wollten wissen, weshalb er sich so verspätet hatte, aber er ging nicht näher darauf ein. Schließlich konnte er schlecht einen Limoncino und ein bisschen Geplauder mit Anita Pedrini als Entschuldigung vorbringen. So sagte er bloß:

»Jetzt bin ich hier.«

»Wir haben auf dich gewartet«, wandte sich Francesca an ihn. »So kann Jean uns alles erzählen.«

Aber Contini spürte die schlechte Stimmung. Er sah zu Renzo Malaspina, der sich auf einem cremefarbenen Sessel niedergelassen hatte. Malaspina zuckte mit den Schultern, als wolle er sagen: Die sind alle verrückt hier. Salviati saß auf dem Sofa und zündete sich seine Pfeife an. Contini atmete tief durch. Dann gab er Francesca einen Kuss und flüsterte ihr ins Ohr:

»Wo sind sie?«

Francesca deutete auf die Treppe, die ins obere Stockwerk führte. Contini wollte hinaufgehen, aber Salviati, die Pfeife im Mund, murmelte:

»Warte.«

Nach ein paar Sekunden hörten sie eine Tür gehen. Dann kamen Anna und Filippo Corti mit finsteren Gesichtern die Treppe herunter. Er sprach kein Wort. Sie sagte leise und ohne jemanden anzusehen:

»Tut mir leid.«

»Es braucht …«, begann Francesca.

»Ich muss …«, setzte Filippo zur gleichen Zeit an.

Einen Augenblick lang war es still. Dann zündete Salviati ein Streichholz an und hielt es an seine Pfeife. Filippo sagte:

»Ich muss gehen. Wenn ihr hierbleiben wollt, kein Problem. Ich gehe.«

Sein Gesichtsausdruck unter dem Bart war unergründlich, die Augen rot gerändert, die Stimme vollkommen tonlos.

»Bleib hier«, rief Salviati. »Bleib hier, dann erzähle ich euch, wie ich den drei Männern von Forster, die in die Bank eingedrungen sind, entkommen bin. Dank deiner Hilfe, Filippo, konnte ich fliehen.«

»Ich …«, stammelte Filippo, »ich habe zugelassen, dass Forster …«

»Sprechen wir nicht mehr darüber«, unterbrach ihn Contini. »Forster ist abgehauen.«

»Er muss schon ziemlich unter Druck sein«, sagte Salviati, »wenn er am helllichten Tag mit einer Pistole bewaffnet herkommt … aber am Ende hat er gemerkt, dass er keine Chance mehr hat.«

»Und nun?« Anna war erschrocken. »Wird er's noch einmal probieren?«

»Ich glaube nicht«, erwiderte Contini. »Er wollte uns hier alle versammelt haben und die Gelegenheit nutzen, ohne ein Risiko einzugehen. Jetzt hat er zumindest das Geld, Lina ist frei, und für uns ist es okay so.«

»Aber es ist nicht gerecht!«, rief Anna. »Es ist ungerecht, dass wegen … dass Forster jetzt die zehn Millionen hat!«

»Nicht so schlimm«, sagte Salviati, in eine Rauchwolke gehüllt.

»Wie, nicht so schlimm?« Annas Stimme war eine Oktave höher als gewöhnlich. »Soviel Mühe, soviel Angst … außerdem haben wir Geld gestohlen, das ist euch hoffentlich klar?

Und jetzt hat dieser Verrückte zehn Millionen eingesackt! Zehn Millionen! Das ist ungerecht …«

»Denk nicht dran.« Salviati zuckte mit den Schultern. »Gerecht ist, dass wir noch leben.«

Contini fand die Stimmung immer noch seltsam. Sie saßen hier in diesem schicken Wohnzimmer wie Überlebende einer Katastrophe und suchten nach den richtigen Worten, um ohne bleibende Wunden aus allem herauszukommen. Aber irgendetwas schien noch im Dunkeln zu liegen, irgendetwas fehlte … genau, Francesca … wo war eigentlich Francesca? In den letzten Minuten hatte sie nichts mehr gesagt, und Contini bemerkte, dass sie nicht mehr im Zimmer war.

»Wo ist Francesca?«, fragte er.

»Sie holt etwas für mich«, sagte Salviati.

»Aber was …«

Contini unterbrach sich. Francesca kam durch die hintere Tür zurück ins Wohnzimmer. Mit einiger Mühe trug sie eine große Sporttasche unterm Arm. Eine schwarze Tasche.

Niemand atmete. Ein paar Sekunden lang hörte Contini die Uhren ticken, übertönt von dem fernen Geräusch eines bremsenden Zuges. Dann stellte Francesca die Tasche in der Mitte des Wohnzimmerteppichs ab. Salviati legte die Pfeife beiseite und erhob sich. Er öffnete den Reißverschluss. In der Tasche erschienen stapelweise Banknoten.

Bisher hatte keiner ein Wort gesprochen.

Salviati sah einen nach dem andern an. Dann sagte er:

»Mir war nicht danach, Forster das ganze Geld zu überlassen.«

23

Hinter verschlossener Tür

Eine Sache ist es, vom Geld sprechen zu hören, eine andere dagegen, es zu sehen. Zehn Millionen Franken sind ein nahezu abstrakter Wert, solange man sie nicht auf einem Haufen in einer schwarzen Tasche sieht. Bündelweise Banknoten, Euro und Franken, ein Farbblitz, der dir im ersten Moment ein Gefühl ästhetischer Befriedigung gibt und dich dann wie eine Ohrfeige trifft.

Zehn Millionen.

Das ist kein Scherz.

Zehn Millionen sind zehn Millionen. Alle drängten sich um die Tasche, während Salviati das Geld zeigte. Dann zog er den Reißverschluss zu, darauf bedacht, keine Fingerabdrücke zu hinterlassen, und sagte:

»Wir werden der Bank das Geld zurückgeben, dann ist diese Geschichte endlich zu Ende.«

»Aber …«, Anna räusperte sich, »aber dann hat Forster gar nichts!«

»Er hat ein paar tausend Euro und Franken«, antwortete Salviati. »Die aus der Tasche Nummer zwei.«

»Tasche Nummer zwei?«

»Das ist eine etwas komplizierte Geschichte …«

»Heißt das«, mischte sich Contini ein, »Forster wusste, dass du ihn in jedem Fall übers Ohr gehauen hast?«

»Was hätte er tun sollen?«

Anna wandte den Blick von der Tasche ab.

»Aber jetzt wird er nach diesem Geld suchen«, rief sie. »Jetzt wird er zurückkehren …«

»Immer mit der Ruhe!«, unterbrach sie Salviati. »Forster steht das Wasser bis zum Hals. Er wird noch ziemlich in Schwierigkeiten kommen, denn er schuldet einer Menge wenig vertrauenerweckender Leute Geld. Und wir haben dieses Geld nicht mehr. Ich werde es an einem sicheren Ort deponieren und Direktor Belloni anrufen.«

»Um die Zeit ist er sicher wieder zu sich gekommen«, sagte Contini und deutete ein Lächeln an. »Aber ich würde gern wissen, wie du das wieder eingefädelt hast … und das Ganze mit Francescas Hilfe!»

Francesca lächelte.

»Das war mein Teil des Alternativplans …«

»Ich erklär's dir kurz«, sagte Salviati. »Ganz einfach. Ich habe diese Frau von der Reinigungsfirma …«

»Katia.«

»Ich habe Katia gebeten, zwei Gegenstände in Bellonis Büro zurückzulassen. Auf dem Schreibtisch ein Tablett mit Tassen. Unter dem Schreibtisch, für die Gäste nicht sichtbar, eine Tasche, genauso wie die für den Geldtransfer.«

»Aber ohne das Geld …«, bemerkte Francesca.

»Beinahe!« Salviati blies eine Rauchwolke aus. »Katia wusste nichts davon, aber in der Tasche befand sich bündelweise Falschgeld. Ein bisschen echtes Geld und ein ganzer Berg altes Papier, um auf das richtige Gewicht zu kommen.«

Salviati hatte wieder auf dem Sofa Platz genommen. Er hielt die Pfeife in der Hand und sprach mit ruhiger Stimme, hin und wieder deutete er auf die Tasche, die auf dem Teppich lag. Contini und Francesca standen vor ihm, ebenso Anna.

Filippo saß rechts davon auf einem der cremefarbenen Sessel und starrte auf die Tasche, als sei sie eine Wundererscheinung.

»Es war also nicht schwer«, fuhr Salviati fort, »die beiden auszutauschen. Sie haben mir die Tasche gegeben, ich habe sie auf den Schreibtisch gestellt. Dann habe ich Kaffee angeboten, und um das Tablett in der Mitte des Schreibtisches platzieren zu können, musste ich ein paar Sekunden lang die Tasche auf dem Boden, hinter dem Schreibtisch abstellen. Melato und der andere haben einen Augenblick lang, nur für ein paar Sekunden, die Tasche nicht gesehen. Ich habe sie gleich wieder hochgehoben und vor ihnen abgelegt ... aber es war nicht mehr dieselbe Tasche.«

Contini schüttelte den Kopf. Das hätte er sich denken können. Alternativpläne, waghalsige Manöver ... Jean sorgte gern für Überraschungen. Contini hatte Anita Pedrini einen Haufen Märchen aufgetischt, aber allmählich wurde ihm klar, dass die Wirklichkeit noch viel absurder war als seine Geschichten.

»Versteht ihr?«, fuhr Salviati fort. »Die Taschen waren ausgetauscht. Als dann Forsters Männer eindrangen, haben sie mich und die Tasche Nummer zwei, also die falsche, mitgenommen.«

»Und die echte Tasche?«, mischte sich Anna ein. »Wie ist sie aus der Bank herausgekommen?«

»Ich habe sie aus dem Fenster geworfen.«

»Was?«

»Als ich merkte, dass irgendetwas nicht stimmt, habe ich Melato und den andern in das Büro von Bellonis Sekretärin gebeten. Dann bin ich zurück in das Büro des Direktors, um das Tablett mit den Kaffeetassen zu holen ... Ich habe blitzschnell das Fenster geöffnet und die Tasche hinausgeworfen.

Kurz darauf sind Jonathan und die beiden andern gekommen.«

»Du hast die Tasche rausgeworfen?«, fragte Anna.

»Dann bin ich gekommen, um sie zu holen«, erklärte Francesca. »Jean hat es mir heute Morgen, bevor alles anfing, gesagt: Sobald er die Bank verlassen würde, sollte ich gehen und die Tasche mit dem Geld in Sicherheit bringen.«

»Und du hast uns nichts davon erzählt?«, rief Anna.

»Der Chef hat mir befohlen zu schweigen.« Francesca lächelte. »Zu gefährlich, um am Telefon darüber zu sprechen.«

»Stimmt«, bekräftigte Contini. »Auch ich weiß, wie der Chef ist. Stimmt's, Jean? Ein hübscher Plan, damit auch ja keine Langeweile aufkommt.«

»Darum geht es gar nicht«, rechtfertigte sich Salviati. »Ich wollte nicht wieder Komplize in einem Bankraub werden. Das heißt, ich war bereit es zu tun, um Lina zu befreien, aber wenn es sich vermeiden ließ, Forster das Geld zu geben … Außerdem war es nicht zuletzt den vertauschten Taschen zu verdanken, dass ich Jonathan entkommen bin.«

»Womit wir beim nächsten Teilplan wären …«, murmelte Contini.

»Ich hatte Filippo gesagt, er solle mir folgen, auch wenn etwas Undurchsichtiges geschehen würde. Denn ich hatte schon den Verdacht, dass Forster versuchen würde, uns hereinzulegen. Aber ich habe nicht geahnt, dass er Filippo …«

»Schon gut«, unterbrach ihn Contini. »Keiner von uns hat das geahnt, nicht einmal Filippo. Es war ein Irrtum.«

»Ich …«, Filippo hatte das Gefühl, etwas sagen zu müssen. »Ich weiß nicht …«

»Warte«, sagte Contini. »Lass Jean erst seine Geschichte zu Ende erzählen.«

»Es gibt nicht mehr viel zu erzählen. Filippo wusste, dass er, falls wir in Richtung Süden fahren würden, bei mir zu Hause auf mich warten sollte. Ich hatte ihm genau erklärt, was er tun, wo er den Wagen parken sollte. Ich musste mir derweil überlegen, wie ich freikommen und zu ihm gelangen konnte.«

»Das war also nicht Teil des Plans…«, warf Contini ein.

»Nein. Jedenfalls habe ich Jonathan gesagt, dass das Geld nicht in der Tasche ist. Sie haben mir zuerst nicht geglaubt, dann haben sie angehalten, um nachzusehen, und gemerkt, dass ich recht habe. Daraufhin sind sie ein bisschen nervös geworden…«

»Das kann ich mir vorstellen!«, rief Francesca.

»Ich habe Jonathan gesagt, das Geld sei bei mir zu Hause versteckt, einer meiner Komplizen habe es dorthin gebracht. Jonathan hat mir versprochen, dass er mich laufen lassen würde, wenn ich ihm das Geld gäbe.«

»Daran zweifle ich«, sagte Francesca.

»Ich auch. Jedenfalls haben sie mich nach Hause gebracht und einer von ihnen ist mit mir hineingegangen. Sobald wir drin waren, habe ich ihn im Wohnzimmer eingeschlossen… so habe ich die paar Sekunden gewonnen, um auf der Rückseite herauszukommen und Filippos Wagen zu erreichen.«

»Also wusste es Forster«, bemerkte Contini. »Sie hatten ihn informiert…«

»Deshalb war er so wütend: Er wusste, dass das Geld nicht in der Tasche ist!«

»Und wenn wir in seine Falle getappt wären, hätte er dich zum Sprechen gebracht.«

»Ja, das Ganze drohte schiefzugehen…«

»Er hat alles versucht«, schloss Contini, »aber es war eine

Verzweiflungstat. Am Ende musste er mit eingezogenem Schwanz das Weite suchen.«

»Sag mal, Elia, woher wusstest du eigentlich, dass wir in Schwierigkeiten stecken?«

Contini erklärte die Sache mit dem ersten und dem zweiten Glockenschlag: Es war klar, dass Forster, nachdem er es mit Anna probiert hatte, auch bei Filippo einen Versuch unternehmen würde. Salviati nickte und sagte, dass sie sich tatsächlich besser hätten vorsehen müssen. Feierten sie ihren Erfolg? Es sah nicht danach aus. Hin und wieder erschien ein Lächeln, aber Filippos Gegenwart lastete auf allen.

Der Verräter. Das Wort quälte ihn. Mitten auf dem Teppich lag die Tasche mit dem Geld. Ringsum redeten alle, gaben Erklärungen ab. Aber der wahre Mittelpunkt des Geschehens war er. Er hatte es nicht geschafft zu verschwinden, sich im Weiß des Sessels aufzulösen. Er saß da und schwieg. Aufdringlich wie ein Gewissensbiss. Er war der Verräter.

Schließlich erhob sich Salviati. Es gab keine Zeit zu verlieren: Je eher Belloni das Geld wiederbekam, desto weniger Probleme würde es geben. Um diese Uhrzeit hatten der Direktor und seine Frau sicherlich schon bemerkt, dass sie betäubt worden waren. Vielleicht hatten sie schon Koller, die anderen großen Tiere der Junker-Bank und den Kunden, von dem die Millionen stammten, benachrichtigt. Besser gleich einschreiten und eine Ladung Wasser aufs Feuer gießen.

So gingen alle, einer nach dem andern. Erst Salviati, dann Contini zusammen mit Francesca und Malaspina. Im Wohnzimmer blieben Anna und Filippo zurück. Filippo und Anna. Nur Anna und Filippo, die sich ins Gesicht sahen. Die andern waren draußen, hinter der verschlossenen Tür, in der realen Welt. Sie beide waren dagegen hier, inmitten eines

Scherbenhaufens der Gefühle und des Vertrauens. Gab es einen Ausweg? Vielleicht würden sie, wenn sie in den Bruchstücken wühlten, die richtigen Worte finden. Den Blick, der sie retten konnte.

Filippo unterbrach die Stille.

»Bist du müde?«

»Was?«

»Ich habe gefragt, ob du müde bist.«

»Es ist elf Uhr morgens.«

»Ah.«

»Trotzdem, ja.«

»Was?«

»Ich habe gesagt, ja, ich bin müde.«

Filippo nickte.

»Ich bin auch müde. Ich wünschte, wir hätten niemals mit dieser Sache begonnen. Ich wünschte … ich habe gewusst, dass ein Überfall niemals gut ausgeht.«

»Dieser ist gut ausgegangen.«

»Schon, aber … ich wollte nicht, Anna, ich habe es …«

»Sag es nicht!«

»… für dich getan!«

»Sag es nicht, hab ich gesagt, ich will es nicht hören!«

»Aber …«

»Filippo, sag …«

»Schon gut. Schon gut. Aber ich kann dir doch sagen, dass … nichts, ich dachte, dass alles anders sei. Auch die Leute. Ich habe nicht geglaubt …«

»Ich weiß.«

»Was weißt du?«

»Ich weiß, dass du nicht geglaubt hast, das zu tun, was du getan hast.«

»Genau so ist es!«

»Aber du hast es getan. Du hast Forster von unserem Plan erzählt, du hast unser aller Leben aufs Spiel gesetzt. Noch heute Morgen hat er dir gesagt, dass du uns hier zusammenrufen sollst, und du hast es getan! Du, verstehst du? Mein Mann, verstehst du?«

»Ja.«

»Gut.«

»Aber ich würde das alles gerne vergessen, Anna. Nicht weil ich es herunterspielen will... aber, was soll ich jetzt tun?«

»Ich weiß es nicht.«

»Was sollen wir tun, wir beide?«

»Ich weiß es nicht.«

»Wirklich nicht?«

»Ich weiß es nicht. Hör zu, Filippo, ich muss dir ein paar Sachen erklären. Du sollst begreifen, wie ich mich gefühlt habe, als Forster hergekommen ist. Du wirst es doch begreifen, oder, du wirst es doch begreifen?«

»Ich...«

»Hör zu, Filippo.«

Filippo hörte zu. Sie setzte sich in den anderen Sessel, ihm gegenüber. Die Geräusche von draußen klangen gedämpft. Sie berührten sich nicht, sie sahen sich kaum an. Aber sie sprachen. Unterdessen verstrichen die Minuten dieses Wintermorgens, und halbe Sätze überbrückten die Scheu.

»... ich wusste nicht, dass Forster...«

»... und ich stand da und sah ihn hinauskommen...«

»... wenn ich es nur rückgängig machen könnte, wenn ich...«

»... wann, verstehst du, ich frage mich, wann!«

Die Minuten vergingen im Takt des Geräusches der Züge, die im nahe gelegenen Bahnhof von Bellinzona ein- und ausfuhren. Filippo hörte zu und sprach, wickelte hin und wieder seinen Bart um den Zeigefinger. Er kämpfte. Nach dem Überfall, nach der Angst und der Verfolgung, begann der Kampf.

24

Ein inneres Lächeln

»Ich fühle mich wie jemand, der zu spät kommt«, sagte Kommissar Emilio de Marchi.

»Es ist niemals zu spät«, erwiderte Contini.

De Marchi hob den Kopf und sah ihn an.

»Hören Sie, ich bin nicht hier, um mich zu amüsieren.«

»Ich auch nicht.« Contini schüttelte den Kopf. »Ich weiß nicht, wieso ich hier bin.«

Kommissar de Marchi hatte die Heizung in seinem Büro auf die höchste Stufe gedreht, als ob er dem Frühling nicht trauen würde. Aber auf seinem blanken Nacken schimmerten ein paar Schweißperlen.

»Das will ich Ihnen sagen. Sie sind hier, weil uns ein paar Gerüchte zu Ohren gekommen sind.«

»Gerüchte? Seit wann kümmert sich die Polizei um irgendwelches Gerede?«

»Seitdem in diesen Gerüchten von einem Detektiv die Rede ist, der schon früher gern Ärger gemacht hat, und von einem ehemaligen Profidieb. Seitdem es heißt, dass diese beiden ziemlich viel Zeit miteinander verbringen.«

»Wir sind Freunde. Wir haben nichts verbrochen.«

»Nichts? Ganz sicher nicht?«

Contini breitete die Arme aus, als wollte er sagen: Beweis mir das Gegenteil. De Marchi schnaubte und spielte mit dem

Feuerzeug auf seinem Schreibtisch. Contini hatte recht: Es war nichts vorgefallen. Jean Salviati war bereits seit ein paar Wochen zurück in der Provence und verhielt sich ruhig. Wirklich schade, dass sie von dieser seltsamen Freundschaft erst so spät Wind bekommen hatten. Denn der Kommissar witterte, dass etwas in der Luft lag.

»Contini, erklären Sie mir, wie es kommt, dass Sie mit einem ehemaligen Dieb und Betrüger befreundet sind.«

»Das ist eine lange Geschichte. Vielleicht, weil wir so verschieden sind … nun ja, vielleicht brauch ich den Gegensatz. Es ist etwas, das mir hilft, wissen Sie?«

»Ich bin ganz gerührt, Contini.«

»Aber es stimmt! Jean Salviati lässt mich gewissermaßen besser begreifen, was ich will und wer ich bin.«

»Eine philosophische Freundschaft also.«

»Sie lächeln darüber, Kommissar, aber …«

»Nicht dass ich wüsste.«

»Sagen wir, ein inneres Lächeln.«

»Contini.« De Marchis Tonfall wurde drohend.

»Sie nehmen mich nicht ernst, aber schauen Sie, es gibt keinen Grund zur Sorge. Jean ist nach Frankreich zurückgekehrt. Und eigentlich haben wir nichts gestohlen, oder?«

De Marchi schnipste mit dem Feuerzeug, ein Mal, zwei Mal und ein drittes Mal. Dann sah er den Detektiv an und schnipste ein weiteres Mal mit dem Feuerzeug. Er war nervös, aber Contini hatte recht. Sie hatten nichts gestohlen.

Sie hatten sich bei Salviati zu Hause wiedergesehen, auf dem Monte Ceneri. Er kam ihr ein wenig schüchtern vor und ungeschickt bei der Wortwahl. Er hatte sie auf der Schwelle in die Arme geschlossen. Lina, hatte er gesagt. Lina. Dann hatte er sie ins Wohnzimmer geführt, eine Flasche Rotwein entkorkt. Ein drittes Mal hatte er Lina gesagt. Daraufhin hatte sie sich nach seinem Befinden erkundigt, und er hatte den Fröhlichen gespielt. Aber Lina merkte, dass ihm eigentlich zum Weinen zumute war. Ihrem Vater. Dem großen Dieb und harten Kerl. Nun stand er vor ihr, mit von Falten zerfurchtem Gesicht und zitterndem Kinn.

»Es war schön, meinen Vater nach so langer Zeit wiederzusehen.«

De Marchi nickte.

»Ein bewegendes Treffen?«

»Ja.«

Sie war nicht gerade gesprächig, Salviatis Tochter. Abgesehen davon, dass de Marchi nicht wusste, was er sie fragen sollte.

»War es wegen Contini, dass Sie sich wiedergesehen haben?«

»Nein, mein Vater ist meinetwegen nach Lugano gekommen. Er hat nur die Gelegenheit genutzt, um Contini wiederzutreffen.«

»Die beiden sind alte Freunde.«

Das war keine Frage. Lina schwieg. De Marchi seufzte.

»Und Matteo Marelli?«

»Matteo Marelli was?«

»Haben Sie ein Verhältnis mit ihm?«

Lina lächelte. Der Kommissar kam einer sarkastischen Antwort von ihr zuvor.

»Nicht, dass ich mich in Ihre Angelegenheiten einmischen will. Wir gehen nur ein paar Gerüchten nach.«

»Gerüchten?«

»Nichts Ernstes. Haben Sie ein Verhältnis?«

»Ich weiß es nicht.« Lina lächelte erneut. »Das wird sich zeigen.«

Zwischen ihnen herrschte noch Zurückhaltung, eine Art Scheu voreinander. Es war nicht einfach. Lina war eine Vagabundin, an schlechte Gesellschaft und das Leben in Hotels gewöhnt. Spielabende, Kreuzfahrten, ein Lächeln als Tauschwährung. Er selbst war ein kleiner Gauner, der sich, wann immer es nötig war, geschickt aus dem Staub machte. Dennoch hatten sie sich während jener Tage der Gefangenschaft etwas aufgebaut. Matteo konnte es sich nicht erklären, aber er verspürte das Bedürfnis, Lina zu sehen, gelegentlich ein wenig Zeit mit ihr zu verbringen.

»Ich bin mir nicht sicher. Es wird sich zeigen. Jedenfalls sind wir nicht zusammen.«

»Kennen Sie ihren Vater?«

»Jean Salviati? Nur flüchtig.«

»Haben Sie jemals mit ihm zusammengearbeitet?«

Matteo sah de Marchi mit beleidigter Miene an.

»Ich verkehre nicht mehr in diesen Kreisen.«

»Salviati auch nicht.«

»Schön für ihn.«

»Und welcher Arbeit gehen Sie nach, Marelli?«

»Ich bin auf der Suche.«

De Marchi sah aus dem Fenster. Auf dem Viale Franscini stockte der Verkehr. Der Lärm der Autos drang gedämpft durch die Doppelglasscheiben. Er drehte das Feuerzeug zwischen Daumen und Zeigefinger hin und her, sah Marelli an und sagte:

»Na dann, viel Glück.«

Es war ein Wintertag. Aber es lag bereits ein erster Hauch von Frühling in der Luft. Als habe sich in die Menschen, die Autos und die kahlen Bäume eine geheime Kraft eingeschlichen. Der Himmel schien weniger tief zu hängen, das Licht über den Kastellen wirkte klarer. Lina verließ das Gebäude der Kantonspolizei von Bellinzona und lief in Richtung Piazza Indipendenza.

Sie suchte sich einen Platz in einer Bar, um zu telefonieren. Sie bestellte einen Kaffee und rückte den Stuhl zurecht, um durch die Scheibe auf die Piazza mit dem Obelisken in der Mitte zu sehen.

»Ja bitte.«

»Ich bin's.«

»Lina!«

Salviati presste den Hörer ans Ohr und senkte den Kopf, als wolle er auf diese Weise dem Gespräch mehr Intimität verleihen. Die Bar war praktisch leer, aber es genügte eine Kleinigkeit, um sie abzulenken: das Scheppern der Kasse, das Lachen eines Gastes.

»Wie geht es dir, Lina?«

»Gut. Ich habe mit der Polizei gesprochen.«

»Aha.«

»Kein Problem. Sie haben mir ein paar Routinefragen gestellt. Was macht die Arbeit? Hast du mit dem Garten angefangen?«

»Ich schaue gerade Kataloge durch, um für den Frühling zu bestellen.«

»Schön.«

»Und du? Weißt du schon, was du machen willst?«

»Ich denke drüber nach.«

»Magst du für eine Weile in die Provence kommen?«

»Was soll ich da machen?«

»Ach, eine Arbeit kann ich schon für dich finden. Wenn ich Madame Augustine frage …«

»Lass erst mal. Aber ich würde dich gerne besuchen kommen. Demnächst vielleicht, wenn es etwas wärmer ist.«

»Hier ist immer Platz! Und …«, Salviati zögerte, »wenn Matteo mitkommen will …«

»Oh, danke. Ich würde gern die Villa wiedersehen.«

Nach einiger Zeit wussten sie nicht mehr, was sie sich sagen sollten. Vielleicht war das unvermeidlich. Er wollte ihr nicht zu viele Fragen stellen, und sie wollte nicht zu einfache Antworten geben. Wie auch immer, Lina hatte sich verändert. Sie suchte nach einem Weg, und ihm blieb nichts anderes übrig, als auf sie zu warten.

»Dann grüß mir Matteo!«

»Mach ich. Bis bald!«

»Ja, bis bald …«

Salviati legte den Hörer auf und trat hinaus an den Tisch neben der Tür. Die Luft war noch kühl, aber mit Jacke war es angenehm. Er zündete die Pfeife an und sah auf den Platz. Die *Pétanque*-Bahn lag bereit für die nächste Spielsaison. Neben dem Souvenirladen, hinter den Platanen, leuchteten schon die bunten Hemden der ersten Touristen auf.

»Ein Weißwein?«, fragte Marcel.

»Danke. Leistest du mir Gesellschaft?«

Madame Augustine war erfreut gewesen, ihn nach monatelanger Abwesenheit wiederzusehen. Er hatte ihr nicht die ganze Wahrheit erzählen, aber immerhin deutlich machen können, dass dergleichen nicht wieder vorkommen würde.

»Es ist ein bisschen windig heute«, sagte Marcel.

»Hm …«

Der Wind hatte die Wolken weggefegt, die in den Tagen zuvor etwas Regen gebracht hatten. Salviati war gerade damit beschäftigt, den Boden für einen neuen Rosengarten vorzubereiten. Er hatte ein wenig Eisensulfat unter die Erde gemischt und wollte nach dem Schoppen drei Säcke Düngemittel zur Villa schaffen. Marcel riss ihn aus seinen Gedanken:

»Ein Wunder, dass der noch auf den Beinen ist ...«

Es war Monsieur Simon, der alte Dorflehrer. Er fuhr immer mit dem Fahrrad zum Einkaufen; und auf dem Rückweg kurvte er, zwei Taschen am Lenker und eine auf dem Gepäckträger, um die Platanen auf dem Platz. Sein Gleichgewichtssinn war bemerkenswert. Salviati lächelte und zündete erneut die Pfeife an.

Der Überfall war weit weg. Forster würde keinen Ärger mehr machen: Salviati hatte Gerüchte gehört, nach denen er geliefert war, die Schuldner hatten sich auf ihn gestürzt. Aber Salviati wusste aus Erfahrung, dass derartige Operationen einer langen Erholungszeit bedurften. Die Schlagkraft des Überfalls, die Wucht der Ereignisse, die Überraschung und die Wut. Das sind Dinge, die nicht von einem Tag auf den andern vorbei sind. Salviati hatte die Befürchtung, dass diese zehn Millionen irgendwo noch immer Unheil anrichteten. In Annas und Filippos Bewusstsein, in Linas Zögern, in Elias Schweigen ...

Ach ja, Elia. Er hatte nicht mehr von sich hören lassen, aber Salviati wusste, dass es nur eine Frage der Zeit war. Während Elia seine Flöße zu Wasser ließ oder durch die Wälder streifte, würde er tagtäglich das Bedürfnis verspüren, besser zu begreifen. Derweil rauchte Salviati seine Pfeife, dachte an seine Rosen und trank mit Marcel einen Weißwein. Hinter dem Platz verschwand die Sonne, und er stellte den Jackenkragen auf.

»Gestern war Georges hier«, sagte Marcel. »Er hat erzählt, dass ihr oben bei der Villa einen neuen Brunnen angelegt habt.«

»Ja. Das hatten wir schon länger vor.«

»Es wird euch im Sommer zugutekommen ...«

»Hoffen wir's.«

»Puh ... ist ein bisschen windig heute!«

»Ja. Der Wind kommt vom Meer.«

Enea Dufaux gönnte sich gerne auch mal außerhalb der Saison ein paar Tage an Bord seiner *Lucky.* Letztlich steht eine gut ausgestattete Jacht einem Büro in nichts nach. Tagsüber war er auf der Brücke oder legte in einem kleinen Hafen an, am Abend wählte er ein Restaurant an der Küste. Von seiner Kabine aus war er mit der gesamten Welt verbunden: Er konnte seine Geschäfte abwickeln, wie er es von Mailand oder Zürich aus getan hätte.

Der Wind blies vom Meer aufs Land. Dufaux sah auf, um dem Profil der Häuser und der dahinterliegenden Hügel zu folgen. Er hatte das Gefühl, gleichsam den Duft der Provence in sich aufzunehmen, die Stimmen der Frauen zu hören, die zu einem Plausch in den Ladentüren standen.

Braun gebrannt, mit hohen Wangenknochen und strengem Mund, konnte Enea Dufaux schon ein wenig Furcht einflößen. Er war in der Tat ein bemerkenswerter Geschäftsmann, der sich kaum eine Gelegenheit entgehen ließ. Aber hin und wieder verspürte er eine gewisse Müdigkeit, und dann genehmigte er sich gerne eine Flasche Bordeaux. Einen besonderen Jahrgang.

Er richtete den Blick erneut auf den Computer. Zu viele E-Mails. Alle hatten etwas mitzuteilen. Er löschte ein halbes Dutzend, dann druckte er eine Abrechnung der Junker-Bank aus. Reto Koller hatte auch diesmal den richtigen Riecher gehabt: Dufaux hatte eine bestimmte Summe in die Junker-Bank investiert und dabei auf das Durchsetzungsvermögen der kleinen Bank gesetzt. Er hatte sich als ein guter Kunde erwiesen, mit dem nötigen Geld, einer Zukunft und Potentialen. Und Koller hatte gute Arbeit geleistet: Den Schweizern konnte man in diesem Punkt vertrauen. Nicht von ungefähr befand sich ein Drittel des weltweiten *Offshore*-Privatvermögens auf ihren Banken.

Dufaux gähnte und nahm einen Schluck Wein. Bei dem Gedanken an Koller fiel ihm dieses Durcheinander kurz vor Weihnachten ein. Er hatte nicht ganz verstanden, was vorgefallen war, aber es war zu einem versuchten Banküberfall gekommen. Drei arme Schlucker, die sich eine undichte Stelle zunutze gemacht und versucht hatten, Melato in die Quere zu kommen. Die Junker-Bank hatte über die Sache Stillschweigen bewahrt.

Es wäre ärgerlich gewesen, das Geld zu verlieren. Aber Dufaux machte kein Drama daraus. Es amüsierte ihn, wer es sich alles zu Herzen nahm, wer den Finger erhob: Manager, Bankgeheimnis, Hedgefonds. Dufaux agierte in verschiedenen Ländern, und er wusste zu genau, dass die Welt ein Dorf ist. Im Allgemeinen gehörten gerade die Schweizer zu den besonders Ehrlichen ... nun ja, außer Koller, zum Glück.

Er schaltete den Computer aus, hob erneut den Kopf und sah auf die Küste. Jedes Haus stand noch an seinem Platz, und die Frauen plauderten noch immer in den Läden.

Er inspizierte Kollers Abrechnung, aber nach ein paar Zeilen wurde es ihm langweilig.

Er schwenkte den Wein im Glas, begutachtete die dunkle Farbe und nahm einen kleinen Schluck. Er behielt ihn im Mund, um den verschiedenen Geschmackskomponenten nachzuspüren. Dann schluckte er ihn hinunter und stellte das Glas ab. An der Küste gingen die Lichter an. Die Hügel verloren ihre Konturen, und die Grenze zwischen Strand und Meer verschwand.

Epilog

Francesca zog die Kapuze hoch. Im Wald war es nicht besonders kalt, aber kaum hatten sie die Lichtung betreten, spürten sie den Wind. Er kam aus den Bergen, er kroch unter die Kleider und verursachte ein Frösteln zwischen Kopf und Schultern.

»Er ist hier entlanggekommen«, sagte Contini. »Er hat ein paar Haare verloren, als er unterm Zaun durch ist.«

»Weißt du, wo er hin ist?«

»Keine Ahnung. Die Paarungszeit beginnt gerade, da sind die Männchen unberechenbar.«

»Das sind sie immer …«

»Was?«

»Nichts.«

»Wir sprechen von Füchsen, weißt du.«

»Ja, natürlich.«

Am Ende des Winters wirkt der Wald erschöpft. Alle Zweige sind vertrocknet, das verrottende Laub und die Kastanienschalen bilden einen Teppich. Aber Contini hatte unter seinen Füchsen eine wachsende Erregung bemerkt: Sie spürten den Frühling.

»Bist du sicher, dass sie heute Nacht kommt?«, fragte Francesca.

»Bestimmt. Wir müssen nur warten.«

Sie bezogen dicht aneinandergekuschelt am Fuß eines Mäuerchens Stellung. Francesca legte den Arm um Continis Brust und schmiegte ihren Kopf in die Wölbung seines Halses.

»Ist dir kalt?«, erkundigte er sich.

»Ja.«

»Wir gehen gleich.«

Ein paar Minuten lang sprachen sie nicht. Dann unterbrach Contini die Stille, als wolle er an ein Gespräch anknüpfen, das in Wahrheit nie stattgefunden hatte.

»Jedenfalls wollte ich dir sagen, dass ich beschlossen habe aufzuhören.«

»Hm?«

»Mit meiner Arbeit. Ich werde sie an den Nagel hängen.«

»Was sagst du da?«

»Ich habe es satt, Detektiv zu sein.«

»Aber was willst du sonst machen? Was sollen wir machen?«

»Ich weiß nicht. Ich werde eine andere Arbeit finden.«

»Und wir?«

»Was wir?«

Francesca legte eine Pause ein. Manchmal war Contini ein bisschen schwer von Begriff. Sie schob ihre Hand unter sein Hemd, er fuhr zusammen.

»Weißt du, dass wir uns hier verstecken wie zwei Teenager?«

Contini lächelte nicht.

»Wir warten auf die Füchsin.«

»Natürlich«, Francesca küsste ihn auf die Wange. »Wir warten.«

Schweigen.

»Aber mach dir keine Sorgen, Francesca…«

Schweigen.

»Ich werde mir eine andere Arbeit suchen und die Dinge endlich in die Hand nehmen.«

»Welche Dinge?«

»Alles, ganz allgemein. Ich will einiges begreifen, und dann will ich anfangen …«

Er beendete den Satz nicht. Aber er strich ihr mit der Hand über die Wange, und dann küsste er sie. Francesca schloss die Augen, obwohl es bereits dunkel war. Elia Contini, der einzige Mann, der dich für einen Kuss ins Gestrüpp schleppt. Der einzige, der sich zuvor verpflichtet fühlt zu fragen: Willst du meine Füchse sehen?

»Hör mal, Contini …«

»Hm?«

»Ach nichts!«

Die alte Füchsin war hungrig. Vorsichtig umrundete sie das Mäuerchen und kauerte im Gebüsch nieder. Sie kannte die beiden Gerüche: Einen brachte sie mit Lichtblitzen in Verbindung, den andern hatte sie auch schon ab und zu wahrgenommen.

Es waren harmlose Gerüche.

Aber bevor die alte Füchsin näher kam, prüfte sie eingehend das Terrain. Nachdem sie die beiden Gerüche ausfindig gemacht hatte, versuchte sie, mit gespitzten Ohren, alle Geräusche zu unterscheiden und jedes Warnsignal zu erfassen.

Da … da war etwas. Ein Laut.

Eine Spur von Leben.

Sie hatte ein Zeichen unterirdischer Bewegung wahrgenommen. In dieser Gegend gab es einen Kaninchenbau; jetzt musste sie den Ausgang finden.

Die alte Füchsin konnte lange Zeit reglos verharren, warten, bis sich ein Kaninchen ausreichend weit von seinem Bau entfernt hatte. Dann kam der Augenblick des Zupackens. Zwei Schritte, ein Satz, das Schnellen der Muskeln ... ein plötzlicher Schlag, wie immer. Die Stille des Waldes verhieß eine Nacht der Jagd und der Überraschungen. Die alte Füchsin lag auf der Lauer, zum Angriff bereit.

Andrea Maria Schenkel

Tannöd

Roman. 144 Seiten
73673

In der tiefsten bayerischen Einöde: Eine ganze Familie wird in einer Nacht ausgelöscht, mit der Spitzhacke erschlagen. Jetzt heißt er nur noch Mordhof, der einsam gelegene Hof der Danners in Tannöd, und vom Mörder fehlt jede Spur …

Ausgezeichnet mit dem Deutschen Krimi Preis und dem Friedrich-Glauser-Preis.

Der Spiegel-Bestseller erstmals im Taschenbuch.

»Fabelhaft. Ein unglaubliches Buch!«
Elke Heidenreich in »Lesen!«

Ein »großartiges Krimidebüt.«
Tobias Gohlis, DIE ZEIT